백석 평전

일러두기

- 백석이 발표한 분단 이전의 시는 『정본 백석 시집』(고형진 엮음, 문학동네, 2007)에서, 분단 이후의 시 작품은 『백석전집(개정증보판)』(김재용 엮음, 실천문학, 2011)과 『백석시전집』(이동순 엮음, 지식을만드는지식, 2013)에서 인용하였다.
- 백석의 산문은 『백석문학전집 2』(김문주·이상숙·최동호 엮음, 서정시학, 2012)의 표기를 대부분 참고하고 거기에서 인용하였다.
- 백석이 만주로 가기 전 자야와 나눈 사랑의 에피소드는 『내 사랑 백석』(김자야, 문학동네, 1995)을 주로 참고하였다.
- 장편소설·단행본은 『 』, 단편소설·산문·시는 「 」, 잡지는 《 》, 신문·노래·그림·공연은 〈 〉로 표기하였다.

안도현 지음

백석 평전

白 石 評 傳

다산
책방

차례

백석을 베낀 시간들

1980년 스무 살 무렵, 백석의 시 「모닥불」이 처음 내게 왔다. 그때부터 그를 짝사랑하기 시작했다. 사회과학적 열정과 기운이 문학을 견인하던 당시에 백석의 시는 내가 깃들일 거의 완전한 둥지였다. 지금은 이름도 기억나지 않는 수많은 집회에 참가해서 구호를 외치다가 돌아와 쉴 곳도 그 둥지였고, 잃어버린 시의 나침반을 찾아 헤맬 때 길을 가르쳐 준 것도 그 둥지였다. 1989년, 두 번째 시집을 준비하면서 나는 출판사에 『모닥불』을 시집의 제목으로 삼자고 우겼다. 그렇게라도 백석을 베끼고 싶었다. 그 시집에 들어 있는 시 한 편은 생사조차 모르는 백석을 직접 만난다는 것을 가정하고 쓴 시였다.

> 백석 선생을 만나러 간다
> 흰 붕대 같은 산길을 밤새 걸어
> 나는 무슨 서러운 상처를 지끈지끈 밟는 듯이,
> 한미연합군과 인민군과 세월 몰래 내리는
> 눈발 그치기 십분 전에

나는 북방의 새벽 마을 어귀에 도착하였다

그 시절만 해도 거칠 것이 없었다, 40년대에

설혹 내가 사람이 아니었다면

한 마리 노루가 되어 훌쩍 산맥을 넘었을 것이다

등잔불 흐린 빛이 새는 장독대 뒤에서, 놋요강 놓인 툇마루 아래에서

느릅나무 잎을 잘게 씹으며

그이의 사람냄새를 그리워하기도 했을 것이다

살아 있다면, 일흔아홉의 노인

시간이 빨리 썩어 흐르는 남쪽에서는 다들

선생은 죽었거나 폐인이 되었을 거라고

　　—「백석白石 선생의 마을에 가서」 중에서

　'평전'이라는 형식으로 백석의 생애를 복원해 본다면 이것 역시 그를 직접 만나는 방식이 될 수 있을 거라고 생각했다. 그가 살아온 시간을 재구성하는 일도 결국은 그를 베끼는 일이었다. 그동안 시를 쓰면서 백석의 어투, 시어는 물론 시를 전개하고 마무리 짓는 방식과 세계에 반응하는 시인으로서의 태도까지 닮아보려고 나는 전전긍긍했다. 때로 백석의 시에 지나치게 경도되어 있는 것은 아닌지 두려울 때도 있었다. 그러나 빠져나올 수 없었고, 좀 더 솔직하게 말하면, 빠져나오기 싫었다. 그가 그저 옛적의 한 시인이었다면, 그의 작품을 일찍이 우리가 온전하게 읽을 수 있었다면 그에 대한 관심과 애착을 진작 내려놓았을 것이다.

　백석은 여전히 현재진행형의 시인이다. 아직도 발굴하지 못한 텍스트가 있고, 백석의 시를 다룬 수많은 논문들이 제출되었음에도 우리는 그의 문학과 생애를 완벽하게 규명하지 못하고 있다. 이 책에서는 지금까

지 알려진 것들 중에 오해가 있거나 과대포장된 것들은 근거가 충분한 자료를 통해 바로잡으려고 했다. 또한 사소하고 미세하게 여겨지는 것까지 최대한 객관성을 확보하기 위해 나 개인의 견해를 섣부르게 제시하는 일을 자제했다. 이 책에서 뜻하지 않게 오류가 발견된다면 지적해주시는 대로 고쳐나갈 것을 약속드린다.

두어 가지 아쉬움이 없는 건 아니다. 백석은 시를 쓰는 일 이외에 수십 년간 번역에 엄청난 열정을 쏟아부었다. 이 방대한 번역 작업의 기본적인 현황을 정리하고 평가를 시도해보려고 했으나 힘에 부쳐 중도에 그만두고 말았다. 앞으로 누군가 이 지난한 일을 맡아주리라 기대한다. 그리고 1962년 북한의 문단에서 사라진 이후 1996년 작고할 때까지의 30년이 넘는 시간, 즉 삼수군 협동농장에서 농사꾼으로 살다 간 백석의 시계는 오늘날까지 정지되어 있다. 이에 대한 탐구는 한반도에 드리워진 분단의 그림자를 거두려는 노력과 함께 차후의 과제로 남겨두어야 할 것 같다.

나는 그동안 백석에게 진 빚을 조금이라도 갚기 위해 이 책을 썼다. 자료를 건네주며 조언과 격려를 아끼지 않으신 영남대 이동순 선생님과 원광대 김재용 선생님, 그리고 바로 곁에서 그 증인이 되어준 다산북스 식구들께 감사를 드린다. 백석이 살아 돌아와서 문장 하나하나를 조목조목 따지며 꾸짖어준다면 달게 받아들이겠다.

2014년 6월
안도현

귀향

1945년 8월 25일, 소련군 사령부는 경성에서 신의주를 운행하는 경의선 철도를 차단하였다. 소련군은 38도선 부근 금교역에 70명, 신막역에 300명의 군인을 배치해 북위 38도선 아래로 남행하는 모든 열차의 운행을 일시에 막았다. 이어 9월 9일 미군이 경성에 진주한 이후에는 육로가 끊기고, 전기와 전화가 끊기고, 편지의 왕래가 중지되었다. 일제로부터 해방이 되자마자 한반도는 얼음장에 금이 가듯 쩍 하고 반으로 갈라졌다.

신의주, 석하, 백마, 비현, 양책, 남시, 차련관, 동림, 선천, 로하, 곽산, 정주, 고읍, 운전, 영미, 맹중리, 신안주, 만성, 숙천, 어파, 석암, 순안, 간리, 서포, 서평양, 평양, 대동강, 력포, 중화, 흑교, 황주, 심촌, 계동, 사리원, 신풍산, 마동, 청계, 흥수, 서흥, 신막, 물개, 남천, 평산, 한포, 금교, 계정, 려현, 토성, 개성, 봉동, 장단, 문산, 금촌, 일산, 능곡, 수색, 신촌, 경성.

백석은 경의선의 역 이름들을 하나하나 떠올렸다. 경의선은 총 연장 길이가 486킬로미터인데, 그 크고 작은 역 이름들은 고리처럼 가지런히 연결되어 있었다. 이제 그 고리는 뚝 잘라졌다. 우리의 뜻과는 상관없이 한반도의 허리에 38도선이 그어졌기 때문이었다.

해방이 될 무렵 백석은 신의주에 방 하나를 얻어 혼자 머물고 있었다. 그는 "아내도 없고, 또, / 아내와 같이 살던 집도 없어지고, / 그리고 살뜰한 부모며 동생들과도 멀리 떨어져서, / 그 어느 바람 세인 쓸쓸한 거리 끝에 혜매이"는 남루한 시인일 뿐이었다.

1906년 일제는 조선에 대한 식민지 건설과 중국 대륙 진출을 위한 교두보로 경의선을 개통했다. 1911년에는 조선의 신의주와 중국의 안둥安東을 연결하는 압록강철교가 완공되었는데 이것은 한반도와 중국, 그리고 유럽을 잇는 중요한 동맥 역할을 하고 있었다. 5년 전, 백석은 경성역에서 경의선 열차에 몸을 실었다. 개성, 평양, 정주, 신의주를 거쳐 열차는 압록강을 건넜다. 백석이 탄 열차는 압록강을 건너 눈 쌓인 만주 벌판을 향해 힘차게 달렸다. 그때 그의 나이는 스물아홉 살이었다.

백석이 만주에서 보낸 5년이 넘는 기간은 그야말로 황폐한 유랑의 시간이었다. 그는 고국으로 돌아오고 싶었다. 해방이 되었지만 경성까지 갈 수 있는 길은 한순간에 사라졌다. 다른 선택의 여지가 없었다. 백석은 고향 정주로 귀향하는 길밖에 없다고 생각했다. 신의주에서 정주까지는 100킬로미터가 조금 넘었고, 보통 때 같으면 세 시간이면 당도할 수 있는 거리였다.

해방이 되자 일본인들이 주로 이끌어 운영하던 철도는 반 휴업 상태에 들어갔다. 역 구내의 증기기관차들은 화실의 불을 끈 채 멈춰 서 있었다. 조선철도의 상층 관리자는 대부분 일본인이 독점하고 있었으나 그들이 철수한 뒤 조선인 역무원들은 일본인들이 떠난 자리를 제대로 채우지 못하고 있었다. 부산을 통해 일본으로 철수하려던 일본인들은 급기야 중국의 항구를 향해 발길을 돌리고 있었고, 만주에 살던 조선인들은 귀국을 위해 신의주까지 왔으나 표를 구하지 못해 우왕좌왕하고 있었다. 설혹 표를 구한다고 해도 연착은 보통이었다. 운행 중인 기관차는 철로 위에서 보일러가 터졌고, 증기가 새는 사례가 속출했다.

백석을 실은 증기기관차는 정주역에 털썩 주저앉듯이 멈춰 섰다. 신의주를 출발한 지 다섯 시간이 훨씬 지나서였다. 백석은 고향집이 있는 고읍역까지 한 정거장을 더 가서 내려야 했지만, 정주역에 멈춘 기차는 더 이상 움직이지 않았다. 기차 화통에서 뿜어져 나오는 매캐한 연기가 플랫폼을 검게 물들였다.

백석은 코를 싸쥐고 역을 빠져나왔다. 고읍까지 철로를 따라 12킬로미터를 걸어갈 작정이었다. 오랜만에 걷는 길이었다. 어릴 적에 수없이 걸었던 길인데도 마치 처음 가는 길 같았다.

날이 어둑어둑해지고 있었다. 철길 양쪽으로 펼쳐진 빈 들판에 기러기들이 날아오르고 있었다. 저녁때가 되어 잠자리로 돌아가려는 기러기들이었다. 기러기들은 여럿이 떼를 지어 날았지만 백석은 혼자였다. 그는 "나 혼자도 너무 많은 것같이 생각하며" 터벅터벅 길을 걸었다.

그의 옆에는 아무도 없었다. 통영 처녀 박경련도 없었고, 경성에서 마지막으로 본 자야도 없었다. 최정희도 노천명도 없었다. 평양에서 결혼을 하고 안동과 신의주에서 잠시 같이 살았던 문경옥도 없었다. 조선일보에서 일하면서 자주 술잔을 나누던 신현중도 허준도 정현웅도 없었다. 함흥의 김동명도 한설야도 없었다. 낯선 만주에서 그를 돌봐주던 친구 이갑기도 시인 박팔양도 이석훈도 없었다. 낮게 깔린 먹구름 때문에 정주를 둘러싸고 있는 산들이 얼굴을 숨기고 있었다. 정주역에서 고장이 나 멈춘 기차는 백석이 고읍역에 도착할 때까지도 움직이지 않았다.

그날 밤, 쭈글쭈글한 주름의 늙은 어머니가 서른네 살 아들의 손을 잡고 말했다.

"우리 아들이 오마니한테 어찌 이케 늦게 완?"

백석의 손등 위로 어머니의 눈물방울이 떨어졌다. 백석은 아무 말도 할 수 없었다.

평안북도 정주군
갈산면 익성동

평안북도 정주는 북쪽으로 묘두산·오봉산·제석산·심원산·독장산·천태산 같은 해발 200~500미터 안팎의 산들이 가로놓여 있다. 이 산줄기들은 남서쪽으로 내려오면서 점차 낮아져 바다에 이르기 전까지 넓은 평야지대를 형성한다. 예부터 이름난 '정주미'가 이곳 평야에서 생산되었다. 들판 가운데로 동래강·사송강·달천강과 같은 시내와 강들이 곡창지대를 가로질러 서해로 흘러들어간다.

해안선은 서해안의 전형적인 리아스식 해안이다. 굴곡이 심하고 갯벌이 넓게 형성되어 있으며. 조수간만의 차이가 심하고 간석지가 많다. 앞바다에는 애도·내장도·갈도를 비롯한 30여 개의 크고 작은 섬들이 흩어져 있다. 애도 포구는 근방 서해안 수산물의 집산지로서 배가 들어오면 늘 흥청거린다. 「여우난골족族」에는 "배나무접을 잘하는 주정을 하면 토방돌을 뽑는 오리치를 잘 놓는 먼섬에 반디젓 담그려 가기를 좋아하는 삼춘"이 나온다. 이 삼춘이 배를 타고 밴댕이젓을 담으러 가던 먼 섬이 바로 애도였을 것이다.

정주의 기후는 평안북도 지역에서 비교적 따뜻한 편이다. 연평균 기온이 8.8도, 1월 평균기온은 영하 8.6도, 8월 평균은 23.8도이다. 얼음은 10월 중순부터 얼기 시작해 이듬해 4월 중순까지 녹지 않는다.

이러한 지형과 기후적 특성은 어린 시절 백석의 원체험을 형성하는 중요한 요소가 된다. 백석의 시에는 희한하게도 유년과 관련된 음식이 거의 빠짐없이 등장한다. 그는 음식의 기억을 집요하게 시에 끌어들여 과거의 시공간을 복원하고자 시도한다. 다음과 같은 시에는 적유령산맥 끄트머리에 형성된 정주군의 산간지대 음식이 풍성하게 열거되어 있다.

토끼도 살이 오른다는 때 아르대 즘퍼리에서 제비꼬리 마타리 쇠조지 가지취 고비 고사리 두릅순 회순 산山나물을 하는 가즈랑집 할머니를 따르며
나는 벌써 달디단 물구지우림 등굴네우림을 생각하고
아직 멀은 도토리묵 도토리범벅까지도 그리워한다
— 「가즈랑집」 중에서

이 밖에 평야지대에서 나는 음식으로는 두부 · 콩나물 · 도야지비계 · 찹쌀탁주 · 무감자 · 붕어곰 · 메밀국수 · 호박떡 · 시래기국이 있고, 해안지역의 음식으로는 반디젓 · 달재생선 · 가재미 등을 들 수 있다.

음식에는 가족이라는 공동운명체의 기질과 취향과 풍습이 반영되어 있다. 음식을 먹는다는 건 어떻게 보면 매우 사소하고 일상적인 행위일 뿐이다. 하지만 함께 밥을 먹었던 기억은 가족을 단단히 결합하는 중요한 요소가 된다. 음식의 공유는 기억의 공유로 곧잘 이어진다. 사소한 것을 통해 '조선적인 것'이 무엇인가를 묻는 게 백석의 시라면 백석에게 음식은 단순히 허기를 채우는 먹을거리에 그치지 않는다. 백석의 시를 지

배하는 음식이 거의 모든 시에 등장한다는 것은 그가 음식을 감각의 총화로 파악하고 의도적으로 시에 배치했음을 의미한다. 그 결과 음식은 놀라운 친화력을 발휘해 독자를 시의 자장 안으로 강하게 끌어들인다.

백석은 1912년 7월 1일 평안북도 정주군 갈산면 익성동 1013번지에서 태어났다. 갈산면은 1914년 행정구역 통폐합 때 갈지면葛池面과 오산면五山面을 병합하여 갈산면葛山面으로 바뀌었다. 백석이 태어날 당시에 익성동은 오산학교가 자리잡은 오산면 관할이었다. 한국전쟁 이후 1952년 북한의 군·면·리 통폐합 조치에 따라 갈산면은 새로 신설한 운전군에 편입되어 오늘에 이르고 있다. 오산학교가 익성동 940번지였으니 백석의 집은 오산학교 바로 코앞이었다.

정주와 오산학교는 일찍부터 걸출한 문인들을 많이 배출했다. 백석보다 20년 앞서 춘원 이광수가 정주군 갈산면 광동동 신리에서 태어났다. 백석보다 열 살이 많은 오산학교 선배 김소월은 구성군에서 출생하고 곽산군에서 성장했으며, 그의 스승 김억은 곽산군 출신인데 오산학교에서 한동안 교편을 잡았다. 백석보다 10년 후에 태어나 나중에 1980년까지 〈조선일보〉 주필로 활동한 소설가 선우휘는 정주읍 남산리가 고향이다. 《창작과비평》을 이끌고 있는 문학평론가 백낙청은 1938년 외가인 대구에서 태어나 성장했지만 원래 친가는 정주군에 있었다.

백석의 어릴 때 이름은 백기행白夔行이었다. 오산고보를 졸업하고 일본에서 유학을 할 때까지 그가 쓰던 이름은 백기행이었다. 1933년 12월, 방응모의 장학금을 받은 장학생들의 모임 '이심회' 회보 제1호 표지에는 '白石'이라고 자필로 서명을 했으나 회원 명단에는 '白奭'으로 실려 있는 점이 이색적이다. 백석의 연인이었던 자야 여사는 청진동으로 부쳐 오던 편지의 겉봉에 '백기연白基衍'이라는 이름을 쓰기도 했다고 기억한

그날 밤, 쭈글쭈글한 주름의 늙은 어머니가
서른네 살 아들의 손을 잡고 말했다.
"우리 아들이 오마니한테 어찌 이케 늦게 완?"
백석의 손등 위로 어머니의 눈물방울이 떨어졌다.
백석은 아무 말도 할 수 없었다.

다. 훗날 지면에 작품을 발표할 때는 거의 모두 '백석白石'을 사용했다.

백석은 아버지 백시박白時璞과 어머니 이봉우李鳳宇의 3남 1녀 중 장남으로 출생했다. 아버지 백시박은 젊은 시절 백용삼白龍三이라는 이름을 쓰기도 하다가 백석이 오산학교를 다닐 무렵에는 백영옥白榮鈺으로 개명한다. 백석의 아버지는 살림이 그리 넉넉하지 않았지만 장남에 대한 교육열은 누구보다 컸다. 『오산백년사』에 따르면 1923년 오산학교 기숙사 신축을 위한 기부금 모집 때 지역 유지들과 학부모들이 대거 참여했는데 백영옥도 기부금 10원을 낸 기록이 있다. 이것은 백석이 오산학교에 입학하기 한 해 전의 일이다. 백석이 오산고보를 다닐 때에도 아버지는 학교 일에 열성적으로 협조했다. 학생들이 늘어나면서 오산학교에서는 대강당을 짓기로 했는데 돈이 부족했다. 그래서 1928년 6월 19일부터 8월 19일까지 두 달 동안 지역별로 모금 책임자를 정해 기부금을 모으기로 했다. 이때 백석의 아버지 백영옥을 비롯해 다섯 사람이 황해도 일대의 기부금 모집책임을 맡아 떠나기도 했다. 그 후에 백석의 아버지는 경성으로 이사해 〈조선일보〉의 사진부 촉탁으로 들어가 1939년까지 일했다고 전해진다.

백석의 부모는 오산학교 앞에서 하숙을 치며 생활했다. 1924년 이전까지 오산학교에는 기숙사가 없었다. 들판에 세워진 오산학교 주변에는 원래 초가로 된 네다섯 채의 민가가 오종종 모여 있을 뿐이었다. 그러다 정주는 물론 전국 곳곳에서 학생들이 몰려들면서 오산이라는 학교마을이 형성되었다. 학교 주변의 민가가 학교 기숙사 역할을 대행하는 구조였다. 학교를 둘러싸고 40~50 가호가 방 서너 개씩을 두고 하숙을 치고 있었다.

오산학교에 근무하던 고당 조만식이 백석의 집에서 '언제나' 하숙을 했다는 말은 조금 과장된 것이다. 고당이 백석의 집에 머무르며 숙식을 해결하기도 했지만 기숙사 신축 이후에는 사감으로 학생들과 늘 함께 지냈다는 기록들이 훨씬 설득력이 있다.

　　명절날 나는 엄매 아배 따라 우리집 개는 나를 따라 진할머니 진할아버지가 있는 큰집으로 가면

　　얼굴에 별자국이 솜솜 난 말수와 같이 눈도 껌벅거리는 하로에 베 한 필을 짠다는 벌 하나 건너 집엔 복숭아나무가 많은 신리新里 고무 고무의 딸 이녀李女 작은이녀李女

　　열여섯에 사십四十이 넘은 홀아비의 후처가 된 포족족하니 성이 잘 나는 살빛이 매감탕 같은 입술과 젖꼭지는 더 까만 예수쟁이 마을 가까이 사는 토산土山 고무 고무의 딸 승녀承女 아들 승承동이

　　육십리六十里라고 해서 파랗게 뵈이는 산을 넘어 있다는 해변에서 과부가 된 코끝이 빨간 언제나 흰옷이 정하든 말끝에 설게 눈물을 짤 때가 많은 큰골 고무 고무의 딸 홍녀洪女 아들 홍洪동이 작은홍洪동이

　　배나무접을 잘 하는 주정을 하면 토방돌을 뽑는 오리치를 잘 놓는 먼섬에 반디젓 담그려 가기를 좋아하는 삼춘 삼춘엄매 사춘누이 사춘동생들

　　이 그득히들 할머니 할아버지가 있는 안간에들 모여서 방안에서는 새 옷의 내음새가 나고

　　또 인절미 송구떡 콩가루차떡의 내음새도 나고 끼때의 두부와 콩나물과 뽂은 잔디와 고사리와 도야지비계는 모두 선득선득하니 찬 것들이다

저녁술을 놓은 아이들은 외양간섶 밭마당에 달린 배나무동산에서 쥐
잡이를 하고 숨굴막질을 하고 꼬리잡이를 하고 가마 타고 시집가는 놀음
말 타고 장가가는 놀음을 하고 이렇게 밤이 어둡도록 북적하니 논다

밤이 깊어가는 집안엔 엄매는 엄매들끼리 아르간에서들 웃고 이야기
하고 아이들은 아이들끼리 웃간 한 방을 잡고 조아질하고 쌈방이 굴리고
바리깨돌림하고 호박떼기하고 제비손이구손이하고 이렇게 화디의 사기
방등에 심지를 몇 번이나 돋구고 홍게닭이 몇 번이나 울어서 졸음이 오면
아릇목싸움 자리싸움을 하며 히드득거리다 잠이 든다 그래서는 문창에
텅납새의 그림자가 치는 아츰 시누이 동세들이 욱적하니 흥성거리는 부
엌으론 샛문틈으로 장지문틈으로 무이징게국을 끓이는 맛있는 내음새가
올라오도록 잔다
　　ー「여우난골족族」 전문

어린 시절 백석의 가계와 정주에서의 행동반경은 몇 편의 시를 통해
짐작해볼 수 있다. 정주군 갈산면 익성동에서 어린 시절을 보내던 백석
은 명절날이 되면 할아버지 할머니가 있는 큰집으로 간다. 그곳이 바로
'여우난골'이다. 도야지비계를 비롯한 음식들이 선득선득하니 찬 것들이
라고 한 것을 보면 음력 설날에 차례를 드리고 세배를 하기 위해 모인 것
이다. 여기에 등장하는 가족들은 나, 아버지, 어머니, 할아버지, 할머니,
고모 셋, 고종사촌 7명, 삼촌, 숙모, 사촌 최소한 3명 등 모두 20명이다.
큰골 고모를 과부가 되었다고 쓰고 있는 것으로 봐서 신리 고모부와 토
산 고모부까지 모였다면 무려 22명에 이르는 숫자다. 농경사회의 전통과
대가족의 질서가 백석의 유년을 감싸고 있었음을 보여주는 대목이다.

백석의 가계도에서 형제자매에 관해 남아 있는 기록이나 전언은 그

리 많지 않다. 백석이 일곱 살 되던 해에 남동생 협행이, 열 살 되던 해에 둘째 남동생 상행이 태어났고, 여동생 현숙은 백석이 오산학교 2학년에 재학 중이던 열네 살 때 출생했다는 게 전부다.

　　나는 돌나물김치에 백설기를 먹으며
　　넷말의 구신집에 있는 듯이
　　가즈랑집 할머니
　　내가 날 때 죽은 누이도 날 때
　　무명필에 이름을 써서 백지 달어서 구신간시렁의 당즈깨에 넣어 대감
　　님께 수영을 들였다는 가즈랑집 할머니
　　언제나 병을 앓을 때면
　　신장님 달련이라고 하는 가즈랑집 할머니
　　구신의 딸이라고 생각하면 슬퍼졌다
　　　　—「가즈랑집」 중에서

　　나를 생각하든 그 무당의 딸은 내 어린 누이에게
　　오리야 너를 한 쌍 주드니
　　어린 누이는 없고 저는 시집을 갔다건만
　　오리야 너는 한 쌍이 날어가누나
　　　　—「오리」 중에서

　　백석이 누이동생을 언급하는 시는 딱 두 편이다. 앞의 시는 나와 누이가 태어날 때 무당인 가즈랑집 할머니를 통해 대감님께 수영을 들었다는 것, 즉 생로병사를 관장하는 귀신에게 병이 없이 오래 살게 해달라고

수양아들, 수양딸로 바쳤다는 것이다. 뒤의 시는 나를 좋아하던 무당의 딸이 누이에게 오리 한 쌍을 주었는데 누이는 죽고 그 무당의 딸은 시집을 갔다는 것이다. 두 편에 공통적으로 누이의 죽음이 드러나는 것으로 봐서 백석의 여동생은 어린 나이에 세상을 뜬 것으로 보인다. 「오리」에 등장하는 누이와 또 다른 시 「정문촌旌門村」에서 늙은 말꾼한테 시집을 간 열다섯 살의 정문집 맏딸이 같은 인물일지도 모른다는 견해가 있으나 그것은 억측에 불과하다. 오히려 「오리」에 나오는 무당의 딸을 가즈랑집 할머니의 딸과 동일시해서 읽어보는 게 더 흥미로울 것이다.

오산학교 시절

    경성에서 출발한 경의선 열차가 정주역에 닿기 바로 전에 거치는 역이 고읍역이다. 1905년 경의선이 개통되면서 정주에는 운전·고읍·정주·하단·곽산역이 생겼다. 정주군은 이때부터 교통의 요지로 성큼 발달하였다. 이런 교통 환경 덕분에 정주 납청정納淸亭의 유기鍮器는 전국으로 팔려가면서 유명해졌다. 고읍역에서 오산학교까지는 2킬로미터쯤 떨어져 있어 어른 걸음으로 30분쯤 걸어야 한다.

    어린 백석은 수업시간에 경의선 열차가 지나가는 소리를 들으며 자신에게 다가올 미래를 꿈꾸고 있었다. 경의선 기차를 타고 남쪽으로 내려가면 평양이 멀지 않았고, 10시간쯤 달리면 경성에 닿았다. 경부선으로 갈아타고 부산에 내리면 일본으로 가는 관부연락선이 기다리고 있었다. 지도를 보면 바다 건너 일본이 지척이 아니었던가. 그것뿐만이 아니다. 북으로는 경의선의 종착지 신의주까지 달릴 수 있었고, 압록강만 건너면 드넓은 중국 대륙을 품에 안을 수 있었다. 경의선은 중국의 단동(안둥)에서 봉천까지 가는 단봉철도와 연결되어 바로 만주로 갈 수 있는 통로 구실을 하고 있었다.

기차는 고읍역에 닿기 직전이거나 출발할 때 어김없이 기적을 울렸다. 기적 덕분에 오산학교 학생들은 시계가 없어도 그때그때 해야 할 일을 척척 해낼 수 있었다. 백석은 오산학교의 기왓골을 타고 울리는 기차 소리를 들으며 나중에 시에도 등장하는 중국의 두보와 이백과 도연명을 떠올렸을지 모른다. 그리고 오산학교 시절부터 도스토옙스키와 프랑시스 잠과 라이너 마리아 릴케의 문학적인 영혼을 만나러 가야겠다고 생각했을지도 모른다. 중국의 연운항連雲港에서 출발하는 중국횡단철도 TCR, Trans Chinese Railways와 단동에서 출발해 울란바토르를 거쳐 가는 몽골횡단철도TMGR, Trans Mongolian Railways는 모두 파리까지 가는 시베리아횡단철도TSR, Trans Siberian Railways와 연결되어 있었으니까.

고읍역에서 경성까지는 기차로 거의 하루가 걸리는 거리였다. 하지만 그 거리는 오산학교 학생들의 꿈을 가로막는 장애가 되지 못했다. 이 학교를 졸업한 이들 중에는 한국근현대사의 앞부분을 채우는 이름들이 유난히 많다. 독립운동가 김홍일 장군, 제헌국회의원이면서 교육자였던 주기용, 기독교계의 한경직 목사와 함석헌 선생, 의사 백인제, 시인 김억과 김소월, 화가 이중섭 등이 바로 그들이다.

이들이 공부하던 오산학교 남쪽으로는 133미터의 남산, 남서쪽에는 그 비슷한 천주산, 서쪽에는 245미터의 제석산, 동쪽에는 205미터의 연향산이 있다. 오산五山이란 이 다섯 봉우리의 산이 하나의 분지를 형성하고 있어 붙은 이름이다. 이중에 가장 높은 제석산 위에는 장군바위라는 크고 절묘하게 생긴 바위가 있다. 이 바위 꼭대기에 올라서면 평양의 대동문이 까마귀 머리만큼 보인다고 했다. 가뭄이 심한 해에는 정주목사가 이 장군바위에 올라 주민들과 함께 돼지를 잡아 바치며 기우제를 지냈다고 전해진다. 이때 바위에 돼지의 피를 바르면 하늘이 열리며 비가 내렸다고 한다.

백석은 오산소학교를 졸업하고 열세 살 되는 해인 1924년 오산학교에 입학한다. 백석이 오산고등보통학교(오산고보)에 입학했다는 일부의 주장은 크게 틀린 건 아니지만 바로잡을 필요가 있다. 1907년 남강 이승훈이 민족정신을 심어주기 위해 오산학교를 설립한 뒤 1926년 오산고보로 승격하기 전까지는 4년제 학교였다. 백석이 입학할 당시만 해도 이곳 졸업생들은 대학에 진학할 자격이 주어지지 않았다. 조선총독부의 개정 교육령에 의해 고등보통학교로서의 자격에 미치지 못했던 것이다. 그래서 오산학교는 1925년 1월 새로운 학제로 승격하기 위해 기부금 30만원의 육영자금을 모아 재단법인 등록을 마쳤고, 그 이듬해 오산사립보통학교와 오산고등보통학교로 정식 인가를 받았다. 따라서 백석은 오산학교로 입학을 한 뒤에 학제 개편으로 오산고보를 졸업했다고 하는 게 정확한 표현이다.

백석이 오산학교를 다닐 무렵에는 학교를 둘러싸고 네 군데 작은 마을이 형성되어 있었다. 용동, 큰절골, 안절골, 그리고 서쪽으로 좀 떨어진 당산리 부락이 그것이다. 이 마을들을 학교마을, 병원마을, 사택마을로 부르기도 했다. 학교와 바짝 붙은 학교마을에는 집이 4~5채밖에 없었고, 기숙사 생활을 하는 학생들 이외에는 절골과 용동에서 하숙을 하는 학생들이 많았다. 오산학교가 전국적인 명성을 얻으면서 학생 수가 불어나자 이곳에는 음식점과 잡화점 같은 가게들이 하나둘 들어섰다.

오산학교 학생들의 저녁 일과는 밥을 먹고 나서 밤 7시부터 10시까지 자습을 하는 것으로 마무리된다. 이때는 그날 공부한 것을 하숙집에서 각자 복습하는 것이다. 『오산백년사』에는 흥미로운 에피소드 하나가 소개된다. 학교에 기숙사를 짓기 전에는 자습시간이 되면 교사들이 순번을 정해 하숙집을 순시하면서 감독을 했다. 학생들이 제대로 자습을 하고 있는지, 게으름을 피우지는 않는지 살피기 위해서였다. 보통 밤 9 시쯤이 되면 감독교사가 지나가는데 학생들은 교사가 지나가자마자 하나둘씩 하숙집 밖으로 빠져나갔다. 밤이 깊어 출출해진 배를 채우려는 것이다. 돌이라도 씹어 먹을 십대 후반의 나이에 하숙집에서 주는 밥으로는 기나긴 겨울밤에 몰려오는 허기를 견딜 수 없었던 모양이다. 학생들이 밤마다 몰래 탈출을 감행해 즐겨 찾는 곳은 중국음식점의 호떡이나 국숫집이었다. 여기서 국수는 백석이 나중에 시 「국수」로 그려낸 냉면을 말한다.

아, 이 반가운 것은 무엇인가
이 히수무레하고 부드럽고 수수하고 슴슴한 것은 무엇인가
겨울밤 쩡하니 닉은 동티미국을 좋아하고 얼얼한 댕추가루를 좋아하고 싱싱한 산꿩의 고기를 좋아하고
그리고 담배 내음새 탄수 내음새 또 수육을 삶는 육수국 내음새 자욱한 더북한 삿방 쩔쩔 끓는 아르굳을 좋아하는 이것은 무엇인가

이 조용한 마을과 이 마을의 으젓한 사람들과 살틀하니 친한 것은 무엇인가
이 그지없이 고담枯淡하고 소박素朴한 것은 무엇인가
—「국수」 중에서

오산학교 출신들은 영하 20도가 넘는 추운 날씨에 얼음이 버석거리는 동치미국에 냉면을 말아먹는 맛을 잊을 수 없다고 회상한다. "겨울밤

쩡하니 닉은 동티미국"의 맛을 백석이 모를 리 없었다. 하숙집 아들이었던 백석은 이러한 학생들의 치기 어린 일탈을 호기심과 부러움이 반반씩 섞인 눈으로 바라보았다. 그 일탈의 대열에 합류하고 싶은 마음도 없지 않았다.

백석이 오산학교 2학년을 다닐 때 고당 조만식 선생이 오산학교 교장으로 부임했다. 조만식이 오산학교에 온 것은 이번이 세 번째였다. 조만식은 1913년 3월 메이지대학 전문부 법학과를 졸업한 직후 4월부터 오산학교 교사로 초빙받아 근무하면서 1915년에 교장으로 취임한 적이 있었다. 직책은 교장이었지만 그는 검소하게 생활하면서 학생들과 함께 화장실 청소를 하는 등 솔선수범하는 자세를 잊지 않았다. 민족의식을 바탕으로 하는 오산학교의 학풍이 단단해지고 수많은 인재들이 몰려오게 된 계기를 만든 것도 그가 교장으로 근무할 때였다. 조만식은 3·1운동이 일어나기 직전 1919년 2월에 6년 동안 몸 바쳐 일했던 오산학교를 사직하였다. 그것은 3·1독립선언을 하고 난 뒤에 상하이로 건너가서 독립운동에 헌신할 계획이 있었기 때문이다. 이 모든 결정에는 오산학교 설립자 남강 이승훈의 암묵적인 동조가 뒷받침되었다.

민족대표 33인의 한 사람으로 3·1운동에 참여한 이승훈의 정신을 흠모해온 오산학교 학생들이 대거 만세시위에 참여하자, 일제는 야비하게 다수의 교사들을 구속하고 학교에 불을 질러 전소시키는 만행을 저질렀다. 이러한 일제의 탄압으로부터 학교를 일으켜 세워 살리려면 지도자가 필요했기에 옥중의 이승훈은 조만식에게 다시 교장으로 와달라고 간청했다. 이에 조만식은 1920년 9월에 잿더미로 변한 오산학교 교장으로 부임해 학교 재건사업에 참여하다가 1921년 3월 평양 YMCA를 창립하기 위해 교장 직을 그만두게 된다.

조만식이 세 번째로 오산학교를 찾았을 때는 학생들이 700명을 웃돌 정도로 번성하던 때였다. 이 무렵 백석의 눈에 비친 조만식 선생은 얽은 얼굴과 짧은 머리에 키가 자그마하고 수염을 잘 깎지 않는 야무지게 보이는 사람이었다. 멀리서 봐도 후줄근한 검정 무명 두루마기의 밑단이 무릎까지 올라올 정도로 짤막한 것을 입고 있으면 조만식 선생이었다. 그는 교장이면서 학생들을 직접 가르치는 교사로, 그리고 기숙사 사감으로 여러 가지 역할을 겸하고 있었다. 매일 6시에 일어나 10시에 학생들의 일과가 끝날 때까지 학생들과 함께 생활했다. 이른 아침엔 새소리를 들으며 학생들과 시냇물에 세수를 하고 나서 운동장에 모여 체조를 하고 뒷산을 같이 뛰었다. 겨울을 목전에 두고 땔감을 하러 갈 때도 학생들과 함께 나뭇짐을 졌다. 낮고 조금 쉰 듯한 목소리, 어눌한 말투로 학생들을 가르치던 조만식은 말보다 행동이 앞선 매우 실천적인 선생이었던 것이다.

1925년 조만식이 오산학교에 다시 취임한 이후에 1926년 학교는 오산고등보통학교로 승격되었고, 그는 동맹휴학사건이 일어난 후 8월에 교장에서 물러난다. 조만식이 사임한 이후 10월에 〈동아일보〉 편집국장을 지낸 당대의 유명한 소설가 홍명희가 교장으로 초빙받아 오산고보로 부임한다. 그런데 홍명희는 1927년 2월 창립된 좌우합작 독립운동 단체인 '신간회新幹會' 활동을 위해 몇 개월 만에 학교를 그만둔다. 당시 청소년기를 통과하고 있던 백석은 먼발치에서 경성에서 온 일급 소설가의 풍모를 보며 작가로서의 미래를 상상했을 것이다.

1927년 가을, 백석은 경의선 열차를 타고 경성으로 수학여행을 떠났다. 처음 가보는 경성이었다. 검은 '고꾸라 중학생복'을 입고 도착한 경성의 첫 인상은 별로 좋지 않았다. 경성역에 내렸더니 공기는 텁텁했고,

어디선가 어물전 냄새 같은 게 코로 스며들었다. 경성은 그저 "건건 찝절한 내음새가 나고 저녁때같이 서글픈 거리"였다. 게다가 창피한 일도 겪었다. 친구하고 버스를 기다리고 있었는데 친구가 잠깐 어디로 간 사이 기다리던 버스가 도착했다. 그는 버스 안내원에게 손을 흔들며 부탁했다.

"한 사람이 올 때까지 조금만 기다려주세요."

그러자 버스 안내원은 냅다 소리를 질렀다.

"아니, 기가 막혀. 학생이 이 버스를 대절하기라도 했어?"

백석은 무안해서 얼굴이 발갛게 달아올랐다. 정주에서 온 열여섯 살 촌놈에게 경성은 쌀쌀맞기만 했다.

소월과 백석

백석이 어떤 계기로 문학에 뜻을 두게 되었는지, 왜 문학에 자신의 모든 것을 걸기로 했는지를 알려주는 자료는 별로 없다. 오산고보를 18회로 같이 졸업한 박이준의 회고에 의하면 "내가 아는 백석은 성적이 반에서 3등 정도였으며 문학에 비범한 재주가 있었다. 특히 암기력이 뛰어나고 영어를 잘했다. 회화를 썩 잘해 선생들에게 칭찬을 받았다."(송준, 『시인 백석』, 흰당나귀, 2012)는 것이다. 하지만 오산학교를 다닐 당시 '비범한 재주'를 밖으로 드러낸 문학적인 활동이나 그 물증이 남아 있는 게 없다.

김소월은 백석보다 6년 선배로서 오산학교 12회 졸업생이었다. 소월을 직접 만난 적은 없지만 그를 매우 동경하면서 백석이 시인의 꿈을 키우기 시작했다는 말은 그래서 일리가 있다. 감수성이 예민한 십대 후반에는 자신이 다니는 학교의 교사나 선배가 이루어놓은 업적에 관심이 많고 은연중에 그 영향 아래 놓이려는 심리가 작용한다. 당시에 주목받는 시인으로 성장하고 있는 소월이 학교 선배라는 이유 하나만으로도 그의 시를 탐독하며 백석 자신도 시를 쓰고 싶었을 것이다.

소월은 1915년에 오산학교에 입학했다. 교사로 근무하던 조만식이 처음 교장을 맡은 해였다. 소월이 2학년이 되었을 때 안서 김억이 교사로 부임했다. 김억은 평소에 글쓰기에 남다른 재능을 보이는 과묵한 학생 소월을 유심히 바라보기 시작했다. 원래 김억은 평안북도 곽산 출신인데 오산학교 4회 졸업생이다. 일본 게이오의숙 영문과에서 수학한 뒤에 모교의 교사로 온 것이다. 그는 이미 1914년 도쿄 유학생들이 발간하는 《학지광》에 시 「이별」 등을 발표하면서 창작활동을 시작한 시인이었다. 소월은 틈나는 대로 시를 들고 가 김억의 지도를 받았다. 소월이 졸업할 당시에는 오산학교가 4년제로 졸업생들이 대학에 진학할 수 있는 자격이 없었다. 그래서 소월은 오산학교를 12회로 졸업하고, 김억을 따라 경성으로 갔다. 경성에서 스무 살에 배재고보 5학년에 편입해 1년을 더 다니고 나서야 졸업장을 받을 수 있었다.

백석은 소월을 깊이 흠모하고 있었지만 생전에 그를 만날 기회가 없었다. 백석의 소월에 대한 존경과 추모의 마음은 나중에 1939년에 가서야 표현이 된다. 소월이 죽고 나서 5년 후 《여성》지 지면을 통해서였다. 이때는 백석이 이 잡지의 편집을 맡고 있을 때였다. 백석은 소월을 누구보다 아끼고 보살피던 스승 김억을 찾아갔다. 소월에 대한 이야기를 듣고 꼼꼼하게 취재하기 위해서였다.

김억은 그날 백석에게 자신이 보관하고 있던 낡은 노트 한 권을 빌려주었다. 그것은 소월이 생전에 옆에 끼고 살다시피 하던 습작노트였다. 거기에는 소월이 운명 직전에 직접 쓴 시와 산문, 잡다한 메모들이 빼곡하게 들어 있었다. 백석은 그 노트를 보고 이상한 흥분을 감추지 못했다고 「소월과 조선생」(《조선일보》 5월 1일자)이라는 글에서 고백한 적이 있다. 이 글은 《여성》 6월호가 발매되기 전에 소월에 대한 취재과정을 살짝 내비치려는 의도로 쓴 것이다. 백석은 소월의 노트에 적혀 있는 「제이·엠·에스」라는 시를 잡지에 소개한다.

> 평양서 나신 인격의 그 당신님 제이, 엠, 에쓰
> 덕 없는 나를 미워하시고
> 재주 있는 나를 사랑하셨다,
> 오산 계시던 제이, 엠, 에쓰
> 사오 년 봄 만에 오늘 아침 생각난다
> 근년처럼 꿈 없이 자고 일어나며
> 얽은 얼굴에 자그만 키와 여윈 몸매는
> 달은 쇠끝 같은 지조가 튀어날 듯
> 타듯하는 눈동자만이 유난히 빛나셨다.
> (1 행략)
> 소박한 풍채, 인자하신 옛날의 그 모양대로
> 그러나, 아 – 술과 계집과 이욕에 헝크러져
> 15년에 허주한 나를
> 웬 일로 그 당신님,
> 맘속으로 찾으시오? 오늘 아침,
> 아름답다, 큰사랑은 죽는 법 없어
> 기억되어 항상 내 가슴 속에 숨어 있어
> 미처 거치르는 내 양심을 잠재우리
> 내가 괴로운 이 세상 떠날 때까지.

이 시에서 '1 행략'으로 표시된 자리에 생략된 내용은 "민족을 위하여는 더도 모르시는 정열의 그 님."이다. 노트에 적힌 글씨의 해독이 어려웠거나 교정과정에서 의도적으로 삭제한 것으로 보인다. 어쩌면 후자일 가능성이 높다. 1937년 중일전쟁이 발발하자 일제는 조선을 병참기지화하면서 1938년에는 국가동원령을 내리고 지원병 제도를 실시하였다. 민족주의 성향을 띠던 문인과 지식인들이 속속 친일의 대열에 합류하던 때도 이 무렵이었다. 〈조선일보〉는 '민족'이라는 말이 일본총독부의 검열을 피해갈 수 없다고 판단해 자의적으로 지워버렸던 것이다. 조선일보가 내세우던 '민족정론지'는 1940년 폐간될 때까지 이렇게 구차하게 생을 연장하게 된다.

이 시에 이어지는 산문에서 소월은 조만식의 사랑을 받았고, 백석 자신도 우러러 존경하는 분이라는 것을 밝히고 있다. 또한 소월과 자신이 오산학교라는 같은 둥지에서 성장한 동문이라는 것을 자랑스러워하면서 은연중에 동질성을 강조한 것이었다.

조 선생님은 이러케 재주 잇는 소월을 그 인자하신 우슴을 띠우고 머리를 쓰다듬어 사랑하신 모양이 눈아페 뵈이는 듯한데 오산을 단겨 나온 자 누구에게나 그러틋이 이 천재시인도 그 마음이 흐리고 어두울 때 역시 그 얽으신 얼골에 쟈그만 키와 여윈 몸맵씨의 조만식 선생님을 차저 오시엇든 것이다.

그러고 나서 백석은 《여성》 1939년 6월호에 「소월의 생애」라는 제목으로 기사를 썼다. 소월이 오산학교 시절부터 문학에 대한 열정이 놀랍고 재질이 뛰어났다는 것, 시집 『진달래꽃』(초판은 한성도서주식회사에서 1925년 출간)에 수록된 아름다운 시들이 오산학교에서 기숙사 생활을 할 때부터 구상하고 쓰기 시작했다는 것, 학교시절 소월의 성적이 우수했다는 것 등 소월의 문학적 바탕이 오산학교에서 마련되었다는 내용이 길게 이어진다. 김억을 통해 들은 소월의 인상과 성격도 자세하게 묘사했다.

소월은 키가 작고 몸집이 간얄피고 살결이 깜안작작하고 얼굴은 둥글 납작한 편인데 이 얼굴의 특징으로는 견치가 유별히 송곳같이 뾰족하든 것과 다른 총명한 사람들과 마찬가지로 그 눈빛이 샛별같이 빛났든 것입니다. 소월이 내심은 상냥하나 겉으로는 그리 사교성 있는 사람이 아니었습니다. 언제나 늘 체면을 찾고 얌전을 빼고 새침이를 떼고 말이 헌다하지 아니하고 참으로 차디찬 샛님이었습니다.

소월의 술자리 버릇도 놓치지 않고 포착한다. 다음과 같은 문장은 흡사 백석 자신이 술자리에서 보이는 자세를 그대로 옮겨놓은 듯하다.

그는 술에 취하지 않은 것이 아니라 술에 취하지 못할 사람이었습니다. 술좌석에서도 소월은 안즘안짐이라든가 말버릇이라든가 술잔을 주고 받는 태도라든가 모두 도독하니 높고 틀을 벗지 아니하고 그리고 쉬히 질탕한 데 빠지지 아니하고 그리고 조금 사치스럽고 조금 까다롭고 하였습니다.

소월이 경성에 매력을 느끼지 못해 곽산으로 돌아갔고, 경성에서도 문단과의 교류가 별로 없었으며, 현실주의적인 성격과 허무 사이에서 갈등을 일으키다가 운명했다는 것으로 글은 마무리된다.

이 기사가 나가고 나서 6개월 후 김억이 엮은 『소월시초』가 12월 30일 박문서관에서 출간된다. 짐작건대 이 시집의 출간을 앞두고 백석이 그 정보를 미리 알고 대중들의 관심을 유도하기 위해 미리 기사를 썼을지도 모른다. 그게 아니라면 김억이 백석에게 소월의 시집 출간을 준비하고 있다며 부탁을 했을 수도 있다. 왜냐하면 당시 《여성》지는 백석이 편집을 맡고 나서부터 4월호를 발매하자마자 사흘 만에 매진이 될 정도로 대중들의 폭발적인 인기를 끌고 있던 잡지였다.

소월이 선배로서 백석의 문학적 감성에 불을 질렀지만 백석의 시가 소월의 직접적인 영향권에 들어간 것은 아니었다. 소월은 고향 관서지방에서 널리 불리던 서도민요에 대한 관심과 애정을 자신이 쓰는 시의 창작원리로 삼았다. 그리하여 민요풍의 4·4조와 일본에서 수입된 7·5조의 운율을 시에 적극적으로 도입했다. 하지만 백석은 의도적으로 그러한 리듬을 거부했다. 소월이 시의 '노래'로서의 기능에 심취했다면 백석은 묘사를 통한 '이야기'의 효과에 더 끌렸던 것이다. 백석의 시에서 소월 특유의 민요적 리듬감이 느껴지는 시는 1938년에 발표된 「대산동 大山洞」과 1947년에 발표된 「적막강산」 정도를 들 수 있을 것이다.

비얘고지 비얘고지는
제비야 네 말이다
저 건너 노루섬에 노루 없드란 말이지
신미두 삼각산엔 가무래기만 나드란 말이지

비얘고지 비얘고지는
제비야 네 말이다

푸른 바다 흰 한울이 좋기도 좋단 말이지
해밝은 모래장변에 돌비 하나 섰단 말이지

비애고지 비애고지는
제비야 네 말이다
눈빨갱이 갈매기 발빨갱이 갈매기 가란 말이지
승냥이처럼 우는 갈매기
무서워 가란 말이지
—「대산동 大山洞」 전문

오이밭에 벌배채 통이 지는 때는
산에 오면 산소리
벌로 오면 벌 소리

산에 오면
큰솔밭에 뻐꾸기 소리
잔솔밭에 덜거기 소리

벌로 오면
논두렁에 물닭의 소리
갈밭에 갈새 소리

산으로 오면 산이 들썩 산 소리 속에 나 홀로
벌로 오면 벌이 들썩 벌 소리 속에 나 홀로

정주定州 동림東林 구십九十여 리里 긴긴 하로 길에

산에 오면 산 소리 벌에 오면 벌 소리

적막강산에 나는 있노라

—「적막강산」 전문

1929년 3월 5일 백석은 오산고보를 졸업한다. 공교롭게도 같은 해에 평남 평원군 출신 이중섭과 평양 출신 문학수, 그리고 평남 대동군 출신 황순원이 오산고보에 입학한다. 마치 소월이 "앞강물 뒷강물/ 흐르는 물은/ 어서 따라 오라고 따라 가자고/ 흘러도 연달아 흐릅디다려."라고 노래한 것처럼. 이때 입학한 황순원은 몸이 아파 나중에 평양 숭실학교로 전학을 가게 된다.

학교를 졸업했지만 백석은 갈 곳이 없었다. 어디서 오라고 하는 곳도 없었다. 무엇보다 집안이 넉넉하지 못했기 때문에 경성이나 일본으로 유학을 갈 처지가 되지 못했다. 그러나 궁즉통窮則通이라 했던가. 고향에 머물렀던 1년은 백석에게 삶의 방향을 모색하고 나름대로 앞날을 설계할 수 있는 시간을 선물했다.

그는 방바닥에 엎드려 단편소설 한 편을 완성했다. 작품 끝에 '1929. 12. 10.'이라는 창작완료 시점을 적어두었다. 과부로 살아가면서 기구한 인생역정을 겪게 되는 한 여인과 이를 바라보는 아들의 용서와 화해를 다룬 소설이었다. 백석은 이 작품 「그 모母와 아들」을 1930년 〈조선일보〉 신년현상문예에 응모해 당선의 영예를 거머쥔다. 이 소설은 1월 26일자부터 2월 4일자까지 〈조선일보〉에 5회에 걸쳐 실렸다.

〈조선일보〉 지면 1월 15일자에 당선 소식이 발표되고 나서 불과 나

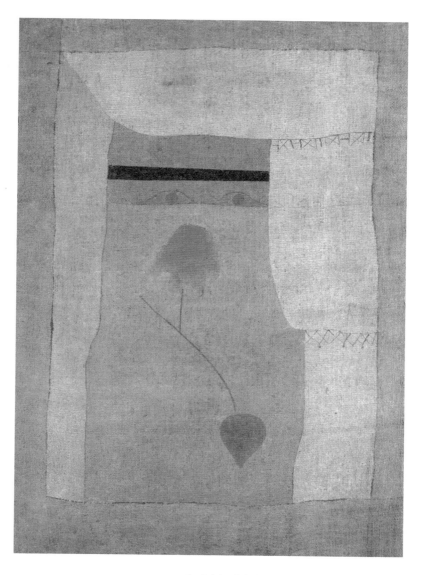

이 사건은 백석이 태어나서 처음으로 가장 가까이
에서 목도한 정치적 시위 현장이었다. 식민지에서
조선인이 어떻게 자존감을 지키며 살아가야 하는지
를 고심하게 만든 사건이기도 했다.

홀 후에 오산학교 학생들은 대규모 시위사건을 일으킨다. 그것은 1929년 11월 3일에 일어난 광주학생의거에 대한 오산학교 학생들의 의로운 화답이었다. 이미 졸업해 학교 앞에 살던 백석은 후배들의 용기 있는 행동을 시종일관 지켜보았다.

1930년 1월 18일, 아침 일과가 시작되기 전부터 오산학교 안에는 비장한 기운이 감돌았다. 9시가 되자 사전에 준비한 격문이 순식간에 전교생에게 배포되었다. 격문은 대학 진학이나 사회로의 진출을 준비해야 하는 5학년 졸업반을 제외한 전교생에게 배포되었다. 먼저 1학년 교실에서 만세소리가 터져 나오기 시작했다. 격문을 읽은 학생 500여 명이 썰물처럼 교실을 빠져나가 운동장에 집결했다. 머리에 쓰고 있던 모자를 공중으로 던지며 환호하는 학생도 있었다.

"조선독립만세!"

학생들은 교문을 나가 2킬로미터 떨어진 고읍을 향해 달려가기 시작했다. 몇몇 교사들이 학생들을 만류했다. 그것은 형식적으로 말리는 시늉을 한 것에 불과했다. 고읍에 도착하자 일반 읍민들이 하나둘 박수를 보내며 학생들의 시위에 호응하는 모습을 보였다. 학생들은 고읍 주재소 앞에서 더욱 큰 소리로 만세를 불렀다. 애초의 계획은 고읍까지만 진출하고 학교로 돌아오는 것이었다. 하지만 민족의식을 뼈에 새기며 크고 있던 오산학교 학생들의 성난 함성은 사그라질 줄 몰랐다. 학생들은 고덕학교 앞을 돌아 신리를 지났다. 매서운 바람이 눈 쌓인 길 위로 불어왔다. 정주읍까지 7.5킬로미터나 되는 길을 달리고 달렸다. 학생들은 정주경찰서 앞까지 진출했다. 그러자 100여 명의 일본 경찰이 학생들을 포위하고 시위를 주도하는 학생들을 하나둘씩 체포하기 시작했다. 학생들의 시위소식을 듣고 달려온 남강 이승훈이 간곡한 목소리로 학생들을 설득했고, 이에 학생들은 달천교를 건너 학교로 돌아왔다. 이 시위사건으로 주동학생 선우기성, 신기복, 임창원은 징역 8월에 집행유예 4년 판결을 받았고, 경찰의 강요로 학교에서는 불가피하게 이들에게 퇴학 처분을 내렸다.

이 사건은 백석이 태어나서 처음으로 가장 가까이에서 목도한 정치적 시위 현장이었다. 식민지에서 조선인이 어떻게 자존감을 지키며 살아가야 하는지를 고심하게 만든 사건이기도 했다.

아오야마학원으로
유학을 가다

일본으로의 유학은 백석에게 두어 가지 삶의 전기를 마련해주었다. 하나는 서양에서 물밀듯이 밀려오는 근대의 세례를 받을 기회를 얻었다는 것이고, 또 다른 하나는 천형처럼 짊어지고 가게 될 시의 세계로 발을 들여놓는 결정적인 계기가 되었다는 것이다.

1930년 4월 백석은 일본 아오야마학원青山學院 영어사범과에 입학했다. 오산고보 시절부터 외국어 습득능력이 남달랐던 그는 졸업 후 귀국해서 영어교사를 하고 싶었다. 가난한 집안의 백석이 유학길에 오를 수 있었던 것은 정주 출신 사업가 방응모 덕분이었다. 1884년 출생인 방응모는 백석의 아버지보다 몇 살 아래였다. 서로 호형호제하면서 때로는 친구처럼 격의 없이 지내는 사이였다. 이들은 둘 다 뚜렷한 직업이 없었다. 방응모는 오산학교를 위한 일이라면 발 벗고 나섰다. 1922년 불탄 교실을 짓기 위해 기부금을 모집할 때는 모집위원으로 참여했고, 1924년에는 기숙사와 교원사택을 지으려고 할 때 추진위원을 맡아 기부금을 모으는 일에 협조했다. 한때 방응모는 〈동아일보〉 정주지국장을 맡기도 했으나 늘 자금난에 시달렸다. 당시에는 신문을 읽지 못하는 문맹자가 많았을 뿐 아니라 한 달에 1원씩 수금하는 신문대금도 잘 들어오지 않았던 것이다. 방응모는 〈동아일보〉 본사에 지불해야 하는 구독료를 제때 지불하지 못했다. 그래서 본사에서는 그가 미리 낸 보증금에서 구독료를 까나가는 방법으로 정주지국을 겨우 유지할 수 있도록 편의를 봐줬다. 그러다 결국 부채가 쌓여가자 지방에서라도 언론인 행세를 하려던 방응모의 꿈은 물거품이 되었고, 결국 지국 운영을 포기했다.(한근조, 『고당 조만식』, 태극출판사, 1972)

방응모는 사회주의운동에도 적잖게 관심을 가졌다. 박헌영朴憲永, 조봉암曺奉岩 등이 속해 있던 '화요회'는 1925년 2월 16일 '전조선민중운동자대회'를 열기로 하고 72명의 준비위원 명단을 발표했다. 여기에 평북 정주 대표를 맡은 사람이 방응모였다. 그해 4월 20일 경성에서 열릴 계획이었던 이 대회는 하루 전날 일제 경찰의 집회 불허방침에 따라 무산되었다. 이 사실을 모르고 상경한 수백 명의 대의원들은 경성 시내 곳곳에서 항의시위를 벌였다.(박갑동, 『박헌영』, 인간사, 1983) 이때 정주의 방응모가 어떤 행동을 했는지에 대해서는 구체적으로 알려진 바가 없다.

방응모는 기울어가는 인생을 바꾸려면 금광에서 금맥을 찾는 일밖에 없다고 판단했다. 당시 조선에는 금맥을 찾아내 벼락부자가 된 사람들이 나타났다. 이렇게 일확천금을 꿈꾸던 사람들을 '황금광黃金狂'이라고 불렀다. 방응모는 금광왕 최창학이 갑부가 되어 이미 버리고 떠난 평안북도 삭주군 교동의 폐광에 목숨을 걸었다. 여기에서 그의 인생은 뒤바뀌었다. 폐광에 곡괭이를 갖다댄 지 3년 만에 손가락 세 개 굵기의 금맥을 발견한 것이다. 노다지를 찾아낸 그는 하루아침에 조선 최고의 금광왕이 되어 갑부의 대열에 올라섰다. 1926년의 일이었다.

방응모는 정주에서 한 대밖에 없는 포드승용차를 구입해 금덩이를 신고 경성에 팔러 갔고, 아흔아홉 칸의 저택도 마련했다. 그러다가 1932년 교동금광을 야마모토 조타로山本條太郎의 일본중외광업에 135만원을 받고 팔았다. 지금으로 치면 1,350억원쯤 되는 거액이었다. 당시 이 돈은 여의도의 1.5배에 달하는 땅을 살 수 있는 엄청난 액수였다. 경성의 여덟 칸 한옥 한 채가 1,000원 정도 할 때였으니 한옥 기와집 1,350채를 살 수 있는 금액이었다.

일본은 전쟁을 준비하면서 군비를 마련해야 했다. 그렇게 하려면 세계 어느 곳에서도 유통이 가능한 금을 확보하는 일이 시급했다. 금을 많이 쌓아둔 나라가 세상의 경제와 군대를 휘어잡을 수 있던 때였다. 조선총독부는 금광개발을 장려하는 정책을 속속 내놓았고 막대한 예산을 금광사업에 쏟아붓기 시작했다. 해마다 수십 톤의 금이 생산되었는데도 금값은 하루가 다르게 치솟았다.(전봉관, 『황금광시대』, 살림, 2005) 방응모는 운이 좋은 사람이었다. 그는 최적기에 금광을 매각한 것이다.

방응모는 교동광산의 성공을 바탕으로 고향 정주 사람들을 돌봐주기 시작했다. 그중 하나가 1928년에 자신의 아호를 따서 만든 '춘해장학회春海奬學會'다. 이 장학회의 지원을 받은 국내외 정주 출신의 장학생들이 1933년 12월 12일 이심전심이라는 뜻으로 '이심회以心會'라는 모임을 꾸렸다. 그러니까 백석은 이심회의 초기 멤버인 셈이었다. 이후 이심회는 정주 출신으로 한정하던 장학금 보조 대상을 전국으로 확대하면서 '서중회序中會'로 이름을 바꿨다. 장학회의 규모와 지원금이 그 당시로서는 매우 파격적이었다. 매월 60원씩 70여 명 국내외 학생들에게 장학금을 지급했다. 당시 신문기자의 월급에 해당하는 금액이었다.

나는 북관北關에 혼자 앓아 누워서

어느 아츰 의원醫員을 뵈이었다

의원은 여래如來 같은 상을 하고 관공關公의 수염을 드리워서

먼 넷적 어느 나라 신선 같은데

새끼손톱 길게 돋은 손을 내어

묵묵하니 한참 맥을 짚드니

문득 물어 고향故鄕이 어데냐 한다

평안도平安道 정주定州라는 곳이라 한즉

그러면 아무개씨氏 고향故鄕이란다

그러면 아무개씰氏 아느냐 한즉

의원醫員은 빙긋이 웃음을 띠고

막역지간莫逆之間이라며 수염을 쓴다

나는 아버지로 섬기는 이라 한즉

의원醫員은 또다시 넌즈시 웃고

말없이 팔을 잡어 맥을 보는데

손길은 따스하고 부드러워

고향故鄕도 아버지도 아버지의 친구도 다 있었다

1938년 《조광》 4월호에 발표했던 「고향」이다. 이 시는 2003년 대학수학능력시험에 지문으로 등장해서 대중들에게 널리 알려지기도 했다. 이 시를 쓸 당시 백석은 함흥 영생고보 영어교사로 근무하고 있었다. 그는 어느 날 몸이 아파 의원을 찾아간다. 의원은 부처 같은 인상에 관우처럼 길게 수염을 기른 사람이었다. 맥을 짚던 의원은 백석의 말투를 듣고는 고향을 물어본다. 백석이 평안도 정주라고 대답을 했더니 그곳은 아무개씨의 고향이라고 말한다. 백석이 "아버지로 섬기는 이"라고 한 점

으로 미뤄볼 때 이 '아무개씨'가 방응모가 아닐까 추측해보는 일은 결코 무리가 아니다.

방응모의 지원으로 백석은 일본 도쿄의 아오야마학원에서 비교적 넉넉한 유학생활을 할 수 있었다. 하지만 국내외 정세는 긴박하게 돌아가고 있었다. 1931년 국내에서는 민족주의자들과 사회주의자들이 공동으로 조직한 독립운동단체 신간회가 해체되고, 일제는 계급문학을 주창하던 카프 성원들을 대대적으로 검거하기 시작했다. 일본 관동군은 중국을 침략하기 위해 먼저 만주로 쳐들어가 만주사변을 일으켰고, 결국 1932년에 일제의 괴뢰국인 만주국을 세웠다.

일본에서의
문학수업

막 20대로 접어든 백석은 아오야마학원에서 공부에 몰두했다. 아오야마학원 영어사범과는 중등학교 영어교사를 양성하는 곳이었다. 1학년 때부터 4학년을 마칠 때까지 백석은 '영문강독' '영문법' '영어번역' '영어작문' '영문학'과 같은 과목들을 수강했다. 이 학교의 교육과정은 2, 3학년 때는 독일어나 불어 중 하나를 선택해서 수강하도록 되어 있었다.

백석은 일본에서 틈틈이 시집을 구해 읽었다. 당시 일본에서 주목을 끌던 시인들과 프랑스 상징주의 시인들의 시집이었다. 이 시집들은 백석에게 시를 바라보는 새로운 눈을 뜨게 만들었다. 지금까지 그가 읽었던 조선의 시들은 시인의 감정을 질서 없이 토로하는 시들이 많았다. 시에서 가능한 한 음악성을 배제하고 감각적인 이미지를 활용한 시들이 백석의 눈길을 잡아당겼다. 이른바 모더니즘 계열의 시들이 그러했다.

시인으로서 백석은 누구의 영향을 강하게 받았을까? 지금까지 이 부분에 대한 논의는 이동순의 「시인 백석과 그의 정신적 스승 이시카와 다쿠보쿠」(《월간조선》 1999년 4월호)가 거의 유일하다. 이시카와 다쿠보쿠 石川啄木는 1910년 단가집 『한 줌의 모래』를 출간하면서 '국민시인'이라

불릴 정도로 독자들의 사랑을 한 몸에 받았다. 여기에는 3행 형식의 단가 551수가 수록되어 있다. 아래 단가는 우리에게도 익숙한 시다.

장난삼아 어머니를 업어보고
너무나 가벼워 목이 메어
세 걸음을 못 옮겼네

이동순은 앞의 글에서 백석이 이시카와 다쿠보쿠를 정신적으로 사숙했다고 밝히면서 두 사람의 시에 드러나는 동질성을 세 가지로 나눠 분석을 시도했다. 첫째는 고향을 소재로 한 작품이 많고, 그 고향이 원초적인 모성 이미지로 나타나고 있으며, 둘째로는 작품 속의 등장인물들이 가난과 삶의 고통 속에 허덕이는 서민들이라는 점, 셋째는 일본의 전통적인 단가는 고답적이고 관념적인 데 비해 이시카와 다쿠보쿠는 구체적인 생활에서 시를 발견했고, 백석도 한국의 전통적인 사설시조 양식에서 새로운 창조를 모색했다는 점을 들고 있다.

이시카와 다쿠보쿠는 백석이 태어난 해인 1912년 스물여섯의 나이로 요절했다. 백석의 연인이었던 자야 여사에 따르면 백석은 유학시절 이 시인의 시를 탐독했으며 귀국 후에도 가끔 시집을 펼쳐 읽었다고 한다. 공허한 관념을 걷어내고 자연과 생활에 뿌리를 둔 애잔한 시들에 백석이 매혹되었기 때문일 것이다. 가령 다음과 같은 시를 보자.

실무에는 쓸모없는 시인이라고
나를 보는 사람에게
돈을 빌렸나니

여기서 '실무'는 효용을 뜻하는 말일 것이다. 시인은 돈을 빌리러 갔으나 돈을 빌려준 사람은 세상의 현실적인 문제에 비켜서 있는 시인을 힐난한다. 그런 핀잔을 받으면서도 가난한 시인은 돈을 빌릴 수밖에 없다. 돈을 많이 가진 사람은 실무에 밝지만 오히려 속물이라는 비판적인 시각이 이 시의 숨겨진 메시지다. 이 단가는 언뜻 백석이 1938년《여성》10월호에 발표한 「가무래기의 낙樂」을 떠올리게 한다.

> 가무락조개 난 뒷간거리에
> 빚을 얻으려 나는 왔다
> 빚이 안 되어 가는 탓에
> 가무래기도 나도 모도 춥다
> 추운 거리의 그도 추운 능당 쪽을 걸어가며
> 내 마음은 우쭐댄다 그 무슨 기쁨에 우쭐댄다
> 이 추운 세상의 한구석에
> 맑고 가난한 친구가 하나 있어서
> 내가 이렇게 추운 거리를 지나온 걸
> 얼마나 기뻐하고 락단하고
> 그즈런히 손깍지벼개하고 누워서
> 이 못된 놈의 세상을 크게 크게 욕할 것이다

　시인은 돈을 빌리러 갔다가 실패한다. 돈을 빌리지 못해 안 그래도 추운 날씨가 더 춥게 느껴진다. 그런데 시인은 세상의 다급하고 현실적인 문제로부터 따돌림을 받아도 우쭐대고 기뻐한다. 그것은 "맑고 가난한 친구" 때문이다. 현실과 타협하지 않고 사는 그 친구를 떠올리면서 시인은 "못된 놈의 세상"에 비난을 퍼붓는다. 이 비난이 오히려 삶에 대한 낙관으로 여겨지는 것은 이 시가 반어적 표현에 기대고 있기 때문이다. 이시카와 다쿠보쿠와 백석의 세계관이 시에 유사하게 드러나는 경우라고 하겠다.

이시카와 다쿠보쿠 이외에 백석이 좋아하던 일본 작가는 아쿠타가와 류노스케芥川龍之介였다. 자야 여사도 백석이 귀국 후에 그의 소설을 즐겨 읽었다고 회상한 적이 있다. 백석이 일본 유학 시절 한두 사람 특정한 시인의 영향을 받았다고 확정적으로 말할 수 있는 근거는 없다. 백석이 유학할 무렵에는 일본의 현대시가 빠르게 변모를 거듭해가던 때였다. 정형시로서의 '신체시'가 서구에서 이식된 '자유시'에 의해 물러나고, 새로운 주류로 떠오른 자유시는 방법적 모색을 거듭하고 있었다. 1920~30년대 한국현대문학의 흐름과 흡사한 형국이었다. 그 당시 일본 시단에 일대 변혁을 가져온 것은 바로 모더니즘 시의 출현이었다. 이러한 시의 출현은 습작기에 있던 백석의 시에 적지 않은 영향을 끼쳤을 것으로 추측된다. 시집 『사슴』에 실린 초기 시편 중 「여우난골족」 「고야」 「모닥불」 등의 시가 산문시로 쓰였다는 점과 모더니즘 시의 성격을 고스란히 내포하고 있다는 점에서 영향관계는 비교적 명료해 보인다. 이러한 백석 시의 특징과 관련하여 다음의 문장은 의미심장하게 읽힌다.

동인잡지 《아亞》와 《시와 시론詩と詩論》의 중심 멤버로, 그 당시의 신산문시운동新散文詩運動의 제창자이며 신산문시운동의 방법론을 제시한 시인 기타카와 후유히코北川冬彦(1900~1990)는, "대정大正 말기, 자유시는 그 형식의 자유가 타락의 극에 달했고, 되는대로 행을 나누는 것뿐이다.

시적 감동이 없다. 그 거짓의 행 나눔을 없애고 산문으로 시를 쓸 것"을 주창하기에 이른다. 신산문시는 종래에도 쓰였지만, 시작詩作에서 형식혁명의 방법론으로 제시한 것은 일본의 근대시사近代詩史에서 이때가 처음이며, 그것은 종래의 산문시와는 다르기 때문에 '신新' 이라는 관冠을 쓴 것이었다.

— 오석륜, 「미요시 타쓰지三好達治의 『측량선測量船』론 -그의 산문시를 중심으로」, 《일어일문학연구》 제44집, 2003.

특히 인용문에서 거론되는 《시와 시론》은 백석의 시에 적지 않은 영향을 주었을 것이다. 《시와 시론》은 1928년 9월 창간하여 1931년 12월까지 14권을 간행한 시 전문 계간지였다. 이 잡지는 신시정신을 표방하며 소화 초기 모더니즘 시의 거점으로 활동하였다. 시사적으로도 중요한 업적을 남긴 것으로 평가받는 몇 개의 시 잡지 중의 하나다. 특히, 초현실주의, 신산문단시형新散文短詩型, 포르마리즘(의식적으로 시의 형식을 강조하려는 시의 방법) 등이 결집하여 전개되었다는 점에서 의미 있다.

이 잡지는 제1차 세계대전 후의 해외문학을 소개하는 데도 공을 들였다. 창간 때의 동인은 안자이 후유에安西冬衛(1898~1965), 기타카와 후유히코, 미요시 타스지(1900~1964) 등이었다. 물론 이들 동인들은 향후 일본 시단의 중요한 인물들로 성장하게 된다. 이처럼 이 잡지의 역할은 지대한 것이어서, 당시의 일본 시인들과 일본으로 유학 온 문학청년들에게 적지 않은 영향을 주었다. 이들은 무엇보다 시인 자신의 흥취와 감정을 담는 것을 배격했고, 의미 없는 행갈이에 주의했으며, 시의 회화성에 무게를 두었다(한성례, 「'시와시론'과 '아'의 모더니즘 시인들」, 《유심》 39호, 2009). 이것은 백석의 초기 시편들이 지닌 특징과 거의 일치하는 것이다.

백석의 일본 체재 시기가 1930년에서 1934년인 점을 감안하면, 시기적으로도 그가 이 잡지로부터 영향을 받았다는 것은 어렵지 않게 짐작할 수 있을 것이다.

모더니즘 운동의 기수였던 안자이 후유에는 조선의 젊은 시인들을 매료시켰다. 시인 박인환은 해방 후에 경성 종로 3가 낙원동에 '마리서사茉莉書舍'라는 서점을 경영했다. 이 서점의 이름 '마리'는 바로 안자이 후유에의 시집 『군함 마리軍艦茉莉』에서 따온 것이라는 말이 나올 정도였다.

백석은 일본 문학계를 풍미하고 있던 모더니즘 운동을 폭넓게 수용하면서 자신의 세계를 구축해나갔다. 시집 『사슴』에 실려 있는 33편의 작품 중에 예닐곱 편을 제외하면 모두 단시이거나 산문 형태의 시라는 점을 눈여겨볼 필요가 있다. 백석은 외모만 '모던보이'가 아니었다. 일본 유학시절 습작기부터 그는 '가장 모던한 것'과 '가장 조선적인 것'을 어떻게 결합할 것인가를 고민했다. 백석보다 앞선 주요한이나 정지용은 유학시절부터 일본어로 쓴 시를 발표했다. 그러나 백석은 단 한 편도 일본어로 된 시를 발표하지 않았다. 그는 모더니즘적인 시를 탐독하고 시론을 받아들였지만 조선 사람의 언어를 지키는 시인이고자 했다.

저녁밥때 비가 들어서
바다엔 배와 사람이 홍성하다

참대창에 바다보다 푸른 고기가 께우며 섬돌에 곱조개가 붙는 집의 복도에서는 배창에 고기 떨어지는 소리가 들렸다

이즉하니 물기에 누굿이 젖은 왕구새자리에서 저녁상을 받은 가슴

앓는 사람은 참치회를 먹지 못하고 눈물겨웠다

　어득한 기슭의 행길에 얼굴이 해쓱한 처녀가 새벽달같이
　아 아즈내인데 병인病人은 미역 냄새 나는 덧문을 닫고 버러지같이
누웠다
　　—「시기柿崎의 바다」 전문

　백석은 일본 유학 중에 가키사키柿崎로 여행을 떠난 적이 있었다. 가
키사키는 도쿄 남서쪽 시즈오카현靜岡懸縣에 있다. 시즈오카에서 바다를
끼고 이즈伊豆반도 쪽으로 가면 반도의 끝에서 태평양을 마주하고 선 곳
이 가키사키다. 시의 배경이 일본의 항구도시인데도 과장되거나 설익은
이국정조 따위는 철저하게 배제하고 있다. 마치 남해안의 어느 포구 앞
을 그리고 있는 듯하다. 여전히 평북 방언을 구사하고 있는 점도 백석답
다. 백석은 일본에서의 여행 체험이 담긴 또 한 편의 기행시를 남겼다.

　넷적본의 휘장마차에
　어느메 촌중의 새 새악시와도 함께 타고
　먼 바닷가의 거리로 간다는데
　금귤이 눌한 마을마을을 지나가며
　싱싱한 금귤을 먹는 것은 얼마나 즐거운 일인가
　　—「이두국주가도伊豆國湊街道」 전문

　이즈반도의 해안으로 가는 길을 짧게 스케치한 시다. 백석은 도쿄에
서 시즈오카역까지 기차를 이용해 이동했을 것이다. 그다음에 관광지로

유명한 가키사키로 가기 위해 휘장을 두른 마차를 탔다. 이 시에 나오는 '금귤'도 백석의 눈에는 참으로 신기하고 놀라운 사물이지만 이즈반도 여행은 그에게 적지 않은 문학적 영감을 주었다.

백석은 1934년 3월 22일 발행한 《이심회 회보》제1호에 「해빈수첩 海濱手帖」이라는 수필을 싣는다. 이심회는 방응모의 지원으로 장학금을 받은 학생들의 친목모임이었다. 방응모는 가끔 방학을 이용해 학생들을 집으로 불렀다. 이 모임에 백석은 빠지지 않았고, 회보 창간호에 관찰과 묘사가 빼어난 걸출한 수필을 발표했다.

개

저녁물이 끝난 개들이 하나 둘 기슭으로 몽입니다. 달 아레서는 개들도 뼈다귀와 새끼똥아리를 물고 깍지 아니합니다.

행길에서 것든 걸음걸이를 잊고 마치 밋물의 내음새를 맡는 듯이 제 발자국 소리를 들으랴는 듯이 고개를 쑥-빼고 머리를 처들이고 천천히 모래장변을 거닙니다.

그것은 멋이라 없이 칠월강변의 즐게를 생각케 합니다. 해변의 개들이 이렇게 고요한 시인이 되기는 하늘에 쏘구랑별들이 자리를 박구고 먼 바다에 뱃불이 물길을 옳는 동안입니다.

산탁 방성의 개들은 또 무엇에 놀래어 짖어내어도 이 기슭에 서 잇는 개들은 세상의 일을 동딸이 짖으려 하지 아니합니다. 마치 고된 업고를 떠나지 못하는 족속을 어리석다는 듯이 그리고 그들은 그 소리에서 무엇을 찾으랴는 듯이 무엇을 생각하는 듯이 웃둑 서서 고개를 들고 귀를 기울입니다. 그들은 해변의 숭엄한 철인들입니다.

밤이 들면 물속의 고기들이 숨구막질을 하는 때이니 이때이면 이 기슭의 개들도 든덩의 벌인 배 우에서 숨국막질을 시작합니다.

그들은 그들의 일이 끝나도, 언제가지나 바다가에 우둑하니 서서 즈츰걸이며 기슭을 떠나려 하지 아니합니다. 저 달이 제 집으로 돌아간 뒤에야 올 조금의 들물에게 무슨 이야기나 잇는 듯이.

가마구

바람 부는 아츰에는 기슭에 한불 가마구가 않습니다. 그들은 먼 촌수의 큰아바지의 제사에 쓸어뫃인 가난한 일가들입니다.

겨울 바다의 해가 올라와도 바람이 멎지 않는 아츰과 고깃배들이 개포를 나지 못하는 비바람 설레는 저녁은 가마구들이 바다의 승둥을 물려받는 때이니 그들은 이라하야 바다의 당손이 됩니다.

아츰이면 밤물에 떠들어온 강아지의 송장을 놓고 욕심 많은 제관인 가마구들은 고개를 주억주억 제사를 들입니다. 마치 먼 할아부지의 성묘를 하는 정성 없는 자손같이.

바다 사람들이 모래장변에 왕구새의 자리를 펴고 참치를 말리는 시절엔 참대 끝에 가마구의 송장을 메어 달어 그 자리 가에 세웁니다. 이는 죽엄의 사자인 가마구들에게 죽엄의 두려움을 가르치려는 어리석은 지혜입니다.

제 종족의 송장 아레서 가마구들은 썩은 송장 파든 그 쥐두미를 덩싯걸이며 무서운 저주를 사특한 이웃인 이 바다사람들에게 뱉는 것입니다.

그러다도 그 넝니한 지혜가 말하기를 바다사람들의 이러한 버릇이 그들을 두려워하고 위하는 표이리라고 그리하야 바다사람들은 그들의 죽은 종족을 높이 받들어 참치를 제물로 괴이고 졸곡제를 지내는 것이라고 하면 그때엔 바다가의 제사장인 가마구들은 제 종족의 죽엄을 우럴어 받드는 이 바다사람들을 까욱까욱 축복하면서 먼 소나무 가지로 날어가 앉습니다.

이는 제 종족이 죽어 제사를 받는 때 그 제터에 가까이 하지 않는 것으로 죽은 종족의 명복을 비는 그들의 녜절과 풍속을 직히는 까닭입니다.

그러나 가마구들은 바다사람들과 원수질 것을 까욱까욱 울며 맹세하엿습니다.

어느 때에 바닷사람들은 대 끝에 죽은 가마구 대신에 마치 닭이 채같이 검언 헌 것을 매어 달엇습니다. 또 민지 없는 낙시코에 피도 같지 않은 가마구의 쪽찌 하나를 꿰어 달기도 하엿습니다.

그 뒤로 가마구들은 늙은 사공이 사랑하는 부둑 개가 기슭으로 나오면 그 모딜은 쥐두미로 개의 등어리와 엉댕이를 쿡쿡 쪼아 올려놓고야 맙니다. 바다사람들의 참치 자리 우에 묽은 횟대똥을 찔-하고 싸갈기며 씨연하다 합니다.

그리하야 이 노염많은 사자들이 농신의 사당에 부즈러니 조사를 보려 나아가서는 바다사람들을 잡어오란 구신의 녕을 그렇게도 감감하니 기다리는 것입니다.

어린아이들

바다에 태어난 까닭입니다.

바다의 주는 옷과 밥으로 잔뼈가 굴른 이 바다의 아이들께는 그들의 어버이가 바다로 나가지 않는 날이 가장 행복된 때입니다. 마음놓고 모래장변으로 놀러 나올 수 잇는 까닭입니다.

굴 깝지 우에 낡은 돋대를 들보로 세운 집을 지키며 바다를 몰으고 사는 사람들을 부러워하며 자라는 그들은 커서는 바다로 나아가여야 합니다.

바다에 태어난 까닭입니다. 흐리고 풍낭 세인 날 집 안에서 여을의 노대를 원망하는 어버이들은 어젯날의 뱃노리를 폭이 되엇다거나 아니 되엇다거나 그들에게는 이 바다에서는 서풍 끝이면 으레히 오는 소낙비가 와서 그들의 사랑하는 모래텀과 아기는 옷을 적시지만 않으면 그만입니다.

밀물이 쎄는 모래장변에서 아이들은 모래성을 쌓고 바다에 싸움을 겁니다. 물결이 그들의 그 튼튼한 성을 허물지 못하는 것을 보고 그들은 더욱 승승하니 그 작은 조마구들로 바다에 모래를 뿌리고 조약돌을 던집니다. 바다를 씨멸식히고야 말듯이.

그러나 얼마 아니하야 두던의 작은 노리가 그들을 부르면 그들은 그렇게도 순하게 그렇게도 헐하게 성을 뷔이고 싸움을 버립니다.

해질무리에 그들이 다시 아부지를 따러 기슭에 몽당불을 놓으려 불가으로 나올 때면 들물이 성을 헐어버린 뒤이나 그때는 벌서 그들이 옛성과 옛싸움을 잊은 지 오래입니다.

바다의 아이들은 바다에 놀래이지 아니합니다. 바다가 그 무서운 혜 끝으로 그들의 발끝을 핥어도 그들은 다소곤이 장변에 앉어서 꼬누를 둡니다.

지렁이같이 그들은 고요이 도랑츠고 밭가는 역사를 합니다. 손가락으로 많은 움물을 팟다가는 발뒤축으로 모다 메워버립니다. 바닷물을 손으로 움켜내어서는 맛도 보지 않고 누가 바다에 소금을 두었다고 동무를 부릅니다. 바다에 놀래이지 않는 그들인 탓에 크면은 바다로 나아가여야

하는 바다의 작은 사람들입니다. — 南伊豆柿崎海濱

「해빈수첩」에는 '개' '가마구' '어린아이들'이라는 각각 다른 소제목이 붙어 있다. 그리고 원고 끝에 '남이두시기해빈南伊豆柿崎海濱'이라고 적어두었다. 이즈반도의 가키사키 해변에서 이 글을 썼다는 것을 밝혀둔 것이다. 백석은 1934년 3월 6일 아오야마학원을 우수한 성적으로 졸업하고 곧바로 귀국했다. 이 글이 3월 22일에 발행한 회보에 실렸다는 것은 졸업을 앞두고 여행을 했고, 일본을 떠나기 직전에 쓴 것임을 알게 해준다. 이 회보의 필자소개란에는 당시 백석의 주소가 '경성부 운니동 19'라고 되어 있다. 그리고 '소화 9년 3월 동경 청산학원 고등학부 영어사범과 졸업예정'이라고 적혀 있다.

이 글은 백석이 발표한 최초의 수필인 셈이 된다. 짧은 글이지만 시적인 발견과 시적인 문장이 가득하다. 최원식은 "이 작품들은 보통의 산문을 넘어선다. 대상에 대한 정밀한 관찰에 기초하고 있지만 그럼에도 자연주의적으로 모사한 것은 아니다. 관찰과 명상이 박명薄明의 분위기 속에서 어우러진 인상파적 터치로, 묘한 아우라를 거느린 일류의 작품들이다. 나는 이 작품들은 산문시로 보아야 하지 않을까 생각한다."고 썼다(「새로 찾은 백석의 산문시」,《민족문학연구》제22호, 2003). 이 글이 아동문학가 유경환에 의해 새로 발굴된 직후 반가움이 앞서서 '산문시'로 규정하고 싶었을 것이다. 물론 이 수필은 그러한 찬사를 받아도 좋을 만큼 대상에 대한 거리를 적절히 유지하면서 치밀한 관찰력과 묘사의 품격을 제대로 발휘하고 있는 작품이다. 하지만 백석은 시집 『사슴』에 이 작품을 시편의 하나로 수록하지 않았다. 이 작품을 통해 우리가 일본 유학 4년 동안 백석의 눈부신 성장을 확인하는 것만으로도 충분하다고 본다. 풍경과 사물을 어떤 눈으로 바라보아야 하는지, 언어를 부릴 때 감정을 어떻게 제어해야 하는지를 그는 확실하게 학습을 한 것이다. 이 수필은 백석이 유학 시절 이미지스트로서의 학습과정을 거쳤다는 하나의 증표가 된다.

스물세 살의 청년 백석은 4년 동안의 일본 유학을 마치고 돌아왔다. 그는 이제 평북 정주 출신의 촌놈이 아니었다. 말끔한 양복 차림에 넥타이를 맨 모던보이였다. 외모뿐만 아니라 영어에 능통한 모던지식인이었고, 서구와 일본의 현대시를 몸으로 받아들인 모던작가였다.

〈조선일보〉와의 인연

1934년 겨울은 따뜻했다. 한강에 얼음이 어는 날이 드물었다.

일본에서 귀국한 백석은 정주 고향집에 잠깐 들렀다가 곧바로 경성으로 왔다. 유학 생활을 할 수 있도록 뒤를 봐준 방응모가 귀국 후에 〈조선일보〉에서 일하자고 제안을 한 적이 있기 때문이었다.

"나를 돕는 셈 치고 내 옆에서 일하는 게 어떤가?"

방응모는 짧은 콧수염을 손으로 쓸면서 말했다. 방응모는 관서지방의 인재들을 챙기는 일에 적극적이었다. 특히 그는 백석이 예의 바르고 영어 실력이 남보다 출중하다는 것을 잘 알고 있었다. 신문에 서양 문화와 문학을 소개하는 일을 백석이 맡아주었으면 하는 바람을 내비친 것이다. 백석이 이미 〈조선일보〉 신년현상문예에 단편소설이 당선된 이력도 있거니와 글을 쓰고 싶어 한다는 것도 알고 있었다.

"자네는 펜을 잡고 살아갈 사람이 아닌가. 신문사에서 기사를 쓰는 일이 자네가 쓰고 싶어 하는 글과 멀리 있지 않으니 잘 생각해보게."

옆에서 듣고 있던 방종현도 거들었다.

"나도 머지않아 신문사 일을 돕게 될 것 같네. 우리 손잡고 조선을 바

뛰어보세.”

방종현은 경성제대 법문학부를 졸업하고 동경제대 대학원에서 언어학을 전공하고 있었다. 백석보다 여섯 살이 많은 그는 ‘이심회’의 핵심멤버 중 하나였다. 그는 방응모의 각별한 사랑을 받고 있던 인물이었다.

백석은 고민에 빠졌다. 일본에서 귀국하는 대로 영어교사를 하고 싶은 꿈이 있었기 때문이다. 가급적이면 시골에서 교사를 하면서 시를 쓰는 것이 백석이 바라던 미래였다. 하지만 아버지처럼 자신을 줄곧 뒷바라지해준 방응모의 뜻을 거역할 수가 없었다.

‘신문사에서 일을 하다가 마음먹으면 언제 어디서라도 교사를 할 수는 있겠지.’

더 이상 망설일 필요가 없었다.

“어르신의 뜻을 따르겠습니다.”

방응모는 손뼉을 치며 기뻐했다.

“그래, 잘 생각했네. 나하고 같이 일을 한다면 조만식 선생도 몹시 좋아하실 걸세.”

조만식은 조병옥과 주요한의 권유로 1932년 6월 〈조선일보〉의 제8대 사장이 되었다. 인수금은 50만원이었는데 미리 계약금 2만원을 지불하는 조건이었다. 그 당시 조선인이 경영하던 신문으로는 〈동아일보〉〈조선일보〉〈중외일보〉가 있었다. 그런데 조만식이 직접 나서서 신문사를 운영했지만 〈조선일보〉는 계속 경영난에 시달렸다. 조만식이 불러들인 방응모는 교동금광을 완전 매각하고 장학 사업을 펼치면서 신문사 경영을 모색하고 있었다. 방응모는 〈조선일보〉를 주식회사로 전환하기로 하고 경영권을 인수하기로 했다. 평북 정주에서 대서방을 하다가 〈동아일보〉 지국 하나 경영하지 못해 쩔쩔매던 그가 광산업으로 번 돈을 신문에 투자하기로 결심했던 것이다. 이때 조만식과 방응모 사이에서 다리를 놓은 것은 상해 임시정부에 관여하고 있던 신의주의 유지 고일청이었다.

1933년 3월 22일 방응모는 〈조선일보〉를 인수했다. 교동광산을 매각하면서 받은 135만원 중 50만원을 인수자금으로 과감하게 투자했다. 그리고 조만식을 사장으로 추대하고 자신은 부사장을 맡았다. 편집국장은 평양 출신의 시인 주요한이었다. 금광사업으로 떼돈을 번 방응모는 후에 〈동아일보〉에 있던 정주 출신 이광수를 부사장으로 초빙하는 등 자금과 인물을 획기적으로 투자해 신문의 기틀을 잡았다. 방응모의 투자로 자리를 잡기 시작한 〈조선일보〉는 〈동아일보〉와의 경쟁에서 우위를 차지할 수 있는 발판을 마련했다.

1934년 4월에 백석은 〈조선일보〉 교정부에 입사했다. 그리고 신문사에서 멀지 않은 경성 통의동 7의 6번지에 하숙을 정했다. 통의동은 경복궁 서쪽의 서촌마을인데 기와집이 옹기종기 머리를 맞대고 앉은 깨끗한 마을이었다.

당시 〈조선일보〉 사옥은 태평로 1가에 있던 2층짜리 조그마한 건물이었다. 백석은 광화문을 지나 세종로를 걸어 신문사로 출근했다. 멀리서 봐도 그는 남들의 눈에 금방 들어올 만큼 아름다운 청년이었다. 숱이 많은 새까만 곱슬머리에 선명한 눈썹에다 얼굴 한가운데에는 서양 사람처럼 콧날이 깎아놓은 듯 우뚝 자리 잡고 있었다. 균형 잡힌 어깨와 다리를 가진 훤칠한 키의 백석이 세종로를 경중경중 걸어가면 누구나 다시한 번 쳐다볼 수밖에 없었다. 목이 유난히 긴 이 청년은 늘 넥타이를 맨 정장 차림이었다. 길 가던 여성들이 이런 모던보이를 마주치기라도 하면 화들짝 놀라며 곁눈질을 하기 일쑤였다.

백석은 5월부터 9월까지 〈조선일보〉 지면에 외국 수필을 번역해 신

기 시작했다. 5월 16일부터 19일까지 연재한 「이설耳說 귀ㅅ고리」는 귀
고리의 유래와 의미를 다룬 글이었다. 5월 26일에는 타고르의 글 「불당
佛堂의 등불」을 번역했고, 6월 20일부터 26일까지는 「임종臨終 체홉의
유월六月」과 「체홉의 생애와 서간」을 번역해 소개했다. 그리고 8월 10일
부터 9월 12일까지 8회에 걸쳐 「죠이쓰와 애란문학愛蘭文學」을 번역해
실었다. 이 글들은 서양의 문학을 국내에 소개하는 교양기획물인 동시
에 백석의 문학적인 지향을 언뜻 내비치는 연재물들이었다.

이것뿐만이 아니었다. 백석은 〈조선일보〉 지면에 두 편의 단편소설을
발표하면서 창작 의욕을 불태웠다. 7월 6일부터 20일까지 6회에 걸쳐
단편소설 「마을의 유화遺話」를 연재했고, 8월 11일에서 28일까지 7회에
걸쳐 「닭을 채인 이야기」를 연재했다. 백석의 소설 문장은 등장인물의
대화체가 대폭 줄어들면서 치밀한 묘사체로 점점 바뀌어가고 있었다.

백석이 20대의 청춘을 통과하면서 만난 가장 절친한 친구를 한 사
람만 꼽으라면 허준許俊일 것이다. 백석보다 두 살이 많은 허준은 평안북
도 용천군 출신으로 중앙고보를 졸업하고 일본 호세이대학 문과에 입학
해 불문학을 전공했다. 그는 학과공부보다 문학에 더 빠져 있었다. 허준
은 학교를 수료하고 1934년 귀국해 〈조선일보〉 10월 7일자에 「초」 「가
을」 「실솔」 「시詩」 「단장短杖」 등 5편의 시를 발표하면서 등단한다.

백석과 허준은 둘 다 평북 출신이면서 일본 유학 경험이 있는 총각들
이었다. 평안도 사투리는 이들을 보이지 않게 매듭지어주는 끈이었다.
둘만 있을 때는 약속이나 한 것처럼 평안도 사투리가 입에서 술술 빠져
나왔다.

"내레 덩기 불이 번떡번떡 하는 바람에 잠을 못 잤디."

"지금 뭐라고 했소?"

"아, 요런 말귀도 못 알아듣는 피안도 아바이가 어데 있디?"

둘은 죽이 척척 맞았다. 그렇게 주거니 받거니 하면서 같이 키득거렸다. 백석은 허준의 얽매임이 없는 어진 성품을 좋아했고, 허준은 백석의 문학에 대한 열정과 세상을 보는 담백한 시선을 좋아했다.

그런데 둘은 서로 잘 어울리면서도 달랐다. 백석은 옷깃에 먼지가 조금 묻으면 손끝으로 탁탁 털어내지 않고는 견디지 못하는 성격이었다. 그는 남들이 보면 괴팍하다고 할 정도로 깔끔한 사람이었다. 빈틈이 없었다. 하지만 허준은 털털한 사람이었다. 어두컴컴한 방에서 때가 꼬질꼬질한 이불을 뒤집어쓰고 며칠을 씻지도 않고 버틸 줄 알았다.

백석과 허준을 묶어주는 또 하나의 끈은 문학이었다. 식민지라는 불확실한 현실 속에서 문학이 어떻게 현실을 헤쳐나갈 수 있을지 이야기하면서 둘은 같이 고통스러워했다. 그들에게는 현실을 냉정하게 직시하면서 어느 한쪽으로 치우치지 않는 시대의 균형감각이 필요했다. 그것은 당대의 지식인으로서, 그리고 문인으로서 새로운 근대의 주체를 모색하는 일이기도 했다. 백석은 소설로, 허준은 시로 식민지라는 현실을 돌파해나갈 의무가 있었다.

1934년 말에 소설가 채만식이 〈조선일보〉 사회부 기자로 입사했고, 12월 24일 김소월이 세상을 떴다는 비보가 날아들었다.

광화문의 3인방

신현중愼弦重이 1934년에 〈조선일보〉 교정부 기자로 입사했다. 교정부에서 일하던 백석은 두 살 연상인 그와 급속하게 친해졌다. 신현중은 침착하면서도 자신감이 넘치는 사람이었다. 그의 경남 사투리는 시원시원했고, 안경을 쓰고 입을 꼭 다문 모습은 강직해 보였다.

신현중은 1910년 8월 4일 경남 하동군 적량면 관리에서 아버지 신상재의 1남 3녀 가운데 둘째로 태어났다. 그의 아버지는 진주와 통영 등지에서 공무원 생활을 하고 있었다. 신현중은 어릴 적 진주와 통영에서 공립보통학교를 나와 경성으로 올라갔다. 경성에서 경성제일고등보통학교를 거쳐 1927년 경성제국대학 법과에 입학했다. 고향에서는 수재가 났다고 칭찬이 자자했다.

대학가에는 광주학생의거 이후 사회주의 사상에 관심을 갖는 학생들이 늘어나고 있었다. 참담한 식민지 상황을 통과하고 있던 지식인과 학생들에게 마르크스주의는 어두운 밤바다의 등대였다. 일제 식민지하에서 자본주의 체제에 대한 회의가 일어나기 시작한 것도 그 무렵이었다. 그리하여 일제의 만주 침략 이후 전쟁에 대한 반감에서 비롯된 '반제반 전사상反帝反戰思想'이 의식 있는 학생들 속으로 빠르게 번져갔다.

1930년 6월 독서회 회원인 신현중은 조선공산당 재건운동 세력인 이종림李宗林과 강진姜進을 만났다. 그들은 경성제국대학 학생들을 대상으로 사회주의운동을 지도해 학생운동조직을 건설하고자 하는 인물이었다.

"지금은 독서회에서 이론을 연구할 시기가 아니라 실천의 시대란 말이오. 경성제대 학생들이 벌여야 할 공산주의운동은 제국주의에 반기를 드는 반제운동이어야 합니다."

신현중은 이런 조언을 듣고 독서회를 반제동맹으로 전환시키기로 결심했다. 그리하여 1931년 4월에는 조규찬·최기성·최상규·고정옥·김해균 등과 함께 '성대반제부城大反帝部' 결성을 주도하기에 이르렀다. 그 다음에는 경성치과의전, 제2고보, 경신학교, 기독교 청년학관 등의 학생들을 대상으로 하부조직을 속속 구성하였다. 신현중은 장차 이를 '반제동맹경성도시학생협의회'로 확대해 발전시켜나갈 계획이었다. 또 신현중은 조선총독부와 〈조선일보〉 등에서 일하는 젊은 급사들을 포섭해서 '적우회'를 조직하고 출판노동조합을 지도했다. 이와 함께 지하출판물인 '성대독서회뉴스' '반제학생신문' 같은 격문을 비밀리에 인쇄하도록 했다. 그는 실천적인 비밀결사의 선봉이 된 것이었다.

9월에 만주사변이 일어나자 신현중은 전쟁에 반대하는 격문을 제작해 뿌릴 계획을 세웠다. 그는 비밀리에 격문 4,800매를 인쇄해 경성제대, 조선극장 등 경성 시내 곳곳에 뿌렸다. 그 격문은 선동적인 문장으로 시작하고 있었다.

"저 피로 물든 만주광야를 보라. 우리 동포들이 제국주의 총칼에 도륙이 되고 있는데……."

일본 경찰은 발칵 뒤집혔다. 공산당 재건세력이 학생운동 조직과 연

계해 있는 정황을 포착한 것이다. 격문에는 '조선독립 절대만세!' '적색노
농정부건설완성 만세!' 등의 공산주의 구호도 적나라하게 적혀 있었다.

격문을 성공적으로 배포한 신현중은 일단 허름한 차림으로 함흥으로
몸을 피했다. 그러다가 다시 경성으로 돌아와 은밀하게 활동하다가 일
제 경찰이 쳐놓은 그물에 걸리고 말았다. 각 신문의 사회면을 크게 장식
한 '성대반제부사건'이 그것이다. 이 사건으로 50여 명이 검거되어 19명
이 재판에 회부되었다. 주모자로 지목된 신현중은 전향을 하면 감형을
받을 수 있다는 일제 검사의 말을 거부하고 끝까지 버텼다. 그래서 결국
징역 3년형의 판결을 받고 서대문형무소에 수감되었고, 나머지 조직원
들도 징역 2년에서 집행유예까지 각각 선고받았다. 이 사건으로 총독부
에 근무하던 공무원 신현중의 아버지는 파면처분을 받았고, 집안은 기
울어가기 시작했다.

3년간의 감옥생활을 마치고 출옥한 신현중은 다른 사람들처럼 경성
제대로 복학하지 않았다. 그는 〈조선일보〉에서 기자생활을 하기로 마음
을 먹었다. 우선 생활의 안정을 되찾는 일이 그에게는 시급했다. 그게 늙
은 아버지에 대한 최소한의 도리이기도 했다. 감옥에서 신현중은 자신
이 한 일에 대해서 아무런 후회도 없었지만 아버지에게 불효를 했다는
것 때문에 괴로워했다. 출옥을 하면 무슨 수를 써서라도 아버지를 봉양
하리라 마음을 먹었다.

이 무렵부터 백석과 신현중, 그리고 허준은 형제처럼 어울려 다녔다.
신현중은 교정부에서 3개월쯤 일하다가 1935년 1월에 사회부로 자리를
옮겼다. 이 셋은 광화문이든 종로든 퇴근만 하면 하루가 멀다 하고 같이
만났다. 세 사람 중에 백석의 성품이 가장 까다로웠다. 그는 옷차림에서
부터 호사를 부렸다.

어느 날 백석이 연둣빛깔이 나는 더블버튼 양복을 입고 나타났다. 양복은 매우 고급스럽게 보였다. 어깨를 으쓱하며 그가 말했다.

"이건 이백원을 주고 맞춘 양복이야."

신현중과 허준은 눈이 휘둥그레졌다. 그들은 30원에서 40원 정도면 살 수 있는 양복을 입고 있을 뿐이었다. 2백원이라면 서너 달 월급을 한 푼도 쓰지 않고 모아야 하는 돈이었다.

"역시 자네는 모던보이가 틀림없어."

"당장 장가를 들어도 되겠군."

백석은 보통 사람들이 한 켤레에 20~30전짜리 양말을 신고 다닐 때에도 1원이나 2원을 줘야 살 수 있는 양말을 신었다.

"양말이라고 해서 사람들 눈에 띄지 않는다고 생각하면 오산이지. 보이지 않는 것일수록 나는 완벽하게 챙겨야 한다고 생각해. 그러지 않으면 대체 견딜 수가 없단 말이야."

백석은 빈틈이 없었다. 깔끔하지 않은 모든 것은 그의 적이었다. 백석이 신현중에게 말했다.

"내가 1원 50전쯤 하는 양말을 봐두었는데 그거 한 번 신어봐."

신현중이 고개를 내저었다. 그러자 백석은 재차 다그치듯 말했다.

"속는 셈 치고 한 번 신어보래두. 아마 날아갈 것 같은 기분이 들걸?"

그래서 하는 수 없이 신현중은 팔자에 없는 값비싼 양말을 신어본 적도 있었다. 이런 이야기들은 1949년 4월에 나온 《영문嶺文》 7집의 「서울 문단의 회상」이라는 수필을 통해 알려졌다. 신현중은 '위랑韋郎'이라는 호로 1930년대 중반의 백석을 회상하는 글을 실었던 것이다.

백석은 지저분한 음식점을 출입하는 것도 꺼렸다. 함께 길을 거닐다가 점심때를 만나면 친구들은 백석 때문에 곤혹스러웠다. 보통은 설렁

백석의 마음속에 들어 있는 세상은
깨끗하지 못하고 지저분한 곳이었다.
그는 이 더러운 세상을 혼자서라도
맑은 사람이 되어 건너가고 싶었던 것이다.

탕이나 대구탕 한 그릇이면 점심으로 그만이었다. 하지만 백석은 음식점이 불결하다는 이유로 아무 데나 선뜻 발을 들여놓지 않았다. 탁자를 행주로 깨끗이 닦지 않은 집이라거나 주인여자의 앞치마가 청결하지 못하다는 핑계를 대기 일쑤였다. 백석의 입맛에 맞는 깨끗하고 분위기 있는 음식점으로 가기에는 늘 주머니 사정이 여의치 않았다. 끼니때가 되면 친구들은 이런 게 항상 걱정이었다.

신문사 교정부에서 일을 하고 있을 때는 더욱 가관이었다. 신문사로 걸려오는 전화를 받을 때면 그는 수화기를 손수건으로 싸서 들었다. 그리고 수화기를 입 가까이에 대지 않고 멀찍이 떼어 들고 전화를 받았다.

"자네 무슨 결벽증이라도 있는 게 아닌가?"

이렇게 따끔하게 쿡 찔러봐도 백석은 태연하게 대답할 뿐이었다.

"여러 사람들의 손과 입김이 닿은 것이어서 나로서도 어쩔 수 없네."

심지어 사무실 문을 여닫을 때에도 백석은 손잡이 쪽에 손을 대지 않았다. 가능하면 다른 사람들의 손이 닿지 않은 곳을 골라 손등이나 팔꿈치를 이용해 문을 열고 닫았다.

"새파랗게 젊은 사람이 도도하기만 하단 말이야! 사장이 감싸주니까 그 힘만 믿는 건가. 그러면서 무슨 시를 쓴다는 거야."

〈조선일보〉 안에는 백석을 곱지 않은 눈으로 보는 사람도 더러 있었다. 원래 백석이 모진 사람이 아닌데 결벽증이 유별난 탓에 사원들의 눈에 거슬렸던 것이었다. "얼굴색은 필리핀 사람처럼 거무스레했는데 거기에 헤어스타일이 여간한 모던보이가 아니었다."고 후에 백철은 「1930년대의 문단」에서 묘사했다. 백석의 마음속에 들어 있는 세상은 깨끗하지 못하고 지저분한 곳이었다. 그는 이 더러운 세상을 혼자서라도 맑은 사람이 되어 건너가고 싶었던 것이다.

신현중은 〈동아일보〉 주필로 있던 낭산 김준연金俊淵의 큰딸 김자옥과 일찌감치 약혼을 해둔 상태였다. 김준연은 전남 영암 출신으로서 동경제국대학 법학부와 독일 베를린대학을 졸업한 수재였다. 한때 조선공산당 책임비서를 맡기도 했고 신간회 활동에도 참여했던 그는 당시 사회운동의 거물이었다. 〈동아일보〉 편집국장으로 재직하던 중에 조선공산당 재건운동에 참여했다가 투옥되어 7년간의 옥고를 치렀다. 1934년 석방되자 인촌 김성수는 그를 다시 〈동아일보〉 주필로 불러들였다. 이런 김준연의 눈에 신현중은 명민하기 짝이 없는 청년이었고, 딸을 맡기고 싶을 정도로 신뢰가 깊었다.

신현중에게는 두 살 아래 여동생 신순영이 있었다. 신순영은 경성 서대문의 죽첨보통학교(지금의 서울금화초등학교) 교사였는데, 나중에 화가로 유명해진 미술교사 이동훈李東勳이 같은 학교 교사로 근무하고 있었다. 그녀는 스물네 살이 되도록 결혼할 생각을 하지 않고 있었다. 오빠 신현중은 친구 허준을 매제로 삼기로 하고 주선에 나섰다.

"내 동생 순영이를 거둬주게. 착하고 생활력도 강한 애라네. 자네는 쓰고 싶은 글이나 쓰고 살면 되지 않는가?"

고향이 평북 용천인 허준은 외할머니가 혼자 운영하는 낙원동의 여관에서 숙식을 해결하고 있었다. 누구의 간섭도 받지 않고 틀어박혀 글이나 쓰며 살아가는 게 그의 꿈이었다. 허준의 촉각은 음습한 '골방' 쪽을 택하고자 했다. 일본 유학을 하고도 졸업장을 포기하고 돌아온 그였다. 그런데 친구 신현중은 자신의 동생을 맡으려고 하는 것이었다. 자기 방임적인 삶을 살고 싶은 허준에게 결혼은 짐이 될 게 분명했다. 하지만 친구의 청을 거절할 뚜렷한 이유도 없었다. 그리하여 허준은 7월에 신순영과 결혼식을 올리게 된다.

실비 내리는
어느 날

　7월, 가늘게 실비가 내리는 어느 날이었다. 백석은 친구 허준의 결혼
축하 회식자리에 초대를 받았다. 장소는 허준의 외할머니가 운영하는
낙원동의 여관이었다.

　"오늘 저녁 분명히 가슴 두근거리는 일이 있게 될 거야."

　낙원동으로 걸어가던 신현중이 백석의 옆구리를 쿡 찔렀다. 얼굴에는
짓궂은 표정이 역력했다.

　"통영 여자들이 얼마나 예쁜지 감격하게 될 거라고!"

　백석의 눈이 휘둥그레졌다.

　"그래?"

　회식 모임 장소인 여관으로 가는 동안 백석은 가슴이 쿵쿵 뛰었다. 까
닭을 알 수 없었다.

　'내가 왜 이러지?'

　백석은 무덥고 습도가 높은 날씨 때문일 거라고 생각했다.

　신현중은 자신의 여동생을 친구 허준에게 맡긴 뒤 백석에게는 평소
에 알고 지내던 통영의 여자들을 소개해주고 싶었다. 당시 신현중의 누

나 신순정은 경기도 포천에서 교편을 잡고 있었다. 원래 그녀는 통영에 서 교직생활을 하고 있었는데 그때 가르친 제자들이 경성으로 유학을 와 옛 선생님을 자주 찾아왔다.

그들 중에는 이화여고보에 다니던 박경련과 경성여고보의 김천금, 김 윤연이 있었다. 이들은 박경련의 외삼촌인 서상호의 가회동 집에서 하 숙을 하고 있었다. 가회동에서 서상호는 둘째부인 류씨와 살고 있었다. 통영의 부자 서상호는 최남선과 함께 〈시대일보〉를 창간해 전무이사를 맡기도 했고, 나중에 제호를 바꾼 〈조선중앙일보〉에서 몽양 여운형과 손 을 잡고 일하기도 했다. 일제 말에는 일본인들이 통영의 땅을 대량으로 매입할 때 지주들을 설득해 땅을 알선하는 등 일본인들과 돈독한 관계 를 가진 전력도 있다. 이날 허준의 결혼 축하 모임에는 서상호의 딸 서숙 채도 자리를 함께했다. 그녀는 숙명여고보에 다니고 있었다. 모두 총명 하고 예쁜 처녀들이었다. 이들은 모두 옛 스승의 동생인 신현중과 잘 알 고 지내는 사이였다. 신현중은 결혼 축하연을 핑계 삼아 이 처녀들과 백 석의 만남을 자연스럽게 주선했던 것이다.

첫눈에 백석의 마음을 사로잡은 이가 박경련이었다. 그녀의 까만 머 리는 가르마를 타 정갈하게 보였고, 갸름한 얼굴에는 두 눈이 유난히 반 짝반짝 빛을 내고 있었다. 무엇보다 그녀는 말수가 적었다. 신현중이 좌 중을 웃기려고 너스레를 떨면 가끔 입가로 살짝 웃음을 내비칠 뿐이었 다. 그때의 헤프지 않은 미소는 백석의 가슴을 온통 뒤흔들었다.

'나는 조선 여자의 전형을 만나고 있는 거야. 내 운명의 날이 바로 오 늘이야.'

다른 처녀들은 아예 백석의 눈에 들어오지 않았다. 백석은 가끔 고개 를 들어 박경련하고 눈을 맞추려고 애를 썼다. 그러면 마치 복사꽃처럼 발갛게 달아오른 그녀의 귓불이 시야를 가득 채웠다. 박경련은 1917년 생으로 백석보다 다섯 살 아래였다. 백석은 이 아리따운 처녀 박경련을 만나고 나서 몇 개월 후 〈조선일보〉 1936년 2월 21일자에 산문 「편지」를 발표했다.

남쪽 바다ㅅ가 어떤 날근 항구의 처녀 하나를 나는 좋하하엿습니다. 머리가 깜아코 눈이 크고 코가 놉고 목이 패고 키가 호리낭창하엿습니다. 그가 열 살이 못 되어 젊디젊은 그 아버지는 가슴을 알어 죽고 그는 아름다운 젊은 홀어머니와 둘이 동지섯달에도 눈이 오지 안는 따뜻한 이 날근 항구의 크나큰 기와집에서 그늘진 풀가티 살어왓습니다.

여기에서 박경련의 실명을 밝히고 있지는 않지만 '그'가 바로 그녀라는 것은 쉽게 알아차릴 수 있다. 게다가 일찍 부친을 여읜 박경련의 가정사까지 소상하게 꿰고 있는 것으로 보아 그녀에 대한 마음의 쏠림이 어느 정도인지 짐작해볼 수 있다. 박경련의 아버지 박성숙은 폐결핵으로 일찍 죽었는데, 박경련도 이때 몸이 허약하고 폐가 좋지 않아 이화여고보를 한 해 휴학한 적도 있었다.

이즉하니 물기에 누굿이 젖은 왕구새자리에서 저녁상을 받은 가슴 앓는 사람은 참치회를 먹지 못하고 눈물겨웠다
　　—「시기枾崎의 바다」중에서

시집 『사슴』에 실려 있는 이 시는 일본 유학 시절 가키사키枾崎를 여행하고 나서 쓴 시로 알려져 있다. 그런데 "가슴 앓는 사람"에 대한 연

민의 감정이 매우 구체적이고 절실한 문장으로 그려져 있다. 평범한 여행객이 여행지에서 만난 보통 사람에 대해 이렇듯 감정을 표면에 드러내는 일은 흔치 않다. 이 시를 쓸 당시 백석은 이미 통영을 다녀왔고 「통영」이라는 제목으로 한 편의 시를 썼다. 그러니까 「시기柿崎의 바다」는 가키사키의 항구와 통영의 흥성거리는 항구, 여기에다 박경련의 이미지가 오버랩 되어 있는 시로 읽는 게 정확한 독법일 것이다.

백석은 1936년 1월 시집 『사슴』을 출간하자마자 전북 부안에 살던 시인 신석정에게 우편으로 한 권을 발송했다. 신석정은 눈 내리는 추운 겨울에 집으로 배달된 시집을 반갑게 받아 읽고 나서 한 편의 시를 썼다. 시 「수선화水仙花」가 그것이다. 신석정은 이 시에 '눈 속에 『사슴』을 보내주신 백석님께 드리는 수선화 한 폭'이라는 부제를 달았다. 시집을 보내준 데 대한 감사의 표시이자 『사슴』의 감동을 시로 표현한 화답이었다.

수선화는
어린 연잎처럼 오므라진 흰 수반에 있다

수선화는
암탉 모양하고 흰 수반이 안고 있다

수선화는
솜병아리 주둥이같이 연약한 움이 자라난다

수선화는
아직 햇볕과 은하수를 구경한 적이 없다

나는 조선 여자의 전형을 만나고 있는 거야.
내 운명의 날이 바로 오늘이야.
다른 처녀들은 아예 백석의 눈에 들어오지 않았다.
그는 가끔 고개를 들어 박경련하고
눈을 맞추려고 애를 썼다.

수선화는
돌과 물에서 자라도 그렇게 냉정한 식물이 아니다

수선화는
그러기에 파아란 혀끝으로 봄을 핥으려고 애쓴다

이 시를 받아든 백석은 마음이 흡족했다. 마치 눈앞에 수선화를 두고 직접 보고 있는 듯한 느낌이 들었던 것이다. 석정의 갈고 닦은 언어는 절제되어 있고, 감각은 살아서 꽃을 피우고 있었다. 백석은 자신이 근무하고 있던 〈조선일보〉 1월 31일자 신문에 이 시를 실을 수 있도록 배려했다. 그리고 2월 21일자 '사내사외 신춘 단문 리레'라는 기획에 신석정 시인에게 보내는 답신 형식의 산문 「편지」를 실었다.

어느 해 류월이 저물게 실비 오는 무더운 밤에 처음으로 그를 알은 나는 여러 아름다운 것에 그를 견주어 보앗습니다. 당신께서 조하하시는 산새에도 해오라비에도 또 진달래에도 그리고 산호에도……. 그러나 나는 어리석어서 아름다움이 달믄 것을 골라내일 수 업섯습니다.
총명한 내 친구가 그를 비겨서 수선이라고 하엿습니다. 그제는 나도 기뻐서 그를 비겨 수선이라고 하엿습니다. 그러한 나의 수선이 시들어 갑니다. 그는 수물을 넘지 못하고 또 가슴의 병을 어덧습니다.

백석의 마음속에는 박경련이 가득 들어차 있었다. 그녀는 이 세상의 어느 아름다운 대상과도 견줄 수 없을 정도로 아름다운 여인이었다. '총명한 내 친구' 신현중은 박경련이 수선화 같은 여자라고 말한 적이 있었다. 생각해보니 그 말이 딱 맞는 것 같았다. 그녀는 백석에게 한 떨기의 청초한 수선화였지만 '가슴의 병', 즉 폐결핵을 앓고 있었다. 그게 백석의 연민을 더 자극한 요인이었을지도 모르겠다.

1935년 6월 10일에 〈조선일보〉 태평로 사옥이 완공되었다. 창간 이후 관철동, 견지동, 연건동을 전전하며 신문을 발행하다가 5층짜리 현대식 건물에서 '태평로 1가' 시대의 막을 올렸다. 방응모의 적극적인 투자가 예상보다 빨리 결실을 거두고 있었다.

7월 16일 조선일보사는 잡지 발간을 총괄하는 출판부를 신설했다. 초대 주간에 시조시인 노산 이은상李殷相을 초빙했다. 백석도 이때 이은상을 도와 《조광》 창간호를 준비하라는 지시와 함께 출판부로 발령이 났다. 창간호는 11월에 낸다는 계획이었다.

안석주安碩柱와 함대훈咸大勳도 이때 같이 출판부로 자리를 옮겼다. 안석영으로도 불리던 안석주는 일본 유학 후 미술, 영화, 문학, 연극 등 각 방면에 재능이 뛰어난 사람이었다. 그는 《조광》의 삽화를 맡게 되었다. 안석주는 카프 계열의 작가인데, 해방 후 그의 아들 안병원이 곡을 붙인 〈우리의 소원〉 노래의 가사를 쓰기도 했다. 애초에 이 노래의 가사는 "우리의 소원은 독립/ 꿈에도 소원은 독립"이었으나 정부 수립 이후 교과서에 실리면서 '독립'이 '통일'로 바뀌어졌다고 한다.(조선일보사 사료연구실, 『조선일보 사람들-일제시대 편』, 랜덤하우스중앙, 2004) 함대훈은 도쿄 외국어학교에서 러시아문학을 전공했다. 소설을 쓰면서 연극계에서도 활발한 활동을 펼치고 있었다. 호는 일보一步였다.

시인으로 첫 발을 내딛었다

　백석의 생애에서 가장 빛나는 시기를 꼽으라면 1935년부터 1941년까지 7년 동안이 될 것이다. 무엇보다 백석은 이때 많은 시를 발표했고, 유일한 시집 『사슴』을 출간했고, 여인들과 몇 차례 독약과도 같은 사랑에 빠졌다. 이 시기 스물네 살에서 서른 살까지 그는 경성과 함흥, 그리고 만주라는 지명 위에 세 꼭짓점을 찍으며 자신의 생을 파죽지세로 전개해나갔다.

　8월 24일 백석은 〈조선일보〉 학예부장 홍기문洪起文을 찾아갔다. 이미 소설로 등단한 바 있지만 백석의 마음속에는 시가 도사리고 있었다. 백석은 쭈빗쭈빗 홍기문에게 시 한 편을 내밀었다.

　"제가 쓴 시인데 한 번 읽어봐주십시오."

　"아, 자네가 시를 쓰고 있었군. 백군의 시는 읽어보나마나 수작이 틀림없을 거야. 안 그래도 자네는 우리 신문사 최고의 문장가가 아닌가."

　학예면을 책임지고 있던 홍기문은 벽초 홍명희洪命熹의 아들로 아버지와 나이 차이가 열다섯 살밖에 나지 않았다. 그래서 아버지와 맞담배를 피운다는 소문이 자자했다. 국어학과 역사에 두루 식견을 갖춘 그는 카프(KAPF, 조선프롤레타리아예술가동맹) 시절 염상섭廉想涉과 뜨거운 논쟁을 벌인 이론가였다. 역시 카프 출신의 비평가인 이원조李源朝가 이때 학예부 차장을 맡고 있었다. 이원조는 이육사李陸史의 동생으로 일본 호세이대학 불문과를 졸업한 비평가였다.

"조선 문단의 샛별을 소개하는 우리가 영광이지."

1920~30년대 〈조선일보〉에는 사회주의 계열의 기자들이 운집해 있었다고 해도 과언이 아니다. 1935년의 문단은 정치투쟁을 염두에 둔 목적의식적인 문학이 몰락한 해였다. 5월에 팔봉 김기진金基鎭의 이름으로 '카프해산계'를 제출함으로써 카프는 역사의 뒤편으로 사라졌다. 하나의 이데올로기가 거세된 자리에 다시 새로운 경향의 시들이 빈자리를 채워 나가고 있었다. 모더니즘 계열의 김기림金起林과 다다이즘을 문학의 뿌리로 삼은 이상李箱, 그리고 '시문학파' 출신의 박용철朴龍喆, 김영랑金永郎, 정지용鄭芝溶, 신석정辛夕汀 등이 그들이었다.

백석은 1935년 8월 30일 〈조선일보〉에 시 「정주성定州城」을 발표했다. 그가 최초로 세상에 내놓은 시였다.

산山턱 원두막은 뷔였나 불빛이 외롭다
헝겊심지에 아즈까리 기름의 쪼는 소리가 들리는 듯하다

잠자리 조을든 문허진 성城터
반딧불이 난다 파란 혼魂들 같다
어데서 말 있는 듯이 크다란 산山새 한 마리 어두운 골짜기로 난다

헐리다 남은 성문城門이

한울빛같이 훤하다

날이 밝으면 또 메기수염의 늙은이가 청배를 팔러 올 것이다

　정주성이라는 시적 대상과의 거리를 유지하면서 감각적인 이미지들을 차분하게 구사하는 시였다. 이 시가 특이한 것은 정주성이라는 쇠락한 옛 성을 대상으로 하고 있지만 풍경의 묘사로만 그치지 않고 반드시 뒷부분에서 그 풍경을 배경으로 살아가고 있는 '사람'을 등장시키고 있다는 점이다. '메기수염의 늙은이'가 바로 그것이다. 이 점은 백석의 시를 한가한 자연풍경을 노래하는 시로 고정시키지 않는 데 기여한다. 이후 발표되는 시에서도 백석은 과거의 기억을 환기하면서도 풍속과 사람을 겹치게 해서 보여주는 특기를 지속적으로 발휘한다. 이것은 시에 생생한 활기를 더해주는 동시에 독자로 하여금 자연스럽게 시에 참여하도록 만드는 독특한 효과를 얻어낸다.

　정주군에서 5일장이 열리는 곳은 정주읍과 고읍이었다. 정주는 1일과 6일에, 고읍은 2일과 7일에 장이 섰다. 『정주군지』에 따르면 정주읍의 5일장은 동문동 일대가 시장을 형성하고 있었다. 따라서 동문, 서문, 남문, 북문 네 군데의 출입문 중에 '메기수염의 늙은이'가 드나든 곳은 동문일 가능성이 높다.

　정주성은 조선 초기에 축성된 성이다. 처음에는 흙으로 쌓았다가 나중에 돌을 쌓아 개축했다고 한다. 성의 둘레가 2킬로미터나 되며, 성안에 스무 개가 넘는 우물이 있었고, 연못도 하나 있었다. 이곳은 1811년 홍경래의 난 때 홍경래가 비극적인 최후를 맞은 곳이다. 조선 후기는 소외받던 농민들의 불만이 커지고 케케묵은 봉건적 질서에 저항하는 세력들이 늘어가는 시기였다. 사회적 모순에 대한 저항의 분위기가 확산되자

홍경래는 평안도에서 거사를 일으켰다. 순식간에 평안도 일대를 장악한 홍경래의 반란군은 안주와 평양으로 진격하려다가 청천강에서 첫 패배를 당하고 정주성으로 후퇴한다. 관군은 정주성을 포위한 채 4개월 가까이 홍경래의 군대와 치열한 공방전을 벌였다. 급기야 관군은 땅굴을 파서 성을 폭파한 다음 성내로 진입해 홍경래의 반란군을 굴복시켰고, 이때 홍경래는 총에 맞아 전사하였다. 그리고 반란군 2천여 명이 체포되어 현장에서 처형을 당했다. 홍경래가 난을 일으킨 지 5개월 만이었다.

백석은 정주성이 한낱 스러져가는 성곽이 아니라 피비린내 나는 역사의 현장이었음을 잊지 않고 있었다. 깜깜한 허공을 날아가는 반딧불이를 "파란 혼魂들 같다"고 쓰고 있는 것이다. 그것은 120년 전에 일어났던 홍경래의 난을 염두에 둔 표현이었다.

백석이 두 번째로 시를 발표한 것은 《조광》 창간호였다. 그가 직접 편집한 11월 창간호에 「산지山地」 「주막酒幕」 「비」 세 편의 시를 실었다. 여기에 함께 발표한 「나와 지렁이」를 백석의 시에 포함시킬 것인가에 대해서는 논란의 여지가 있다. 이 글은 '신박물지'라는 기획물의 하나로 씌어졌다. 독자들에게 생각해볼 만한 다양한 읽을거리를 제공하는 게 목적이었다. 신석정도 「나와 함박꽃」이라는 글을 같은 지면에 실었는데 이후 자신의 시집에 이것을 넣지 않았다.

일부 연구자들은 '백정白汀'이라는 필명으로 실은 「늙은 갈대의 독백」을 백석의 시로 간주하자는 주장을 펼치기도 한다. 그러나 백석은 '백석'이라는 이름 이외에 새로 필명을 만들어 시를 발표한 적이 없다. 설혹 이 글이 편집과정에서 빈 곳을 채우기 위해 백석이 직접 쓴 글이라고 치더라도 이것을 백석 시의 목록에다 첨가하는 것은 무리라고 판단된다. 백석은 초기 작품에서 '우리는' '나는'과 같은 성인이 된 화자를 주어로 내세우지 않았다. 이 글은 그림의 감상을 도와주는 글, 그러니까 '포토에세이' 정도의 글로 이해하는 게 더 옳을 것이다. 한때 잡지나 학교의 교지 같은 인쇄물에서 이런 방식의 지면 배치를 많이 했다.

《조광》창간호에 실린 「마포麻浦」는 백석 문장의 진면목을 보여주는 수필이다.

사장沙場은 물새가 없이 너무 너르고 그 건너 포푸라의 행렬은 이 개포의 돛대들보다 더 위엄이 있다. 오래 머물지 못하는 돛대들이 쫓겨 달아나듯이 하구河口를 미끄러져 도망해 벌인다. 나무 없는 건넌 산들은 키가 돛대보다 낮다. 피부빛은 사공들의 잔등보다 붉다. 물속에 들어간 닻이 얼마나 오래 있나 보자고 산들은 물우를 바라보고들 있는 듯하다.

개포에는 낮닭이 운다. 기슭 핥는 물결 소리가 닭의 소리보다 낮게 들린다. 저 아래 철교 아래 사는 모터 뽀트가 돈 많은 집 서방님같이 은회색銀灰色 양복을 잡숫고 호기 뻗인 노라리 걸음으로 날여오곤 한다. 뷔인 매생이가 발길에 채우고 못나게 출렁걸이며 온다.

크다란 금휘장金徽章의 모자를 쓴 운전수들이 뷘손 들고 날여서는 동둑을 넘어서 무엇을 찾는 듯이 구차한 거리로 들어간다. 구멍나간 고의를 입은 사공들을 돌아다보지 안는 것이 그들의 예의이다. 모두 머리를 모으고 몸을 비비대고 들어선 배들 앞에는 언제나 운송점運送店의 빩안 트럭 한 대가 뇌여 있다. 때때로 퐁퐁퐁퐁…… 걸이는 것은 아마 시골 손들에게 서울의 연설을 하는지 모른다.

여의도汝矣島에 비행기가 뜨는 날, 먼 시골 고당의 배가 들어서는 때가 있다. 돛대 꼭두마리의 파랑개비를 바라보든 버릇으로 배ㅅ사람들은 비행기를 쳐다본다. 그리고 돛대의 흰 기旗ㅅ발이 말하듯이 그렇게 한울이 무서운 것이 아니라고 생각한다. 이럴 때에 영등포를 떠나오는 기차가 한강철교를 건넌다. 시골 운송점과 정미소에 내이는 신년괘력新年掛曆의 그림이 정말이 되는 때다.

"마포는 참 좋은 곳이여!" 배ㅅ사람의 하나는 반듯이 이렇게 감탄한다. 흰수염난 늙은이가 매생이에서 낚대를 드러우지 안는 날을 누가 보았나? '요단'강의 영지靈智가 물 우에 차 있을 듯한 곳이다.

강상江上에 흐늑이는 나루배를 보면 「비파행琵琶行」의 애끓는 노래가 들리지 안나 할 곳이다.

떼ㅅ목이 몬저 강을 날여와서 강을 올라오는 배를 맞는 일이 많다. 배가 떠난 뒤에도 얼마를 지나서야 떼ㅅ목이 풀린다. 떼ㅅ목이 낯익은 배들을 보내고 나는 때에 개포의 작은 계집아이들이 빨래를 가지고 나와서 그 잔등에 올라앉는다. 기름 발은 머리, 분칠한 얼굴이 예가 어덴가 하고 뭇고 싶어할 것이 떼ㅅ목의 마음인지 모른다.

배ㅅ집웅을 타고 먼산바라기를 하는 사람들은 저 산, 그 넘어ㅅ산, 그 뒤로 뵈이는 하이얀 산만 넘으면 고향이 뵈인다고들 생각한다. 서울가면 아무데ㅅ산이 뵈인다고 마을에서 말하고 떠나온 그들이 서울의 개포에 있는 탓이다.

배들은 낯설은 개포에서 본本과 성명을 말하기를 싫어한다. 그들은 머리에다 크랗게 붉은 글자로 백천白川, 해주海州, 아산牙山…… 이렇게 뼈젓한 본을 달고 금파환金波丸, 대양환大洋丸, 순풍환順風丸, 이렇게 아름답고 길상吉祥한 이름을 써 부친다. 그들은 이 개포의 맑은 한울 아래 뿔사나웁게 서서 흰구름과 눈빨기를 하는 전기공장의 식검언 굴둑이 미워서 이 강에 정을 못 들이겠다고 말없이 가벌인다.

이 한 편의 수필은 1930년대 마포나루의 풍경을 사진으로 찍어 우리 눈앞에 들이대는 듯하다. 물새가 없는 넓은 백사장, 강 건너 포플러의 행렬, 나무가 없는 황량한 붉은 산들, 한낮의 닭 우는 소리, 마포 종점 전차 운전사들의 모습, 여의도에서 뜨는 비행기, 한강 상류에서 내려오는 뗏목, 기름 바른 머리와 분칠한 얼굴로 빨래를 하는 계집아이들…… 배 위에서 북쪽의 먼 산을 바라보는 사람들은 인왕산이나 북한산을 바라보고 있었을 것이다. 그렇다면 이것은 그 산들 너머 고향을 그리는 백석 자신을 투영한 것이라고 볼 수 있을 것이다.

1930년대 중반은 서울의 문화와 풍속들이 근대로 한참 진입해 있던 시기였다. 예를 들면 음력 위주의 생활이 양력을 중심으로 변환되는 때가 그때였다. 백석은 "이 개포의 맑은 하늘 아래 뿔사납게 서서 흰구름과 눈빨기를 하는 전기공장의 시꺼먼 굴뚝"에서 근대문명에 잠식당하는 서울을 안쓰럽게 발견하는 것으로 글을 끝맺었다. 1935년 가을쯤에 쓴 수필일 것이다.

　　아카시아들이 언제 힌 두레방석을 깔었나
　　어데서 물쿤 개비린내가 온다

《조광》창간호에 실린 백석의 짧은 시 「비」는 친구 허준의 마음을 사로잡았다.

"절창이야, 절창!"

허준은 며칠 후에 백석에게 "내가 자네 흉내 좀 내보았네." 하면서 한 편의 시를 보여주었다. 「기적汽笛」이라는 제목의 시였다.

사지를 벌리고 누었으니 몹시 흙냄새가 온다

그 사취死臭는 이상이도 향그러운 냄새다

어디서 나는 기적汽笛소리가

하늘에다 저런 구멍을 뚫고 가는고

저 구멍에 보이는 것이 내 고향인가 부다

백석은 《조광》 1936년 1월호에 이 시를 실었다. 백석과 허준은 서로의 습작품을 보여주고 평가해주기도 했다. 백석의 권유로 허준은 《조광》 2월호에 소설 「탁류」를 발표하면서 소설가의 길로 행보를 바꾸게 되었다. 이 소설의 제목은 백석이 직접 지어주었다. 소설로 등단한 백석은 시쪽으로, 시로 등단한 허준은 이때부터 소설로 글쓰기의 방향을 돌리기 시작했다.

《조광》 창간호인 11월호는 발간한 지 1주일 만에 3만 부가 매진되었다. 대성공이었다. 여기에 함께 실린 주요섭의 「사랑손님과 어머니」도 자주 사람들의 입에 오르내렸다. 독자들의 폭발적인 반응에 힘입은 조선일보사는 《여성》지 창간을 서두르기로 했다. 백석이 편집자로서 능력을 발휘할 기회가 또 온 것이다.

한편 1935년 12월 23일, 조선권번의 기생 한 사람이 경성의 종로경찰서를 찾아가 문을 두드렸다. 그녀는 인사동 253번지에 살고 있는 김진향金眞香이었는데, 요릿집에서 고달프게 번 돈 65원 32전을 내놓으며 불쌍한 이들을 위해 써달라는 메모를 남겼다.

"살을 에는 듯한 삭풍은 불어오건만 찬 구들장에 조석도 간 곳 없는 불쌍한 그들을 위하여 적은 돈이나마 이것을 선처해주시오."

지금으로 치면 5백만원이 넘는 돈을 불우이웃돕기 성금으로 내놓은 것이었다. 이 미담은 다음 날 〈동아일보〉에 '기생의 갸륵한 마음'이라는 제목의 기사로 실렸다. 그녀가 훗날 백석의 연인이 될 줄은 아무도 모르고 있었다.

100부 한정판 시집
『사슴』

　　1935년 말부터 백석은 시집을 출간하려고 서둘렀다. 「정주성」 이후 신문이나 잡지에 발표한 시는 많지 않았지만 백석은 이미 많은 시를 써두고 있었다. 이미 발표한 「산지山地」는 너절한 부분을 대폭 삭제하고 제목도 아예 「삼방三防」으로 바꿨다. 그의 깔끔한 성격이 시집을 준비하는 동안에도 여지없이 드러났다. 시집 출간 직전에 《조광》 12월호에 발표한 시 세 편 「여우난골족族」 「통영統營」 「흰밤」을 포함해 모두 33편을 추렸다.

　　녯날엔 통제사統制使가 있었다는 낡은 항구港口의 처녀들에겐 녯날이 가지 않은 천희千姬라는 이름이 많다

　　미역오리같이 말라서 굴껍지처럼 말없이 사랑하다 죽는다는

　　이 천희千姬의 하나를 나는 어늬 오랜 객주客主집의 생선 가시가 있는 마루방에서 만났다

　　저문 유월六月의 바닷가에선 조개도 울을 저녁 소라방등이 불그레한 마당에 김냄새 나는 비가 나렸다

백석은 이 시 이외에「통영」이라는 제목의 시를 두 편이나 더 쓸 만큼 통영에 깊이 빠져 있었다. 그것은 실비 내리는 유월 어느 날 허준의 결혼 축하모임에서 만났던 통영 처녀 박경련 때문이었다. 이 시가 "저문 유월의 바닷가"를 배경으로 하고 있는 것으로 봐서 그는 경성에서 박경련을 만난 직후 통영으로 내려갔던 것으로 보인다. '저문 6월'이 음력 6월이므로 양력으로는 7월 말경으로 봐야 한다. 당시는 음력과 양력이 혼용되어 쓰이던 시대였다. 신문이나 잡지의 발간 날짜나 행정기관의 공적인 행위와 관련된 일은 모두 양력을 썼지만 일반인들의 생활은 여전히 음력을 따르고 있었다. 허준의 신부가 교사 신분이었다는 것을 감안하면 7월 말쯤 여름방학을 이용해 결혼식을 올렸을 가능성이 크다. 그래서 통영에 있는 집안 어른들께 인사도 올릴 겸 신현중은 허준과 백석을 데리고 통영으로 갔던 것이다.

마음에 두고 있는 처녀의 고향 통영을 시의 제목으로 삼은 것은 백석 나름대로 구상한 구애의 신호였다. 백석은 박경련에게 이런 말을 하고 싶었을 것이다.

'평안도 출신의 사내가 당신 하나 때문에 낯선 통영을 다녀왔단 말이오. 그건 당신의 흔적을 내 눈으로 직접 보고, 당신 고향의 냄새를 들이마시고 싶었기 때문이오.'

한국문학사에 하나의 큰 획을 긋게 되는 시집『사슴』은 1936년 1월 20일 드디어 세상에 선을 보였다. 경성의 선광인쇄주식회사에서 100부 한정판으로 출간이 된 것이다. 표지는 별다른 그림이나 도안을 넣지 않은 고급스런 조선한지였고, 속표지에 '백석 시집 사슴'이라는 여섯 글자만 세로로 정갈하게 가운데에다 배치했다. 구질구질한 것을 싫어하는 세련된 백석의 성격이 여기서도 반영되었다. 시집의 정가는 2원이었다.

1년 전에 나온 정지용의 『정지용시집』이 1원 20전이었고, 1년 후에 나온 오장환의 시집 『성벽城壁』이 1원, 3년 후에 나온 신석정의 시집 『촛불』이 1원 20전이었다. 당시에 쌀 한 가마에 13원, 양복 한 벌에 30~40원쯤 하던 시대였으니 백석이 이 시집을 만들기 위해 얼마나 심혈을 기울였는지 짐작할 수 있을 것이다.

그는 시 33편을 어떤 순서로 배치하고 부를 나눌 것인지 부단히 고심했다. 백석 본인으로서는 첫 시집인데다가 우리의 전통적인 정서를 지금까지와는 다른 감각과 방법으로 드러내보고 싶었기 때문이다. 그래서 백석이 결국 선택한 것은 시에 등장하는 화자의 성장을 염두에 두면서 작품의 시간적 배경을 두루 고려한 배치였다. 4부로 시집을 구성하기로 하였다.

'얼럭소새끼의 영각'이라는 부제가 붙은 1부는 오산학교를 입학하기 이전 유년체험이 담긴 시들을 묶었다. '얼럭소새끼의 영각'은 어린 송아지가 어미를 찾아 길게 우는 울음소리를 말한다. 이런 제목의 시는 시집에 없다. 백석은 '얼럭소새끼'에 모성과 고향을 그리워하는 시인 자신을 비춰보고 싶었다. 「여우난골족族」이 호적상 원적을 가리킨다면 「가즈랑집」은 출생을 암시하는 시다. 여기에 「고방」 「모닥불」 「고야」 「오리 망아지 토끼」와 같은 유년의 순진무구한 자아가 등장하는 시가 이어진다.

2부 '돌덜구의 물'은 오산소학교를 다니던 무렵에 보고 듣고 체험한 세계가 주로 그려져 있다. 그러니까 '여우난골'에서 가족들이 갈산면 익성동 집으로 분가해 나온 시기, 즉 백석의 소년시절과 관련이 있는 시들이다.

이렇게 본다면 3부 '노루'는 오산고보를 다니던 청소년 시절을 떠올리게 한다. 3부에서 특히 눈여겨봐야 할 것은 「수라修羅」이다. 이 시는 백석이 불교적 세계관에 바탕을 둔 심미안을 가지고 있었다는 것을 잘 보여준다. 한낱 미물인 어린 거미새끼를 통해 사람과 사람 사이의 관계를 연상하도록 하는 이 시는 우리 시사 최초의 생태주의 시로 읽기에 부족함이 없다. 그의 생태주의적 관점과 태도는 3부에 실린 「노루」와 이후 《조광》 1937년 10월호에 발표한 또 다른 「노루」를 비교해서 읽어보면 날이 갈수록 차차 발전해가고 있음을 알 수 있다.

그리고 4부 '국수당 넘어'는 고향으로부터 분리되기 시작해 낯선 시간과 장소를 맞닥뜨린 성숙한 청년의 시각이 담겨 있다고 볼 수 있다. 그러니까 일본 아오야마학원 유학 시절부터 귀국해서 〈조선일보〉에 입사할 때까지의 경험이 배경이 된 시들을 여기에 배치했다.

주홍칠이 날은 정문旌門이 하나 마을 어구에 있었다

'효자노적지지지정문孝子盧迪之之旌門 — 몬지가 겹겹이 앉은 목각木刻의 액額에
나는 열 살이 넘도록 갈지자字 둘을 웃었다

아카시아꽃의 향기가 가득하니 꿀벌들이 많이 날어드는 아츰
구신은 없고 부헝이가 담벽을 띠쫗고 죽었다

기왓골에 배암이 푸르스름히 빛난 달밤이 있었다
아이들은 쪽재피같이 먼길을 돌았다

정문旌門집 가난이는 열다섯에

4부의 「정문촌旌門村」에 등장하는 효자 노적지盧迪之는 실존했던 인물의 이름이다. 『정주군지』에도 소개되어 있다. 노적지의 본관은 해주인데, 부모가 병이 들자 하던 일을 접고 옆에서 부모를 지극하게 모셨다고한다. 부모의 병이 위급할 때 자신의 손가락을 끊어 피를 흘려 먹여 효험을 보기도 했다. 이 일이 관청에 알려져 그의 효성을 기리고자 정문을 짓게 했다는 것이다.

『사슴』은
문단에 던진 포탄

1936년 1월 29일 수요일 오후 5시 30분부터 시집 『사슴』 출판을 축하하는 모임이 경성 공평동의 고급음식점 태서관에서 열렸다. 이곳은 이상의 소설 「종생기」에도 나오는 유명한 연회장이었다. 이날 출판기념회에 참석할 사람은 회비 1원을 지참하라는 내용이 각 신문에 짤막하게 보도되었다. 이날 모임의 발기인으로 11명이 이름을 올렸다. 안석영·함대훈·홍기문·김규택·이원조·이갑섭·문동표·김해균·신현중·허준·김기림이 그들이었다.

이들은 김해균을 제외하고 모두 조선일보사에서의 인연으로 백석하고 매우 절친한 관계에 있던 사람들이었다. 김해균은 만석꾼의 아들로 경성제대 영문과 재학 중에 신현중과 함께 반제동맹을 이끈 사람이었다. 김규택은 일본 가와바다미술학교를 졸업한 학예부 미술기자로 신문만화를 그렸다. 1933년에는 이광수의 소설 『유정』의 삽화를 맡기도 했다. 문동표는 방응모의 장학금을 받은 일본 유학파였다. 그는 사학자 문일평의 아들이었는데, 총무국에 근무하고 있었다. 이갑섭은 경성제대 철학과 출신으로 방응모 사장의 최측근 중 하나였다. 그는 조사부에서 사장을 돕는 일을 하고 있었다.

　출판기념회에는 발기인들을 포함해 30여 명이 참석해 성황을 이루었다. 백석의 친구인 경성제대 출신 의사 정근양과 소설가 최정희도 자리를 같이했을 것으로 추정된다. 백석하고 동갑내기인 최정희는 1월 22일부터 조선일보사 출판부에 입사해 잡지《여성》의 편집에 관여하고 있었다.

　『사슴』의 출판기념회가 열리는 날, 김기림은 당일 발간된〈조선일보〉를 손에 말아쥐고 참석했다. 그는 사회부 기자로 근무하면서도 학예면에 시와 수필, 문학이론을 다수 발표하고 있었다. 김기림이 들고 온 신문에는 시집『사슴』의 리뷰가 실려 있었다. 백석의 시가 비평가에 의해서 처음으로 조명을 받은 글이었다. 김기림은 문단과 신문사의 선배로서 백석이 시집을 준비하는 과정을 쭉 지켜보았고 애정 어린 조언도 아끼지 않은 터였다.

　〈조선일보〉1월 29일자에 실린 김기림의 서평「『사슴』을 안고」는 백석 시의 '모더니티'에 주목했다.

　완두豌豆빛 '더블부레스트'를 젖히고 한대寒帶의 바다의 물결을 연상시키는 검은 머리의 '웨이브'를 휘날리면서 광화문통 네거리를 건너가는 한 청년의 풍채는 나로 하여금 때때로 그 주위를 '몽·파르나스'로 환각시킨다. 그렇건마는 며칠 전 어느 날 오후에 그의 시집『사슴』을 받아 들고는 외모와는 너무나 딴판인 그의 육체의 또 다른 비밀에 부딪쳤을 때 나의 놀램은 오히려 당황에 가까운 것이었다.

　표장表裝으로부터 종이·활자·여백의 배정에 이르기까지 그 시인의 주관의 호흡과 맥박과 취미를 이처럼 강하고 솔직하게 나타낸 시집을 나는 조선서는 처음 보았다.

백석의 시에 대해서는 벌써 《조광》 지상을 통해서 오래 전부터 친분을 느껴오던 터이지만 이번에 한 권의 시집으로 성과된 것과 대면하고는 나의 머리의 한구석에 아직까지는 다소 몽롱했던 시인 백석白石의 너무나 뚜렷한 존재의 굳센 자기주장에 거의 압도되었다.

'유니크'하다고 하는 것은 한 시인, 한 작품의 생명적인 부분에 해당한다. 어떠한 시인이나 작품에 우리가 매혹하는 것은 그의 또는 그것의 '유니크'한 풍모에 틀림없다.

시집 『사슴』의 세계는 그 시인의 기억 속에 쭈그리고 있는 동화와 전설의 나라다. 그리고 그 속에서 실로 속임없는 향토의 얼굴이 표정한다. 그렇건마는 우리는 거기서 아무러한 회상적인 감상주의에도, 불어오는 복고주의에도 만나지 않아서 더없이 유쾌하다.

백석은 우리를 충분히 애상적哀傷的이게 만들 수 있는 세계를 주무르면서 그것 속에 빠져서 어쩔 줄 모르는 것이 얼마나 추태라는 것을 가장 절실하게 깨달은 시인이다. 차라리 거의 철석鐵石의 냉담에 필적하는 불발한 정신을 가지고 대상과 마주선다.

그 점에 『사슴』은 그 외관의 철저한 향토 취미에도 불구하고 주착없는 일련의 향토주의와는 명료하게 구별되는 '모더니티'를 품고 있는 것이다.

'유니크'하다는 것은 그의 작품의 성격에 대한 형용이지만 또한 그 태도에 있어서 우리를 경복敬服시키는 것은 한걸음의 양보의 여지조차를 보이지 않는 그 치열한 비타협성이다. 어디까지든지 그 일류의 풍모를 잃지 아니한 한 권의 시집을 그는 실로 한 개의 포탄을 던지는 것처럼 새해 첫머리에 시단에 내던졌다.

그러나 그는 그가 내던진 포탄의 영향에 대하여는 도무지 고려하는 것

같지도 않다. 그는 결코 일부러 사람들에게 향하여 그 자신을 인정해 주기를 바라지 않는다. 아유阿諛라고 하는 것은 그하고는 무릇 거리가 먼 예외다. 그러면서도 사람으로 하여금 끝내 그를 인정시키고야 만다. 누가 그 순결한 자세에 감하지 않을 수가 있을까.

온실 속의 고사리가 아니다. 표본실의 인조 사슴은 더군다나 아니다. 심산유곡의 영기를 그대로 감춘 한 마리의 '사슴'은 이미 시인의 품을 떠나서 달려가고 있다.

그가 가지고 온 산나물은 우리들의 미각에 한 경이임을 잊지 아니할 것이다. 나는 이 아담하고 초연한 『사슴』을 안고 느낀 감격의 일단이나마 동호의 여러 벗에게 전하지 않고는 견딜 수 없었다. 상기같은 기쁨을 가지기를 독자에게 권하려 한다. 망언다사妄言多謝.

김기림은 백석의 시가 기억 속의 동화와 전설에 나오는 소재, 그리고 향토적인 분위기를 취하고 있지만 거기에 따른 감상주의와 복고주의를 일체 배격하고 있음에 주목하였다. 그는 백석의 시에 내재된 모더니티를 발견하고 그 모더니티가 치열하고 철저한 비타협의 소산이라는 사실을 정확하게 집어내고 있다. 그러면서 『사슴』이 새해 문단에 던지는 포탄이라는 격찬을 아끼지 않았다.

김기림이 백석 시의 '모더니티'에 대해 평가를 했다면 박용철은 '방언'의 의미와 위력에 주목하였다. 박용철은 《조광》 1936년 4월호 「백석 시집 『사슴』 평」을 통해서 이렇게 말했다.

백석의 시집 『사슴』 1권을 대할 때에 작품 전체의 자태를 우리의 눈에서 가려버리도록 크게 앞에 서는 것은 그 수정修整 없는 평안도 방언이다. 그러나 우리가 이 작품의 주는 바를 받아들이려는 호의를 가지고 이 것을 숙독한 결과는 해득하기 어려운 약간의 어휘를 그냥 포함한 채로 그 전체를 감미鑑味하는 데 아무 지장이 없다는 모어母語의 위대한 힘을 깨닫게 된다. (……) 수정 없는 방언에 의하야 표출된 향토생활의 시편들은 탁마琢磨를 경經한 보옥류寶玉類의 예술에 속하는 것이 아니라 서슬이 선 돌, 생명의 본원과 근접해 있는 예술인 것이다. 그것의 힘은 향토 취미 정도의 미온微溫한 작위作爲가 아니고, 향토의 생활이 제 스스로의 강렬에 의하야 필연히 표현의 의상衣裳을 입었다는 데 있다.

박용철은 백석 시의 방언에서 모국어의 위대한 힘을 깨닫게 된다고 격려를 아끼지 않았다. 그리고 "이 시집의 체재體裁와 인쇄와 발행을 통해서 이 시집이 나타내는 바 구차하지 않고 타협이 없는 강한 신념은 한 우연적이고 부수적인 사건이라기보다는 이 시인의 본질적 표현의 일부가 아닌가 싶다."고 썼다. 이는 시집 『사슴』의 장정과 본문, 종이의 선택이 당시로서는 매우 파격적이고 개성적이었다는 것을 시사하는 말이다. 시집의 형식마저도 시인의 '신념'으로 파악한 것이다.

1936년 《조광》 12월호에 「시단詩壇 일년一年의 성과成果」라는 글을 통해 박용철은 또 한 번 백석의 시집이 거둔 성과를 거론하였다.

이 시집의 가치는 이 시편詩篇들이 울려 나오기를 토속학적 취미에서도, 방언 채취의 기호嗜好에서도 아닌 점에 있다. 외인外人의 첫눈을 끄으는 이 기괴奇怪한 의상衣裳같은 모든 이 시인의 피의 소곤거림이 언어의 외형을 취取할 때에 마지못해 입은 옷인 것이다. 이 시집에서 감득感得할 수 있는 진실한 매력魅力과 박력이 이 증좌證左다. (……) 이 시인의 포─

즈에는 냉연冷然하고 태연泰然하려는 점이 보인다. 눈물과 진어眞語를 파는 데까지 이르렀던 반동反動으로 현대現代 — 이 감상感傷을 폭로시켜 조소嘲笑의 대상對象이 되기를 싫어하는 것이 또한 당연한 일일지도 모르나 이 시인詩人의 냉연冷然한 포-즈 뒤에는 오히려 얼굴을 내여미는 처치할 수 없는 안타까움까지를 미도昧到하지 않는다면 우리는 이 시집의 반半을 넘어 잃어 버린다 할 것이다.

1930년대 중반은 식민지 조선의 현실과 가치체계가 파국을 향해 가고 있었을 때였다. 이에 대응하는 방식으로 백석은 일본 제국주의가 드리운 그늘에서 시인만이 할 수 있는 일을 상상하였다. 그것은 과거의 재생을 통해 현실의 몰락을 타개해나가는 것이라고 판단했다. 백석은 주관적 감상주의와 계몽주의를 넘어선 '그 무엇'을 찾고자 했다. '그 무엇'은 새로운 미적 인식을 바탕으로 자신의 시를 구체화시키는 것이었다. 당시 시단을 휩쓸었던 카프 계열의 사회주의 문학론은 지나치게 계몽성이 강해 백석이 받아들이기 어려운 것이었다. 소통이 불가능한 이상의 실험주의도 마찬가지였다.

그리하여 백석은 식민지로 오염되고 왜곡되기 이전의 고향, 즉 시원의 순결성을 가지고 있는 고향과 고향의 방언에 착안했다. 고향의 말인 방언이야말로 몰락의 길로 치닫고 있는 조선의 현실을 지켜낼 수 있는 하나의 시적인 역설로 작용할 수 있으리라고 그는 판단했다. 그러니까 백석의 평안도 방언 사용은 향토주의에 매몰된 결과물이 아니라 준비된 창작방법론이며 의도된 기획에서 나온 것이었다.

'내가 가장 잘 알고 있는 것, 나와 가장 가까운 곳에 있는 것이 가장 새로운 것이지.'

이것이 또한 김기림을 필두로 한 1930년대 일반적인 모더니즘의 언어와 백석의 언어를 확연하게 구별하는 점이다. 김기림, 정지용, 김광균, 이상 들은 일본을 통해 들어온 서구의 모더니즘 이론을 여과장치 없이 그대로 직수입하였다. 그들은 도시문명에 경도되었고, 회화적 이미지를 자주 구사했으며, 때로 상징적 수법을 과용하면서 근대성에 접근하고자 하였다. 그 결과 몸은 없고 관념만 앙상한 시를 생산하였다.

그러나 백석은 달랐다. "백석은 시어를 현실생활과 거리가 있는 생경한 '지식의 언어'가 아닌 생활과 일체감을 느낄 수 있는 명료한 일상의 어휘로 운용하였다."(최정례, 『백석 시어의 힘』, 서정시학, 2008). 그리하여 몸과 관념이 일체화된 시를 써낼 수 있었다.

통영, 통영

〈조선일보〉 1936년 1월 23일자에 두 번째로 '통영'이라는 제목의 시를 발표하였다. 1935년 《조광》 12월호에 같은 제목으로 시를 발표한 지거의 두 달 만이었다. 박경련에게 통영에 내려간다고 예고를 하듯이 백석은 다음 시를 발표하고, 2월 초순에 다시 통영으로 떠났다.

> 구마산舊馬山의 선창에선 좋아하는 사람이 울며 나리는 배에 올라서
> 오는 물길이 반날
> 갓 나는 고당은 갓갓기도 하다
>
> 바람맛도 짭짤한 물맛도 짭짤한
>
> 전복에 해삼에 도미 가재미의 생선이 좋고
> 파래에 아개미에 호루기의 젓갈이 좋고
>
> 새벽녘의 거리엔 쾅쾅 북이 울고

밤새껏 바다에선 뿡뿡 배가 울고

자다가도 일어나 바다로 가고 싶은 곳이다

집집이 아이만한 피도 안 간 대구를 말리는 곳
황화장사 령감이 일본말을 잘도 하는 곳
처녀들은 모두 어장주漁場主한테 시집을 가고 싶어 한다는 곳
산山 너머로 가는 길 돌각담에 갸웃하는 처녀는 금錦이라든 이 같고
내가 들은 마산馬山 객주집의 어린 딸은 난蘭이라는 이 같고

난蘭이라는 이는 명정明井골에 산다든데
명정明井골은 산山을 넘어 동백冬柏나무 푸르른 감로甘露 같은 물이
솟는 명정明井 샘이 있는 마을인데
샘터엔 오구작작 물을 긷는 처녀며 새악시들 가운데 내가 좋아하는
그이가 있을 것만 같고
내가 좋아하는 그이는 푸른 가지 붉게붉게 동백冬柏꽃 피는 철엔 타관
시집을 갈 것만 같은데
긴 토시 끼고 큰머리 얹고 오불고불 넘엣거리로 가는 여인女人은 평안
도平安道서 오신 듯한데 동백冬柏꽃 피는 철이 그 언제요

녯 장수 모신 낡은 사당의 돌층계에 주저앉어서 나는 이 저녁 울 듯 울
듯 한산도閑山島 바다에 뱃사공이 되여가며
녕 낮은 집 담 낮은 집 마당만 높은 집에서 열나흘 달을 업고 손방
아만 찧는 내 사람을 생각한다

두 번째 통영 방문에는 신현중이 동행했다. 신문사에는 마산, 통영, 삼천포 등 남해안 지역으로 취재여행을 간다는 핑계를 대고 마음먹고 일주일간 출장을 간 것이다. 신현중이 「서울 문단의 회상」에서 "겨울방학이 지나고 서울 공부하는 학생들이 신학기 등교하러 갈 때니까 아마 정월 초순쯤"이라고 밝힌 바로 그때였다.

경성에서 통영으로 가는 길은 여간 복잡한 게 아니었다. 경성역에서 경부선 열차를 타고 부산 못 미쳐 밀양의 삼랑진역에서 내려 기차를 갈 아타야 했다. 여기서 마산선을 타면 낙동강 – 유림정 – 진영 – 덕산 – 창원 – 구창원을 거쳐 마산역에 닿았다. 40.1킬로미터의 거리였다. 따스한 겨울볕이 들어오는 열차 안에서 백석은 마치 봄날을 통과하고 있는 듯 착각에 빠져들었다. 기차는 산허리를 돌아 천천히 바다 쪽을 향하고 있었다. 「창원도昌原道」는 그 순간을 놓치지 않은 시였다.

솔포기에 숨었다
토끼나 꿩을 놀래주고 싶은 산山허리의 길은

엎데서 따스하니 손 녹히고 싶은 길이다

개 더리고 호이호이 희파람 불며
시름 놓고 가고 싶은 길이다

괴나리봇짐 벗고 땃불 놓고 앉어
담배 한 대 피우고 싶은 길이다

승냥이 줄레줄레 달고 가며

덕신덕신 이야기하고 싶은 길이다

더꺼머리 총각은 정든 님 업고 오고 싶은 길이다

2월이지만 한반도 남단 마산의 날씨는 손을 녹이고 싶을 정도로 따스했다. 마산에서 통영까지는 또 하루에 한 번 가는 배편을 기다려야 했다. 마산역에 내린 백석은 "정든 님 업고 오고 싶은 길"을 지나 구마산의 선창으로 가기 위해 북마산으로 향했다. 상남동의 나지막한 언덕처럼 생긴 산이 노비산鷺飛山이었다. 출판부의 데스크에 앉아 있는 노산鷺山 이은상은 고향의 이 산 이름에서 자신의 호를 따온 사람이었다.

구마산에서 통영으로 가는 배를 타기 위해 백석 일행은 포구 근처 오동동 객줏집에서 하룻밤을 묵었다.

"여보게 현중, 이 집 주인장 딸이 참 곱게 생겼네. 내 눈에는 난이로 보인단 말이야."

"난이?"

"우리가 내일 만나게 될 통영의 박경련 말일세."

스물다섯 살 총각 백석의 가슴속에는 그녀가 꼭 들어차 있었다.

"아니, 박경련이 왜 난이라는 말인가?"

신현중이 의아한 표정으로 묻자 백석이 빙긋이 웃으며 말했다.

"나는 앞으로 세상에서 예쁘고 아름다운 것은 다 난이라고 부를 걸세."

그 이튿날, 네 시간이나 배를 타고 통영에 도착한 백석은 땅이 꺼져라 한숨을 내쉬었다. 신현중을 통해 통영에 간다고 전보까지 보내고 왔지만 "내가 좋아하는 그이"는, '난蘭'으로 부르고 싶은 '내 사람'은 통영에 없었다.

"경련이는 개학 준비를 해야 한다며 설을 쇠자마자 경성으로 올라갔어요."

이 말을 전해준 건 그녀의 외사촌 오빠 서병직이었다. 백석보다 두 살이 많은 서병직은 신현중과 친구 사이였다. 백석은 그녀를 마음에 담고 있었지만 그녀의 마음속에는 백석이 없었다. 그녀는 백석이라는 사내가 부담스러워 몸을 피한 것이었다.

"이렇게 된 걸 어쩌겠나. 기왕에 먼 길을 왔으니 마음껏 회포나 풀고 돌아가세."

신현중이 백석의 어깨를 두드렸다.

서병직은 백석과 신현중을 충렬사로 안내했다. 충무공 이순신 장군을 기리기 위해 위패를 모신 이 사당에서 신현중은 큰절을 올렸다. 그런데 백석은 잔뜩 찌푸린 얼굴로 서 있을 뿐이었다.

"여기 오면 참배를 드려야지."

신현중의 권유에도 백석은 넋이 나간 사람처럼 바다 쪽만 자꾸 바라보았다.

'이 사람 나라에 대한 충성이 부족한 거 아닌가?'

신현중은 고개를 갸웃거렸다.

백석은 충렬사에서 가까운 명정골 396번지 박경련의 집을 생각하고 있었다. 그의 마음속에는 전에 없던 의심이 몽실몽실 피어오르고 있었다.

'박경련이 상경했다는 말은 거짓인지도 몰라. 나를 만나게 하지 않으려고 집 안에 가둬두었을 수도 있지.'

일행들이 사당 이곳저곳을 둘러보는 동안 백석은 바깥으로 나와 충렬사 돌계단에 쭈그리고 앉았다. 돌계단 바로 앞 건너 '명정明井'에는 물을 길러오는 처녀들의 발길이 끊이지 않았다. 그 처녀들 중에 박경련도 있을 것 같았다.

세 사람은 명정으로 갔다. 명정은 겨울에도 잎이 푸른 동백나무로 둘러싸여 있었다. 동백은 막 탐스런 붉은 꽃을 터뜨리는 중이었다. 명정에는 신기하게도 두 개의 우물이 있었다.

"위쪽의 '일정日井'과 아래쪽의 '월정月井'을 합해 '명정'이라 부르지요. 이 우물은 원래 충렬사에서 제사 지낼 때 물을 길어다 쓰던 우물이었어요. 이 부근에 마을이 생기면서 일반인들도 아래쪽 월정에서 나오는 물을 먹기 시작했지요. 명정 위에 나 있는 길로 상여나 상서롭지 못한 게 지나가면 금세 물이 흐려져 통행을 금하고 있지요. 참 기이한 일이지요?"

서병직은 겉으로 보기보다 친절하고 자상한 사람이었다. 하지만 그의 설명도 백석의 귀에는 들어오지 않았다.

백석과 신현중은 난이 떠나고 없는 통영에서 사나흘 정도를 묵으며 유서 깊은 이 고장 곳곳을 둘러봤다. "전복에 해삼에 도미 가재미의 생선"에다 "파래에 아개미에 호루기의 젓갈"도 소주를 곁들여 먹었다. 이곳 사람들이 특히 귀하게 여기는 뽈락구이와 도다리회도 맛보았다. 크고 싱싱한 대구를 넣고 끓인 시원한 대구탕으로 해장도 했다.

그 사이에 고성을 거쳐 삼천포를 다녀왔다. 출장비를 받아 남쪽에 내려온 백석은 신문에 발표할 시를 쓰기 위해 수첩에다 눈에 보이는 특이한 풍경들을 하나하나 메모했다. '남행시초南行詩抄 3'이라는 부제를 달고 있는 「고성가도固城街道」도 그때 스케치를 한 것이다.

고성固城장 가는 길
해는 둥둥 높고

개 하나 얼린하지 않는 마을은
해바른 마당귀에 맷방석 하나
빨갛고 노랗고
눈이 시울은 곱기도 한 건반밥
아 진달래 개나리 한창 퓌였구나

가까이 잔치가 있어서
곱디고운 건반밥을 말리우는 마을은
얼마나 즐거운 마을인가

어쩐지 당홍치마 노란저고리 입은 새악시들이
웃고 살을 것만 같은 마을이다

　백석의 통영 방문 횟수를 두고 연구자들 사이에 약간의 엇갈린 의견들이 제출된 바 있다. 두 번째 통영행이 1월 초순에서 2월 초순 사이라는 것은 대체로 일치한다. 송준은 '아, 진달래 개나리 한창 피었구나'를 근거로 1936년 2월 말경에 세 번째로 통영을 방문했을 거라고 짐작한다. 박태일은 "이때는 백석이 〈조선일보〉를 막 떠난 시점이며, 4월에 함흥의 영생고보로 일자리를 옮기기 직전이라 마음을 정리할 겸, 홀로 박경련의 고향인 통영과 그 가까운 곳을 둘러볼 수 있었을 것이다."라며 세 번, 혹은 네 번 정도 통영을 방문했을 거라고 주장한다.

이런 견해는 3월 초에 〈조선일보〉에 시를 발표한 것에서 생긴 오해라고 생각한다. 백석은 3월 5일자에 「창원도昌原道」, 6일자에 「통영統營」, 7일자에 「고성가도固城街道」, 8일자에 「삼천포三千浦」를 연이어 발표했다. 이때는 백석이 두 번째로 통영을 방문한 지 한 달 정도가 지난 시점이었다.

통영지방의 개나리와 진달래는 보통 3월 초순부터 피기 시작해 중순이면 만개한다. 한반도에서 가장 빨리 피는 것이다. 백석이 이 지역을 여행할 즈음에는 꽃 몽우리가 맺혀 있었을 것이고, 그것마저 평안도 출신의 시인에게는 매우 경이롭고 낯선 풍경이었을 것이다. 시에서 좀체 감탄사를 쓰지 않는 백석이 '아'라고 탄성을 지른 것만 봐도 놀라움이 어느 정도였는지 짐작할 수 있다. '남행시초南行詩抄' 네 편이 지면에 실리는 날짜를 충분히 고려해 밝고 따스한 봄의 분위기에 맞게 계절을 표현한 것으로 보는 게 타당할 듯하다. 시를 창작할 때 실제 현실에서 일어난 일을 재가공하거나 약간의 과장을 보태는 일은 흔한 경우에 속한다. 따라서 백석이 2월 말경에 통영을 방문했을 거라는 주장은 억측에 가깝다.

통영統營장 낫대들었다

갓 한 닢 쓰고 건시 한 접 사고 홍공단 단기 한 감 끊고 술 한 병 받어 들고

화륜선 만저보려 선창 갔다

이 추운 세상의 한구석에
맑고 가난한 친구가 하나 있어서
내가 이렇게 추운 거리를 지나온 걸
얼마나 기뻐하고 락단하고
그즈런히 손깍지벼개하고 누워서
이 못된 놈의 세상을 크게 크게 욕할 것이다

오다 가수내 들어가는 주막 앞에
문둥이 품바타령 듣다가

열니레 달이 올라서
나룻배 타고 판데목 지나간다 간다

작품 끝에 '서병직씨에게'라고 밝혀놓은 세 번째 「통영」은 '남행시초'
의 완결편이라 할 수 있다. 비록 박경련을 만나는 데는 실패했지만 서병
직의 후한 대접에 백석은 감동했다. 그에게 통영에서의 환대에 감사한
다는 마음을 보여주고 싶었다. 또한 박경련과의 인연을 지속하고 싶은
속내도 은연중에 작용했다.

마지막 행에서 "지나간다 간다"는 달 뜬 판데목을 지나는 나룻배의
움직임을 나타낸 것이지만 뒤쪽 '간다'를 '내가 통영을 떠나간다'로 읽
어봐도 좋을 듯하다. 백석이 통영에서 마지막 밤을 보낸 것은 음력 '열이
레', 즉 양력으로 2월 9일이었다.

훗날 백석은 북한에서 〈문학신문〉(1962년 3월 23일자)에 「붓을 총창
으로!」를 발표하는데, 통영의 신현중에게 쓰는 편지 형식의 글이다. 여기
서 백석은 "나는 이 부산 가까운 남해의 한 조그만 도시를 잊을 수 없다.
그 맑은 하늘, 초록빛 바다의 선연한 아름다움도 그 한 가지 모국어이면
서도 반쯤밖에 알아들을 수 없는 사투리도 그리고 옛 왜적과의 싸움터였
다는 뒷산에 올라 바라보던 쟁반 같은 대보름달도…… 그런 가운데서도
나는 이 바닷가에 소도시를 고향으로 가진 한 친근한 벗을 잊지 못한다."
고 쓴다. 신현중과 통영을 방문했을 때 충렬사 뒷산에서 정월 대보름달
을 보았다는 것이다. 정월 대보름이라면 양력으로는 2월 7일이다.

요컨대 백석의 '통영 시편'에 나타나는 시간, 계절적인 배경을 종합적으로 검토해보면 1936년 2월 5일경에 경성을 출발해 11일쯤 상경한 것으로 보인다. 즉 일주일 동안 경남의 마산, 통영, 고성, 삼천포를 둘러보고 마지막으로 진주에서 하룻밤을 묵은 뒤 상경했던 것이다.

진주에서 노래하고
술 마신 밤

경성에서부터 백석을 안내해 통영에 왔던 신현중은 마음이 착잡했다. 친구 백석에게 박경련을 만나게 해주겠다고 큰소리를 치고 내려왔지만 일을 성사시키지 못했기 때문이다. 한편으로 신현중의 마음 한쪽에 자신도 알 수 없는 일이 벌어지고 있었다. 어느 날부터인가 박경련에 대한 연모가 싹을 틔우고 있었던 것이다. 그저 고향의 어린 후배로 여겨왔던 아이가 성숙한 처녀가 되어 그의 마음속으로 걸어오고 있었다. 백석이 왜 그렇게 목을 매면서 '난이'를 찾는지를 그는 조금 늦게 깨달은 것이다. 그렇다고 백석에게 털어놓을 수도 없는 일이었다.

"통영의 그녀를 이 길로 업고 와야지."

신현중은 통영으로 가기 전에 마산에서 백석이 했던 말을 떠올렸다. 마산역에서 구마산의 선창으로 가면서 백석이 어깨를 으쓱이며 내뱉은 말이었다.

"우리 상경하기 전에 하루 저녁 진주에서 분냄새 좀 맡아보고 가는 게 어떤가?"

구마산으로 가는 배를 타는 대신에 진주를 거쳐 상경하자는 제안이었다. 스물다섯 살의 백석이 마다할 리 없었다. 2월 12일 두 사람은 논개가 왜장을 안고 몸을 던졌다는 진주의 촉석루를 둘러본 다음, 날이 저물 무렵 요릿집을 찾았다. 요릿집은 '등아각登雅閣'이라는 큼직한 간판을 단 기와집이었다. 등아각은 현재의 진주경찰서 맞은편에 있었다고 한다.

두 사람은 커다란 병풍을 두른 방으로 들어갔다. 곧이어 주안상이 들어왔고 한복을 곱게 차려입은 아가씨 둘이 따라 들어왔다. 그들은 진주 권번 출신들로 노래와 춤이 수준급인 기생들이었다. 그들이 부르는 노래는 유성기에서 듣는 가수들보다 더 구성졌다. 백석은 이들에게 아낌없는 박수를 보냈다. 신현중은 그게 조금 과장되게 보이기도 했다. 아닌 게 아니라 술자리가 무르익어갈수록 아가씨들이 신현중은 제쳐두고 백석만 뚫어지게 바라보는 게 아닌가. "고운 아가씨들이 모두 다 나는 춘향전 방자로 제쳐놓고 백석만을 도련님으로 모시고 마음 조렸던 건 두 말 할 것 없다."고 신현중은 회고한 적이 있다.

"여기 진주 땅 난이도 자네 맘에 쏙 드는가?"

신현중은 이 세상 예쁘고 아름다운 것은 모두 난이라고 부르겠다던 백석의 말을 흉내 냈다.

"암, 그렇고말고!"

"자, 오늘 우리 진주의 어여쁜 난이들을 위해서 건배하세."

최신식 양복에다 넥타이를 단정하게 맨 모던보이들에게 아가씨들은 홀딱 빠져버렸다. 백석이라는 사람은 잘생긴 시인에다 기자라고 했다. 게다가 이들은 경성에서 온 사람들 아니던가. 아가씨들은 경성 땅을 여태 한 번도 밟아본 적이 없었다.

"뺑뺑 전차를 타고 마포 종점까지 가보고 싶네요."

"난 경성 가면 화신백화점에 원피스를 사러 갈 거야."

아가씨들은 정말 경성을 가보고 싶어 하는 눈치였다. 휘황찬란한 불빛이 반짝인다는 백화점의 유리진열장과 백화점 안의 미용실, 레스토랑, 카페 들을 아가씨들은 한 번도 접해보지 않은 터였다.

백석이 호기롭게 말했다.

"자네는 경성에서도 일류가 될 수 있을 거야. 내가 장담해. 혹시 경성에 오면 나한테 연락하라구."

백석은 쪽지에 신문사 주소와 자신의 이름을 적어주었다. 그렇게 하룻밤을 유쾌하게 진주에서 보내고 백석과 신현중은 그 이튿날 경성으로 올라갔다.

그로부터 열흘이 채 지나지 않아서였다. 백석이 일하던 조선일보사 출판부로 전보 한 장이 날아왔다.

"내일 아침 첫차로 경성 도착. 맞아주오. 난이."

진주에서 난으로 부르던 아가씨였다. 전보를 받자마자 출판부에서 일하던 백석은 허겁지겁 사회부의 신현중을 찾아갔다. 백석의 얼굴은 하얗게 질려 있었다. 진주에서 아가씨들에게 그냥 한마디 툭 던진 말이 현실이 되어 눈앞에 나타난 것이었다.

"이거 좀 보게. 큰일 났네. 어떡하면 좋은가? 자네가 좀 도와주게."

전보를 받아든 신현중은 허둥지둥하는 백석의 모습 때문에 웃음이 터져 나오려는 것을 참았다.

'이 철딱서니 없는 샌님아, 그렇게 큰소리 뻥뻥 칠 때는 언제고!'

이렇게 한 방 먹이고 싶었지만 그는 태연한 척했다.

"글쎄, 나는 잘 모르겠네. 내 이름으로 전보가 왔으면 모르겠지만, 자네 앞으로 온 거니까 자네가 알아서 처리해야지. 내가 알 바 아닐세. 안 그래도 나는 내가 못생긴 게 서러웠다네. 자네가 부럽다기보다는 아주

심술이 날 지경이야."

백석은 아예 울상이 되어 있었다. 이런 호사다마도 없었다. 신현중은 백석을 한참 놀린 후에 못 이기는 척하고 말했다.

"경성을 처음 오는 아가씨들이니 우리가 경성구경을 시켜줘야지. 우선 택시로 모셔야 하지 않겠나?"

그런데 둘은 그때 주머니가 텅텅 비어 있었다. 가까운 기자들에게 택시비를 빌리는 수밖에 없었다.

이튿날 신현중은 약속한 시간에 경성역으로 나갔다. 백석은 검은 두루마기에 검은 모자를 쓰고 그를 기다리고 있었다. 신현중이 묻지도 않았는데 백석이 얼굴을 찡그리며 먼저 말했다.

"모던보이로 사는 게 쉽지는 않아."

신현중이 고개를 뒤로 젖히고 크게 웃었다.

잠시 후에 진주의 아가씨들이 작은 보따리를 하나씩 들고 경성역 대합실로 걸어 나왔다. 이들은 삼랑진역에서 출발해 밤새 기차를 타고 온 것이었다. 2월도 하순으로 접어들 무렵이어서 날씨까지 쌀쌀했는데 아가씨들은 생글생글 웃고 있었다.

백석과 신현중은 아가씨들을 택시에 태우고 남대문을 지나 종로통으로 향했다. 당시 경성의 택시비는 거리와 상관없이 한 번 타면 1원을 내야 했다. 택시기사들은 경성에 처음 올라온 사람한테는 시골뜨기 취급을 하며 바가지를 씌우는 게 보통이었다. 이런저런 핑계를 대며 손님한테 2원까지 받아내는 기사도 있었다. 하지만 이날 젊은 두 기자의 영접을 받은 진주의 아가씨들에게 그런 불상사는 일어나지 않았다.

사실 이들은 무작정 상경한 게 아니었다. 경성에 있는 큰 요릿집으로 일자리를 옮겨온 것이었다.

진주의 아가씨들을 맞이한 이후 두어 달쯤 지나서 신현중이 백석에게 물었다.

"혹시 그때 진주의 난이는 가끔 만나는가?"

"아니."

그러자 신현중의 장난기가 또 발동했다.

"자네를 좋아해서 경성으로 온 아가씨들이니까 자네가 책임을 져야지."

백석이 심드렁하게 대답했다.

"경성에서 자리를 잘 잡았다고 전화가 한 번 온 적이 있네. 진주에서보다 수입도 훨씬 늘었다는군. 나도 그동안 바빠서……."

백석은 그 아가씨를 까맣게 잊고 있는 듯했다. 그도 그럴 만했다. 그 사이에 백석은 시집을 출간했고, 출판기념회를 열었으며, 그가 만들던 잡지《조광》에 원고를 쓰느라 눈코 뜰 새 없이 보냈다. 잡지 편집을 맡으면 원고청탁이나 편집뿐만 아니라 비어 있는 지면에 원고를 채우는 일 때문에 기자들은 마감 때가 되면 매번 마음을 졸여야 했다.

함흥으로 떠나다

시인은 익숙한 것을 못 견뎌하는 운명을 타고난 것일까. 백석은 1936년 4월 초에 조선일보사에 사표를 냈다.《조광》이 독자들의 인기를 끌자 조선일보사는《여성》창간을 서둘렀고 백석도 창간 준비 작업을 함께 거들었다. 백석은《여성》이 4월호로 창간되자마자 신문사를 그만두었다. 조선일보사에 입사한지 딱 2년만이었다. 백석의 친구 허준은 이 무렵 조선일보사 교정부에 입사를 했다.

백석은 함경남도 함흥으로 떠났다. 함흥의 영생고보에 교사로 부임을 한 것이다. 아오야마학원을 졸업하면서 그는 영어교사 자격증을 가지고 있었다. 영생고보에는 일찍부터 시인 김동명金東鳴이 근무하고 있었다. 이 학교를 졸업한 그는 백석보다 열두 살이 많았는데 아오야마학원 신학부를 졸업한 동문선배이기도 했다. 문학평론가 백철白鐵도 백석과 거의 비슷한 시기에 영생고보의 영어교사로 근무했다. 도쿄 고등사범학교 영문학과를 졸업한 그는 1934년 제2차 카프 검거사건 때 체포되어 전주 형무소에서 약 1년 반 동안 수감 생활을 하고 난 뒤에 함흥으로 왔다.

함흥에는 당시 소설가 한설야韓雪野도 있었다. 그는 1900년생으로 김동명과 동갑이었다. 조선일보사 학예부 기자로 잠깐 근무하기도 했던 그 역시 카프 제2차 검거 때 체포되었다가 풀려나 고향인 함흥으로 돌아와 있던 상태였다. 서점과 인쇄소를 운영하고 있던 한설야는 객지에서 살아가는 백석에게 정신적으로 든든한 후원자가 되어주었다. 한설야는 나중에 그의 대표작이 되는 장편소설 『황혼』을 〈조선일보〉에 2월부터 연재하고 있었다.

백석의 함흥 시절은 이동순이 백석의 제자 김희모의 회고담을 정리한 글에 잘 나타나 있다.(「내 고보 시절의 은사 백석 선생」, 『현대시』, 1990년 5월호) 김희모는 1934년에 입학해서 5년간 영생고보를 다녔고, 나중에 피부과 의사가 되어 충북 청주에서 개원한 사람이었다. 그는 백석이 부임할 때부터 학교를 그만둘 때까지 매우 가까이에서 지켜본 제자였다. 함흥이라는 관북지방에 어느 날 갑자기 나타난 '모던보이' 백석의 외모는 첫날부터 시선을 끌었다.

양복 차림의 '모던보이'(당시에는 멋쟁이 신식청년을 모두들 이렇게 불렀다)가 교문으로 성큼성큼 들어오고 있었다. 운동장을 가로질러 학교의 현관으로 서슴없이 걸어 들어오는 그의 옷차림은 일본식 용어로 '료마에'라고 하는 두 줄의 단추가 가지런히 반짝이는 곤색 양복이었다. 모발은 모두 뒤로 넘어가도록 빗어 올린 '올백'형에다 유난히 광택이 나는 가죽구두는 유행의 첨단을 망라한 세련된 멋쟁이의 모습이었다. 이런 옷차림과 멋스러운 스타일은 당시 인구가 고작 5만밖에 안 되는 함흥에서는 좀처럼 보기 힘든 모습이었으므로, 함께 내려다보던 4학년 을조乙組의 동급생들은 창틀에 매달려 일제히 우우 하는 함성을 그 '모던 보이'에게 보내었던 것이다.

학교에 부임하고 나서 사흘 후였다. 김희모의 반에 영어수업을 하러 들어온 백석은 출석부를 펼치지 않고 학생들의 이름을 하나하나 부르기 시작했다. 출석부는 백석의 겨드랑이 사이에 끼여 있었다.

"박문환, 윤계주, 김남식, 함영국, 송태용, 김수린, 김연협, 김희모, 이규진, 한병익, 한현, 한세초, 한용필, 김호건, 변응선, 현하영, 박영빈, 염영하, 유형설, 박경화, 오기섭……."

맨 앞쪽에 앉은 학생들부터 얼굴을 바라보며 이름을 줄줄이 꿰고 있었다. 이 학급 50여 명의 학생들의 이름을 다 부르고 나자 학생들의 입이 딱 벌어졌다. 백석의 기억력 앞에 할 말을 잃어버린 것이었다. 학교에서 그는 철저한 교사였다. 그날 공부한 것은 반드시 암기하게 했고, 다음 날 백지에다 그걸 쓰게 했다. 백석은 실력 있는 영어교사였지만 그 자신도 공부를 게을리 하지 않았다. 백석은 함흥 시내에 있는 백계白系 러시아 사람한테 러시아어를 배우러 다녔다. 이 러시아인은 문방구를 겸한 서점을 운영하고 있었다. 그해 가을 만주와 시베리아로 수학여행을 갔을 때 백석이 기차 안의 러시아 사람들과 유창하게 말을 주고받는 것을 보고 학생들은 백석의 외국어 실력이 보통이 아니라는 걸 확인하기도 했다.

영생고보 제자 중에 강용률姜龍律이라는 학생이 있었다. 그는 백석보다 겨우 세 살 적은 늦깎이 학생이었다. 그는 1931년 영생고보에 입학했는데 이미 강소천姜小泉이라는 필명으로 어린이 잡지 《신소년》에 동시 「봄이 왔다」 등을 발표하면서 등단한 소년문사였다. 강소천은 4학년 겨울방학 때 학교로 돌아가지 않고 1년간 만주에서 방랑하다가 복학해 백석을 만났다. 1936년부터 1937년 사이 2년간 집중적으로 백석의 지도를 받았다. 그는 백석의 하숙집에 자주 들러 틈틈이 써온 동시를 보여주었다. 백석은 제자 강소천의 대표작이 되는 동시 「닭」을 1937년 《소년》 창간호에 발표할 수 있도록 다리를 놓았다. 조선일보사 출판부에서 발간한 이 잡지의 주간으로 윤석중尹石重이 일을 하고 있었던 것이다.

> 물 한 모금 입에 물고
> 하늘 한 번 쳐다보고,
> 또 한 모금 입에 물고
> 구름 한 번 쳐다보고.

이밖에 이화여대 교수를 지내며 1970년대 유신 반대 민주화운동에 참여하기도 한 현영학玄永學, 60년대 한국영화계의 대표적인 편집감독으로 활약한 유재원劉在元, 서울대 음대 교수를 지낸 김순열金淳烈, 한국기독교교회협의회 총무와 기독교방송 사장으로 일하며 민주화운동에 앞장섰던 김관석金觀錫도 영생고보를 다닐 때 백석에게 영어를 배웠다. 현영학과 유재원은 1938년에 24회, 김순열은 1939년에 25회, 김관석은 1940년에 26회로 졸업했다.(「영생고보 동창회 회원명부」, 1981)

함흥의 젊은 교사 백석은 목소리가 우렁찼고 걸음걸이도 빨랐다. 남들보다 보폭을 크게 하고 뚜벅뚜벅 앞서 걸었던 것이다. 하지만 백석은 수업을 마치면 양복의 먼지를 손가락으로 톡톡 터는 결벽증이 심한 사람이었다. 남이 만진 물건을 잘 만지지 않고 악수를 하고 나서는 금방 비누로 손을 씻었다.

한편 백석이 함흥에서 교사생활에 적응해갈 무렵, 소설가 최정희는 4월 30일 조선일보사 출판부를 사직했고, 그 자리에 5월 3일자로 노천명이 들어와 《여성》지 편집을 맡았다. 이화여전 영문과를 졸업하고 〈조선

여기에서 그는 "흰밥과 가재미와 나는/ 우리들이 같
이 있으면/ 세상 같은 건 밖에 나도 좋을 것 같다"고
말한다. 이것은 함흥에 안착해서 그만의 여유 있는
생활을 하고 있다는 자랑처럼 들린다.

중앙일보〉학예부 기자를 거친 노천명은 가냘픈 몸매에 차가운 인상을 주는 여기자였다. 그녀는 도도함이 넘쳐 신경질적으로 보이기도 했다.

이들과 자주 어울리던 사람으로 〈조선일보〉학예부 기자면서 소설가인 이선희가 있었다. 이선희는 백석이 함흥으로 떠난 후, 《조광》에 「조선작가군상」이라는 글을 실었다. 이광수·김동인·이태준·이효석·김유정·한설야와 같은 소설가, 그리고 이은상·정지용·김기림·백석 등의 시인 등 20명이 넘는 당대의 시인과 작가들에 대한 인상기였다. "최신제품의 시인 백석 씨는 외모는 모던보이 종족에 속하시나 시상詩想은 옛날로 돌아가 뿌리를 박고 계시답니다. '로버트 번즈'를 생각게 하는 향토시인이라고 하면 어떨는지요. 증나물, 돼지비계, 거름뎅이, 잎담배 — 현대가 상채기를 내지 않는, 우리들의 살림살이를 묘하게 노래하셔서 즐겁습니다." 18세기 스코틀랜드의 시인 로버트 번즈는 농사를 지으면서 스코틀랜드 방언으로 시를 써 인기를 얻은 사람이었다. 이 글은 백석이 『사슴』을 출간한 이후 당대의 대표적인 시인으로 자리를 잡아가고 있다는 증명으로 이해하면 좋을 것이다.

이 무렵 친구인 허준은 「유월의 감촉」이라는 제목으로 《여성》지 6월호에 원고를 써달라는 청탁을 받고 적잖게 난감했던 모양이다. 몇 푼의 원고료를 위해 젊은 시절에 자연이나 그리는 잡문 쓰기는 그에게 퍽이나 괴로운 것이었다. 허준은 함흥으로 간 친구 백석을 'P'로 지칭하며 이렇게 그와의 우정을 간접적으로 표현했다.

P가 잡지를 편집하고 있을 때에도 그는 시절이 바뀔 때나 무슨 그러한 기회에는 나에게 이러한 글쓰기를 권한 적이 몇 번이고 적지 아니 있었습니다. 그는 내 탁 가라앉아버리기 쉬운 마음을 늘 고무해주던 사람이요,

또 하나는 내 살림의 실상은 궁글은 실속을 잘 아는 이인 까닭이었습니다.

그러는 때마다 제가 차차 써보자고 하면 그는 문학을 공부하는 젊은 사람으로서 어느 잡문 쓰지 아니한 대가가 있었느냐고 하면서 자기로서도 비참히 생각하고 있는 역설 반 농담 반으로 서로 웃고 한 밤이었습니다.

백석은 1936년 여름방학을 맞아 한 달 조금 넘게 경성을 다녀왔다. 그리고 〈조선일보〉 9월 3일자에 짧은 수필 「가재미·나귀」를 발표하였다. 함흥에서의 백석의 환경과 당시의 여유 있는 심정을 엿볼 수 있는 아름다운 수필이다.

동해東海 가까운 거리로 와서 나는 가재미와 가장 친하다. 광어, 문어, 고등어, 평메, 횃대…… 생선이 만치만 모두 한두 끼에 나를 물리게 하고 만다. 그저 한업시 착하고 정다운 가재미만이 힌밥과 빩안 고치장과 함께 가난하고 쓸쓸한 내 상에 한 끼도 빠지지 안코 올은다. 나는 이 가재미를 처음 십전十錢 하나에 뺌가웃식 되는 것 여섯 마리를 바더들고 왔다. 다음부터는 할머니가 두 두림 마흔 개에 이십오 전씩에 사오시는데 큰 가재미보다도 잔 것을 내가 조하해서 모두 손길마큼한 것들이다. 그 동안 나는 한 달포 이 고을을 떠낫다 와서 오랫만에 내 가재미를 찾어 생선장으로 갓드니 섭섭하게도 이 물선은 뵈이지 안헛다. 음력 8월 초상이 되어서야 이 내 친한 것이 온다고 한다. 나는 어서 그때가 와서 우리들 힌밥과 고치장과 다 만나서 아츰 저녁 기뻐하게 되기만 기달인다. 그때엔 또 이십오 전에 두어 두림씩 해서 나와 가티 이 물선을 조하하는 H한테도 보내어야겟다.

묘지와 뇌옥牢獄과 교회당과의 사이에서 생명과 죄와 신神을 생각하기 조흔 운홍리雲興里를 떠나서 오백 년 오래된 이 고을에서도 다 못한 곳, 녯날이 헐리지 안혼 중리中里로 왓다. 예서는 물보다 구름이 더 만히 흐르는 성천강城川江이 가까웁고 또 백모관봉白帽冠峰의 씨허연 눈도 바라뵈인다. 이곳의 좌우로 긴 회灰담들이 맛물고 늘어선 좁은 골목이 나는 조타. 이 골목의 공기는 하이야니 밤꽃의 내움새가 난다. 이 골목을 나는 나귀를 타고 일엽이 왓다갓다 하고 십다. 또 예서 한 오 리 되는 학교까지 나귀를 타고 단니고 십다. 나귀를 한 마리 사기로 햇다. 그래 소장 마장을 가보나 나귀는 나지 안는다. 촌에서 단니는 아이들이 잇서서 수소문해도 나귀를 팔겟다는 데는 업다. 얼마 전엔 어늬 아이가 재래종의 조선말 한 필을 사면 어떠냐고 한다. 갑을 물엇드니 한 오원 주면 된다고 한다. 이 좀말로 할까고 머리를 기우려도 보앗으나 그래도 나는 그 처량한 당나귀가 조아서 좀더 이놈을 구해보고 잇다.

백석은 영생고보에서 가까운 운홍리에 하숙집을 얻어 한 학기 동안 생활했다. 여름방학 때 경성을 다녀온 뒤에는 학교에서 2킬로미터쯤 떨어진 중리中里로 하숙집을 옮겼다. 담임을 맡고 있는 제자 고희엽의 집이었다. 이곳은 옛날 분위기를 풍기는 고즈넉한 마을이었고, 동해로 흘러드는 성천강이 멀지 않았다. 역시 번잡한 곳을 싫어하는 백석다운 선택이었다.

신문사에서는 '나의 관심사'라는 기획물을 청탁했고, 이에 백석은 선뜻 '가재미'와 '나귀'를 떠올렸다. 동해에서 나는 말린 가자미는 담백한 음식을 좋아하는 백석의 미각을 붙잡았을 것이다. 그리고 나귀를 한 마리 사서 타고 다니겠다는 낭만적이며 동화적인 발상은 작고 하찮은 것을 귀하게 여기는 백석의 취향과 세계관을 보여주기에 충분하다. 이 수필에 등장하는 'H'는 허준으로 짐작이 된다.

백석은 이 수필에 이어 나중에 '함주시초咸州詩抄' 연작 중 한 편으로 시 「선우사膳友辭」를 발표한다. 여기에서 그는 "흰밥과 가재미와 나는/ 우리들이 같이 있으면/ 세상 같은 건 밖에 나도 좋을 것 같다"고 말한다. 이것은 함흥에 안착해서 여유 있는 생활을 하고 있다고 자랑하는 말처럼 들린다.

'너희는 경성 거리에서 나귀를 타고 다닐 생각이나 하겠느냐?'

백석은 이렇게 큰소리를 치고 싶었을 것이다.

『사슴』을 보는
또 다른 눈

　임화林和는 카프의 열성 멤버로 서기장을 역임한 대표적인 계급주의 문학이론가면서 시인이었다. 조선공산당 재건운동에 참여하는 등 진보적이고 실천적인 문학인으로 활동하던 임화의 입장과 논리로는 백석의 시가 양에 차지 않았다. 무산계급을 위한 리얼리즘 문학운동에 누구보다 철저했던 임화가 보기에 백석은 나약한 문학주의자의 하나일 뿐이었다.

　시집 『사슴』이 출간되자마자 박용철과 김기림은 격찬을 아끼지 않았다. 이에 비해 임화는 그들과 전혀 상반된 비판적인 평가를 내놓았다.《조광》1936년 10월호에 실린「문학상의 지방주의 문제」가 그것이다. 임화는 "지방주의적 경향이란 무엇이냐 하면 필요 이상으로 지방적 색채 혹은 그 특수성을 과장하는 문학적 경향"이라고 규정했다.

　『사슴』 가운데는 농촌 고유의 여러 가지 습속, 낡은 삼림, 촌의 분위기, 산길, 그윽한 골짝 등의 아름다운 정경이 시인이 고운 감수력을 가지고 객관적으로 노래되고 있다. 백석 씨는 분명히 아름다운 감각과 정서를 가진 시인이다. 더욱이 이 시인의 방언에 대한 고려와 그 시적 구사는 전인 미답前人未踏의 것이라 해도 과언은 아니리라.

그러나 우리들이 냉정하게 이지理智로 돌아갈 때 시집 『사슴』을 일관한 시인의 정서는 그의 객관적인 태도에도 불구하고 어디인지 공연히 표시되지 않은 애상哀傷이 되어 흐르는 것을 느끼지 아니치는 못하리라.

그곳에는 생생한 생활의 노래는 없다. 오직 이제 막 소멸하려고 하는 과거적인 모든 것에 대한 끝없는 애수哀愁, 그것에 대한 비가悲歌이다. 요컨대 현대화된 향토적 목가牧歌가 아닐까? 『사슴』의 작자가 시어상에서 일반화되지 않은 특수한 방언을 선택한 것은 결코 작자 개인의 고의固意나 또 단순한 취미도 아니다.

나는 이 야릇한 방언은 시집 『사슴』 가운데 표현된 작자의 강렬한 민족적 과거에의 애착이라 생각코 있다.

이 난삽한 방언은 시집 『사슴』의 예술적 가치를 의심할 것도 없이 저하시킨 것이라 믿으며, 내용으로서도 이 시들은 보편성을 가진 전조선적인 문학과 원거리遠距離의 것이다.

임화는 이어서 김동리의 소설 「바위」와 「무녀도」도 유미주의적이며 이 소설들에 등장하는 인물도 사회적 전형성을 가진 인물로 그려내지 못했다고 비판했다. 그리고 백석과 김동리가 "지방주의적인 경향으로 인하여 자기 예술을 얕은 '시골뜨기 문학'의 경지에 방송放送한 일은 애석한 일"이라며 격렬한 어투로 비판했다. 임화의 비판의 핵심은 방언의 가치에 관한 것이었다. 앞서 《조광》 4월호에 박용철은 백석 시의 방언 활용에 주목하는 평을 발표한 적이 있었다. 임화는 이를 정면으로 반박하면서 백석의 방언을 '감상적 복고주의'의 결과라고 단정한 것이다.

1936년은 김기림, 박용철, 임화 사이에서 이른바 '기교주의 논쟁'이

불을 뿜고 있을 때였다. 기교주의 논쟁은 김기림의 글 「현대시에 있어서의 기교주의의 반성과 발전」(〈조선일보〉, 1935년 2월 10일~14일)에 대해 임화가 「담천하의 시단 1년」(《신동아》 1935년 12월호)이라는 글로 비판하면서 시작이 되었다. 여기에 박용철이 가세해 「올해시단총평」(〈동아일보〉, 1935년 12월 24일~28일)을 통해 임화를 반박하면서 논쟁이 확대되었다. 김기림은 모더니즘, 임화는 리얼리즘, 박용철은 순수시론의 입장을 견지하면서 기교주의 문제를 화두로 각각 주장을 펼쳤다.

이 논쟁에서 김기림과 임화는 서로 상대방을 이해하는 입장을 내놓기도 했으나, 박용철과 임화는 날카롭게 맞섰다. 백석의 시집 『사슴』에 대한 임화의 비판도 이와 무관하지 않은 것으로 보인다.

백석은 함흥에 머물고 있었지만 1936년 내내 『사슴』은 문단 안팎의 주목을 끌었다. 《조광》 1936년 11월호에는 소설가 이효석의 수필 「영서嶺西의 기억」이 실렸다. 이효석은 백석의 『사슴』을 읽고 큰 감동을 받았다. 그는 이 시집을 읽으며 잃어버린 고향을 찾은 느낌을 받았다고 고백했다.

우연히 백석 시집 『사슴』을 읽은 것은 다행이라고 생각한다. 잃었던 고향을 찾아낸 듯한 느낌을 불현듯이 느꼈기 때문이다. 시집에 나오는 모든 소재와 정서가 그대로 바로 영서嶺西의 것이며, 물론 동시에 이 땅 전부의 것일 것이다. 나는 고향을 찾은 느낌에 기쁘고 반갑고 마음이 뛰놀았다. 워즈워드가 어릴 때의 자연과의 교섭을 알뜰히 추억해 낸 것과도 같이 나는 얼마든지 어린 때의 기억을 풀어낼 수 있게 되었다. 고향의 모양은 — 그것을 옳게 찾지 못했을 뿐이지 — 늘 굵게 피 속에 맥치고 있었던 것을 느끼게 되었다. 『사슴』은 나의 고향의 그림일 뿐 아니라 참으

로 이 땅의 고향의 일면이다. 소재의 나열의 감쯤은 덮어놓을 수 있는 것
이며, 그곳에는 귀하고 아름다운 조선의 목가적 표현이 있다. 면목 없는
이 시인은 고향의 소재를 더욱더욱 들춰 아름다운 『사슴』의 노래를 얼마
든지 더 계속하고 나아가 발전시켜 주었으면 한다.

　「가즈랑집」「여우난곬족族」「모닥불」「주막」― 모두 명음名吟이니 이
노래들의 '바른 방향'과 '진정한 발전' 위에 우리가 말하려는 모든 고향
의 이야기는 포함되리라고 생각한다.

　충북 보은 출신의 오장환吳章煥은 1933년 《조선문학》에 시 「목욕간」
을 발표하면서 등단한 사람이었다. 그때 그의 나이는 열다섯 살에 불과
했다. 시집 『사슴』이 출간된 지 1년 후에 오장환은 「백석론白石論」을 《풍
림》 1937년 4월호에 발표했다. 《풍림》은 1936년 12월호를 창간한 후
1937년 5월호를 끝으로 폐간된 100쪽 안팎의 얇은 문예지였다. 홍순열
이 편집 겸 발행인을 맡았고, 이갑기와 한설야 등 카프 계열 작가들이 참
여해 만들었다.

　「백석론白石論」은 약관 스무 살의 오장환이 처음 쓴 작가론이었다. 그
는 이때 일본 메이지대학 문예과에 입학했고, '자오선' 동인으로 참여
하면서 시작활동을 하고 있었다. 오장환은 『사슴』을 혹독하게 비판했다.
그는 백석을 "시인이 아니라 시를 작란作亂(즉 향락)하는 한 모던 청년"
이라고 깎아내리면서도 "나는 백씨에게서 많은 점의 장점과 단처短處를
익혀 배웠다"고 털어놓았다. 가차 없는 비판과 함께 선배시인으로 백석
을 긍정적으로 평가하기도 했다.

　백석을 모르는 사람이 백석론을 쓰는 것도 일종 흥미있는 일일 것이

다. 하나 시집 『사슴』 이외에는 그를 알지 못하는 나로서 그를 논한다는 것은, 더욱이 제한된 매수로서 그를 논한다는 것은 쉬운 일일 수 없다. 남을 완전히 안다는 것도 결국은 자기 견해에 비추어가지고 남을 이해하는 것인 만큼 불완전한 것인데, 더욱이 그의 시詩만을 가지고 그의 전 인간을 논하는 것은 대단大端 불가한 일일 것이다. 그렇기 때문에 나의 백석론은 씨의 작품을 통하여서 본 씨 자신의 인간성과 생활을 논의함이라고 변해辨解를 해야만 된다.

백석씨의 『사슴』은 어떠한 의미에서는 조선시단의 경종이었다. 그는 민족성을 잃은 지방색을 잃은 제 주위의 습관과 분위기를 알지 못하고 그저 모방과 유행에서 허덕거리는 이곳의 뼈 없는 문청文靑들에게 참으로 좋을 침을 놓아준 사람의 가장 한 사람이다. 그러나 이것은 백석의 자랑이 아니라 한편 조선청년들의 미제라블한 정경이라고 볼 수도 있는 일이다.

나 보기의 백석은 시인이 아니라 시를 작란作亂(즉 향락)하는 한 모던 청년에 그쳐버린다. 그는 그의 시집 속 '얼럭소새끼의 영각' 안에 「가즈랑집」「여우난곬족族」「고방」「모닥불」「고야古夜」와 같은 소년기의 추억과 회상을, '돌덜구의 물' 안에 「초동일初冬日」「하답夏畓」「적경寂景」「미명계未明界」「성외城外」「추일산조秋日山朝」「광원曠原」「흰밤」과 같은 풍경의 묘사와 죄그만 환상을 코닥크에 올려놓았고, '노루'와 '국수당 넘어'에도 역시 추억과 회상과 얕은 감각과 환상을 노래하였다.

그는 조금도 잡티가 없는 듯이 단순한 소년의 마음을 하여가지고 승냥이가 새끼를 치는 전에는 쇠메 든 도적이 났다는 가즈랑고개와 돌나물김치에 백설기 먹는 이야기, 쇠똥도, 갓신창도, 개니빠디도 타는 모닥불, 산골짜기에서 소를 잡아먹는 노나리꾼, 날기멍석을 져간다는 닭 보는 할미를 차 굴린다는 땅 안에 고래등 같은 집안에 조마구 나라 새까만 조마구 군병, 이러한 우리들이 어렸을 때에 들었던 이야기와 그 시절의 생활을 그리고 기억에 남는 여행지를 계절의 바뀜과 풍물風物의 변천되는 부분을 날치게 붙잡아다 자기의 시에 붙여놓는다. 그는 아무리 선의善意로 해석하려고 해도 앞에 지은 그의 작품만으로는 스타일만을 찾는 모더니스트라고밖에 볼 수가 없다.

그는 시에서 소년기를 회상한다. 아무런 쎈치도 나타내이지는 않고 동화童話의 세계로 배회한다. 그러면 그는 만족이다. 그의 작품은 그 이상의 무엇을 우리에게 주지 않는다. 그는 앞날을 이야기한 적이 없다. 자기의 감정이나 의견을 이야기하지 않는다.

사실인즉슨 그는 이러한 필요가 없을는지도 모른다. 근심을 모르는 유복한 집에 태어나 단순한 두뇌를 가지고 자라났으면 단순히 소년기를 회상하며 그곳에 쾌감을 느낀다면 그것은 자기 하나만을 위하여서는 결코 나쁜 일이 아니니까. 다만 우리는 그의 향락 속에서 우리의 섭취할 영양을 몇 군데 발견함에 지나지 아니할 뿐이다.

하나 우리는 이것을 곧 시라고 인정한 몇 사람 시인과 시인이라고 믿는 청년들과 칭찬한 몇 사람 시인을 생각하지 않을 수 없다.

현실을 그냥 변화시키지 않고 흡수하기 쉬운 자연계의 단편이 있다. 가령 제주도에는 탱자나무에도 귤이 열린다 하고 평안도에서는 귤나무에서 탱자가 열린다 하자. 물론 이것을 아름답게 수사한다면 모르거니와 그냥 기술한다고 하여도 제주도 사람들에게는 평안도의 탱자열매가 시가 될 수 있고 평안도 사람에게는 큰 귤이 시가 될 수 있는 것이다.

이와 마찬가지로 백석의 추억과 감각에 황홀하는 사람들은 결국, 그의 어린 시절을 그리고 자기네들의 생활과 습관을 잊어버린 또는 알지 못하는 말하자면 너무나 자신과 자기 주위에 등한한 소치임을 여실히 공중 앞에 표백表白하는 것이다. 만일에 이상의 내 말을 독자가 신용한다면 백석씨는 얼마나 불명예한 명예의 시인 칭호稱號를 얻은 것인가. 다시 그를 시인으로 추대하고 존숭한 독자나 평가評家들은 얼마나 자기네들의 무지함을 여지없이 폭로시킨 것인가!

이렇게 말하면 내 의견을 반대하는 사람은 신문학이니 새로운 유파流波이니 하며 그의 작품을 신지방주의나 향토색鄉土色을 강조하는 문학이라고 명칭하여 옹호할 게다. 하나 그러면 그럴수록 이러한 사람들은 자기의 무지를 폭로하는 것이라고밖에 나는 볼 수가 없다. 지방색이니 무어니 하는 미명하에 현대 난잡한 기계문명에 마비된 청년들은 그 변태적인 성격으로 이상한 사투리와 뻣뻣한 어휘에도 쾌감과 흥미를 느끼게 된다. 하나 이것은 결국 그들의 지성의 결함을 증명함이다. 크게 주의主義가 될 수 없는 것을 주의라는 보호색에 붙이어가지고 일부러 그것을 무리하게 강조하려고 하는 데에 더욱 모순이 있다.

그리하여 외면적으로는 형식의 난잡으로 나타나고 내면적으로는 인식의 천박이 표시가 된다. 모씨와 모씨 등은 이 시집 속에 글귀글귀가 얼마나 아담하게 살려졌으며 신기하다는 데에 극력 칭찬을 하나 그것은 단순히 나열에 그치는 때가 많고 단조와 싫증을 면키 어렵다. 미숙한 나의 형용形容으로 말한다면 백석 씨의 회상시는 갖은 사투리와 옛이야기, 연중행사의 묵은 기억 등을 그것도 질서도 없이 그저 곳간에 볏섬 쌓듯이 그저 구겨넣은 데에 지나지 않는 것이다.

백석씨는 시인도 아니지만 지금은 또 시도 쓰지 않는다. 그리고 나는 또 백씨을 알지 못한다. 그러니까 이 위엣말은 많은 착오도 있을 줄 안다. 하나 나는 작품으로 볼 수 있는 백석씨만은 가급적으로 음미吟味를 하여

보았다.

백씨와 나와는 근본적으로 상통되지 않은지는 모르나 나는 백씨에게서 많은 점의 장점과 단처短處를 익혀 배웠다. 그리고 한편으로는 백씨에게 감사하여 마지않는다.

'시인'이란 칭호가 백석에게는 벌써 흥미를 잃었는지 모르겠으나 나는 참으로 백석을 위하야 그리고 내가 씨에게 많은 지시指示를 받은 감사로서도 씨가 좀 더 인간에의 명석한 이해를 가지고 앞으로 좋은 작품을 써주지 않는 이상, 나는 끝까지 그를 시인이라고 불러주고 싶지 않다. 그것은 다른 범용한 독자와 같이 무지와 무분별로써 씨를 사주고 싶지는 않은 참으로 백석씨를 아끼는 까닭이다.

독설에 가까운 이 평문을 읽은 백석의 마음은 어땠을까? 가까이 있었다면 멱살이라도 잡고 흔들고 싶었을까? 백석의 입장에서는 문학청년의 치기 어린 공격으로 받아들였을 수도 있다. 오장환은 『사슴』 발간 이후 백석이 1936년 1월과 3월에 발표한 10편의 시를 꼼꼼하게 찾아 읽지 않았을 뿐만 아니라 문학적인 논거가 상당히 부족한 글을 발표한 것이었다. 게다가 어투까지 매우 공격적이다. 평문의 절반 이상을 "이것을 곧 시라고 인정한 몇 사람 시인과 시인이라고 믿는 청년들"을 공격하는 데 주안점을 두고 있는 것이다. 그들은 "현대 난잡한 기계문명에 마비된 청년들"로 오장환의 시적 지행과는 대척점에 있던 일군의 모더니스트들을 가리킨다. 그러니까 이 글에 등장하는 "모씨와 모씨"는 김기림과 박용철을 지칭하는 것으로 봐도 무리가 없을 것이다.

오장환은 당시 약관의 시인으로서 어떤 문학을 꿈꿨던 것일까? 그는 〈조선일보〉 1937년 1월 28일자 「문단의 파괴와 참다운 신문학」을 통해

'신문학'에 대한 입장을 밝힌 바 있다. "진정한 신문학이라면 형식은 어떻게 되었든지 위선 우리의 장상한 생활에서 합치될 수 없는 문단을 바쉬버리고 진실로 인간에서 입각한 문학, 즉 문학을 위한 문학이 아니라 인간을 위한 문학의 길"이라고 규정했다. 그리고 "어느 것이 진정한 신문학이었느냐고 한다면 그것은《백조》시대의 신경향파에서 카프에 이르기까지 그들의 문학이 가장 새로운 문학에 접근한 것"이라는 주장이 그것이다. 휘문고보에서 정지용에게 시를 사사한 오장환은 이때 임화 등이 주도했던 카프 계열의 문학에 깊이 침윤되어 있었다.

이러한 평가에 대해 백석은 어떤 생각을 하면서 창작에 임했을까? 백석이 자신을 비판하거나 비난하는 글에 대해 화를 내거나 반론을 제기했다는 이야기는 전해진 게 없다. 시인은 시로 말한다는 원칙에서 벗어나지 않으려고 했던 것 같다. 1930년대 중반 백석의 사상성과 창작방법론을 간추려 정리하고 있는 이동순의 다음과 같은 글이 참고가 될 것이다. (이동순, 『잃어버린 문학사의 복원과 현장』, 소명출판, 2005)

첫 시집 『사슴』을 발간하던 당시 백석의 연령은 24세였다. 일본 유학에서 돌아온 직후였으므로 이미 일정한 역사의식을 갖춘 나이로 보아야 한다. 물론 백석 시인의 가치관과 그 방향성은 좌파 문학인의 이념성과 전혀 일치하지 않았다. 그렇다고 부르주아 민족주의 계열의 문학인들과도 그리 밀접한 관계를 갖지는 않았던 것으로 보인다. 당시 백석의 사상성을 단적으로 평가 규정하자면 이미지즘적 창작방법론에 공감을 하고 있었으며, 실제로 발표되는 작품의 스타일도 이미지즘적 성향이 농도 짙게 나타나고 있다. 말하자면 사상적으로는 온건중도파, 문학적으로는 이미지스트와 민족주의를 결합한 상태로 설명해낼 수 있을 것이다.

함흥에서 교사생활을 하던 백석은 1936년 3월 〈조선일보〉에 '남행시초' 연작 4편을 발표한 이후 1937년 9월까지 한 편의 작품도 발표하지 않았다. 오장환이 "지금은 또 시도 쓰지 않는다"고 말한 것도 이 때문이었다.

　오장환의 글은 겉으로는 백석을 향한 독설처럼 보이지만 백석에 대한 애정을 숨기지 않고 있는 점을 눈여겨볼 필요가 있다. 오장환은 백석에게 "많은 지시指示를" 받았음을 털어놓았고 앞으로 백석이 "좀더 인간에의 명석한 이해를 가지고 앞으로 좋은 작품을 써"달라는 주문도 잊지 않았다. 사실 오장환은 백석 자신이 하지 못하는 것을 문학적으로 실천하고 있는 사람, 쉽게 이루어지지 않을 것을 알면서도 미래의 꿈을 꾸는 용기 있는 사람이었는지도 몰랐다.

백석 시의 영향을
받은 시인들

　윤동주는 백석의 시집을 구하지 못해 발을 동동 굴렀다. 그는 백석보
다 다섯 살 아래였다. 윤동주는 1936년 평양 숭실중학교를 다니다가 이
학교가 신사참배 거부로 폐교가 되자 용정의 광명학원 중학부 4학년으
로 전학을 갔다. 그는 문학소년으로 시를 가슴에 품고 장차 시인이 되는
꿈을 키워가고 있었다. 그의 책꽂이에는 김동환의 『국경의 밤』, 한용운의
『님의 침묵』, 정지용의 『정지용시집』, 이은상의 『노산시조집』, 윤석중의
『윤석중 동요집』도 있었지만, 정작 읽고 싶은 『사슴』은 구할 수 없었다.

　1937년 8월이 되어서야 윤동주는 도서관에서 『사슴』을 겨우 빌릴 수
있었다. 시집을 빌리자마자 그는 그 자리에서 필사를 하기 시작했다. 한
글자 한 글자 최대한 정성을 들여 시집 속에 실린 시를 공책에 베껴 썼
다. 그러고는 필사본 시집을 읽으며 자신의 소감을 공책 모퉁이에 적어
두기도 하였다.

　윤동주는 이후 『사슴』을 옆에 끼고 살다시피 하였다. 일본 유학 때는
아우 윤일주에게 보내는 편지에서 『사슴』을 꼭 읽어보라고 권하면서 백
석의 시에 깊이 빠져들었다. 다음 작품을 비교해서 읽어보면 윤동주가

백석을 얼마나 따르고 싶어 했는지를 잘 알 수 있다.

　　── 하눌이 이 세상을 내일 적에 그가 가장 귀해하고 사랑하는 것들은
모두
　　가난하고 외롭고 높고 쓸쓸하니 그리고 언제나 넘치는 사랑과 슬픔
속에 살도록 만드신 것이다
　　초생달과 바구지꽃과 짝새와 당나귀가 그러하듯이
　　그리고 또 '프랑시쓰 쨈'과 도연명陶淵明과 '라이넬 마리아 릴케'가 그
러하듯이
　　── 백석, 「흰 바람벽이 있어」 중에서

　　어머님, 나는 별 하나에 아름다운 말 한마디씩 불러봅니다. 소학교 때
책상을 같이 했던 아이들의 이름과, 패佩, 경鏡, 옥玉 이런 이국 소녀들의
이름과, 벌써 애기 어머니 된 계집애들의 이름과, 가난한 이웃 사람들의
이름과, 비둘기, 강아지, 토끼, 노새, 노루, 프랑시스-잠, 라이너·마리아·
릴케 이런 시인의 이름을 불러봅니다.
　　── 윤동주, 「별 헤는 밤」 중에서

　　시집 『사슴』은 발간되자마자 당대의 많은 시인들을 매료시켰으며, 해
방 이후 후대의 시인들에게도 매우 절대적이고 폭넓은 영향을 끼쳤다. 신
경림申庚林은 백석의 영향을 받은 대표적인 시인이라고 할 수 있다. 1970
년에 나온 『농무』 이후 그는 가난하고 소외 받는 기층 민중들의 생활을
외면하지 않고 매우 절절하면서도 핍진하게 그려낸 바 있다. 이는 백석이
시적 대상을 바라보는 따뜻하고 정감 넘치는 태도와 매우 흡사하다.

내가 백석 시인을 알게 된 것은 중학교 시절 정기구독하고 있던 한 월간지에 박목월 시인이 연재하고 있던 시 창작 강좌를 통해서이다. 거기 백석 시인의 「오리 망아지 토끼」와 「여우난골」, 그리고 「비」가 소개되어 있었는데, 나는 단박에 백석이 좋아졌다. 지금 생각하니 내가 시를 좋아하게 된 것도 실은 백석 시인으로 인해서였는지도 모르겠다.

나는 그 강좌에 소개된 시집 『사슴』을 구하려고 노력했지만 시골서 구할 길은 없었다. 그 얼마 뒤에 책방에서 《학풍》이라는 새로 나온 잡지를 뒤적이다가 거기 그의 「남신의주 유동 박시봉방南新義州 柳洞 朴時逢方」이라는 시가 실려 있는 것을 보았다. 그 자리에 서서 읽고 나는 너무 놀랐다. '시란 이런 것이로구나.' 아마 이런 생각을 하지 않았던가 싶다. 나는 그 시 한 편을 다시 읽기 위해서 그 시 말고는 단 한 쪽도 읽을 수 없으리만큼 어려운 그 잡지를 사서 한 집에서 학교를 다니던 당숙들이며 족형들을 어리둥절하게 했다.

『사슴』을 손에 넣은 것은 대학으로 진학해 서울로 올라와서다. 막 전쟁이 끝나 세상은 여전히 뒤숭숭하고 먹고 살기가 크게 어려운 때였다. 나는 동대문과 청계천 일대의 고서점을 도는 것이 일과처럼 되어 있었는데, 그곳에는 서재에서 빠져나온 장서도장이 찍힌 귀한 책들이 산더미처럼 쌓여 있었다. 『사슴』도 그 책더미 속에 묻혀 있었다. 책의 뒷장과 속표지에 붉은 장서인이 찍힌 것 말고는 말짱했지만, 주인은 가치를 모르고 참고서 한 권 값밖에 받지 않았다.

나는 아직도 『사슴』을 처음 읽던 흥분을 잊지 못하고 있다. 실린 시는 40편이 못되었지만 그 감동은 열 권의 장편소설을 읽은 것보다도 더 컸다는 느낌이다. 나는 읽고 또 읽었다. 저녁밥도 반 사발밖에 먹지 못했으

윤동주는 백석의 시집을 구하지 못해 발을 동동 굴렀다. 그는 백석보다 다섯 살 아래였다. (……) 윤동주는 도서관에서 『사슴』을 겨우 빌릴 수 있었다. 시집을 빌리자마자 그는 그 자리에서 필사를 하기 시작했다.

며 밤도 꼬박 새웠다. 그 뒤 『사슴』을 가방에 넣고 다니며 틈나는 대로 꺼
내 읽고는 했으니, 실상 그것은 내가 시를 공부하는 데 교과서가 되었던
셈이다.

그렇게 아끼던 책을 신경림은 1961년에 잃어버렸다. 가택수색을 당
하면서 빼앗긴 책 50여 권 중에 『사슴』이 들어 있었던 것이다. 신경림은
"지금도 서슴없이 내 시의 스승으로 먼저 백석 시인을 댄다"라고 고백
하면서 그가 쓰는 시의 젖줄이 백석에게 닿아 있다는 것을 자랑스럽게
밝힌 적이 있다.(「눈을 맞고 선 굳고 정한 갈매나무」, 『시인을 찾아서』, 우
리교육, 1998)

> 산山뽕닢에 빗방울이 친다
> 멧비들기가 닌다
> 나무등걸에서 자벌기가 고개를 들었다 멧비들기켠을 본다
> ─「산山비」전문

이 시는 1936년에 발간된 『사슴』에 실려 있다. 갑자기 들이치는 비에
반응하는 멧비둘기와 자벌레를 스냅사진 찍듯 순간적으로 포착하고 있
는 시다. 자연풍경을 간결한 형식 속에 담아낸 것처럼 보이는 이 시에는
먹이사슬에 의해 살고 죽는 생태계의 엄중한 현실이 아프게 아로새겨져
있다. 빗방울로 인해 둥지를 찾아 날아가는 멧비둘기를 보면서 자벌레
는 안도의 한숨을 내쉬고 있는 것이다. 이 시가 60년 후 이시영에게 와
서 어떻게 변주되어 나타나는지 살펴보는 일은 흥미롭다.

누군가의 구둣발이 지렁이 한 마리를 밟고 지나갔다

그 발은 뚜벅뚜벅 걸어가

그들만의 단란한 식탁에서 환히 웃고 있으리라

지렁이 한 마리가 포도에서 으깨어진 머리를 들어

간신히 집 쪽을 바라보는 동안

― 이시영, 「귀가」 전문

이동순은 「문학사의 영향론을 통해서 본 백석의 시」에서 "청록파 시인들과 윤동주, 그리고 해방 후의 신경림·박용래·이시영·김명인·송수권·최두석·박태일·안도현·심호택·허의행"의 시가 백석의 영향을 강하게 받았다는 견해를 피력했다. 이 글을 쓴 이동순 자신도 백석 시의 연구자인 동시에 시인으로서 백석의 영향권 안에 놓여 있는 시인이라고 할 수 있다.

유성호는 「백석 시의 영향」(《문학만》, 2011년 상반기호)이라는 글에서 이런 분석을 제출하였다.

백석 시는 후대 시인들에게 어떤 영향과 흔적을 남겼는가. 그것을 귀납해보면, 대체로 세 가지로 살펴볼 수 있을 것이다. 하나는 근대 혹은 '근대적인 것'에 대한 반성적 전거와 '시각'보다는 '후각/미각'으로 경사된 사물 인식 방법이고, 다른 하나는 '가난'의 시적 기표를 통해 소외된 이들에 대한 따뜻한 연민을 보인 현실 이해 방식이고, 마지막 하나는 운명 또는 생의 형식에 대한 중후한 성찰의 태도와 그 특유의 산문시형이다.

그는 이어 "경험적 실감에 충실하면서도 소외된 자들이 겪는 비애의 세계를 집중적으로 보인 신경림"과 "지난날에 대한 빛바랜 기억을 통해 근대적 속도와 외연을 비판하는" 문태준, "가난의 시적 재현을 통해 따듯한 연민의 정서를 보이는" 안도현과 곽효환, 그리고 "백석 후기 시편의 자장 안에서 인생론적 깊이와 사물의 구체성"을 담아내면서 "산문시형에 대한 생의 성찰"을 보여주는 송찬호를 예로 들었다.

백석의 이름은 이제 중고생들의 교과서에서 쉽게 찾아볼 수 있을 정도로 우리에게 익숙해졌다. 2003년도 대입수능시험에 시 「고향」이 지문의 하나로 출제되면서 백석의 시는 일반 대중에게 더욱 널리 알려졌다.

『사슴』은 2005년 계간 《시인세계》의 설문조사에서 현역 시인 156명이 뽑은 '우리 시대 시인에게 가장 큰 영향을 끼친 작품'으로 선정되기도 했다. 또한 《시인세계》는 2012년 문학평론가 75명이 뽑은 한국 대표 시집 순위를 공개했다. 평론가 75명이 10개씩 추천한 시집을 집계한 결과, 1위는 63명이 선택한 김소월의 『진달래꽃』, 2위는 60명이 지지한 서정주의 『화사집』, 그리고 3위는 59표를 얻은 백석의 『사슴』이었다. 4위는 한용운의 『님의 침묵』(56명), 5위는 윤동주의 『하늘과 바람과 별과 시』(48명), 6위는 정지용의 『정지용시집』(45명)이었다. 그리고 이상의 『이상선집』, 김수영의 『달나라의 장난』, 임화의 『현해탄』, 이육사의 『육사시집』이 그 뒤를 이었다.

함흥에서 만난
자야

　함흥에서 백석은 시를 잊어버린 듯하였다. 시인으로서의 백석보다는 교사로서의 백석에 충실하고자 했다. 경성에서 나오는 잡지에 시집 『사슴』에 대한 평이 실리는 것을 그는 꼬박꼬박 읽어보고 있었다. 거기에 실린 게 칭찬이든 비판이든 그는 개의치 않았다. 함흥에서는 오로지 가르치는 일에 열중하자는 게 그의 생각이었다. 제자 김희모의 회고담에 나오는 에피소드는 교사로서 백석이 얼마나 진지한 자세로 교단에 섰는지 짐작하게 해준다.

　한 가지 특이한 점은 종종 학과목과 무관한 이야기로 시간을 보낼 때가 있다는 것이다. 학생 앞을 차례로 돌아가면서
　"너는 장차 무엇이 될 것인가?"
　로 말문을 여는 것인데, 하루는 웬 당돌한 학생이 선생님의 질문을 되받아서
　"선생님은 학생 때 장차 무엇이 되려고 생각했습니까?"
　라고 되물은 일이 있었다. 그랬더니 백석 선생은 결코 꾸짖거나 언짢

은 낯빛을 보이지 않으면서

"나는 어려서부터 학교의 선생님이 되는 것이 꿈이었다."

라고 하셨다.

"그렇다면 지금은 그 소원을 이루셨는데, 선생님께서는 만족하십니까?"

선생님께서는 이 질문에 대하여 다음과 같은 대답을 주었다.

"남을 가르친다는 것은 내 것을 떼어서 주는 것과 같다. 만약 내가 열十을 가졌는데 넷四을 가르치면, 나는 여섯六밖에 가질 수 없게 되지 않는가?"

우리 모두는 별다른 생각 없이 한바탕 웃고 말았지만, 선생님의 그 사뭇 진지한 표정으로 말씀하시던 모습이 잊히지 않는다.

학교에서 정규 수업시간에 영어를 가르치는 것 이외에도 백석은 해야 할 일이 많았다. 시인 김동명 선생을 도와 교지《영생永生》을 만들었고, 교내 연극반을 맡아 학생들을 지도하였다. 1936년 크리스마스 축제를 앞두고 4학년 학생을 주축으로 연극 한 편을 무대에 올리기로 하고 백석은 총감독을 자청했다. 백석은 이 연극의 작품 선정에서부터 번역, 대본의 각색까지 도맡았다. 예수의 탄생을 다룬 이 연극의 제목은 '베들레헴의 중심으로'였다. 그런데 백석은 이때까지 연기지도를 해본 적이 없었다. 난감한 일이었다.

때마침《조광》에서 함께 일했던 〈조선일보〉 학예부장 출신 안석주가 신문사를 사직하고 쉬고 있던 참이었다. 그는 예능 방면의 팔방미인이었다. 신문에 만화를 그리면서 독자들의 인기를 끌었던 그는 홍명희가 연재하던 『임꺽정』의 삽화를 맡았고, 여러 편의 소설을 발표하기도 했다. 카프 계열의 연극인이면서 1937년에는 영화 〈심청전〉의 감독을 맡아 만들었다. 1936년 4월에 창간한 《여성》지의 표지그림도 그가 그렸다. 그러다가 1936년에는 영화에 전념하기 위해 잘나가던 조선일보사 기자직을 그만두었던 것이다.

백석은 안석주를 함흥으로 초청하기로 했다. 학생들의 연극 연습을 지도해달라는 부탁도 곁들였다. 안석주는 흔쾌히 후배 백석의 청에 응했다. 함흥을 여행도 할 겸 아끼는 후배 백석을 오랜만에 만나 회포를 푸는 일도 즐거울 터였다. 늦가을에 명성이 높던 안석주가 학교에 직접 나타나자 학생들은 연예인을 만난 것처럼 환호했다. 백석이 연출하고 조선 최고의 연극인이 지도한 크리스마스 연극 공연은 대성공이었다. 그때 연극에 출연했던 제자 김철손은 다음과 같이 기억을 살려냈다.(김은우 엮음, 『고 고순덕 박사 추모 기념문집』, 오롬시스템 출판부, 1993)

드디어 막이 올랐다. 무대장치도 근사했고 출연자들의 의상도 제대로 잘 어울렸고 조명도 제법 다채로웠다. 그동안 맹연습한 효과는 충분히 발휘했다고 생각한다. 그런데 막 뒤에서 대사를 읽어 준 백석 선생의 목소리가 너무 컸다는 것과 내가 막 뒤에서 뻐꾸기 울음소리를 내야 할 때 타임을 정확하게 맞추지 못했다는 것쯤이 흠이었다고나 할까? 그런대로 연극은 마지막 장면까지 무난히 잘 이끌어 갔다. 마지막 클라이맥스 장면은 무대 한가운데 있는 테이블 위에서 하늘거리는 촛불이 꺼지는 순간 주인공이 두 손을 높이 든 채 펄석 땅에 쓰러지는 것이었다. 그리고 막이 내리자 관중들은 일제히 일어나 천둥 같은 박수를 쳐대며 환호성을 올렸다. 그때 무대에서 쓰러진 사람이 고순덕이었다.

바람이 은행나무 잎사귀를 우수수 날리는 어느 날이었다.

함흥에서 가장 큰 요릿집인 함흥관으로 몇 명의 영생고보 교사들이 몰려들었다. 백석도 그 일행에 끼여 있었다. 학교를 떠나는 교사의 이임식이 끝난 후 송별회를 갖기 위해서였다. 술과 요리가 들어오고 곧이어 술자리 시중을 드는 아가씨들이 곱게 차려입고 들어왔다. 이들은 함흥 권번 소속의 기생들이었다. 가르마를 반듯하게 탄 얌전한 아가씨 하나가 백석의 눈에 띄었다. 그녀는 이런 자리가 낯익지 않은 듯 유난히 머뭇거리는 자세로 서 있었다. 그 아가씨는 그날 처음 손님을 맞기 위해 함흥관에 나온 것이었다. 때를 놓칠세라 운명의 신은 백석을 부추겼다. 백석은 아가씨를 자기 옆으로 와서 앉으라고 했다.

"이름이 무엇이오?"

"저는 진향이라 합니다."

아가씨는 자신의 예명을 수줍게 말했다.

백석은 자기가 비운 술잔을 자꾸 옆자리의 진향에게 권했다. 다른 사람은 안중에 없었다. 진향은 예를 갖추어 흐트러짐 없이 술잔을 받았다. 모두 권번에서 배운 것이었다. 백석도 잔을 비우기만 했지 별 말이 없었다.

그러다가 술기운에 얼굴이 불콰해진 백석이 남들 몰래 진향의 손목을 덥석 잡았다. 워낙 순식간에 일어난 일이어서 진향은 손을 뺄 틈도 없었다. 얼큰하게 취한 백석이 진향의 귀에 대고 낮은 목소리로 말했다.

"오늘부터 당신은 나의 마누라야. 죽기 전에 우리 사이에 이별 따위는 없을 거야."

진향은 가슴이 쿵하고 내려앉는 것 같았다. 술에 취해 농담을 하는 거라고 생각했지만, 그녀는 자신의 심장 속을 파고드는 백석의 타는 눈빛을 보았던 것이다. 그 눈빛에는 알지 못할 간절함이 짙게 깃들어 있었다. 도저히 헤어날 수 없는, 그러나 헤어나지 않아도 좋을 수렁이란 게 이런 것인가 싶었다. 술이 취할 대로 취한 백석이 다시 그녀의 손을 움켜잡았다.

"마누라! 당신은 내 마누라야!"

남들에게 진향을 빼앗길 수 없다고 그는 무슨 중대선언을 하는 것처럼 말했다. 늦은 밤까지 이어지던 술자리가 파할 때쯤이었다. 그렇게 호기롭게 '내 마누라'를 외치던 그가 어린애처럼 보채듯이 애원했다.

"오늘부터 마누라 뜻대로 내 몸을 맡아줘야 해요."

칭얼대는 백석의 눈에는 눈물이 글썽이는 것 같았다. 그것은 술 때문이 아니었다. 진향은 백석의 등을 가만가만 두드렸다. 그녀의 가슴에 사무치게 밀려드는 밀물을 그녀도 감당할 수 없었다.

백석과 진향의 사랑은 불꽃처럼 그렇게 시작이 되었다. 함흥 땅에서 외롭게 지내던 백석이 이때 스물여섯, 진향은 스물두 살이었다.

그다음 날부터 백석은 학교 일과가 끝나기가 무섭게 그녀를 찾았다. 백석은 중리에서 하숙을 하고 있었는데 당시에는 그곳을 '성천정城川町'이라 했다. 진향은 영생고보에서 멀지 않은 반룡산 끝자락 마을에서 하숙을 얻어 살고 있었다. 백석은 그녀를 만날 때마다 도망을 가면 안 된다는 듯이 꼭 껴안았다. 짧은 겨울밤이 더 짧게 느껴지는 겨울이었다. 시간이 가는 줄을 모르고 두 사람은 사랑을 나누었다. 함흥의 차갑고 센 바람도 이들의 연애를 식히지 못했다. 백석은 새벽이 되어서야 눈 쌓인 길을 터덜터덜 걸어 자신의 하숙집으로 돌아갔다. 이때 자야는 백석을 바래다주러 백석의 하숙집까지 따라 나섰다. 그러면 자야를 혼자 돌려보낼 수 없어 다시 집까지 데려다주고 백석은 혼자 돌아오곤 하였다.

1995년에 출간된 『내 사랑 백석』(문학동네)은 두 사람의 사랑 이야기를 매우 구체적으로 회고하는 자료로서의 가치가 있다. 이 책은 함흥에

서 처음 백석을 만난 진향이 백석으로부터 '자야子夜'라는 이름을 얻게
되는 과정, 서울 청진동에서 동거생활을 할 때의 이야기, 백석이 만주로
떠나는 상황을 소상하게 그리고 있다. 이 책을 집필할 당시 팔순이 가까
운 자야 여사가 백석과의 추억을 되살린 편지를 이동순에게 보내면 이
동순이 이 편지를 윤문하고 첨삭해서 만들어진 책이다.

하루는 진향이 함흥 시내의 일본인이 운영하는 백화점에 갔다가 잡
지《문예춘추》와《여원》, 그리고『자야오가』라는 제목의 당시선집唐詩選
集을 구입했다. 그녀는 히라다平田 백화점이라고 했지만 미나카이三中井
백화점이 아닌가 한다. 그 당시 히라다 백화점은 서울 충무로에만 있었
고 함흥에는 없었으므로 기억의 착오일 수 있다. 백석은 한참 동안 말없
이『자야오가』를 뒤적이더니 눈빛을 반짝이며 말했다.

"나 오늘 당신에게 아호 하나 지어줄까 해."

"아, 당신이 지어주는 거라면 그게 뭐든지 예쁠 거예요."

진향은 백석에게 바짝 다가갔다. 사랑하는 사람이 이름을 새로 지어
불러준다면 그것은 다시 태어나는 것과 마찬가지라는 생각이 들었다.

"나는 이제부터 당신을 '자야'라고 부를까 해. 어때?"

"아, 좋아요."

진향은 입이 다물어지지 않았다. 백석은 책에 이태백의 시「자야오가
子夜嗚歌」가 실려 있는 페이지를 그녀에게 보여주었다.

長安一片月 萬戶擣衣聲

秋風吹不盡 總是玉關情

何日平胡虜 良人罷遠征

그러고는 손가락으로 시 구절을 짚어가며 풀이해서 읽기 시작했다.

"장안도 한밤에 달은 밝은데/ 집집이 들리는 다듬이소리 처량도 하구나./ 가을바람은 불어서 그치지를 않으니/ 이 모두가 옥관의 정을 일깨우노라./ 언제쯤 오랑캐를 평정하고/ 원정 끝낸 그이가 돌아오실까."

운율이 실린 부드러운 목소리가 그녀의 귓바퀴를 휘감아왔다. 그녀는 가만히 눈을 감았다.

"옛날 중국에 자야라는 한 여인이 있었어요. 남편은 북방 오랑캐로부터 나라를 지키기 위해 국경으로 수자리 살러 가고, 여인은 그리움으로 나날을 보냈지요. 가을바람은 쓸쓸하게 불고 장안의 달은 휘영청 밝은데 이 집 저 집에서 다듬이질하는 소리가 들렸던가봐. 남편이 입을 옷을 장만하는 소리였겠지. 여인의 그립고 애타는 마음을 다듬이소리에 빗대 표현한 시라고 봐야겠지?"

옛 여인의 애달픈 심정을 생각하며 자야는 마음이 짠해졌다. 그리고 한편으로는 더럭 겁이 났다. 사랑하는 사람을 멀리 보내고 그리워하면서 살아야 하는 운명이 자신에게 닥쳐오지 말라는 법이 없었다. 그러나 백석 앞에서 내색을 할 수 없었다. 그녀는 그날부터 오직 백석이라는 한 남자가 불러주는 '자야'였으니까.

자야는 재치 있게 말을 돌렸다.

"겨울방학이 되면 자야랑 함흥부두로 놀러가봐요. 여기 와서 한 번도 못 갔거든요. 반룡산에 있다는 구천각도 당신하고 같이 가고 싶어요. 저 자야를 데리고 가주실 거지요?"

"암, 그래야지. 우리 협궤열차를 타고 서호진도 가봅시다."

함흥은 둘러보고 싶은 곳이 많은 신비로운 고장이었고, 교사는 존경받는 직업이었다. 하지만 백석은 학교에서 하루하루 격무에 시달리고 있었다. 거기에다 학교라는 울타리는 청렴한 도덕성과 학생들의 귀감이 되는 생활태도를 교사에게 요구했다. "녹두빛 '더블부레스트'를 젖히고 한대寒帶의 바다의 물결을 연상시키는 검은 머리의 '웨이브'를 휘날리면서 광화문통 네거리를 건너"가던 청년 백석은 이런 규격과 격식을 따분하게 여기던 참이었다.

백석은 근대의 세례를 받은 자유주의자였다. 함흥은 늘 생활이 반복되는 일상의 도시였지만, 백석에게 자야는 아슬아슬한 일탈이었다. 그리고 권번에 소속되어 남의 시중을 드는 일을 직업으로 가진 자야에게 백석은 청량한 숨구멍이었다. 무엇보다 두 사람은 청춘이었다.

한편 정주에 살던 백석의 가족은 10월 초에 경성으로 이사를 와 살고 있었다. 아버지 백영옥이 〈조선일보〉 사진부 촉탁으로 일하게 되었던 것이다. 요즘으로 치면 신문사에 상근하지 않아도 되는 객원 사진기자였다.

12월 겨울방학을 맞아 백석은 가족과 친구들을 만나러 경성으로 올라왔다.

친구 신현중의
놀라운 배신

경성에 온 백석은 제일 먼저 허준을 만났다.

"날 잡아 우리 같이 통영에나 한 번 다녀오세. 그동안 나는 통영이 좋아서 시를 세 편 발표했고 신문에 수필도 실었네."

그것은 백석이 통영의 박경련에 대해 미련을 버리지 못하고 있다는 말이었다.

"그런데 저쪽에서 아무런 반응이 없으니 답답할 노릇 아닌가. 자네가 다리를 좀 놓아주게나."

백석은 허준을 통해 정식으로 청혼을 할 참이었다. 사실 백석 자신도 박경련을 짝사랑하고 있었을 뿐 직접 말 한 마디 건넨 적이 없었다. 유능한 시인이면서 교사인 그도 숙맥 같은 데가 있었다.

허준이 부스스한 머리를 긁적였다. 통영이라면 신현중을 앞세우는 게 순서였다. 그런데 처남매부 사이인 허준과 신현중은 이즈음 서먹서먹한 관계로 지내고 있었다. 이미 김준연의 딸 김자옥과 약혼을 한 신현중이 갑자기 파혼을 염두에 두고 있다는 말을 꺼내고 나서부터였다. 신현중은 사회주의 운동의 대선배인 김준연이 출옥한 후에 가세가 급격하게 기울어간다는 것을 눈치 채고 있었다. 신현중은 상황 판단이 누구보다 빨랐다. 가난한 집에 장가를 들기 싫었던 것이다.

"내가 보기에 현중은 의리 따위는 얼마든지 내던질 수 있는 사람이야."

허준은 씁쓰레한 미소를 지으며 백석에게 귀띔했다. 백석도 고개를 끄덕였다.

1936년이 다 저물어가는 어느 날, 백석과 허준은 경부선 열차에 몸을 실었다. 세 번째 통영 방문이었다. 통영에 있는 서병직에게 미리 전보를 보내 만나자고 해놓았다.

"박경련에게 정식으로 청혼을 하러 왔소. 그녀의 어머니께 좀 전해주시오."

서병직은 박경련의 외사촌 오빠로서 두 번째 통영 방문 때 환대를 베풀어준 사람이었다. 서병직은 곧바로 박경련의 어머니 서씨를 찾아가서 백석의 뜻을 알렸다. 이때 박경련은 이화여고보를 졸업하고 통영에 내려와 있었다. 서씨는 펄쩍 뛰었다. 딸을 시집보낼 때가 되었지만 그 상대로 백석이라는 청년은 낯설고 미심쩍은 데가 많았다. 남편을 일찍 여의고 애지중지 키운 고명딸을 낯선 평안도 사내에게 맡길 수는 없었다. 서씨에게 백석은 아직까지 집안도 재산도 불투명한 믿지 못할 사람이었다.

통영시에서 발간한 《예향 통영》(2010)에는 당시의 전후 사정을 이렇게 설명하고 있다.

1937년 난의 어머니 서씨는 서울에 사는 오빠 서상호를 만나 난의 혼사문제를 상의하고 백석에 대해 알아봐 줄 것을 청한다. 서상호는 통영출신의 독립운동가였고 해방 후 2대 국회의원을 지낸 통영의 유력자였다. 난은 외삼촌 서상호의 집에서 돌봄을 받으며 학교에 다니고 있었다. 서상호는 아끼는 고향 후배 신현중에게 백석에 대해 묻는다. 그때 신현중은 숨겨주어야 할 친구 백석의 비밀을 발설하고 만다. 그것은 백석의 어머니가 기생 출신이라는 소문이 있다는 사실이었다. 그 때문에 백석과 난의 혼사는 깨져버린다.

백석의 어머니가 기생 출신이라는 소문은 그야말로 소문일 뿐이었다. 그것은 그 누구도 확인할 길이 없는 풍문이었다. 1930년대만 해도 결혼은 개인과 개인 사이의 문제가 아니라 집안과 집안 사이의 문제였다. 신현중의 발언은 백석과 그의 집안을 천길 나락으로 떨어지게 만드는 악담이었다. 친구 백석이 수많은 장점을 가진 사람임에도 신현중은 의도적으로 그 이야기를 꺼내 혼사에 재를 뿌린 것이었다.

새 학기가 시작되고 있었다. 통영에서 구혼에 실패한 백석은 가슴을 쓸어내리며 함흥으로 돌아왔다. 백석은 그 이전보다 학교생활에 몰두했다. 수업시간에 학생들에게도 더욱 엄격한 교사가 되려고 눈을 부릅떴다. 수업시간에 유창한 영어회화로 학생들의 인기를 끌었지만 예습과 복습을 워낙 철저하게 시키는 통에 학생들은 끙끙대지 않을 수 없었다. 그것은 애써 박경련을 잊고자 하는 몸부림이었다. 사흘이 멀다 하고 만나는 자야가 눈치 채지 않도록 배려하는 일도 소홀히 할 수 없었다. 그녀는 귀엽고 사랑스러운 여인이었으나 현실은 기생이라는 신분의 제약이 따라다니고 있었다. 경성의 부모님께 둘 사이의 관계를 고하는 일은 상상도 할 수 없었다. 단박에 불호령이 떨어질 게 뻔했다. 교사 월급을 받아 매달 꼬박꼬박 부모님의 생활비를 보낼 정도로 그는 효자였다.

함흥의 중심가 군영통軍營通(지금의 동문리)에 러시아 사람이 운영하

백석의 고민도 깊어갔다. 함흥에서도 그는 주요 신문
과 잡지를 거의 다 읽고 있었다. 거기에도 친일의 그
림자가 드리우고 있었다. 세상이 변하는 속도가 빨라
도 너무 빨랐다.

는 '대화大和양복점'이 있었다. 양복을 맞추러 들어갔던 백석은 그 후에
도 양복점을 자주 드나들었다. 러시아어 회화를 배우기 위해서였다. 새
로운 언어를 익히는 일은 새로운 세계에 발을 디디는 일이었다. 백석에
게는 러시아에서 탄생한 세계적인 문학작품들을 조선말로 번역해 사람
들에게 읽히고 싶은 꿈이 있었다. 숄로호프와 고리끼의 소설이며 푸슈
킨의 시는 조선 사람들에게 북국에 대한 상상력의 지평을 넓혀줄 것이
었다.

불쑥 펼쳐진 1937년 봄은 잔혹했다.

백석의 마음을 뒤흔들었던 통영의 박경련과 그의 절친했던 친구 신
현중이 결혼했다는 소식이 함흥으로 날아들었다. 신현중은 4월 7일에
서둘러 결혼식을 올렸다. 그는 약혼녀였던 김준연의 딸 자옥과 파혼을
하고 통영의 경련을 아내로 맞아들인 것이었다. 백석이 그녀를 난으로
부르며 그토록 마음을 두고 있었다는 것을 잘 아는 신현중이었다.

이 난데없는 소식을 듣고 백석은 한숨을 크게 내쉬었다. 하숙집에서
멀지 않은 성천강 둑길을 걸으며 고래고래 소리를 질러보았다. 강물은
듣는 척도 하지 않고 동해 쪽으로 묵묵히 흐르고 있었다. 파랗게 돋아나
던 발밑의 풀들을 백석은 구둣발로 짓뭉갰다. 하늘도 상심했는지 누렇
게 뜬 얼굴로 그를 내려다보았다. 백석은 열렬히 흠모했던 처녀를 빼앗
긴 동시에 친구까지 잃어버렸다. 저녁 늦게 집으로 돌아온 백석은 수첩
에 적혀 있던 신현중의 이름을 붉은 펜으로 지워버렸다.

백석 혼자만 신현중에게 배신감을 느낀 게 아니었다. 이 소식을 전해
준 경성의 허준은 백석에게 고개를 들 수 없었다. 자신이 잘못해 이 지경
으로 일이 뒤틀렸다는 자책 때문이었다. 허준은 그의 아내 순영의 오빠
인 신현중을 앞으로 볼 수 없을 것 같았다.

이때 상심한 마음을 백석은 함흥에서 꽤 오래 가슴에 품고 살았던 것 같다. 훗날 발표한 몇 편의 시에 그 상흔이 그대로 남아 있다. 1938년 《여성》 4월호에 발표한 「내가 생각하는 것은」에는 따스한 봄밤인데도 밖으로 나가지 않고 하얀 자리 위에서 마른 팔뚝의 핏줄을 바라보는 자아가 등장한다.

밖은 봄철날 따디기의 누굿하니 푹석한 밤이다
거리에는 사람두 많이 나서 홍성홍성 할 것이다
어쩐지 이 사람들과 친하니 싸단니고 싶은 밤이다

그렇것만 나는 하이얀 자리 우에서 마른 팔뚝의
새파란 핏대를 바라보며 나는 가난한 아버지를
가진 것과 내가 오래 그려오든 처녀가 시집을 간 것과
그렇게도 살틀하든 동무가 나를 버린 일을 생각한다

또 내가 아는 그 몸이 성하고 돈도 있는 사람들이
즐거이 술을 먹으려 단닐 것과
내 손에는 신간서新刊書 하나도 없는 것과
그리고 그 〈아서라 세상사世上事〉라도 들을
류성기도 없는 것을 생각한다

그리고 이러한 생각이 내 눈가를 내 가슴가를
뜨겁게 하는 것도 생각한다

여기에서 "내가 오래 그려오든 처녀가 시집을 간 것과/ 그렇게도 살틀하든 동무가 나를 버린 일"이 무엇을 가리키는 말인지 짐작하는 일은 어렵지 않다.

같은 해《조광》10월호에 발표한 6편의 시는 '물닭의 소리'라는 제목 아래 연작시 형태를 취하고 있다. 이 시들은 모두 소재나 배경이 바다와 관련되어 있다. 그 중 네 번째 시「남향南鄕」은 통영을 방문했을 때 경험한 사실이 짙게 드리워져 있다.

푸른 바닷가의 하이얀 하이얀 길이다

아이들은 늘늘히 청대나무말을 몰고
대모풍잠한 늙은이 또요 한 마리를 드리우고 갔다

이 길이다
얼마가서 감로甘露 같은 물이 솟는 마을 하이얀 회담벽에 옛적본의 쟁반시계를 걸어놓은 집 홀어미와 사는 물새 같은 외딸의 혼삿말이 아즈랑이같이 낀곳은

1행의 "하이얀 길"은 함흥에서 만난 현재의 길이다. 아이들이 대나무로 만든 말을 타고 놀고, 한 노인이 천천히 지나간 다음 도요새가 물가를 거닐고 있다. 이 바닷가 길에서 백석은 홀연 통영 골목길의 석회로 칠한 담을 연상한다. 3연에서 소스라치게 놀라듯 표현한 "이 길이다"가 그것이다. 이 길은 통영을 방문했을 때 자신도 걸어갔던 길이었다. 박경련의 집은 통영의 명정 샘이 솟는 명정골이었다. 구혼을 하러 간 백석은 하얀

석회를 칠한 담을 지나 그녀의 집을 찾아갔다. 그녀는 집안에 있었지만 차마 들어가지 못하고 그 집의 벽에 걸린 커다란 쟁반시계만 보고 돌아온 적이 있었다. 결혼을 하고 싶다고 전했던 그 말은 이제 아지랑이처럼 가물가물 먼 과거의 일이 되어버렸다.

　이 밖에도 '물닭의 소리' 연작에는 "물살에 나이금이 느는 꽃조개와 함께/허리도리가 굵어가는 한 사람을 연연해한다"는 「삼호三湖」와 "천희千姬라는 이름이 한없이 그리워지는 밤"이라고 노래한 「야우소회夜雨小懷」에도 박경련과의 이루지 못한 사랑을 암시하는 구절들이 엿보인다. 백석은 그렇게 실연의 상처를 도려내어 시행 곳곳에 숨겨놓았다.

중일전쟁의
틈바구니에서

4월에 최정희가 조선일보사 출판부를 사직하고 삼천리사로 다시 입사했다. 그 자리에 5월 3일 노천명이 들어갔다. 이화여전 영문과를 졸업하고 1935년 2월 동인지 《시원》에 시를 발표하면서 시인으로 등단한 노천명은 조선일보사 출판부에 입사해 《여성》 편집을 맡았다. 이 당시 최정희와 노천명, 그리고 시인 모윤숙은 문단의 주목을 한 몸에 받던 '모던걸'들이었다. 백석하고 최정희는 동갑이었고, 노천명은 이들보다 한 살이 많았으며, 모윤숙은 백석보다 두 살이 많았다. 백석과 이들의 관계는 뒤에서 다시 이야기하게 될 것이다.

1937년 7월 7일, 마침내 중일전쟁이 일어났다. 일본 관동군은 이미 1931년에 만주를 침공해 만주사변을 일으켰고, 1932년에 괴뢰정부인 만주국을 세우면서 조선을 발판으로 중국을 식민지화하려는 야욕을 드러냈다. 중국 대륙 전체가 전쟁의 아수라장으로 빠르게 변해갔다.

중일전쟁이 발발하면서 식민지 조선사회도 발 빠르게 친일로 바뀌어갔다. 그동안 '민족지'를 표방하던 언론들이 먼저 식민주의와 파시즘을 옹호하는 논조의 기사와 사설을 실으면서 친일의 물결에 속속 합류했다. 〈조선일보〉와 〈동아일보〉가 대표적인 경우였다. 〈조선일보〉 방응모 사장은 한때 출옥한 독립운동가 한용운을 위해 성북동에 집을 사주기도 했다. 만해가 말년을 보낸 '심우장'이 바로 그곳이다. 하지만 그는 1933 년 일제의 기관총 구입비용 1,600만원을 헌납한 것을 시작으로 중일전 쟁을 전후해 친일의 길로 들어섰다. 1937년 1월 1일자 〈조선일보〉 1면 에 일왕 부부의 사진을 크게 실어 충성을 표시하는가 하면, 전쟁 발발 직 후 8월 2일자 사설에서는 "출정 장병을 향하여 위로 고무 격려의 편지 한 장 보내는 것도 총후의 임무"라고 썼다. 그 후에는 국방헌금을 모은 다는 사고를 내고 전쟁자금 모금에 앞장섰다. 〈동아일보〉의 김성수 사장 도 군사헌금 1,000만원을 헌납하는 등 중일전쟁을 전후해 친일신문의 대열에 뛰어들었다.

기회주의적인 지식인들과 문인도 예외는 아니었다. 그들은 입에 침이 마르도록 일왕을 찬양하고 전쟁 병력과 물자를 동원하는 일에 앞장섰 다. 중일전쟁은 식민지 조선이 일본과 하나 되어 협력해야 한다는 '내선 일체론'과 새로운 세계 체제를 구축해야 살아남을 수 있다는 '대동아공 영론'의 소용돌이 속으로 몰고 갔다.

백석의 고민도 깊어갔다. 함흥에서도 그는 주요 신문과 잡지를 거의 다 읽고 있었다. 거기에도 친일의 짙은 그림자가 덮쳐오는 게 한눈에 보 였다. 세상이 변하는 속도가 빨라도 너무 빨랐다. 5월 2일에는 이광수李 光洙, 최남선崔南善을 비롯한 문화예술인들이 '조선문예회朝鮮文藝會'를 발족해 활동에 들어갔고, 조선총독부는 배후에서 주도면밀하게 조선의 문화예술인들을 전쟁의 나팔수로 동원하고 있었다.

카프를 이끌었던 박영희朴英熙의 변신도 백석으로서는 쉽게 이해할 수 없었다. 1934년에 "얻은 것은 이데올로기요 잃은 것은 예술"이라며 전향 선언을 하더니 중일전쟁이 일어나자 공개적으로 친일 문인조직을 만들기 위해 동분서주하고 있다는 말을 들은 터였다.

백석은 혼란스러워 머리를 흔들었다. 백석은 일본에 유학을 할 때나 귀국한 뒤에 단 한 편도 일본어로 작품을 쓰지 않았다. 수업을 하거나 사적인 편지를 쓸 때에도 일본어를 섞는 일을 극도로 자제했다. 의사전달도 문학적인 표현도 조선어로 충분하다고 생각했다. 게다가 고향 평안도의 방언은 그 누구에게도 양보할 수 없는 백석만의 특허상표였다. 그의 몸은 함경도에 머물고 있었지만 백석은 시시때때로 머리에 떠오르는 고향의 방언 때문에 외로움을 누를 수 있었다.

7월 중순 경 모처럼 〈조선일보〉에서 원고를 보내달라는 청탁서가 왔다. 뜨거운 여름에 서늘함을 맛볼 수 있는 기획물로 수필 한 편을 써달라는 내용이었다. 백석은 '함흥 8경'의 하나로 이름난 만세교를 중심으로 경성 사람들에게 함흥을 자랑해야겠다고 생각했다. 만세교는 성천강에 놓인 다리로서 그 길이가 500미터에 달하는 함흥의 명물이었다. 마치 커다란 무지개가 하늘에 당당하게 누워 있는 것처럼 보일 정도로 웅대한 다리였다.

함마 천 평 넓은 벌이 툭 터진 곳에 동해 조흔 바다가 겻들이고 신흥, 장진 선선한 바람이 넘나들고…… 함흥은 서늘업게 태어난 고장이다. 아카시아, 백양목의 그늘이 좃코 드놉픈 한울에 구름이 깨끗하고 샘물이 차고 달고…… 함흥은 분명히 서늘업게 태어난 고장이다.

이 서늘어운 도시에 성천강 조흔 물이 흘러 더욱 좃타. 강은 한번 마음대로 넓어보아서 북관놈의 마음씨 가티 시원한데 산빗물 불은 이 강에 백운산 하이얀 뭉게구름이 날리고 정화릉 백구새 날리고 신흥 골동바람이 날이는 때 함흥사람도 같이 뛰어들어 천상의 서늘어움을 엇으며 자랑 우슴을 웃는다. 강은 해정한 사주沙洲를 어루만지며 날아가고 푸르른 동 둑은 강을 딸어 한업시 벗는데 동둑을 걸으면 것는 몸이 온통 푸르르고 눈을 들어 처다보면 관모, 백운에 힌 눈이 애애皚皚하여 몸 속에 찬기가 옷삭하는 것은 함흥사람이다. 강이 넓으니 다리가 길어 만세교인데 난간 에 기대이면 함흥벌 변두리가 감감쇠리하야 태고가티 아득하고 장진산 골 날여멕이 바람이 강물을 스처와 희이한 선미仙味가 구름 우헤 떳구나 하고 생각케 하는데 낫보다도 낫이 기울고 개밥바래기 별이 떠서부터 모 작별이 넘어가는 밤 동안 그 우를 지중지중 거니는 것은 함흥사람이 서 울사람의 경복궁과도 박구지 않흘 것인 것이다.

그러나 함흥은 강과 다리에 그 냉미冷味를 다하지 안는다. 진산 반룡 산의 조망과 바람에서 엇는 냉미! Y여학교의 뒤로 서양인 선교사들의 집 을 지나 공자묘의 뒷담벽을 대여 이 산마루로 올라타면 벌서 날어날 듯 한 바람이 획획 마주내밧고 눈을 들면 신흥 장진의 컴컴하니 그늘진 체 모가 함주 연산의 수장한 모습이며 동해의 말속하고 새틋한 양자樣姿가 모다 오장육부의 더위를 모라내이는데 이제 이 산마루 어데바루 낙엽송 이나 적송 그늘 조흔 미테 함흥 소주잔을 기울이는 냉미는 반천 년 고도 의 심장이 아니면 알지 못할 것이다.

함흥의 서늘어움은 그래도 또 동해를 두고는 업다. 서함흥역에서 한 20분 가면 구룡리 해수욕장이다. 동해의 맑은 물에도 맑은 물인데 10리 에 넘는 기나긴 모래사장이 테를 쭉 둘르고 아페는 눈길을 가로막는 것 이 업시 쪽빗 가튼 바다가 뱅글뱅글 도라간다. 물결이 좀 노프나 노픈 대 로 또 시원한 맛이 잇고 그리 멀리 엿지 못하나 그런대로 또 물은 정해서 좋다. 발뒷굼치로 물미츨 쑤시면 대합조개 명주조개 고초조개 가튼 것이

집히우고 세모래가 보드러워서 모래찜이 간지럽게 조코.

어쩐지 엑조틱한 정서가 해조 내음새 같이 떠도는 이 해빈海濱에서 까닭업시 알작하니 가슴을 알는 것은 나뿐이 아닐 터이지만 지난 녀름 어느 날 백계로인의 어여쁜 처녀들을 이 해변에서 맛난다난 뒤로 나는 이 구룡을 생각하는 마음이 아조 간절해젓다.

홍남, 천기리의 조질계朝窒系 공장들이 가까운 곳인데도 구룡은 바다에 기름이 뜨지 안코 더러운 쇠배가 뜨지 아니 하고 해서 그보다 조흔 서호진이 예서 멀지 안으나 서호는 제대로 행세하는 탓에 함흥사람들은 가까운 이 구룡을 내 것가티 녁이고 단니는 것이다. 남량이면 다시 더 업슬 것이나 또 남량의 풍류를 함흥이 모른대서는 아니다. 만세교를 건느는 낙시질군들의 멋들어진 체모를 보고는 얼만하지 안흔 풍류가 서상리의 눕沼에 개울에 그 눕에 그 개울에 드리운 낙시대에 그 낙시대에 달려 나오는 은빛 비눌에 엇는 것을 알 것이다. 벼 푸른 논 가운데 적은 삿갓의 그늘을 신세지고 서서 낙는 손바닥 가튼 눕고기 붕어 수양버들 늘어진 아래 자리 깔고 안저 낙는 개울고기 천에, 버들지, 이렇게 해서 천렵이 벌여지는 서늘어움을 10리계에 두고 사는 함흥사람들은 함흥이란데 만큼 살기 조흔 고장이 없다고 좀 야무지나마 토박한 사투리로 말하는 줄 아십니까.

이 수필 「무지개 뻗치듯 만세교」는 〈조선일보〉 8월 1일자에 실렸다. 1936년 〈조선일보〉 3월 8일자에 시 「삼천포」를 발표한 이후 백석은 1년 8개월 동안 지면에 시를 발표하는 일을 일시적으로 중단했다. 시집 『사슴』을 출간하면서 격찬과 비난을 한 몸에 받은 그로서는 시를 발표하는 일이 여간 조심스러운 게 아니었다. 자기성찰과 휴식의 시간이 필요했던 것이다. 그렇다고 백석이 시를 아예 놓아버린 것은 아니었다. 그는 영생고보의 교사이기 전에 시인이었다. 새로운 시에 대한 모색이 길어지면서 작품을 발표하는 시점을 그는 조금씩 늦추고 있었다. 낯선 함흥으로 거처를 옮겼고, 박경련을 흠모하던 마음이 꺾여버렸고, 그리고 자야와의 사랑에 깊이 빠져 있는 그에게 시가 쉽사리 와주지 않는 것도 사실이었다.

가을이 되어 백석은 긴 침묵을 깨고 시를 대거 내놓았다.《조광》10월호에 「북관北關」「노루」「고사古寺」「선우사膳友辭」「산곡山谷」다섯 편을 '함주시초咸州詩抄'라는 제목 아래 발표한 것이다.《여성》10월호에 발표한 「바다」까지 10월에 여섯 편이나 되는 시를 쏟아내면서 시인으로서 자신의 존재를 과시했다.

명태明太 창난젓에 고추무거리에 막칼질한 무이를 뷔벼 익힌 것을
이 투박한 북관北關을 한없이 끼밀고 있노라면
쓸쓸하니 무릎은 꿇어진다

시큼한 배척한 퀴퀴한 이 내음새 속에
나는 가느슥히 여진女眞의 살내음새를 맡는다

얼근한 비릿한 구릿한 이 맛 속에선
까마득히 신라新羅 백성의 향수鄕愁도 맛본다
—「북관北關」전문

함주咸州는 고려시대 때 함흥의 옛 이름이었다. 발해가 패망한 뒤 함

흥시 지역은 고려의 영역이 되기 전까지 오랫동안 여진족에 예속되어 있었다. 함경도를 일컫는 북관北關을 전면에 내세움으로써 백석은 시의 일대 전환을 예고했다. 함경도는 철령관鐵嶺關의 북쪽에 있으므로 관북이라 부르며, 평안도는 철령관의 서쪽에 있다고 해서 관서라고 불렀다.

백석은 지리적인 설명 대신에 "명태明太 창난젓에 고추무거리에 막 칼질한 무이를 뷔벼 익힌 것"을 북관이라고 표현했다. 이 시는 백석의 시가 북방정서를 본격적으로 드러내기 시작하는 신호였다. 관서지방에서 '기억'으로 되살려냈던 음식이 북관에 와서는 '현실'의 음식으로 나타나기 시작한 것이다. 또 이 무렵부터 백석은 화자 '나'를 적극적으로 시에 등장시킨다. 간결한 묘사와 감각적인 이미지를 제시하는 것으로 시를 마무리 지었던 『사슴』의 세계에서 벗어나 화자의 체험과 주관이 가미된 새로운 시의 영토를 찾아나선 것이었다.

이어지는 「노루」는 막베등거리와 막베잠방둥에를 입은 산골사람과 노루를 동일시하는 생태주의적인 수법이 돋보인다. 그리고 귀주사를 다녀온 뒤에 쓴 「고사古寺」는 절에서 밥을 짓는 공양간에 렌즈를 들이대고 있는 시다. 가을 단풍으로 유명한 귀주사는 1923년에 큰 불이 나 1936년에 중수했는데 지금은 절터만 남아 있는 것으로 알려졌다. 「선우사膳友辭」는 앞서 발표한 수필 「가재미·나귀」의 시적 현현으로 여겨진다. 이 시는 이 무렵 백석의 심리를 제일 뚜렷하게 암시하고 있는 작품이다. 「산곡山谷」은 겨울방학을 보내려고 미리 산골에 있는 집을 구하러 간 경험을 시로 쓴 것이다. 호젓한 북관의 산골로 들어가서 백석은 마음껏 게으르게 겨울을 나고 싶었는지도 모른다. 산골짜기로 집을 얻으러 들어간 시기는 이 시를 발표하기 1년 전, 그러니까 1936년 늦가을쯤으로 짐작이 된다.

돌각담에 머루송이 깜하니 익고
자갈밭에 아즈까리알이 쏟아지는
잠풍하니 볕바른 골짝이다
나는 이 골짝에서 한겨울을 날려고 집을 한 채 구하였다

집이 몇 집 되지 않는 골안은
모두 터앞에 김장감이 퍼지고
뜨락에 잡곡낟가리가 쌓여서
어니 세월에 뷔일 듯한 집은 뵈이지 않았다
나는 자꼬 골안으로 깊이 들어갔다

골이 다한 산대 밑에 자그마한 돌능와집이 한 채 있어서
이 집 남길동 단 안주인은 겨울이면 집을 내고
산을 돌아 거리로 나려간다는 말을 하는데
해바른 마당에는 꿀벌이 스무나문 통 있었다

낮 기울은 날을 햇볕 장글장글한 툇마루에 걸어앉어서
　지난 여름 도락구를 타고 장진長津땅에 가서 꿀을 치고 돌아왔다는 이
벌들을 바라보며 나는
　날이 어서 추워져서 쑥국화꽃도 시들고 이 바즈런한 백성들도 다 제
집으로 들은 뒤에 이 골안으로 올 것을 생각하였다

마지막 연의 두 행이 지나치게 길어지는 것은 신문을 조판할 때 실수

가 있었던 것으로 보인다. 백석은 평소에 들여쓰기를 하지 않고 내어쓰기 방식으로 시행을 구분했다. 판을 짤 때 시인의 의도와 다르게 잡지사의 실수가 있었던 것이다. 따라서 마지막 연은 5행이나 6행으로 나눠 읽을 필요가 있다. 그게 시인의 원래 의도에 부합하는 독법이 될 것이다. 1930년대만 해도 신문이나 잡지를 조판할 때 오류가 비일비재했다. 잡지《삼천리문학》을 발행하던 김동환이 박종화朴鐘和에게 편지를 보내면서 부득이하게 행이 바뀐 게 있음을 알리고 양해를 구한 적도 있었다.

나와 나타샤와 흰 당나귀

　겨울방학을 앞두고 백석은 아버지가 보내온 편지를 받았다. 12월에 방학이 시작되면 지체 없이 경성으로 올라오라는 편지였다. 백석은 이 사실을 자야에게 말했고, 자야는 아무 걱정 말고 다녀오라고 했다.

　"나 혼자 어떻게 경성을 간단 말이오?"

　"왜요?"

　"당신이 보고 싶어 미쳐버리면 어떡해? 경성역에 내렸다가 당신이 보고 싶으면 그 자리에서 곧바로 함흥으로 돌아올지도 몰라."

　백석은 잠시라도 헤어지기 싫어하는 자야의 마음을 미리 알아채고 있었다. 그들은 매일같이 만나지 않으면 견디지 못할 사이로 발전해 있었다.

　백석이 경성으로 떠나는 날이었다. 밤 11시에 출발하는 완행열차를 타러 백석은 함흥역으로 나갔다. 자야는 배웅을 하러 역까지 따라나섰다. 백석은 아버지의 분부라서 할 수 없이 가는 거라며 플랫폼에서 자야를 꼭 껴안았다. 『내 사랑 백석』에는 이때의 모습과 둘 사이의 미묘한 감정을 다음과 같이 생생하게 묘사하고 있다.

플랫폼까지 함께 가서 당신이 기차를 기다리는 것을 보노라니, 나는 너무도 춥고 또 발이 꽁꽁 얼 듯이 시려왔다. 나는 견디다 못해 당신께 작별의 손을 흔들고 기차가 오기도 전에 먼저 돌아서 총총히 왔다.

돌아오는 길에 달은 싸늘히 비치고 길에 쌓인 눈은 얼어서 발걸음을 옮길 적마다 바작바작 소리를 내며 허전한 내 마음을 채웠다.

그렇게 한참을 걸어가고 있는데 웬 남자 발걸음 소리가 버적버적 따라왔다.

그리고 별안간,

"자야!"

하고 어깨를 감싸왔다. 바로 당신이었다. 나는 깜짝 놀랐다.

"아니, 이게 도대체 어찌된 일이에요?"

하고 짐짓 화가 난 목소리로 뾰로통하게 되물었다.

이럴 때 당신은 꼭 활동사진(무성영화)을 돌리는 변사처럼 구성지고 재미있는 말투로 변명하는 것이었다.

"기차는 이제껏 아니 오고, 당신은 혼자 종종걸음으로 달아나고, 바람은 쌩쌩, 달은 휘영청 밝은데 발은 시리고…… 그러니 오늘 밤으로 즉시 돌아오면 이천리가 득이잖아? 그래서 되짚어온 거야!"

그토록 말수도 적은 분이 무엇이 좋은지 그날따라 그리도 신이 나서 마치 시낭송을 하듯이 줄줄줄 대사를 재미있게 엮어놓는다.

"차표는 어떻게 하셨어요?"

"차표? 금테 두른 모자를 쓴 일본인 역장에게 내가 긴급한 원고를 깜박 잊고 왔다고 했지. 아무래도 도로 집에 갔다가 내일 떠나든지 해야겠다고 둘러댔어. 그랬더니 역장은 내 얼굴을 찬찬히 쳐다보다가 결국 기차표를 바꾸어주었어."

하고 즐거워했다.

나는 일부러 화난 목소리로,

"흥! 당신의 임기응변은 참으로 놀랍군요? 남자는 팔십이라도 사나이, 아이라고 한다더니 어쩜 이렇게도 어린아이들 장난 같은 일을 다 저질러 요?"

하는 속으로도 실인즉 당신의 그 정열적 행동이 너무도 사랑스러웠고, 달빛처럼 차오르는 행복감이 나의 온몸을 휘감았다.

이리하여 당신은 기어이 하루를 더 묵고 다음날 아침 어깨를 축 늘어 뜨리고 함흥을 떠났다.

『내 사랑 백석』에 따르면 이때 백석은 경성으로 가서 부모의 강요로 장가를 들었다. 그 일 때문에 열흘 후쯤에야 함흥으로 돌아왔다고 한다. 백석은 토라질 대로 토라진 자야를 위로하면서 만주의 신징新京으로 가 서 살자고 제안했다. 그는 모던보이를 자처했지만 뿌리 깊은 봉건적인 관습으로부터 자유롭지 못해 괴로워했다. 중일전쟁의 와중에 조선의 지 식인들은 친일의 대열에 속속 합류하고 있었고, 그에게도 시시각각 무 언의 압력이 검은 그림자처럼 따라붙었다. 백석은 그 탈출구로 만주를 염두에 두고 있었다.

만주로 가자는 백석의 제안을 자야는 거부했다. 자야는 혼자 짐을 꾸 려 백석 몰래 경성으로 떠나는 기차에 몸을 실었다. 1938년 초 자야는 청진동에 집을 마련했다. 그게 백석과 그녀 자신을 자유롭게 하는 길이 라고 생각했다.

자야가 없는 쓸쓸하고 허전한 함흥에서 백석은 겨울을 보냈다. 그는

내가 너를 사랑해서 이 우주에 눈이 내린다니!
그리하여 나는 가난하고,
너는 아름답다는 단순한 형용조차 찬란해진다.
첫눈이 내리는 날 사랑하는 사람을 만나고 싶다는 말은
백석 이후에 이미 죽은 문장이 되고 말았다.

산이 깊다는 함경도의 산골로 들어갔다.

그곳에서 국수집을 겸하는 산골의 여인숙으로 가서 새까맣게 때가 오른 목침을 베어보기도 했다(「산숙山宿」). 밤새 종이등에 불을 밝히고 감자떡을 치는 소리를 들었다(「향악響樂」), 자정이 지나서 닭을 잡고 메밀국수를 눌리는 마을에서 여우가 우는 소리도 들었다(「야반夜半」). 그곳은 산을 넘어가면 평안도 땅이 보인다는(「백화白樺」) 첩첩산중이었다. 이 시편들에 대해서 이숭원은 "우리는 여기서 백석의 의식이 개인적 삶의 국면을 넘어서서 어떤 공동체적 지평을 향하고 있음을 감지할 수 있다."(『백석을 만나다』, 태학사, 2008)는 진단을 내놓은 바 있다.

> 여인숙旅人宿이라도 국숫집이다
> 모밀가루포대가 그득하니 쌓인 웃간은 들믄들믄 더웁기도 하다
> 나는 낡은 국수분틀과 그즈런히 나가 누워서
> 구석에 데굴데굴하는 목침木枕들을 베여보며
> 이 산山골에 들어와서 이 목침木枕들에 새까마니 때를 올리고 간 사람들을 생각한다
> 그 사람들의 얼골과 생업生業과 마음들을 생각해 본다

「산숙山宿」에는 1930년대 함경도 산골의 전형적인 풍경과 그 당시 사람들의 생활이 압축적으로 그려져 있다. 국숫집에다 여인숙을 겸해 장사를 하는 이 집에는 손님이 묵는 방에도 밀가루포대와 국수분틀이 있다. 이 방에서 특히 눈길을 끄는 것은 목침이다. 이 오래된 목침에는 새까만 때가 올라 있다. 화자는 아무런 감정도 드러내지 않고 목침에 때를 올리고 간 사람들을 '생각한다'고 말한다. 백석은 여러 편의 시에서 '생

각한다'라는 서술어를 사용하고 있다. 어떻게 보면 무색무취할 정도로 밋밋하고 시의 산문적 서술에 기여하는 말이 '생각한다'이다. 그런데 이 말이 백석의 시에 와서는 독자의 상상력을 극대화시키고 시의 폭을 한 없이 넓히는 것은 무슨 까닭일까? 그저 아무렇지도 않게 쓴 듯한 '생각한다'는 목침에 때를 올리고 떠난 사람들, 즉 생계와 생활을 해결하기 위해 산골의 광산촌을 떠돌거나 만주 등지로 길을 떠나던 1930년대 후반의 우리 민족을 떠올리게 하는 묘한 힘이 있다. 시인은 때 묻은 목침 하나를 통해 대다수 우리 민족 구성원들의 현실을 제시하는 것이다. 또한 자신도 역시 목침에 때를 올리고 갈 사람이라는 암시를 통해 공동체의 한 구성원이라는 인식을 강하게 보여주고 있다.

이때 백석이 찾아간 곳은 성천강 상류 산간지역이었다. 그가 묵었던 곳은 함경남도 신흥군과 영광군 경계에 있는 천불산 아래쪽일 가능성이 있다. 삼부연폭포三釜淵瀑布가 있는 이곳은 현재 북한에서 '천불산동물보호구'로 지정하고 있는 곳이다. 이 보호구에는 사향노루·산양·노루·곰·살쾡이 등 수십 종의 동물들이 서식하고 있다.

함흥의 성천강成川江은 그 발원지가 두 곳이다. 하나는 갑산甲山 경계 화기령樺岐嶺 태백산 남쪽에서 나오고, 하나는 희천熙川 경계 황초령黃草嶺 동남쪽에서 나와 합류한다고 옛 문헌은 기록하고 있다. 총 길이는 105.3킬로미터에 달한다. 상류의 바닥 경사가 심해 여름철에 하류지역에는 홍수피해가 잦았다. 백석이 방문했던 1938년 여름에는 성천강에 매우 심한 홍수가 났다. 현재 북한은 성천강 지역에 30개가 넘는 계단식 중소형발전소를 세워 전기를 생산하고 있다고 한다.(〈노동신문〉 2001년 7월 24일자)

정월보름을 준비하는 산골의 모습들이 간간이 묘사되고 있는 것으로 봐서 음력으로 1938년 1월 14일, 그러니까 양력으로는 2월 13일 산골에서 하룻밤을 묵은 것으로 보인다. 백석은 함흥으로 돌아오는 즉시 시를 탈고해 경성으로 보냈다. 이 시 네 편은 '산중음山中吟'이라는 제목으로 《조광》 3월호에 발표된다.

경성 청진동에서 꼭꼭 숨어 지내고 있던 자야에게 어느 날 자전거를 타고 온 '메신저보이'가 쪽지를 주고 갔다. 수소문 끝에 자야의 집을 알아낸 백석이 보낸 것이었다. 그는 남산 아래 일본인이 경영하는 찻집 '구로네꼬'에서 그녀를 기다리고 있었다.

몇 달 만에 만난 두 사람은 청진동 집에서 꿈같은 하룻밤을 보냈다. 하지만 백석은 다음 날 출근 때문에 함흥으로 가야 했다. 집을 나서기 전에 백석은 자야에게 누런 미농지봉투를 내밀었다. 거기에는 백석이 쓴 시 한 편이 들어 있었다. 「나와 나타샤와 흰 당나귀」였다.

가난한 내가
아름다운 나타샤를 사랑해서
오늘밤은 푹푹 눈이 나린다

나타샤를 사랑은 하고
눈은 푹푹 날리고
나는 혼자 쓸쓸히 앉어 소주燒酒를 마신다
소주燒酒를 마시며 생각한다
나타샤와 나는
눈이 푹푹 쌓이는 밤 흰 당나귀 타고
산골로 가자 출출이 우는 깊은 산골로 가 마가리에 살자

눈은 푹푹 나리고

나는 나타샤를 생각하고

나타샤가 아니 올 리 없다

언제 벌써 내 속에 고조곤히 와 이야기한다

산골로 가는 것은 세상한테 지는 것이 아니다

세상 같은 건 더러워 버리는 것이다

눈은 푹푹 나리고

아름다운 나타샤는 나를 사랑하고

어데서 흰 당나귀도 오늘밤이 좋아서 응앙응앙 울을 것이다

"가난한 내가/ 아름다운 나타샤를 사랑해서/ 오늘밤은 푹푹 눈이 나
린다"는 표현은 분명히 문장구조의 인과관계를 무시하는 충돌이거나 모
순이다. 가히 연애의 달인답다. 여기에 넘어가지 않을 여자는 없을 것이
다. 내가 너를 사랑해서 이 우주에 눈이 내린다니! 그리하여 나는 가난
하고, 너는 아름답다는 단순한 형용조차 찬란해진다. 첫눈이 내리는 날
사랑하는 사람을 만나고 싶다는 말은 백석 이후에 이미 죽은 문장이 되
고 말았다. 이 시를 비롯해 백석의 시에는 유난히 눈이 많이 내린다. 그
의 시에서 눈은 관서지방의 방언과 함께 북방 정서를 환기하는 중요한
재료가 된다.

신 살구를 잘도 먹드니 눈 오는 아츰

나어린 안해는 첫아들을 낳었다

―「적경寂境」중에서

눈이 오는데
토방에서는 질화로 우에 곱돌탕관에 약이 끓는다
―「탕약湯藥」중에서

눈이 많이 와서
산엣새가 벌로 나려 멕이고
눈구덩이에 토끼가 더러 빠지기도 하면
마을에는 그 무슨 반가운 것이 오는가보다
―「국수」중에서

어두워 오는데 하이야니 눈을 맞을, 그 마른 잎새에는,
쌀랑쌀랑 소리도 나며 눈을 맞을,
그 드물다는 굳고 정한 갈매나무라는 나무를 생각하는 것이었다
―「남신의주 유동 박시봉방南新義州 柳洞 朴時逢方」중에서

　　백석은 눈을 시의 전면에 내세우기보다는 풍경의 배경으로 자주 활
용했다. 그 결과, 눈으로 인해 삶의 고달픔이 드러나는 게 아니라 가난하
고 고달픈 삶이 눈 때문에 환하게 빛나는 효과를 충분히 얻어냈다.

최정희와 노천명과 모윤숙, 그리고 사슴

백석은 「나와 나타샤와 흰 당나귀」를 소설가 최정희에게도 보냈다. 이 사실은 최정희의 딸인 소설가 김채원이 2001년 《문학사상》 9월호에 편지와 함께 공개함으로써 세상에 알려졌다.

자야에게 건넸다는 시가 다른 여인에게도 전해졌다는 사실 때문에 백석은 시를 연애의 도구로 이용한 바람둥이처럼 인식되는 수난을 겪었다. 최정희는 지적인 분위기에다 미모를 갖춘 신여성이었다. 그녀의 성격은 솔직담백했고 남의 이야기를 잘 들어주고 갈등 조정능력이 뛰어나 대인관계가 원만한 사람이었다.

최정희는 그녀의 연인 김동환이 편집인 겸 발행인으로 있는 《삼천리문학》에서 일을 하고 있었다. 이 잡지는 최정희와 시인 모윤숙이 청탁과 편집 실무 일체를 맡고 있었다. 백석은 1938년 1월에 나온 창간호에 시를 청탁 받아 「추야일경秋夜一景」을 발표했다. 추측건대 이때 「나와 나타샤와 흰 당나귀」를 편지와 함께 우송한 것으로 보인다. 창간호에는 노천명의 시 「황마사幌馬事」와 「슬픈 그림」이 실린 것을 비롯해 대부분 시인들의 시를 두 편씩 실었다. 그런데 어떤 이유에서인지 백석의 시는 한

편만 실렸다. 백석은 이때 실리지 못한 「나와 나타샤와 흰 당나귀」를 2개월 후 《여성》 3월호에 다시 발표를 하는 것이다.

'나타샤'는 톨스토이의 소설 『전쟁과 평화』에 나오는 주인공 이름이다. 시인 푸슈킨의 아름다운 부인의 이름도 나타샤였다. 러시아어로 '나타샤'는 '나탈리야'의 애칭이라고 한다. 러시아의 여성들이 많이 쓰는 이름 중의 하나인 것이다. 이 시를 쓸 무렵 백석은 함흥에서 러시아어를 열심히 공부하고 있었다. 그때 러시아 사람으로부터 나타샤와 관련된 수많은 일화를 듣기도 하면서 마음속의 연인에게 나타샤라는 이름을 붙이고 싶었을 것이다. 시에 나오는 나타샤가 실제 인물인지 아닌지를 따지는 일은 부질없어 보인다. 따라서 '나타샤'라는 시어 때문에 북방의 분위기를 물씬 풍기는 이 시를 최정희에게 사랑을 고백하기 위해 보냈다고 주장하는 것은 과도한 추측일 뿐이다. 여기의 나타샤가 통영의 박경련이라는 추측도 근거가 전혀 없는 억측일 뿐이다. 신현중과 이미 결혼해서 가정을 꾸리고 있는 그녀에게 "산골로 가자 출출이 우는 깊은 산골로 가 마가리에 살자"며 매달릴 이유가 없는 것이다.

백석과 최정희 사이에 모종의 앙금이 있었던 것은 사실이다. 백석은 함흥 영생고보에서 쓰던 봉투에 '경성부 종로 2정목 삼천리사 최정희씨 친전'이라고 썼다. 편지지 역시 '영생고등보통학교'라고 학교 이름이 찍힌 양면괘지였다. 편지는 장장 11장이나 되는 장문이었다.

(……)

사람을 사랑하다가 사랑하게 되지 못하는 때 하나는 동무가 되고 하나는 원수가 되는 밖에 더 없다고 하나 이 둘은 모두 다 그대로 사랑하는 것이 되는 것입니다. 하나는 관대寬大한 탓이고 하나는 순수純粹하고 정직正直한 까닭입니다. 그러나 그밖에 정말로 사랑하게 되지 못하는 것의 경우를 피탈避脫에서 전가轉嫁에서 허위虛僞에서 볼수 있는 것이라고 생각합니다. 당신은 사랑하지 않아도 생각만은 했다가 실패失敗하는 경우에 그 어느 유형類型으로 옴으라트리고 들어갈 것인지 생각해보실 것입니다.

당신은 어떤 사람을 아름다운 탓에 깨끗한 탓에 온갖 다 좋고 높은 탓에 미워할 수는 없습니까. 그런 노력努力이라도 하시지 않으시렵니까. 이 것은 역설逆說해도 좋습니다. ―미워하는 탓에 아름답고 좋고 높아진다고.

진실眞實로 저는 솔직率直하겠습니다. ―세상에는 아름다운 육체肉體를 아름다운 정신情神보다 높이 아는 사람이 있습니다. 좀더 순수純粹하고 총명한 탓이라 해도 당연當然 이상以上으로 좋게 이야기하는 것이 아닙니다. 또 필경畢竟은 아름다운 육체肉體로 해서 아름다운 정신情神에의 유도誘導라는 것이 진실眞實한 말이 아니겠습니까. 언제 한번 이 유도誘導에까지도 일으지 않았다면 그것은 공허空虛의 비극悲劇에 지나지 않습니다. 공허空虛는 왕왕 독자獨自가 짖는 것입니다. 독자獨自가 긁어 놓는 상채기입니다.

누구의 말에 친절親切한 것이 자애慈愛보다 낫다고 했습니다. 친절親切을 모르는 것은 조선여자朝鮮女子입니다. '교양敎養'있다고 자중自重하는 사람들은 더욱 모르는 것이 아닌가고 혼자 걱정합니다.

그리고 '자중自重하세요' 하든 제 말이 당신에게는 목에 걸린 생선가시 같은 모양이오나 당신의 '신념信念'이요 '종교宗敎요' 또 '예술藝術'의 앞에서 당신은 비린 생선을 먹기가 몬저 잘못입니다. 가시는 생선을 먹은 탓에 걸린 것입니다.

무엇을 변명辨明하시고 피탈避脫하시고 또 고발告發하십니까. 앓븐 것도 짠것도 다 그대로 묘지墓地까지 가지고 가시면 어떻습니까. 묘지墓地까지.

'동무 앞에서 경멸'… 운운云云은 당신의 아량雅量과 교양教養과 그리고 크게 말하면 해학諧謔의 정신情神조차 의심疑心하게 됩니다. 고백告白합니다만 지난해 늦가을 제 동무들 앞에서는 제가 경멸輕蔑했습니다. 노천명씨盧天命氏 앞에서 모윤숙씨毛允淑氏 앞에서 당신을 경멸하기는 새로 당신의 그 어데서 깊고 아름다운 정신이 툭 튀어나올 것을 희망希望했든 것을 어떻게 하겠습니까.

(……)

이 편지는 최정희가 먼저 백석에게 보낸 5장의 편지에 대한 답장이었다. 편지의 내용으로 당시 상황을 추리하면 이렇다. 늦가을에 백석은 노천명과 모윤숙이 있는 자리에서 무슨 일로 최정희에게 "자중하세요."라면서 면박을 줬다. 친한 친구들 앞에서 모욕감을 느낀 최정희는 백석에게 5장이나 되는 항의편지를 보냈다. 그녀는 단단히 화가 나 있었다. 그녀는 백석에게 천박하다고 하면서 영원히 파랗게 질렸다고 말했다. 최정희가 편지에서 사랑이 신념이요 종교요 예술이라고 말했으나 백석이 보기에는 거짓말이었다. 순수하고 높고 아름다운 것을 동경하는 백석은 최정희의 태도에 망연자실했다. 이때 최정희가 편지 끝에 입에 담기 어려운 욕을 한 마디 썼던 모양이다. 백석은 그걸 "썩은 개고기 같은 말씀"이라고 되받아치면서 쓴웃음을 지었다는 것이다.

최정희와 노천명과 모윤숙은 평소에 백석과 어울리면서 자주 그에 대한 이야기를 나눴다. 1938년 3월 18일 〈조선일보〉에 근무하던 노천명이 최정희에게 보낸 편지에도 백석이 거론된다. 이 편지는 파인 김동환 탄생 100주년을 기념해 펴낸 『작고문인 48인의 육필 서한집』(민연, 2001)에 원문이 공개되어 있다.

　마음을 크게 먹자, 남이 뭐래던지. 우리는 적은 데 관심 말고 크게 크게 살아가야지. 당신이나 내나 앞으로 몸에 살이 좀 부틀 게요. 허나 또 속은 상하고 지금도 나는 저 스사로 몸을 괴롭히고 있소. 이상한 운명이구려.
　부디 몸을 조심하고 잘 있으오. '사슴'이 아직 올라오지 않았나?
　한번 만나세.

　백석을 가리키는 '사슴'이 경성에 올라왔느냐고 묻는 것을 보면 1938년 봄방학이 시작되기 전후에 보낸 편지로 짐작된다. 그 당시는 보통 3학기로 학교가 운영되었다. 4월 초순에서 6월 말까지가 1학기, 9월 초순에서 12월 20일경까지가 2학기, 그리고 1월 초순부터 3월 20일경까지가 3학기였다.
　모윤숙의 편지는 훨씬 공격적이고 노골적이다. 모윤숙은 1938년 여름에 안호상과의 사이에서 낳은 딸 일선이를 데리고 친정이 있는 함흥으로 내려갔다. 이때 최정희가 모윤숙을 만나러 함흥을 방문하기도 했다. 모윤숙이 여름방학 무렵 최정희에게 보낸 편지를 보면 모윤숙이 영생고보로 전화를 해서 백석을 찾았다는 말이 나온다.

　여보! 함흥은 난亂이 있다고 인심이 대단 불안하오. 밤마다 암흑천지요. 여기가 매우 안심되지 않소이다.
　그런대 오니 맘이 왜 이리 비할 수 없이 적막하여 일 분도 못 견딜 것 같소.

아침에 시가로 나가 '사슴군' 계신가고 학교로 전화를 걸었더니 벌서 일주일 전에 상경하셨다니 우리가 셋이서 싸단일 때 그는 어느 구석에서 망원경으로 다 - 살피지 않았으리오.

비가 출출 나리오. 해수욕장엔 가볼 념도 못하도다. 입대여 로렌쓰의 '차탈레부인'을 보오. 상경한 사슴군을 죽기 전 상봉하여 원하든 이얘기를 해보시오. 지긋지긋하여 떠나온 서울인데 하루밤이 못가서 또 그리워 괴로우니 어찌하오.

여름방학이 끝나갈 무렵에 또 모윤숙은 삼천리사의 최정희에게 편지를 보냈다. 이 편지에서는 최정희를 위로하며 백석에게 당한 모욕을 분풀이하고 말겠다는 의지를 강하게 내비치고 있다.

그저 멍하고 아침이면 해수욕장으로 달여가 종일 물결만 쳐다보오. 파도가 좋고 바로 위에 나르는 흰 새가 영원히 고결해 보일 뿐이오.

길에서 백철씨 받소. 서호 김동명씨는 서울 당신 옆에 있을 땐 맞나고 싶드니 여기 오니 맞날 예의도 다 - 스러져버렸오.

사슴군이나 어서 왔으면 하오. 이십일이 개학이라니 여보 어서 만나서 경을 한번 치고 쫓아보내라구. 내가 또 경을 처서 넉아울을 식힐 테니.

이런 편지들에 남아 있는 흔적으로 봐서 1930년대를 주름잡던 문단의 모던걸 세 사람의 대화에는 늘 백석이 들어 있었다는 것을 알 수 있다. 때로는 흠모하면서 때로는 조롱을 퍼부으며 백석을 대화의 안줏감으로 삼았다. 심지어 모윤숙은 1940년 9월 27일 일본 나라에 여행 가서 최정희에게 보낸 편지에도 백석을 입에 올렸다. 이때 백석은 이미 경성을 떠나 만주에 머물고 있었다.

> 나라奈良에 오니 사슴이가 참 많소. 백白사슴을 보고 누구를 놀리고 싶
> 었는지 알겠오?

노천명은 1938년 1월 첫 시집 『산호림珊瑚林』을 출간했다. 교과서에
도 수록된 적이 있는 그녀의 대표작 「사슴」이 여기에 실려 있다.

> 모가지가 길어서 슬픈 짐승이여,
> 언제나 점잖은 편 말이 없구나.
> 관冠이 향기로운 너는
> 무척 높은 족속이었나 보다.
>
> 물속의 제 그림자를 들여다보고
> 잃었던 전설을 생각해 내고는
> 어찌할 수 없는 향수에
> 슬픈 모가지를 하고 먼 데 산을 바라본다.

사슴은 여기에서 매우 점잖고 고결한 존재로 그려져 있다. 이 시의 '사
슴'이 백석을 염두에 두고 쓴 것이라고 쉽게 단정할 수는 없다. 다만 백
석이 두 해 앞서 '사슴'이라는 제목의 시집을 냈다는 것을 노천명이 모를
리 없었다는 점, 그리고 최정희·모윤숙·노천명이 서로 주고받은 편지에
아예 백석을 '사슴'이나 '사슴군'으로 호칭했다는 점 등을 미루어 볼 때
두 시편 사이의 친연성은 여러 가지 상상을 불러일으키는 게 사실이다.

삐걱거리는
함흥 시절

백석의 제자 중에 고순덕이라는 학생이 있었다. 5학년 졸업을 한 달쯤 앞둔 어느 날이었다. 학년말 시험까지 마친 고순덕은 친구 몇 사람하고 머리를 맞댔다.

"우리가 졸업하기 전에 해치우자."

일본군 장교 출신으로 영생고보에 배속된 조선인 교사가 한 사람 있었다. 이 교사는 학생들 앞에서 대놓고 친일발언을 일삼았고, 몇몇 학생들을 매수해 교사와 학생들의 동태를 파악하라고 꾀여 놓았다. 혈기왕성한 학생들은 이 사실을 오래 전부터 알고 있었다. 그래서 졸업을 하기 전에 스파이 노릇을 하는 학생에게 본때를 보여줘야겠다고 벼르고 있었다. 학교 지하실로 그 학생을 부른 다음, 불순한 행동을 해온 그 학생에게 경고 선언문을 읽어내려갔다. 선언문은 주동자 고순덕이 준비한 것이었다. 그런데 스파이 학생은 이에 굴복하지 않고 완강하게 반항하며 대들었다. 끝까지 반성을 거부하는 이 학생을 주먹으로 굴복시키려는 순간, 스파이 학생은 미리 준비해온 단도를 마구 휘둘렀다. 이 과정에서 몇몇 학생이 상처를 입었고, 칼을 휘두르던 학생은 잽싸게 도망을 가 경찰서에 고발을 해버렸다. 순식간에 수십 명의 경찰이 학교를 포위했다. 경찰서장이 학생들을 겁박하기 시작했다.

"너희들은 불법 행동을 한 것이다. 당장 그 배후가 누구인지 대라."

그다음 날부터 경찰은 학교 당국에 가담 학생들을 처벌하라고 압력을 가했다. 이때 학교의 존폐 문제를 걱정하던 학교 당국은 결국 고순덕에게 퇴학 처분, 가담자 14명에게 2주간 정학 처분을 내리고 말았다. 고순덕은 졸업을 하지 못하고 4학년 수료증을 받고 함흥을 떠났다. 『고 고순덕 박사 추모 기념문집』에 실린 친구 김철손의 증언이다. 김철손은 해방 후에 감리교신학대학 교수를 지내게 된다.

함경남도 장진 출생인 고순덕은 이후에 일본 릿교立教대학 심리학과를 졸업하고 이화여대 교수가 된다. 1956년 박사과정을 마치기 위해 하버드대학에 유학을 갔다가 미국에 눌러앉는다. 그는 유학 중에 주요한의 둘째 딸 주동혜 박사와 재혼했고, 미국에서 심리학 교수가 되어 연구에 힘을 쏟다가 생을 마감했다.

이 사건으로 교장으로 있던 김관식 목사는 '양심선언'과 함께 사표를 쓰고 그 길로 학교를 떠났다. 자신의 손으로 의로운 일에 참여한 학생에게 징계를 내릴 수 없었던 것이다. 이 무렵까지도 학생들에게 민족의식을 불어넣고자 했던 김관식은 1940년대 들어 친일의 길로 돌아선다.

중일전쟁을 격렬하게 수행하고 있던 일본은 1938년 들어 더욱 광분하기 시작했다. 2월에 일본은 '육군특별지원병령'을 공포했다. 이것은 순전히 전쟁에 필요한 병력을 동원하기 위한 것이었다. 17세 이상, 신장 160센티미터 이상, 소학교 졸업 이상의 학력을 가진 조선 청년들이 스스로 일본군에 지원해서 입대한 것처럼 교묘히 법을 만들어 전쟁터의 총알받이로 내몰았다. 4월에는 '국가총동원령'이 내려졌다. 일본 제국주의자

해는 저물고 날은 다 가고 볕은 서러웁게 차갑다
나도 길다랗고 파리한 명태다
문턱에 꽁꽁 얼어서
가슴에 길다란 고드름이 달렸다

들은 중일전쟁을 미화하고, 그들의 침략을 정당화하기 위해 수단과 방법을 가리지 않았다. 식민지 조선의 모든 인적, 물적 자원을 전쟁을 위해 마음대로 쓰겠다는 것이었다. 조선총독부는 학교에서 교련과 군사 훈련을 강화하고 조선어 시간을 폐지하라는 지시를 내렸다.

3월이 되어 백석에게도 불똥이 떨어졌다. 조선어로 되어 있는 영생고보의 응원가를 일본어로 개작하라는 것이었다. 평소에 일본말을 잘 쓰지 않는 백석은 짜증을 내면서도 할 수 없이 응원가를 일본어로 바꿨다. 제자 김희모의 증언에 따르면 학생들은 바뀐 일본어 가사로 응원가 연습을 했지만 도대체 흥이 나지 않았다고 한다. 박진감이 사라진 응원가 연습에 시큰둥한 반응을 보이다가 끝내 '응원가 불창 운동'으로 일이 확대되었다. 이때 백석은 자신에 대한 항의로 여겨 크게 화를 냈고, 영어 수업시간도 무성의하게 진행했다고 한다.

이 와중에서도 백석은 1938년 한 해에 무려 22편의 시를 발표했다. 실로 엄청난 양이었다. 이것은 그가 당대의 중요한 시인으로 자리를 잡았음을 뜻하는 동시에 함흥에서 지극히 인간적인 고독감 속에서 혼자 펜을 든 시간이 많았다는 반증이기도 하다.

4월에 《삼천리문학》 2집이 나왔다. 창간호에 백석의 시를 1편만 실었던 게 편집자 최정희의 마음에 걸렸던 것일까. 여기에 백석의 시 「석양夕陽」 「고향故鄉」 「절망絶望」 등 3편을 실었다. 당대 최고의 시인으로 인정받던 정지용은 「삽사리」와 「온정溫井」 두 편이었다.

거리는 장날이다
장날 거리에 녕감들이 지나간다
녕감들은

말상을 하였다 범상을 하였다 쪽재피상을 하였다
개발코를 하였다 안장코를 하였다 질병코를 하였다
그 코에 모두 학실을 썼다
돌체돋보기다 대모체돋보기다 로이도돋보기다
녕감들은 유리창 같은 눈을 번득거리며
투박한 북관北關말을 떠들어대며
쇠리쇠리한 저녁해 속에
사나운 즘생같이들 사러졌다

「석양」은 북관의 어느 장날 풍경을 군더더기 없는 단문으로 숨 가쁘게 묘파하고 있는 작품이다. 장날 거리의 노인들을 선이 굵은 힘찬 붓 터치로 그려냄으로써 생동하는 현장의 리얼리티를 확보하고 있는 이 시는 백석이 함흥에서 내놓은 회심의 역작이라고 부를 만하다. 생의 황혼기에 접어든 인물들을 이렇게 강렬하고 힘차게 그려낸 작품이 한국문학사에 또 있었던가 싶다.

〈동아일보〉 1938년 6월 7일자에 발표한 수필 「동해東海」는 시적 정취를 강하게 풍긴다. 단락이 바뀔 때마다 반복되는 "이러케 맥고모자를 쓰고 삐루를 마시고"라는 통사구조는 리듬감을 한껏 살려내는 데 기여한다. 마치 낭송하기 좋은 산문을 마음먹고 쓴 것 같다.

동해東海여, 오늘밤은 이러케 무더워 나는 맥고모자를 쓰고 삐루를 마시고 거리를 거닙네. 맥고모자를 쓰고 삐루를 마시고 거리 거닐면 어데서 닉닉한 비릿한 짠물 내음새 풍겨 오는데, 동해여 아마 이것은 그대의 바윗등에 모래장변에 날미역이 한불 널린 탓인가 본데 미역 널린 곳엔

방게가 어성기는가, 또요가 씨양씨양 우는가, 안마을 처녀가 누구를 기다리고 섰는가, 또 나와 같이 이 밤이 무더워서 소주에 취한 사람이 기웃들이 누웠는가. 분명히 이것은 날미역의 내음새인데 오늘 낮 물끼가 처서 물가에 미역이 많히 떠들어온 것이겠지.

이러케 맥고모자를 쓰고 삐루를 마시고 날미역 내음새 맡으면 동해여, 나는 그대의 조개가 되고 싶읍네. 어려서는 꽃조개가, 자라서는 명주조개가, 늙어서는 강에지조개가. 기운이 나면 혀를 빼어물고 물속 십 리를 단숨에 날고 싶읍네. 달이 밝은 밤엔 해정한 모래장변에서 달바래기를 하고 싶읍네. 굳은비 부실거리는 저녁엔 물 우에 떠서 애원성이나 불르고, 그리고 햇살이 간지럽게 따뜻한 아츰엔 인함박 같은 물바닥을 오르락나리락하고 놀고 싶읍네. 그리고, 그리고 내가 정말 조개가 되고 싶은 것은 잔잔한 물밑 보드라운 세모래 속에 누워서 나를 쑤시려 오는 어여쁜 처녀들의 발뒤굼치나 쓰다듬고 손길이나 붙잡고 놀고 싶은 탓입네.

동해여- 이러케 맥고모자를 쓰고 삐루를 마시고 조개가 되고 싶어 하는 심사를 알을 친구란 꼭 하나 잇는데, 이는 밤이면 그대의 작은 섬-사람 없는 섬이나 또 어늬 외진 바위판에 떼로 몰켜 올라서는 눕고 앉엇고 모도들 세상 이야기를 하고 짓거리고 잠이 들고 하는 물개들입네. 물에 살아도 숨은 물 밖에 대이고 쉬이는 양반이고 죽을 때엔 물 밑에 깔어앉어 바윗돌을 붙들고 절개 잇는 죽는 선비이고 또 때로는 갈매기를 딸흐며 노는 활량인데 나는 이 친구가 조하서 칠월이 오기 바쁘게 그대한테로 가야 하겟 읍네.

이렇게 맥고모자를 쓰고 삐루를 마시고 친구를 생각하기는 그대의 언제나 자랑하는 털게에 청포채를 무친 맛나는 안주 탓인데, 나는 정말이지 그대도 잘 아는 함경도 함흥 만세교 다리 밑에 넘이 오는 털게 맛에 헤가우손이를 치고 사는 사람입네. 하기야 또 내가 친하기로야 가재미가 빠질겝네. 회국수에 들어 일미이고 시케에 들어 절미지. 하기야 또 버들 개 봉구이가 좀 조흔가. 횃대 생성 된장지짐이는 어떠코 명태골국, 해삼 탕, 도미회, 은어젓이 다 그대 자랑감이지 그리고 한 가지 그대나 나밖에 모를 것이지만 꿩메리는 아레주둥이가 길고 꽁치는 웃주둥이가 길지. 이 것은 크게 할 말 아니지만 산뜻한 청삿자리 우에서 전복회를 노코 함소주 잔을 거듭하는 맛은 신선 아니면 모를 일이지.

이렇게 맥고모자를 쓰고 삐루를 마시고 전복에 해삼을 생각하면 또 생각나는 것이 잇습네. 칠팔월이면 의레히 오는 노랑 바탕에 꺼먼 등을 단 제주濟州 배 말입네. 제주 배만 오면 그대네 물가엔 ○말이 만허지지. 제주 배 아즈맹이 몸집이 절구통 같다는 둥, 제주 배 아맹인 조밥에 소금만 먹는다는 둥, 제주 배 아즈맹이 언제 어뇌 모롱고지 이슥한 바위 뒤에서 혼자 해삼을 따다가 무슨 일이 잇었다는 둥……, 참 말이 만치. 제주 배 들면 그대네 마을이 반갑고 제주 배 나면 서운하지. 아이들은 제주 배를 물가를 돌아 따르고 나귀는 산등성에서 눈을 들어 따따르지. 이번 칠월 그대한테로 가선 제주 배에 올라 제주 색시하고 살렵네. 내가 이러케 맥고모자를 쓰고 삐루를 마시고 제주 색시를 생각해도 미역 내음새에 내 마음이 가는 곳이 있읍네. 조개껍질이 나이금을 먹는 물살에 낱낱이 키가 자라는 처녀 하나가 나를 무척 생각하는 일과, 그대 가까이 송진 내음새 나는 집에 안해를 잃고 슬피 사는 사람 하나가 잇는 것과, 그리고 그 영어를 잘하는 총명한 사년생 금琴이가 그대네 홍원군 홍원면 동상리 東桑里에서 난 것도 생각하는 것입네.

《조광》10월호에 '물닭의 소리'라는 제목 아래 발표한 연작시의 첫 번째가 「삼호三湖」다. 백석은 수필 「동해」를 발표한 뒤에 이 글 속의 몇 문장을 시로 변환시키고 싶었다.

문기슭에 바다 해자를 까꾸로 붙인 집
산듯한 청삿자리 우에서 찌륵찌륵
우는 전복회를 먹어 한녀름을 보낸다

이렇게 한녀름을 보내면서 나는 하늑이는
물살에 나이금이 느는 꽃조개와 함께
허리도리가 굵어가는 한 사람을 연연해한다

6월에 〈마이니치신문〉 주최 전선고보대항 축구대회가 경성에서 열렸다. 백석은 영생고보 축구부 지도교사로 학생들을 인솔하여 일주일간 경성 출장을 가게 되었다. 『함흥시지咸興市誌』(1999)에 따르면 1930년대에 들어와서 함흥을 중심으로 한 함경남도의 중소도시는 물론 농어촌 큰 부락까지 축구팀이 없는 곳이 없었다. 특히 겨울에는 눈 위에서까지 시합을 할 만큼 축구에 대한 인기와 열의가 높았다. 함흥의 영생고보 축구팀은 1936년 전조선축구선수권대회에서 결승에 올라 경성의 경신고보에 3：0으로 패한 쓰라린 경험이 있었다. 성인팀인 함흥축구단은 1938년 전조선종합선수권대회에서 경성축구단에 4：0으로 이겨 우승하고, 경성·평양·함흥 3도시 대항전에서 역시 경성팀을 1：0으로 눌러 우승을 한 최강자였다.
　모처럼 경성에 온 백석은 첫날 학생들이 연습을 하며 몸을 풀도록 하기 위해 운동장으로 데려갔다. 저물 무렵까지 학생들을 지켜본 백석은 학생들을 시청 옆 금당여관에 투숙시킨 다음 청진동 자야의 집으로 향했다.

"오신다는 연락도 없이…… 어떻게 된 일이에요?"

"나, 당신이 보고 싶어서 출장을 냈지."

백석이 웃으며 자야를 와락 껴안았다. 그러고는 경성에 온 이유를 차근차근 설명했다.

"학생들을 인솔하셨으면 옆에서 돌봐줘야 하잖아요."

"걱정 말아요. 내가 잘 타일러놓고 왔으니 괜찮을 거야."

청진동에서 하룻밤 묵은 백석은 그다음 날 일찍 학생들의 숙소로 돌아갔다. 함흥에서도 늘 그렇게 지내온 터라 자야에게 낯선 일은 아니었다.

그다음 날, 경성운동장에서 열린 첫 번째 경기에 참가한 영생고보 축구팀은 패배를 당하고 코가 빠졌다. 백석은 아무렇지 않은 듯 선수들의 등을 두드리며 숙소로 데려다주었다. 그러고는 다시 청진동 자야한테로 부리나케 달려갔다.

그날 밤에 드디어 일이 터지고 말았다. 인솔교사가 자리를 비운 틈을 이용해 학생들이 숙소를 빠져나와 거리를 활개치고 다녔던 것이다. 함경도에서 온 학생들은 투박한 북관 사투리를 쓰며 이리저리 몰려다녔다. 그렇게 킬킬거리며 골목과 거리를 쏘다녔으니 학생들을 단속하는 교사들에게 발각되는 건 시간 문제였다. 학생들은 경성에 온 이유와 숙소, 그리고 인솔교사의 이름까지 낱낱이 털어놓게 되었다.

"선생님은 시합이 끝나면 다른 곳에 가서 주무시고 이른 아침에 오십니다."

단속교사들은 함흥의 영생고보에 이런 사실을 있는 그대로 통보했다. 학교는 발칵 뒤집혔다. 축구팀이 뚜렷한 성과를 거두지도 못한 데다 백석이 인솔교사로서의 업무를 방기한 탓이었다. 학교 이사회에서는 징계

위원회를 열었다. 그리하여 백석을 영생여고보로 문책성 발령을 냈다. 7월부터 8월까지가 여름방학이었기 때문에 백석은 영생여고보에서 9월에서 12월 사이 두어 달쯤 근무를 했다. 김문집이 「문단인물지」에서 한껏 추어올린 "서양귀족의 집에서 기른 '사슴' 한 마리"(《사해공론》 8월호)는 체면을 구겼다.

백석은 근무처에 연연해하거나 영생고보로 돌아가려고 구걸하지 않았다. 전전긍긍하며 살 필요가 없었다. '이곳'에 최선을 다하다가도 '이곳'이 싫으면 '저곳'으로 가면 된다는 생각이 백석을 지배하고 있었다. 한곳에 오래 머물지 못하는 그 습성을 방랑벽이라고 못 박아 말할 수는 없다. 타의에 의해서가 아니라 그는 자의로 '이곳 너머'를 늘 꿈꾸는 사람이었다.

다만 문학적으로 나태해지는 것은 참을 수 없는 시인이 백석이었다. 틀에 짜인 학교생활은 그를 가두고 짜증나게 했지만 교문 바깥으로 나오면 어디든지 시가 있었다. 이 사이에 그는 함흥과 통영의 이미지가 겹쳐 있는 '물닭의 소리' 연작 6편을 발표했고, 10월에 나온 『조선문학독본』에 「박각시 오는 저녁」을 실었다. 《여성》 10월호에 실린 두 편의 시는 그 당시 백석이 처한 상황을 짐작하게 하는 시들이다. 친구에게 돈을 빌리러 갔다가 결국은 빌리지 못하고 돌아오는 자아가 그려진 「가무래기의 낙」과 「멧새소리」가 그렇다.

　　처마 끝에 명태明太를 말린다
　　명태明太는 꽁꽁 얼었다
　　명태明太는 길다랗고 파리한 물고긴데
　　꼬리에 길다란 고드름이 달렸다

해는 저물고 날은 다 가고 별은 서러웁게 차갑다
나도 길다랗고 파리한 명태明太다
문門턱에 꽁꽁 얼어서
가슴에 길다란 고드름이 달렸다

「멧새소리」는 자아를 가슴에 고드름이 달린 꽁꽁 언 명태에 비유하고
있는 시다. 화려한 수사가 없이 시적 대상의 특징을 간명하게 말함으로
써 독자의 시선을 끌어당긴다. 그 수법이 매우 흥미로운 시다. 여전히 영
탄조의 감상주의적인 시를 쓰는 시인들이 즐비했던 1930년대에 이 시
는 백석의 존재를 선명하게 부각시켰을 것이다. 또한 제목으로 내세운
'멧새소리'가 시 어디에도 나타나지 않고 그 연관성을 쉽게 파악할 수
없게 남겨둔 점도 백석다운 기법이다.

9월에 같은 학교 동료교사였던 백철의 두 번째 결혼식이 반룡산 기슭
의 풍패관豊沛館 뜰에서 열렸다. 풍패관은 조선시대 때 함흥 객사로 쓰
던 곳이었다. 백석은 극작가 이석훈과 함께 들러리를 섰다. 이석훈은 그
때 함흥방송국에 근무하고 있었다. 이 자리에는 함흥의 김동명, 한설야,
그리고 경성에서 임화까지 그의 두 번째 부인 이현욱을 대동하고 참석
했다.

뛰어난 《여성》지 편집자

　　백석은 함흥에서의 교사 생활을 접으려고 생각했다. 학교에 대한 일
제의 간섭이 점점 심해지는 통에 그는 경성으로 돌아가고 싶었다. 조선
일보사에 다시 일자리를 구해볼 참이었다. 12월 겨울방학이 시작되자
그는 아예 짐을 싸서 경성으로 왔다.

　　당신은 저녁식사 후에 미농지와 먹지, 그리고 볼펜을 가져오라 했다.
그러고는 작은 소반 앞에 고개를 숙이고 두 장의 문서를 만들었다. 하나
는 영생고보로 보내는 사표였고, 다른 한 장은 조선일보사로 제출한 입사
지원서였다.
　　나는 돌아온 당신이 그렇게도 대견스럽고 기뻐서 마치 나에게 큰 영광
의 길이라도 트인 양 두 어깨가 들먹들먹하면서 저절로 신바람이 났다.

　　자야 여사는 백석이 청진동 집에서 사표와 입사지원서를 썼노라고
술회한 바 있다. 『내 사랑 백석』에는 여름방학이 되자마자 청진동으로
왔다고 했지만 자야 여사가 그 시기를 혼동한 것 같다. 백석이 〈조선일

보〉에 다시 들어가는 날짜는 1939년 1월 26일이기 때문이다.

청진동 집에서 백석과 자야는 1938년 12월부터 1939년 12월까지 1년 남짓 동거생활을 했다. 이때 부모님이 살던 곳의 주소는 '경성부 서둑도리 656번지'였다. 이곳은 지금의 뚝섬이다. 청진동 집에는 친구 허준, 정근양이 거의 매일 놀러오다시피 하였다. 백석을 포함해 이 세 사람이 늘 붙어다니는 걸 보고 자야는 이렇게 말했다.

"세 분은 '산바가라쓰さんばがらす' 같아요."

이 말은 세 마리의 까마귀, 즉 '삼우오三羽烏'를 일본 말로 표현한 것인데, 매우 절친한 친구 삼총사를 가리키는 말이었다. 청진동 집에는 소설가 허준, 의사이며 수필가인 정근양, 극작가 함대훈과 영화감독 박기채도 가끔씩 들렀다. 자야는 『내 사랑 백석』에서 「남신의주 유동 박시봉방」에 나오는 "아내와 같이 살던 집"이 바로 청진동 집이라고 회고했다. 하지만 백석에게 자야는 '아내'보다 '연인'에 가까운 사람이었다.

비록 밖에서 화난 일이 있었어도 혼자 가만히 참고 있는 경우가 많았기 때문에, 나는 당신이 언제 화를 내고 있었는지조차 모를 때가 많았다. 그만큼 당신은 자신의 감정을 밖으로 내색하지 않았다.

말수도 적었고, 어떤 경우에도 남의 결점을 화제로 떠올리는 법이 없었다. 이런 당신의 성격은 다소 까다로웠던 편이라고나 할까. 물 한 방울, 종이 한 장조차 타인에게 신세를 지지 않으려고 했으며, 또한 비굴한 모습을 보이는 걸 가장 싫어했다.

자야 여사에 의하면 백석은 일본말 쓰는 것을 좋아하지 않았고, 밖으로 외출을 하자고 먼저 제안할 때가 거의 없었고, 사람을 사귈 때 먼저 주도해서 교제를 이끌어나가는 사교능력이 없었다. 기분이 상하거나 고향 친구들을 만날 때는 고향 사투리를 강하게 썼다. 가령 천장을 '턴정'으로, 정거장을 '덩거장'으로, 정주를 '덩주'로 쓰는 식이었다. 백석은 밥을 먹을 때 육류보다는 나물 반찬을 더 좋아했다고 한다.

한 번은 자야가 명동에 나갔다가 백석에게 잘 어울릴 것 같은 넥타이를 하나 사다주었다. 검은색 바탕에 다홍빛 빗금이 잔잔하게 그어진 넥타이였다. 그 후로 백석은 날마다 그 넥타이만 매고 출근을 하는 것이었다.

"그렇게도 좋으세요?"

하고 물으면 백석은 싱글벙글 웃으며 대답했다.

"이 넥타이 속에 당신이 들어 있는 것만 같아."

1월 26일 〈조선일보〉 출판부에 다시 입사한 백석은 《여성》지 편집주임으로 일하게 되었다. 〈조선일보〉는 신문이 어느 정도 반석 위에 올라서면서 1935년에 《조광》, 1936년에 《여성》을 잇달아 창간하면서 장안의 지가를 올리고 있었다.

백석이 재입사해서 처음 만든 《여성》 4월호가 발매한 지 사흘 만에 완전 매진되자 〈조선일보〉는 즐거운 비명을 질렀다. 5월호도 매진 행진을 계속했다. 잡지의 편집자로서 백석의 기획력이 유감없이 발휘되던 시기였다. 그는 대중들이 원하는 바를 일찍 간파하고 특집 원고를 발 빠르게 기획하고 청탁하는 데 남다른 능력을 과시했다. 이 무렵에 백석이 소설가 박종화朴鍾和에게 보낸 원고청탁 편지가 이태준李泰俊의 『서간문 강화』에 실려 있다. 이태준은 《문장》지 편집자로 일하면서 이 편지를 보관하고 있었다.

날사이도 옥체도玉體度 금안錦安하십기 앙축仰祝합니다. 전날 앙청仰請

한 수필 「생선과 채소」는 고대하옵다가 이번 달을 지내 보냈습니다. 다음 달 책에는 들어가도록 부디 써보내 주시옵기 복망伏望하옵니다. 그리고 또 별지別紙와 같이 '신여성新女性 편지틀'을 시작하옵는데 먼저 선생님께 두가지 제목으로 앙청합니다. 바쁘시고 또 이런 글을 쓰시기 대단 좋아하시지 않으시는줄 잘 아옵니다만 선생께서 사양하시고 피하시면 후진후배後進後輩는 어떻게 하겠습니까. 외람한 말슴 과히 허물하시지 마르시고 부디《여성》을 돌보시기 바라옵니다.

5월 7일
백석白石 배拜

4월호에 실린 「설야雪野 아비의 심경」은 독자들의 시선을 단번에 집중시킨 백석의 야심찬 기획이었다. 함흥에서 한 처녀가 그녀를 사모하던 청년의 칼에 찔리는 사건이 1월 말에 발생한 것을 백석은 알고 있었다. 피해자의 아버지는 당대의 이름난 문장가 한설야였다. 이 기획과 관련해《여성》4월호 편집후기에서 백석은 이렇게 밝혔다.

문단의 효장驍將 한설야韓雪野 씨氏의 따님이 불의不義의 칼에 맞은 일은 일반사회一般社會, 더욱히 문단사회文壇社會를 소연騷然케 하였는데 칼을 맞인 사람의 생사生死가 맞붙은 위급비참危急悲慘한 자리에서 문호文豪 설야雪野 씨氏는 눈물로 종이를 적시우며 절절切切한 문자文字를 이루었습니다. 딸을 가진 사람, 누이를 둔 사람, 또 자신自身이 남의 딸이요 누이인 사람 보고 몬저 울고 뒤에 머리숙여 생각할 문장文章입니다. 이 사건事件에 대對해서는 젊은 평론가評論家요 정정錚錚한 '저날리스트'요 그리고 '아비 설야雪野'의 친우親友인 한효韓曉 씨氏가 비판批判의 붓을 들었읍니다.

백석은 한설야를 위로하면서 마음속에 들어 있는 모든 것을 절절하게 써달라는 청탁을 하였다. 한설야는 큰딸에게 닥친 불운을 삭이면서 이렇게 말했다.

"내가 붓을 가진 것을 행幸으로 여깁니다."

함흥에서도 가끔 만나 문학을 이야기하는 사이였지만 이 일로 인해서 백석은 한설야와 더욱 돈독한 사이가 되었다. 1940년 《인문평론》 4월호에 한설야는 「문학풍토기」를 쓰면서 백석이 떠나고 없는 함흥의 거리는 어두운 밤에 별을 잃은 것 같다고 하면서 아쉬움을 달랬다. 남성적이면서 힘찬 '북방인'의 이미지를 가지고 있는 한설야가 이렇게 아쉬움을 토로한 것은 일찍이 찾아보기 힘든 일이었다.

백석은 일즉 이선희가 모던종족에 편입해논 사람이지만 이곳에 와서 점잖은 중학선생으로 있었는데 실은 그러면서도 문학인 아니 시인다운 정열로서 선생의 계선界線을 넘어 인간권내에 들어서기를 방해하는 주위 사정을 무릅쓰고 우리들과 찌르나마 문우로서 사귀여왔다. 그러나 결국 그 생활에 물려서 표연飄然히 떠나버렸다. 그 꿈을 지닌 백석이 북국의 '레알'을 죄다 가져갔는지는 우리의 소견이 믿지 못하는 바이지만 어쨌든 그 귀여운 '꿈'을 북방에 죄다 선사하지 못하고 가버린 것은 사실이다. 아까운 일이다. 흙 냄새나고 오줌 냄새 나고 살냄새 나고 혼향魂香이 풍기고 그리해서 구수하고 향긋하고 재치 있는 시를 주던 시인 백석이 설사 낭만이 없는 거리가 싫어서 가버린 것인지는 몰라도 이 꿈을 잊은 관북의 소조蕭條한 거리로 보면 그가 간 것은 암야暗夜에 별을 잃은 것같이 서운한 일이다.

　나중에 전쟁이 끝난 후에 한설야는 북한에서 조선작가동맹 중앙위원
회 위원장을 맡기도 하는데, 이때 북한에 남아 있던 백석을 뒤에서 돌봐
주는 역할을 하게 된다. 그 이야기는 뒤에서 좀 더 구체적으로 살펴보기
로 하겠다.

　5월에 이석훈이 함흥방송국을 그만 두고 조선일보사 출판부에 입사
해 《소년》 편집을 맡게 되고, 최정희는 8월에 삼천리사를 그만 두고 조
선문화사로 직장을 옮겼다. 최정희는 이 무렵 파인 김동환과 동거를 하
고 있었다.

　백석과 자야와의 동거는 순탄치 않았다. 경성으로 다시 돌아온 스물
여덟 살의 아들을 백석의 부모가 가만 두지 않았던 것이다. 바깥에서는
모던보이였지만 가족이라는 보수적인 지붕 밑으로 들어가면 지극히 무
력해지는 사람이 백석이었다.

　　1938년 12월 24일은 내 기억에서 영원히 지워버릴 수 없는 날이다. 아
　침 일찍 보통 때와 같이 신문사에 출근을 했는데 귀가할 시간이 훨씬 지
　나 늦은 밤이 되었는데도 당신은 돌아오지 않는다.

　자야가 정확하게 날짜까지 기억하는 12월 24일은 양력으로 1939년
2월 12일을 가리킨다. 이날 출근한 후에 백석은 청진동 집으로 돌아오
지 않았다. 일주일이 지나도 아무런 연락이 없자 자야는 불안해지기 시
작했다. 뭔가 심상치 않은 일이 그 사이에 생긴 게 틀림없었다. 그로부터
열흘쯤 지나서 백석은 청진동 자야에게 돌아왔다. 백석은 부모의 강요

로 충청북도 진천에 가서 선을 보고 장가를 들었던 것이다. 〈조선일보〉 2월 14일자 '시인산문'이라는 기획에 실린 수필 「입춘」은 저간의 사정을 짐작하게 해준다.

　　이번 겨울은 소대한 추위를 모두 천안 삼거리 마른 능수버들 아래 마젓다. 일이 잇어 충청도 진천鎭川으로 가던 날에 모두 소대한이 들엇던 것이다. 나는 공교로히 타관길에서 이런 이름 잇는 날의 추위를 떨어가며 절기라는 것의 신묘한 것을 두고두고 생각하엿다. 며칠내 마치 봄날가티 땅이 슬슬 녹이고 바람이 푹석하니 불다가도 저녁결에나 밤 사이 날새가 갑작이 차지는가 하면 으레히 다음날은 대한이 으등등해서 왓다. 그동안만 해도 제법 봄비가 풋나물 내음새를 피우며 날이고 땅이 눅눅하니 밈이 돌고 해서 이제는 분명히 봄인가고 햇는데 간밤 또 갑작히 바람결이 차지고 눈발이 날리고 하더니 아침은 또 쫑쫑하니 날새가 매찬데 아니나달까 입춘이 온 것이엇다. 나는 실상 해보다 달이 조코 아침보다 저녁이 조흔 것가티 양력陽曆보다는 음력陰曆이 조흔데 생각하면 오고가는 절기며 들고나는 밀물이 우리 생활과 얼마나 신비롭게 얼키엇는가.

　　절기가 뜰 쩍마다 나는 고향의 한울과 땅과 사람과 눈과 비와 바람과 꼿들을 생각하는데 자연이 시골이 아름답듯이 세월도 시골이 아름답고 사람의 생활도 절대로 시골이 아름다울 것 갓다. 이번 입춘이 먼 산 넘어서 강 넘어서 오는 때 우리 시골서는 이런 이야기가 왓다. 우리 고향서 제일가는 부자가 요지음 저 혼자 밤에 람포불 아래서 술을 먹다가 람포가 터지면서 불이 옷에 다어 그만 타죽었다 햇다. 평소 인색하기로 소문난 사람인데 술을 먹되 누구와 가티 동무해 먹지 안헛고 전등이나 켤 것인지 람포를 켯다가 변을 당햇다고 하는 시비가 이야기에 덧못어 왓다. 또 하나는 역시 우리 고향에서 한 때는 남의 셋방사리를 하며 좁쌀도 되술이로 마터먹고 지나든 사람이 금광金鑛에 돈을 모고 얼마 전에는 자가용 자동차를 사들엿다는 이야긴데 여기에는 또 어떤 분푸리 가튼 기운이 말끄테에 채이엇다.

오는 입춘과 가티 이런 이야기를 마즈며 나는 생각햇다. 내 시골서는 요지음 누구나 다들 입을 삐치거나 솜씨를 써가며 이 이야기들을 할 것인데 그럴 때마다 돈과 목숨과 생활과 경우와 운수 가튼 것에 대해서 컴컴하니 분명치 못한 생각들이 때로는 춥게 때로는 더웁게 그들의 마음의 바람벽에 바람결가티 부디치고 지나가는 즈음에 입춘이 마을 압벌에 마을 어구에 마을 안에 마을의 대문간들에 온 것이라고.

이런 고향에서는 이번 입춘에도 멧 번이나 '보리 연자 갓다가 얼어 죽엇다'는 말을 하며 입춘이 지나도 추위는 가지 안는다고 할 것인가. 해도 입춘만 넘으면 양지발은 둔덕에는 머리칼풀의 속엄이 트는 것이다. 그러기에 입춘만 들면 한겨울내 친햇던 창애와 설매와 발구며 꿩 노루 토끼에 멧돼지며 매 멧새 출출이들과 떠나는 것이 섭섭해서 소년의 마음은 흐리엇던 것이다. 놉고 무섭고 쓸쓸하고 슳흔 겨울이나 그래도 가깝고 정답고 즐겁고 흥성흥성해서 조흔 겨울이 그만 입춘이 와서 가벌이는 것이라고 소년은 슬펐든 것이다.

그런 소년도 이제는 어느듯 가고 외투와 장갑과 마스크를 벗기가 가까워서 서글픈 마음이 업듯이 겨울이 가서 슬퍼하는 슬품도 가벌엇다. 입춘이 오기 전에 벌써 내 설매도 노루도 멧새도 다 가벌인 것이다.

입춘이 드는 날 나는 공일무휴空日無休의 오퓌쓰에 지각을 하는 길에서 겨울이 가는 것을 섭섭히 녁이지 못햇으나 봄이 오는 것을 즐거히 녁이지는 안헛다. 봄의 그 현란한 낭만과 미 아페 내 육체와 정신이 얼마나

"나, 만주로 가기로 결정했어!"
둘 사이에는 찬바람이 쌩쌩 불었다.
백석은 한숨을 푹푹 내쉬며 말했다.
"당신은 죄 없이 쫓겨 다니며 고생하고 있고,
나 또한 집에 들어가서 편안히 등을 붙일
단 한 칸의 방이 이 땅에는 없어요!"

약하고 가난할 것인가. 입춘이 와서 봄이 오면 나는 어쩐지 까닭모를 패부敗負의 그 읍울悒鬱을 느끼어야 할 것을 생각하면 나는 차라리 입춘이 없는 세월 속에 잇고 십다.

이 해 소한은 1월 6일, 대한은 1월 21일, 그리고 입춘은 2월 5일이었다. 자야가 기억하는 12월 24일은 양력으로 2월 12일이므로 백석이 행방을 감춘 날이 아니라 청진동으로 돌아온 날로 유추해볼 수 있다. 백석은 이 수필을 2월 6일에서 11일 사이에 써서 신문사에 넘긴 뒤 12일경에 자야를 찾아갔을 것이다.

밤이 깊어갈 무렵 난데없이 청진동 집에 들어선 백석은 갑자기 전등불을 꺼버렸다. 자야에게 미안해서 고개를 들 수 없었던 것이다. 그는 부모님 때문에 두 번째 장가를 들었다가 면목이 없어 그동안 부모님 댁에서 머물렀다고 실토했다. 두 번이나 결혼을 하고 뻔뻔하게 돌아온 백석을 보며 자야는 피가 거꾸로 솟는 것 같았다. 남의 지아비가 된 백석을 원망하면서 마구 독설을 퍼부어대고 싶었다. 하지만 자야는 결국 그 말을 하지 못하고 눈물을 펑펑 쏟았다.

그때 백석이 말했다.

"나, 아무것도 변한 게 없어!"

이렇게 다시 복원된 청진동에서의 동거생활은 평탄하지 못했다. 백석의 부모들이 이들의 동거를 못마땅하게 여기고 자야에게 내 아들을 돌려보내달라는 전갈을 보내오기도 했다. 자야는 견디기 힘들었다. 한편으로 가족들은 어엿하게 일본 유학을 마친 아들이 기생하고 같이 사는 것을 용납할 수 없었다. 백석의 아버지 백영옥은 조선일보사 사진반 촉탁으로 들어가 영업국 감독으로 옮겼다가 1월 20일자로 사직한 터였다.

당시 조선 사람들의 평균연령이 39세라는 점을 감안하면 아버지는 그때 64세로 이미 상당한 고령이었다.

『내 사랑 백석』에서 자야 여사는 백석이 세 번이나 장가를 들고 자신에게 돌아왔다고 밝힌 바 있다. 그런데 자야 여사의 증언과 충북 진천을 다녀온 뒤에 쓴 수필 「입춘」의 발표 시점을 비교해보면 시간적인 오차가 존재한다. 자야 여사는 1938년 12월 24일(양력 2월 12일) 출근한 뒤에 집으로 돌아오지 않았고, 그 이후 조선생이라는 사람이 찾아와서 백석이 두 번째 장가를 들었다는 사실을 알렸다고 했다. 이에 충격을 받은 자야는 백석이 진천으로 출장을 다녀오겠다고 하고 떠난 다음 날 명륜동으로 집을 옮겼고, 이로부터 한 달 후 몹시 추운 어느 겨울밤에 백석이 세 번째 결혼을 하고 그녀를 찾아왔다는 것이다. 여기에서 자야의 착각이 발생했다. 백석이 진천으로 떠난 시점과 돌아온 시점을 착각하면서 세 번 결혼을 했다고 결론을 내린 것으로 보인다. 자야 여사의 글을 전적으로 수용한다고 해도 백석은 두 번 억지 결혼을 하고 그녀에게 돌아온 게 확실하다.

일제강점기까지 유교적 가치와 규범 아래 놓여 있던 결혼 풍습은 결혼 당사자의 행복을 우선시하는 게 아니라 의무적인 가족의 구성을 중시하였다. 중매결혼의 경우 배우자 선택의 권리는 전적으로 부모에게 있었다. 신랑과 신부가 맞선도 보지 않고 부모의 결정에 의해 혼인을 해야 하는 경우가 파다했다. 강제적인 결혼 풍습 때문에 늘 대상화되는 것은 여성들이었다. '모던걸'이라 부르던 신여성들은 결혼과 연애가 별개라는 연애지상주의를 주장하기도 했지만, 가부장제 사회의 전통적인 사고에 젖어 있던 여성들은 결혼의 주체로 나설 기회가 없었다. 《삼천리》 1931년 5월호에 실린 「실락원失樂園」이라는 글은 당시에 실연과 강제결혼이 여성에게 얼마나 혹독한 고통을 안겨주었는가를 잘 말해준다.

　　지난 4월 8일 경인선 오류동에서 철도자살한 리화전문학교 문학과 학생 홍옥임 양이 죽기 전 몇칠 전에 그의 한때의 애인이든 P씨에게 보낸 글월의 일절이 이것이다. P씨는 시내 모 고등보통학교 5학년에 재학하는 키는 조고마하고 살빛 가무수룸하지만은 홍옥임 양 자신이 친구에게 하든 그 말투를 빌건대 "엇저면 그러케 친절하고 handsome하냐" 하든 분이엇다. 그러나 두 분의 압헤는 '낙원'은 문을 구지 닷고 여러주지 안엇든가. 아름다운 용모, 나 젊은 청춘, 호화로운 명문의 집 따님이라는 지위까지도 모다 보잘 것 업는 물건이 되어 그는 끗끗내 사랑을 일은 외기럭이 되엇다. 추야장 깁혼 밤에 구만리 저장공을 외로히 날려가는 외기려기 처량하고 애연한 외마대 우름소리, 바로 이 노래의 일절이 아닐는가. 실련의 괴로운 그물에든 그의 갈 길은 오직 무덤뿐이엇다.

　　그때 이 무덤의 문을 가치 두다리려고 이러선 동무가 잇섯스니 그가 즉 김룡주金龍珠 양이엇다. 그는 동덕녀학교를 다니다가 부모의 강제로 시집을 가서 결혼생활에 들엇스나 거기에는 눈물 이외에 아모란 것이 업는 것을 발견하고 식거먼 죽엄의 가슴속에 안기려 하엿다. 철로길뚝에 흘니어진 두 젊은이의 피, 그는 락원을 찻다가 찻지 못하고 바람에 사라진 두 떨기의 꼿이라 할가.

　　우리는 백석이 결혼을 파탄내고 버리고 떠난 여성들의 삶이 그 후에 어떠했는지 알지 못한다. 하지만 결혼이라는 형태로 잠시나마 백석과 맺어졌던 그들의 삶이 황당하고 참담했을 거라고 짐작하는 일은 어렵지 않다. 아무리 부모의 강권에 의한 결혼이라고 하더라도 백석은 상대 여성의 결혼에 대한 일말의 기대와 환상을 여지없이 깨뜨려버렸다. '낙원'을 찾아주지는 못할망정 아예 '낙원'으로 가는 문을 걸어 잠근 채 두 번이나 애인을 찾아간 이가 백석이었다. '모던보이'의 윤리성의 파행을 근대성의 파행이라고 변명하기엔 찜찜한 감이 없지 않다.

자야는 김숙金淑이라는 필명으로 1939년 《삼천리》 6월호에 「덕왕德王의 인상」과 「취객」이라는 두 편의 짧은 수필을 발표했다. 《삼천리》 발행인 김동환이 자야에게 직접 청탁해서 '문학기생의 작품'이라는 꼭지를 만들었고, 이 잡지 222쪽에서 223쪽에 걸쳐 그녀의 원고를 실었다.

아츰부터 날이 흐리고 유난이 바람이 차서 밖앗을 나가기 두려워하고 종일토록 내 방 아래 꿀혀서 해빛을 못 보고 해가 저물었다. 오후 5, 6시가 되면 매일같이 오는 인력거가 끔직하니 생각된다.

어김이 없는 약속 시간에 나는 명월관明月館에를 가서 오늘은 또 손님이 누구인가 하고 궁금하였다.

의외 몽고蒙古 덕왕德王 환영 연회라 하여 어듸 그 덕왕德王을 좀 보고 싶은 생각에 2, 3 동모와 수근대며 기다렸다. 뜻밖게 덕왕은 삼만 같은 머리를 따 내리우고 청떡를 질근 띄고, 환두 차고 옥보물을 주렁주렁 달고 그 무슨 오랜 옛사람을 보는 것 같어야 더욱 엄숙해 보인다.

설마 지금 세상에 덕왕이 아직도 머리를 땃코 있으리라고는 생각지 않었다.

거기서 조선 여흥을 소개하기 위하여 춤도 추고 노래도 불넜다. 덕왕은 점잔은 태도에 팔장을 딱 끼고 앉어 무언으로 한참 심각히 보드니 조선말 소리와 풍속은 지나支那 몽고蒙古에 비슷하다고 반가운 낯을 띄우고 말하였다.

나는 무슨 옛날 역사나 듯는 것 같아여 한층 더 친절미가 생겼다.

내가 손을 들어 악수를 청한즉 같이 손을 들어 반갑게 악수를 하였다. 나는 부지敷紙 한 장과 붓에 먹을 찍어 들고 싸인을 또 청하였으나 그는 거절치 않고 '복福' 자 한 자를 써서 주며 이것은 복이 있으란 말이다 하고 다정히 통역까지를 하여주는 것이 얼마나 고마웁고 황송한지 모르겠다.

나는 황송한 마음에 바다가지고 와서 쓸쓸한 내 방 벽에다 걸어놓고 그 충충 따 내린 덕왕의 머리와 그 점잔은 태도에 단아한 인상을 그려본다.

아 - 그는 과연 위인이더라.

—「덕왕德王의 인상」 전문

눈이 펄펄 날이는 밤 두시. 쓸쓸한 큰 거리를 세 동무가 작반하여 세 입을 모아 자미있게 떠들며 돌아오는 도중 어떤 골목에서 술이 갑북 취한 청년이 몸을 간우지 못하고 빗척빗척 떠나쓸 듯이 나오다가 전주電柱에 딱 부딋고 눈 우에 너머저 맞치 병드른 큰 즘성같이 업흐러진 체 다만 업드렸다.

두 동모는 남자가 너머 호취好酒하면 여자를 사랑할 줄 모른다고 경험담 비슷 비결을 말하였다. 그 말도 무리는 아니다. 우리가 매야每夜 친하는 취객은 넘우도 무지無智하니까 가없으니까. 그러나 그가 너머진 눈 우에는 포켇트에서 샛빨안 밀감이 주루룰 헤여졌다.

아 - 얼마나 선량한 남성이냐. 억망 취하야도 다만 한 개라도 주머니에 너어 가지고 집에 도라가면 그 가정은 얼마나 정이 있는 화목할 것인가. 고만한 진실과 애정 있는 선량한 남성이 그리 흔한 일이 안이겠다.

—「취객」 전문

자야는 귀찮고 역겨운 백석과의 관계를 정리하려고 작심하고 중국 상해로 떠났다. 그러다가 그녀의 표현대로라면 "비천한 여자로서 분에 넘치는 행복을 누려온 것"이라는 죄의식에 시달리면서도 백석에 대한 그리움 때문에 달포 만에 경성으로 돌아왔다. 책상 위에는 백석이 보낸 쪽지가 수북하게 쌓여 있었다. 갑자기 행방을 감춰버린 연인을 그는 애타게 찾으며 기다리고 있었던 것이다.

　바로 그날 밤 백석이 찾아왔다.

　"나, 만주로 가기로 결정했어!"

　둘 사이에는 찬바람이 쌩쌩 불었다. 백석은 한숨을 푹푹 내쉬며 말했다.

　"당신은 죄 없이 쫓겨 다니며 고생하고 있고, 나 또한 집에 들어가서 편안히 등을 붙일 단 한 칸의 방이 이 땅에는 없어요!"

　자야는 신징으로 같이 떠나자는 백석의 제안을 단호하게 거절했다. 눈물을 펑펑 쏟으며 우는 자야를 뒤로 하고 백석은 일체 뒤를 돌아보지 않고 자야에게서 멀어져갔다. 이것이 백석과 자야의 마지막이었다. 1939년이 저물어가고 있었다.

화가 정현웅

　《여성》을 편집할 때 백석은 평생의 친구가 되는 사람을 하나 만났다. 정현웅이었다. 〈동아일보〉에서 삽화를 그리다가 1936년 12월에 〈조선일보〉 출판부로 자리를 옮긴 정현웅은 서울 종로구 궁정동에서 태어났다. 그가 태어난 집은 지금의 청와대 영빈관 자리 부근이었다. 경성제2고보에 재학 중이던 1927년 제6회 조선미술전람회에 입선하며 두각을 나타내기 시작해서 그 후에도 수차례 입선과 특선을 거듭했다. 일본으로 미술 공부를 하려고 떠났으나 어려운 가정형편에다 건강이 좋지 않아 귀국한 그는 백석보다 나이가 두 살 더 많았다.

　정현웅은 백석의 옆자리에 앉아 《조광》 《여성》 《소년》의 삽화와 표지화를 도맡다시피 하고 있었다. 그는 홍명희의 『임꺽정』, 윤석중 동시집 『굴렁쇠』 등 수많은 책의 삽화를 그렸다. 특히 《여성》지의 표지화는 신여성들의 다양한 표정과 복장을 과감하게 등장시켜 당시 여성 독자들의 뜨거운 관심을 불러일으켰다. 단행본 도서 장정에 뚜렷한 변화를 몰고 온 것도 정현웅이었다. 박태원의 『소설가 구보씨의 일일』은 표지 전면을 대담하게 원고지 모양으로 구성했고, 정노식의 『조선창극사』는 봉황과 구름 문양이 들어간 민화 기법을 활용하기도 했다. 해방 후에 나온 『한하운시초』나 황순원의 『목넘이 마을의 개』의 장정에도 그의 예술혼이 스며 있다. "정현웅의 이름 앞에는 여러 가지 수식어들이 놓였다. '조선미전특선화가', '혜성처럼 등장한 삽화가', '당대 최고의 장정가', '날카로운 미술 비평가', '고분벽화 모사가', '출판미술의 개척자', '아동미술의 대가' 등등. 정현웅은 한국 근대미술사 속에서 실로 다양한 활동을 펼쳤다."(신수경·최리선, 『시대와 예술의 경계인, 정현웅』, 돌베개, 2012)

정현웅은 어려서부터 몸이 약했고, 사람들과 어울려 노는 것을 달가워하지 않았다. 마치 우울을 몸에 두르고 사는 사람 같았다. 백석은 평소에 말이 없고 내성적인 성격의 정현웅을 좋아했다. 정현웅도 그랬다. 무엇보다 두 사람은 예술적 안목과 시대를 읽는 눈이 일치했다. 친일의 바람이 문화예술계와 언론계에 불어닥칠 때 한 사람은 시인으로, 또 한 사람은 화가로서 예술가의 자세를 고민했다. 결론은 어떤 일이 있어도 친일의 진흙탕 속에 뛰어들면 안 된다는 것이었다. 백석과 정현웅은 민족주의자도 사회주의자도 아나키스트도 아니었다. 그들은 반일감정을 가지고 있었다는 점에서는 민족주의자였고, 구속 받지 않는 연애를 꿈꾸던 청년들이라는 점에서는 자유주의자들이었다. 또한 그들은 주변의 숱한 사회주의자들과도 친밀하게 교유하고 있었다.

정현웅은 1939년 7월에 나온 《문장》지 특집호에 친구 '미스터 백석'의 그림을 그려 싣는다. 펜으로 백석의 옆모습을 그리고 나서 짧은 글을 덧붙였다. 이 글은 짧지만 백석의 이미지를 매우 압축적이면서 적확하게 표현하고 있다.

이것은 청년시인靑年詩人이고 잡지雜誌 '여성女性' 편집자編輯者 미스터 백석白石의 프로필이다. 미스터 백석白石은 바루 내 오른쪽 옆에서 심각深刻한 표정表情으로 사진寫眞을 오리기도 하고 와리쓰게도 하고 있다. 그래서 나는 밤낮 미스터 백석白石의 심각深刻한 프로필만 보게 된다. 미스터 백석白石의 프로필은 조상彫像과 같이 아름답다. 미스터 백석白石은 서반아西班牙 사람도 같고 필립핀 사람도 같다. 미스터 백석白石도 필립핀 여자女子를 좋아하는 것 같다. 미스터 백석白石에게 서반아西班牙 투우사鬪牛士의 옷을 잎이면 꼭 어울릴 것이라고 생각한다. 이하략以下略……

'와리쓰게ゎりつけ'는 일본말로 원고를 배치하고 사진이나 그림의 위치를 조정하는 레이아웃을 말한다. 그 당시에는 책이나 신문을 편집할 때 일일이 손으로 작업을 해야 했으므로 세밀한 집중이 필요했다. 그래서 정현웅이 보기에 백석은 늘 심각한 표정을 하고 있었던 것이다. 정현웅은 백석이 깎아놓은 조각상 같다고 하거나 이국적인 미남형으로 묘사한다. 그것은 친구로서 좋은 감정을 가지고 있음을 넌지시 나타낸 것이다. 문장마다 '미스터 백석'이라는 말을 반복하는 것을 보면 마치 백석이 즐겨 사용하는 반복과 열거라는 시의 기법을 차용한 것처럼 여겨지기도 한다.

백석은 이 무렵 뚝섬으로 이사를 가서 '경성부 서둑도리 656번지'에 살고 있었다. 정현웅은 10월 14일 이화여전 출신으로 피아노를 전공한 남궁요안나와 평양 신공회당에서 결혼식을 올렸다. 주례는 함흥 영생고보 교장이었던 김관식 목사였다. 이때 이석훈과 김규택이 하객으로 참석했다고 한다.(『정현웅전집』, 청년사, 2011)

정현웅은 결혼 후에 경성의 새로운 개발지역인 뚝섬으로 이사를 했다. 함께 근무하던 백석이 혼자 사는 게 적적하니까 이사를 오라고 조르

다시피 한 것이었다. 정현웅 부부는 은행 대출을 받아 백석의 바로 옆집을 사서 신혼살림을 차렸다. 주소는 '경성부 서둑도리 657-57호'였다. 새로 주택을 짓고 길을 내면서 뚝섬이 막 개발될 때였다. 뚝섬에서 조선일보사로 출퇴근할 때 정현웅과 백석은 궤도차를 이용했다. 남궁요안나는 그 무렵 수시로 백석이 집을 들락거리며 남편과 술잔을 기울였다고 회고한 적이 있다.

1938년 '국가총동원법'을 제정해 조선을 전시 체제로 바꾼 일제는 1939년 7월 8일 '국민징용령'을 공포했다. 일제는 조선인들의 저항이 두려운 나머지 처음에는 '노동자 모집'이라는 그럴 듯한 말을 앞세워 노동력을 징발하였다. 조선의 청년들을 전쟁터로 유인하기 위한 강제징용의 서막이 오른 것이었다.

일제의 검은 손이 목을 죄어오기 시작하자, 8월 31일 신현중은 조선일보사를 사직하고 통영으로 낙향했다. 계속 신문사에 남아 있다가는 일본의 침략 전쟁을 미화하는 글을 쓰지 않을 수 없을 것 같아서였다. 신문사의 다른 간부와 동료들에게도 욕을 당하기 전에 그만두고 다른 길을 찾아보라고 권했다고 한다.

신현중이 떠난 〈조선일보〉에 원고를 게재해도 되겠다고 생각한 것일까. 백석은 〈조선일보〉 9월 13일자에 시 「안동安東」을 발표했다. 이 원고의 끝에는 퇴고를 마무리한 날짜 '9월 8일'이 적혀 있다. 이 무렵에 신의주 건너 중국의 안동을 왜 다녀왔는지를 알려주는 단서가 될 만한 기록은 없다. 다만 추측건대 이때 백석은 이미 조선일보사를 떠날 결심을 하고 있었던 것 같다. 취재를 평계로 출장을 다녀왔을 가능성도 있으나 출장지의 행적을 담은 글을 쓴 적이 없다. 만주행을 염두에 두고 일자리를 알아보기 위해 경의선을 타고 안동으로 갔을 공산이 크다.

이방異邦 거리는
비 오듯 안개가 나리는 속에
안개 같은 비가 나리는 속에

이방異邦 거리는
콩기름 쫄이는 내음새 속에
섶누에 번디 삶는 내음새 속에

이방異邦 거리는
도끼날 벼르는 돌물레 소리 속에
되광대 켜는 되양금 소리 속에

손톱을 시펄허니 길우고 기나긴 창꽈쯔를 즐즐 끌고 싶었다
만두饅頭꼬깔을 눌러쓰고 곰방대를 물고 가고 싶었다
이왕이면 향香내 높은 취향리梨 돌배 움퍽움퍽 씹으며 머리채 츠렁츠
렁 발굽을 차는 꾸냥과 가즈런히 쌍마차雙馬車 몰아가고 싶었다

호기심 어린 여행자의 시각이 시를 지배하고 있다. 안둥은 압록강을
사이에 두고 신의주와 마주보고 있는 낯선 중국 땅인데 거기서 만나는
풍경을 백석은 방랑자가 아니라 시인의 눈으로 관찰하였다. 마지막 연
에 '~고 싶었다'는 말이 세 번이나 반복이 된다. 이것은 백석이 만주에서
중국인들과 부대끼며 살아갈 자신을 미리 상상하면서 어떤 긍정적인 기
대를 하고 있다는 뜻으로 해석이 된다. 마지막 연의 행갈이 역시 신문 조

판 과정에서 시인의 의도와 다르게 짜인 것으로 보인다. 3행을 7행 정도로 나누어 읽어야 할 것이다.

1965년에 안둥은 지금의 '단둥丹東'으로 바뀌었다. "중국정부가 북중 국경조약 및 의정서 체결을 계기로 동맹인 북한과의 평등·우호 관계를 고려하여 봉건시대 중국 왕조가 화이사상華夷思想에 기초하여 '동쪽의 오랑캐를 안정시킨다'는 의미로 쓴 '安東'이라는 지명을 버리고 丹東으로 바꾼 것이다. 이로써 서기 668년 당나라가 신라와 함께 고구려를 멸망시키고 그 위에 안동도호부를 두면서 생긴 이 명칭이 사라졌다."(이종석, 『북한-중국 국경 획정에 관한 연구』, 세종연구소, 2014)

1939년 10월 21일 백석은 결국 조선일보사를 사직했다. 그 자리는 《소년》을 편집하던 이석훈이 이어받았다. 당시 일제는 조선총독부의 통치 방침에 전적으로 협력할 것을 강요하면서 언론 통제를 강화하고 있었다. 이에 따라 일제에 협력하는 문인들이 눈에 띄게 늘어나면서 공공연하게 내선일체의 길로 조선을 내모는 글들을 앞다투어 발표했다.

10월 29일 조선문인협회의 결성을 앞두고 백석에게도 분명히 함께 참여하자는 제안이 있었을 것이다. '새로운 국민문학 건설과 내선일체의 구현'을 목표로 결성한 조선문인협회는 대표적인 친일문학인 단체였다. 초대 회장은 소설가 이광수, 간사에 모모세 치히로百瀬千尋·스기모토 나가오杉本長夫·가라시마 쓰요시辛島驍·쓰다 다카시津田剛 등 일본인과 김동환·정인섭·주요한·이기영·박영희·김문집 등의 조선 문인이 뽑혔다. 이 밖에도 정지용·김기림·최재서·이태준·백철·임화·김억·김동인·김기진·박영희·함대훈·이석훈·최정희·모윤숙·노천명 등 백석 주변의 알 만한 문인들은 거의 다 여기에 참여하고 있었다. 이들은 전장의 장병들에게 위문편지 쓰기, 전쟁 지원을 위한 '문예의 밤'과 전국

순회 강연회 개최, 육군지원병훈련소 방문, 지식인의 전쟁 지원을 촉구하는 내용의 성명서를 발표하면서 일본제국주의의 나팔수 노릇을 하게 된다.

만주로 떠나기로 마음을 굳히고 홀연 사표를 던진 백석은 10월부터 국내 잡지와 신문에 여러 편의 시를 발표했다. 《문장》 10월호에 실린 「함남도안咸南道安」은 함흥 시절 신흥선 협궤열차를 타고 부전호반을 여행했던 경험을 쓴 것이었다. 신흥선은 함흥에서 내륙 쪽으로 부전군까지 이어진 철도였다. 백석은 고향인 평안도 구장군과 영변군 지역으로도 여행을 다녀왔다. 묘향산과 영변 쪽 산골을 둘러보며 휴식도 좀 취할 생각이었다. 그러고 나서 '서행시초西行詩抄' 연작 4편을 〈조선일보〉 11월 8일자부터 11일자까지 한 편씩 발표했다. 「구장로球場路」 「북신北新」 「팔원八院」 「월림月林장」이 그것이다.

이후 백석은 조선일보사와의 인연을 접는다. 1940년 〈조선일보〉와 〈동아일보〉에 대한 강제폐간 조치로 발표지면이 없어졌기 때문에 백석이 이 신문들에 글을 실을 기회가 사라진 것이었다. 여기에 하나를 더한다면 방응모 사장을 비롯한 '조선일보 사람들'의 파렴치한 친일행위에 대해 백석은 수긍할 수 없었고 더욱이 동조할 수는 없었기 때문이다.

백석은 "내지인 주재소장 집에서/ 밥을 짓고 걸레를 치고 아이보개를 하면서/ 이렇게 추운 아침에도 손이 꽁꽁 얼어서/ 찬물에 걸레를 쳤을" 계집아이를 보며 인간적인 연민을 느끼기도 하지만 평안도 산간마을에서 오히려 삶의 생동하는 기운을 체험하기도 한다. 그는 한 수필에서 "자연이 시골이 아름답듯이 세월도 시골이 아름답고 사람의 생활도 절대로 시골이 아름다울 것 같다."고 말한 바 있다. 세월과 사람과 생활이 아름다운 곳에서 그가 발견한 것은 현지의 음식이었다. 이때 발표한 시에 등장하는 음식들은 다음과 같다.

> 쩔쩔 끓는 구수한 귀리이차, 칠성고기라는 고기, 쏘가리, 따끈한 삽십
> 오도 소주, 시래깃국에 소피를 넣고 두부를 두고 끓인 구수한 술국, 털도
> 안 뽑은 도야지고기, 모밀국수, 멧도야지, 도토리묵, 도토리범벅, 강낭엿,
> 햇기장 쌀, 기장차떡, 기장차랍, 기장감주, 기장쌀로 쑨 호박죽

소래섭은 『백석의 맛』(프로네시스, 2009)이라는 책에서 음식이 단순히 허기를 채워주는 물질적이고 육체적인 것에만 그 의미를 국한시키지 않는다고 했다. 그는 미국의 저술가 피셔의 글을 인용하면서 음식에는 인간의 주체를 구성하는 '육체', '욕망', '영혼'이 모두 관련되어 있다는 분석을 내놓았다. "인간의 '안'은 육체만을 의미하지 않는다. 거기에는 욕망과 영혼 또한 포함된다. 마찬가지로 인간의 '밖' 또한 여러 가지가 될 수 있다. 신체를 통해 흡수되는 것이 물질이라면, 욕망을 통해 흡수되는 것은 어떤 욕망이나 정서이고, 영혼을 통해서는 그 음식이 지닌 영혼이나 정신이 흡수된다. 음식을 통해 '나'라는 주체를 이루는 모든 것과 외부 세계를 구성하고 있는 모든 것이 만나게 되는 것이다."

백석이 유난히 음식에 집착했던 이유는 일제강점기의 궁핍한 현실을 반영하기 위한 의도도 아니고 음식을 통해 민족정신을 회복하기 위한 것도 아니었다. 백석에게 음식은 음식에서 파생되는 갖가지 감각을 활용해 시적 리얼리티를 확보하는 데 중요한 재료였다. 그는 민족적인 것의 원형, 혹은 정체성을 탐구하는 데 시적 열정을 바친 시인이었다. 백석에게 음식은 역사성의 현실적 현현으로서의 의미가 컸다.

나는 만주로
떠나련다

일본에 적극적으로 협력하기 시작한 대표적인 문인이 이광수였다. 한때 민족을 개조해 독립을 쟁취해야 한다고 믿었던 그는 1938년 10월 중국 양자강 중류의 무한삼진武漢三鎭이 일본군의 수중에 들어가면서부터 입장을 바꿨다. 조선 독립의 꿈을 포기하고 내선일체를 통해 조선인과 일본인이 평등하게 사는 게 현실적이라고 내다봤던 것이다. 그는 "문학도 국가의 문화의 일부분이다. 그리고 나는 일본인이다 하는 데서 조선 문학의 태도가 결정될 것이라고 믿는다."고 하면서 "조선인 전체를 일본화하는 일에 전심력을 바치고" 문인들이 '문화전선의 병사'가 되어야 한다고 촉구했다. 이러한 논리는 김동환·백철·최재서·박영희 등의 문인을 통해서 확산되었고, 그들은 전쟁을 이기기 위해 조선의 청년들이 될수록 많이 지원병 신청을 해야 한다는 글도 서슴지 않고 발표했다.

일제는 황국 신민으로서의 역할을 하지 않는 사람들에게는 '비국민'이라는 굴레를 씌워 분리하는 정책을 폈다. 식민지를 철저하게 이분법적으로 나누어 통치하겠다는 발상이었다. 그것은 백석이 보기에 굴종을 요구하는 것이었다. 백석은 '내선일체'를 강요하며 빠르게 미쳐가는 조선에서 더 이상 버텨낼 재간이 없었다. 조선과 일본은 엄연히 민족과 언어가 다른데도 그 둘을 하나로 여기라니 기가 찰 노릇이었다. 경성에 계속 남아 있다가는 '내선일체'의 수렁으로 빠져들 게 뻔했다.

그 무렵 만주의 신징新京에는 일본의 괴뢰정부인 만주국이 들어서 있었다. 만주는 정부를 성립할 때부터 건국이념으로 '오족협화五族協和' 정책을 내세우고 있었다. 한족, 만주족, 몽골족에 조선인과 일본인이 서로 힘을 합치고 화합하며 지내자는 슬로건이었다. 그리하여 서양 패권주의에 맞서는 이상적인 통치 체제를 설계하였는데, 그것이 바로 만주국 황제를 중심으로 '왕도낙토王道樂土'를 건설한다는 구상이었다. 실제로 그것들은 일본이 만주국을 식민화하는 과정에서 만들어진 허울 좋은 명분일 뿐이었다.

'만주로! 만주로! 이주 개척 일세기에 무변광야를 옥답화'

'80만 재만 동포의 역사적 위업'

〈조선일보〉는 1939년 1월 1일자에 '조선인의 대륙 진군보'라는 신년 특집기사를 내보냈다. 위와 같은 제목을 뽑고 만주 이민자를 '개척민'이라고 지칭하며 이민을 장려하는 데 앞장섰다. 일본의 만주정책에 동조하는 이러한 논조는 조선에서 '만주 붐'을 불러일으켰다. 항일 무장독립 운동의 본거지였던 만주 대륙이 일확천금을 꿈꾸는 자들에게는 기회의 땅으로, 헐벗고 가난한 농민들에게는 드넓은 옥토가 기다리는 곳으로 인식되기 시작했다.

조선의 지식인들 눈에도 만주라는 땅이 하나의 숨통처럼 여겨졌다. 만주도 일본 관동군의 지배하에 있었지만 '내선일체'를 강요하는 국내 사정에 비해서는 그나마 나아 보인 것도 사실이었다. 문인들의 경우는 특히 그랬다. 국내에서는 조선어로 쓴 작품을 발표하는 일이 어려워졌을 뿐만 아니라 시인과 작가들이 대놓고 친일작품을 쓰는 일이 이미 대세를 이루고 있었기 때문이다.

'만주에서는 조선 사람한테 일본인이 되라고 하는 일은 없을 거다.'

백석은 일제의 강압으로부터 피신할 곳으로 만주를 선택했다. 그것은 봉건적인 유습에서 빠져나오지 못하는 조선을 떠나 부분적으로나마 자유를 찾는 일이었다. 또한 한 사람의 시인으로서 만주라는 대륙의 오랜 역사 위에 몸을 던짐으로써 북방의 낯선 공기를 흡입하며 문학적 상상력을 보충할 수 있는 기회가 될 수 있을 거라고 생각했다. 만주에서는 적어도 굴욕적인 집필활동을 해야 하는 상황은 피할 수 있을 것 같았다.

1940년 2월 초에 백석은 만주국의 수도인 신징에 도착했다. 《문장》지 2월호에 발표될 시 「목구木具」를 마지막으로 기고한 뒤였다. 낯선 여행지나 자신의 거주지에서 발견하는 시적 소재를 곧잘 시에 끌어들이는 백석의 태도에 비춰보면 시 「목구」는 만주를 떠나기 전에 쓴 것으로 볼 수 있다. 이 시에서는 만주 체험의 흔적이 드러나는 게 아니라 어린 시절 고향의 기억에서 시를 길어올리고 있기 때문이다.

만주로 이주한 시점에 대해서는 '1939년 말'과 '1940년 1월'이라는 두 가지 의견이 제출된 바 있다. 하지만 여러 가지 자료와 상황을 검토해보면 백석이 1940년 2월에 신징으로 간 것이 확실해 보인다. 또한 자야 여사는 백석이 만주로 떠나고 나서 명륜동 집에서 "한시도 머무르고 싶은 생각이 없었다."고 술회하면서 '섣달그믐'에 관수동으로 집을 옮겼다고 했다. 섣달그믐은 음력으로 한 해의 마지막 날이다. 그날은 양력으로 1940년 2월 7일이다. 그래서 백석의 만주 이주 시점을 1940년 2월로 이해하는 게 정확하다고 보는 것이다.

신징은 만주사변이 발발하기 전만 해도 인구 8만의 자그마한 도시였다. 그러다가 만주국이 세워진 뒤에 식민지 개발에 열을 올리던 일본에 의해 신축 콘크리트 건물이 즐비하게 늘어서고 도로가 대폭 정비되는 등 대도시의 면모를 갖춰가고 있었다. 1940년 무렵에 신징의 인구는 55만 명을 넘어서고 있었다. 그것은 '개척민'이라는 미명 하에 일본인과 조선 의 가난한 농민들을 집단적으로 만주로 이주시키는 정책을 펼치고 있었 기 때문이다. 만주국 성립 이후에 신징은 강제로 이주된 조선인들, 떼돈 을 벌기 위해 고향을 떠난 사람들, 항일투쟁의 거처로 삼은 독립운동가들 이 뒤섞여 살고 있었다. 일본은 중국 동북지역에 새로운 계획도시 신징을 건설해서 대륙 침략의 거점으로 삼을 계획이었다. 만주에 낙원을 세우겠 다는 발상은 대동아공영권을 확고하게 하는 일이었다. 아래와 같은 문학 작품을 통해서 그 당시 신징으로 가는 철도와 신징 시내의 풍경을 어렴 풋이나마 짐작해볼 수 있다.

본계호本溪湖를 지나 겨우 기차가 산악 지대를 벗어나자 비로소 대륙 적인 넓은 들판이 시작된다. 아무 데를 돌보아도 산 그림자 하나 보이지 않고 오직 고량밭뿐인 벌판. 옛사람들이 요동로遼東路 삼천리라 하여 말 잔등이에서 몇 달씩을 끄덕거리며 지나다니던 벌판, 기차는 인제 겨우 제 길로 들어섰다는 듯이 한층 속력을 더 내 내닫는다.
　　— 유진오, 단편소설 「신경」 중에서

저녁 여섯시가 지나서 신경에 다었다. 역을 나서니 바람이 씽씽 귀를 치는데 광장에서 방사선으로 뻗어나간 길들은 끝이 모다 어스럼한 저녁 속으로 사라졌다. 헌것이고 새 것이고 삘딩들은 비인 것처럼 꺼시시하 다…… 정면으로 제일 큰 길을 달려가는데 모다 애스팔트, 언덕이 진 데는 두부모같은 돌로 파문을 그려 깔았다.

　　　　— 이태준, 수필 「만주기행」 중에서

　　백석은 만주생활 초기에 시인 박팔양朴八陽과 문학평론가 이갑기李甲基의 조언과 도움을 많이 받았다. 박팔양은 〈만선일보〉 기자와 만주국협화회 중앙본부 홍보과 일을 겸직하고 있었다. 〈만선일보〉는 조선어로 발간되고 있었으나 친일적인 성격의 신문이었다. '오족협화' 정신을 충실히 이행하기 위해 창간된 만주국의 기관지와 같은 신문이었다. 그럼에도 〈만선일보〉는 조선에서 조선어로 된 신문이 전부 폐간된 시기에 문인들이 조선어로 글을 발표할 수 있는 작은 숨통으로서의 구실도 했다. 1936년부터 1939년까지 소설가 염상섭이 편집국장을 맡아 일했고, 그 뒤를 이어 〈조선일보〉 외신부장을 지낸 홍양명이 편집국장으로 근무하고 있었다. 소설가 안수길安壽吉과 송지영宋志英도 이 신문의 기자로 일했다.

　　백석은 〈만선일보〉 기자로 있던 이갑기와 동삼마로 시영주택 35번지 황씨방에 하숙을 정했다. 조선인들이 주로 모여 사는 조일통朝日通과 매지정梅枝町에서 그리 멀지 않은 곳이었다. 이갑기가 '초형楚荊'이라는 필명으로 4월 16일부터 23일까지 〈만선일보〉에 연재한 「심가기尋家記」라는 글을 보면 백석과 함께 살던 집에 대한 이야기가 상세하게 나온다. 40년대 초반에 신징은 1년에 10만 명씩 인구가 늘어나고 있었다. 그래서 주택난과 교통난이 심각했다. 이갑기는 좁은 하숙집 부엌을 지나 토굴같은 방으로 가려면 여자들의 엉덩이와 부딪치는 일도 있어 불쾌하다고 털어놓았다. 결벽증에 가까울 정도로 깔끔한 것을 좋아하는 백석도 열악한 주거환경 때문에 괴로웠다.

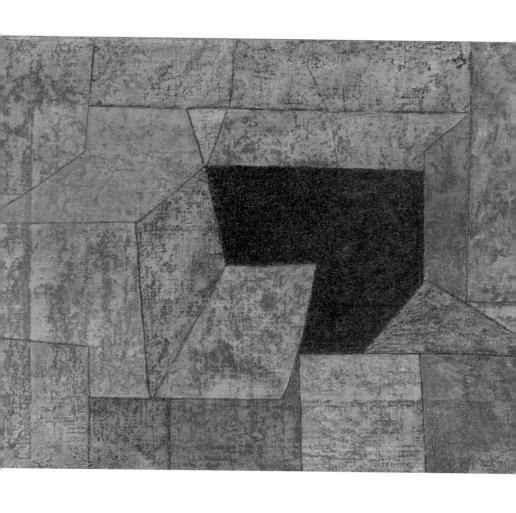

아. 나의 조상은 형제는 일가친척은 정다운 이웃은
그리운 것은 사랑하는 것은 우러르는 것은 나의 자랑
은 나의 힘은 없다 바람과 물과 세월과 같이 지나가
고 없다

발을 한번 성내로 들여놓으면 거리의 잡담도 잡담이지만 주택의 조밀은 형용키 어렵다. 그리고 다시 조일통朝日通 부근의 조선인촌으로 들어가면 마치 집안에다 사람을 덕게덕게 쌓아놓은 것 같은 상태다. 열무김치를 담을 때 열무 한 층 놓고 소금 치고 또 열무를 한 층 놓다시피 천정과 방바닥 사이에 한 단을 더 놓고 그 위에 사는 소위 쥬-니카이라는 괴물은 언어도단이다.

(······)

나는 원체가 생활이 방만한 축이며 그렇게 결벽을 가지지 아니한 사람이라고 할 수 있으나 그래도 그 부엌간에서 우덕으리는 것을 여간 성가시린 것이 아니어든 매끔하게 몸차림을 하여야 사는 일종의 기벽을 가진 백석으로서는 더욱 말하지 못할 일인 모양이다.

그는 기회 있을 때마다 고충을 말한다. 일은 그뿐이 아니다. 방에 검은 먼지가 들이앉는다든지 석탄가루를 쓸면 쓰는 그 자리에서 꺼멓게 어지러지는 것쯤이야 신경의 공통점인 이 신경에 사는 이상 말을 했자 소용없는 일이겠지만 오히려 이 집 더욱이 내가 있는 방에는 이러한 구조로 된 집에서는 좀체 얻어볼 수 없는 햇볕이 보자기만큼 아츰걸이면 방안으로 들어오게 되니 오히려 다행한 일이다.

인구 밀집지역인 조선인 마을의 '쥬-니카이'는 천장과 방바닥 사이를 둘로 나누고 위층을 또 하나 다락방처럼 만들어 세를 내주는 집을 말한다. 손으로 방바닥을 쓸면 검은 석탄가루가 묻어나는 이런 집에서는 도저히 살 수 없다고 백석은 기회 있을 때마다 투덜거렸다. 그의 신경질적인 결벽증을 이갑기도 알고 있었다.

"어쨌든 다른 집을 찾아야겠어."

백석은 관청즈寬城子를 후보지로 정하고 집을 물색해보기로 했다. 관청즈는 신징 시내의 북서쪽 외곽 관청즈역이 있는 지역이었다. 이 부근은 러시아 철도에 딸린 부속지인데 변두리에 있어 친구들이 잘 찾아오지 않는다는 것도 장점이었다. 또 러시아인들이 사는 마을에 살면서 러시아어 공부를 더 해보고 싶은 욕심이 백석에게는 있었다.

"거기는 이국적인 분위기를 풍기는 지역이고 공기가 아주 맑다고 들었네."

백석은 서둘러 집을 구하러 가자고 보챘다. 이갑기는 백석의 성화에 떠밀려 관청즈로 가는 버스를 탔는데 버스 안은 콩나물시루와 같았다. 여러 다양한 민족이 한데 뒤엉킨 버스 안에서 역겨운 냄새 때문에 견딜 수가 없었다.

> 지나인支那人의 마늘 냄새, 백로인白露人의 이상야릇한 노릿한 냄새, 이 조그마한 버스 안에는 몬지와 뒤섞여서 욱덕인다. 몸을 좀 음즉일내야 움즉일 재주가 없다. (……) 서양 여편네의 늙은 것이란 사실 더러워서 못 본다. 그 중에는 여윈 여자가 없지는 않지만 대개가 목메통과 같다. 배때기가 메 봉분과 같이 '비루바라'인 거야. (……) 그 안에 빠다 냄새나는 로서아의 여편네 람주에 싸린 만주사람 할 것 없이 서로 앉고 지고 들석거린다.

이후에 관청즈에 실제로 집을 구해 살았는지의 여부는 불투명하다. 다만 백석이 이 무렵 러시아어를 공부했다는 것은 확실하다. 안수길은 「나와 용정 신경시대」라는 글에서 백석이 백계 러시아인한테서 러시아어 공부를 한다는 이야기를 전해들었다고 회고한 바 있다. 송준의 서술에 의하면 신징에 머무는 동안 시내 국도의원 2층에서 오산고보 동창생인 의사 김승엽의 집에 몇 달 머물기도 했다고 한다. 이는 해방 후 자야 여사가 송지영을 통해서 들은 이야기와도 일치한다.

이 무렵 자야는 송지영이 신징으로 간다는 말을 듣고 백석에게 검정 두루마기를 한 벌 지어 보냈다. 신징에서 그걸 입고 다니는 백석을 보고 송지영이 말했다.

"그 옷, 서울의 김이 보냈구려."

이 말을 들은 백석은 갑자기 표정이 쓸쓸하게 변했다고 한다.

3월부터 백석은 만주국 국무원 경제부에 근무하기 시작했다. 신징의 새로 지은 우람한 관공서 건물은 동양과 서양의 건축양식을 합쳐 설계한 것이었다. 경제부 건물도 서양식 콘크리트 건물이 양 날개를 펼친 그 가운데에 중국식 기와를 모자를 씌운 것처럼 얹었다. 일본 사람들은 그것을 '제관양식帝冠樣式'으로 불렀다. 그들은 새로 짓는 건물에도 일본 왕의 관을 얹어두고 싶어 했다.

"저걸 만주에서는 '흥아양식興亞樣式'으로 부르지요."

그것은 '대동아'의 이념을 담은 건축양식이라는 뜻이었다. 백석은 흥, 하고 속으로 콧방귀를 뀌었다.

국무원은 만주국협화회의 중앙본부이며, 경제부는 중앙본부의 직속 기관으로서 정치부, 사상부와 함께 국무원의 총괄기획을 담당하는 곳이었다. 협화회의 성격에 대해 임종국의 『일제침략과 친일파』(청사, 1982)는 이렇게 설명한다.

만주제국 협화회는 만주 강점의 전위부대요, 만주국 건국이념이라던 오족협화·왕도낙토 사상의 선전기관이며, 독립군을 비롯한 반만 항일세력 탄압의 주구부대였다. 이러한 협화회의 최고 중앙본부에는 윤상필尹相弼이 중앙본부 이사, 박팔양朴八陽이 동 홍보과, 백석白石이 동 경제부에 참가하였다.

각 민족을 망라한 주민조직 형태인 협화회는 "조직사업 등 협화회의 본래적 기능에 관한 것과 사회공작, 선무공작 및 특수사업 등"을 하는 기관이었다. 이것으로 본다면 협화회가 만주국 괴뢰정부 산하의 민간 친일단체라는 점 때문에 백석에게도 친일 혐의를 적용할 수도 있을 것이다. 하지만 백석은 만주 시절에 일본어로 된 시를 어디에도 발표하지 않았고, 시인으로서 일본에 적극적으로 협력하자는 글을 쓰지도 않았다. 그는 우리말로 발간되는 〈만선일보〉에 시를 한 편도 발표하지 않았고, 국내의 신문과 잡지에만 시를 기고했다. 1940년을 전후해서 거의 모든 시인과 작가들이 일본에 무릎을 꿇고 적극적인 친일행위를 했다는 것과 비교해보면 백석의 행동은 확연히 차이가 난다. 그가 그 시기를 어떻게 감내하면서 보냈는지에 대해서는 앞으로 좀 더 세밀한 고찰이 필요할 것이다.

일제강점기 하에 모든 분야의 고위직 관리는 일본인이 맡고 있었다. 백석은 경제부의 전문적인 업무를 담당할 능력도 경험도 없는 사람이었다. 친구의 소개로 일자리를 겨우 얻게 된 백석은 경제부의 말단직원 신분이었다. 이때 '친구'란 이갑기이거나 박팔양이었을 것이다. 나중에 발표하게 되는 시 「귀농歸農」에는 이런 표현이 나온다.

나는 이제 귀치않은 측량測量도 문서文書도 싫증이 나고

낮에는 마음 놓고 낮잠도 한잠 자고 싶어서

아전 노릇을 그만두고 밭을 노왕老王한테 얻는 것이다

　백석이 경제부의 공무원으로서 측량보조원을 했을 것이라는 추측의
근거가 이것이다. 그러나 하위직 공무원으로서의 따분한 일상은 오래
가지 못했다. '아전 노릇'이라는 자조 섞인 표현은 하위직 관리로 하기
싫은 일을 억지로 해야 했던 그의 처지를 대변한다. 백석은 그해 9월까
지만 근무를 하고 경제부를 때려치웠다. 6개월 만이었다.

북방에서

신징으로 가서 백석이 맨 처음 공식적인 자리에 얼굴을 내민 것은 〈만선일보〉 학예부에서 마련한 좌담회였다. 이 좌담회에는 조선인, 일본인, 만주인들이 골고루 참석했다. 조선인으로는 협화회 홍보과의 박팔양, 국무원 경제부의 백석, 방송국 소속 김영팔, 만주문화회 소속으로 창씨개명한 소설가 이마무라 에이지今村榮治(본명 장환기), 만선일보의 이갑기, 신언룡이었다. 일본인은 만일문화협회 상무주사 스기무라 유조杉村勇造, 신징일일신문사의 오우치 다카오大內隆雄, 만주문화회의 문예부 위원이며 대련일일신문 기자 요시노 하루오吉野治夫, 협화회의 나카 요시노리仲賢禮였다. 스기무라 에이지는 금석학과 서지학을 전공한 미술학자로 만주국립도서관 개설에 관여한 인물이었다. 전후에 도쿄국립박물관 도서실장, 대동문화대학 교수를 지냈다. 오우치 다카오는 번역가로 1939년 9월 만인작가소설집 『원야原野』를 번역해 일본의 삼화서방三和書房에서 출간하기도 했다. 그리고 만주 측에서는 국무원 민생부의 지아오칭爵靑, 만일문화회의의 천송링陳松齡이 참석했다.

이 좌담회의 내용은 〈만선일보〉에 4월 5일부터 11일까지 6회에 걸쳐 실렸다. 이때 백석은 참석자들의 이야기를 주로 듣는 편이었고, 만주의 현재 문학적 경향이 어떤지를 딱 한 번 묻는 것으로 역할을 끝냈다. 그것은 백석이 신징으로 옮겨온 지 얼마 되지 않은 시점이어서 시종일관 겸손하게 다른 사람들의 의견을 경청하려는 태도에서 비롯되었거나 일본 측에서 참석한 사람들의 '내선일체'에 뿌리를 둔 발언이 백석의 신경을 거슬리게 했기 때문이었다. 일본인들은 지나치게 조선의 작가들이 일본어로 창작을 해야 한다는 것을 강조했고, 이에 백석은 침묵으로 불쾌감을 표시했을 것이다.

그럼에도 백석은 만주라는 새로운 환경에 적응하기 위해 초기에 중국과 중국인들에 대해 상당한 호의를 가지고 대했다. 조선에서 만주로 이주해간 조선의 시인으로서 그가 제일 잘할 수 있는 일은 창작의 고삐를 바짝 잡아당기는 것이었다. 만주에서 써서 국내 잡지에 처음 발표한 시가《인문평론》6월호에 실린 「수박씨, 호박씨」였다.

> 어진 사람이 많은 나라에 와서
> 어진 사람의 즛을 어진 사람의 마음을 배워서
> 수박씨 닦은 것을 호박씨 닦은 것을 입으로 앞니빨로 밝는다
>
> 수박씨 호박씨를 입에 넣는 마음은
> 참으로 철없고 어리석고 게으른 마음이나
> 이것은 또 참으로 밝고 그윽하고 깊고 무거운 마음이라
> 이 마음 안에 아득하니 오랜 세월이 아득하니 오랜 지혜가 또 아득하니 오랜 인정人精이 깃들인 것이다
> 태산泰山의 구름도 황하黃河의 물도 옛님군의 땅과 나무의 덕도 이 마

음 안에 아득하니 뵈이는 것이다

이 적고 가부엽고 갤족한 희고 까만 씨가

조용하니 또 도고하니 손에서 입으로 입에서 손으로 오르나리는 때

벌에 우는 새소리도 듣고 싶고, 거문고도 한 곡조 뜯고 싶고 한 오천
伍千말 남기고 함곡관函谷關도 넘어가고 싶고

기쁨이 마음에 뜨는 때는 희고 까만 씨를 앞니로 까서 잔나비가 되고

근심이 마음에 앉는 때는 희고 까만 씨를 혀끝에 물어 까막까치가 되고

어진 사람이 많은 나라에서는

오두미五斗米를 버리고 버드나무 아래로 돌아온 사람도

그 넓차개에 수박씨 닦은 것은 호박씨 닦은 것은 있었을 것이다

나물 먹고 물 마시고 팔벼개하고 누웠든 사람도

그 머리맡에 수박씨 닦은 것은 호박씨 닦은 것은 있었을 것이다

　백석의 눈에는 수박씨와 호박씨를 앞니로 까먹는 중국인들이 매우 신기하게 보였던 모양이다. 그것은 "참으로 철없고 어리석고 게으른" 모습 같지만 곧 "어진 사람이 많은 나라"의 자연스런 행동으로 이해하고 자신도 그것을 따라해본다. 그러면서 그 행동과 마음에 깃든 시간성과 역사성을 발견하고 중국이라는 나라를 이해해보려고 노력하는 것이다. 심심풀이로 수박씨나 호박씨를 까먹는 일은 매우 사소한 일이지만 백석은 중국 고대의 옛 사람을 떠올린다. 오천 자의 『도덕경』을 쓰고 함곡관을 넘어갔다는 노자老子, 쌀 다섯 말을 받는 관직을 내팽개치고 홀연히 버드나무가 있는 고향으로 낙향한 도연명陶淵明, 그리고 "나물 먹고 물

마시고 팔베개하고 누었든 사람" 공자孔子를 생각한다. 이것은 『논어』에 나오는 "반소사음수飯疏食飲水 곡굉이침지曲肱而枕之"를 염두에 두고 쓴 구절이다. 이들은 모두 중국인들이 숭상하는 고결한 정신주의자라고 할 수 있는데, 만주에서 백석은 옛사람들을 생각하는 것으로 중국인에 대해 긍정적이고 호의적인 태도를 나타냈다.

이에 비해 《문장》 7월호에 발표한 「북방北方에서」는 사뭇 다른 태도를 보여주고 있어 주목을 요한다.

아득한 녯날에 나는 떠났다
부여扶餘를 숙신肅愼을 발해勃海를 여진女眞을 요遼를 금金을
흥안령興安嶺을 음산陰山을 아무우르를 숭가리를
범과 사슴과 너구리를 배반하고
송어와 메기와 개구리를 속이고 나는 떠났다

나는 그때
자작나무와 이깔나무의 슬퍼하든 것을 기억한다
갈대와 장풍의 붙드든 말도 잊지 않었다
오로촌이 멧돌을 잡어 나를 잔치해 보내든 것도
쏠론이 십릿길을 따러나와 울든 것도 잊지 않었다

나는 그때
아모 이기지 못할 슬픔도 시름도 없이
다만 게을리 먼 앞대로 떠나 나왔다
그리하여 따사한 햇귀에서 하이얀 옷을 입고 매끄러운 밥을 먹고 단

샘을 마시고 낮잠을 잤다

밤에는 먼 개소리에 놀라나고

아츰에는 지나가는 사람마다에게 절을 하면서도

나는 나의 부끄러움을 알지 못했다

그 동안 돌비는 깨어지고 많은 은금보화는 땅에 묻히고 가마귀도 긴
족보를 이루었는데

이리하야 또 한 아득한 새 녯날이 비롯하는 때

이제는 참으로 이기지 못할 슬픔과 시름에 쫓겨

나는 나의 녯 한울로 땅으로 ― 나의 태반胎盤으로 돌아왔으나

이미 해는 늙고 달은 파리하고 바람은 미치고 보래구름만 혼자 넋 없
이 떠도는데

아, 나의 조상은 형제는 일가친척은 정다운 이웃은 그리운 것은 사랑
하는 것은 우러르는 것은 나의 자랑은 나의 힘은 없다 바람과 물과 세월
과 같이 지나가고 없다

1, 2연은 만주 지역을 기반으로 하고 살았던 민족이나 국가를 열거하
면서 아득한 옛날에 그곳으로부터 떠나왔다는 것을 말하고 있다. 그곳
은 인간과 자연이 갈등하지 않고 공존하는 시원의 공간이다. 이것은 백
석이 만주를 단순히 삶을 영위해가야 하는 생존의 공간이 아니라 시적
영감을 주는 중요한 공간으로 인식하고 있음을 드러내는 것이다. 1, 2연
의 '나'가 만주를 통시적으로 이해하는 공간으로 제시했다면 3연 이후의

'나'는 자아를 공시적 공간에 두고 현재의 결핍을 구체적으로 드러내고 있다. '정현웅에게'라는 부제를 달아 편지 형식으로 시를 전개한 의도가 바로 그것이다. 정답고 그립고 사랑하는 것이 옆에 없다는 사실을 말함으로써 만주에서의 고독과 부끄러움을 내비치는 것이다. 이숭원은 그것을 '반성적 자각'으로 설명했다.(『백석을 만나다』, 태학사, 2008) "자신의 유랑이 그렇게 떳떳한 일이 아니며 소중한 많은 것을 저버린 일이었다는 사실을 자각하고 그것을 '부끄러움'으로 인식하고 있음을 알려준다."는 것이다.

초기의 시에서부터 백석은 '녯날' '녯말' '녯말속' '녯적' '녯적본'과 같은 말을 많이 사용하면서 과거의 기억이나 근원에 집착하는 태도를 보여주었다. "백석의 시에서 '옛것'이라는 기호가 불행한 자아뿐만 아니라 박탈당한 생의 의미를 새로이 구성하기 위한 전략의 의미를 내포하고" 있다는 손진은의 지적은 매우 날카롭다. 백석의 '옛것' 취향은 "잃어버린 근원으로 소급해가는 자기인식의 뿌리로 승화되면서 식민지 체제에서의 전체적 단일화에 대한 거부감으로" 나타난다는 것이다.(「백석 시의 '옛것' 모티프와 상상력」, 『한국문학이론과 비평』, 2004) 이 시에서도 1연의 '녯날'에 이어 4연에 다시 '새 녯날'이 등장하는 것을 눈여겨볼 필요가 있다. '새 녯날'이라는 이 모순적인 표현은 장차 다가올 '미래'의 의미까지 확장되면서 현재의 갈등과 모순을 해결할 수 있는 동력 또한 '옛것'에 있음을 암시하는 것이다.

한편 일부 연구자들은 백석이 신징에 있을 때 오로촌족과 쏠론족과 교류했다는 억지 주장을 펼치기도 한다. 이에 대해서는 왕얀리王艶麗가 「백석의 만주시편 연구」(인하대 대학원)라는 석사논문에서 적절한 근거를 제시하면서 반박한 바 있다. 이 민족들은 흥안령 깊은 산속이나 흑룡

강 일대에서 수렵생활을 하다가 중화인민공화국이 건립된 이후에 산속에서 나와 살았으며 그들이 거주했던 지역까지는 기차가 갈 수 없었다고 한다. 만주에 마적이 출몰하던 위험한 산간오지에 여행자가 들어갈 수 없었을 뿐더러 일본은 이 두 민족을 '특수민족'으로 분류해 세상에서 격리시켰다는 것이다. 상당히 설득력 있는 견해로 판단된다.

백석은 시 「북방에서」를 《문장》지 편집자 정인택에게 보내기 전에 짧은 편지 하나를 먼저 보냈다. 원고 마감을 넘기고도 시를 완성하지 못해 하루나 이틀 더 시간을 달라는 부탁이었다. 5월 초에 신징에서 백석이 어떤 마음으로 자신의 시를 대하고 있었는지를 잘 보여주는 편지다.

정형鄭兄

오랫만입니다. 서울을 도망하듯 떠나는 바람에 뵈옵지 못하고 왔습니다. 와서도 진직 인사 못차린 것은 오랑캐의 버릇이 아닙니까. 兄은 동방 예의가 밝은 곳에 살으시고 제弟는 북적北狄의 버릇을 배왔습니다.

'문장'의 선수選手가 어찌 《문장》을 위해 활약하지 아니하겠습니까. 실상은 원고와 가치 이 글월을 쓰리라 생각하다가 글월까지 늦었습니다. 게으른 마음에 형兄의 웃음과 말슴이 잦지 않으시니 이렇게 늦을밖에 없습니다.

내일이고 모레고 회심의 시품詩品 하나, 청람淸覽에 공供하렵니다. 이번 '운동회'에는 이 정예精銳가 한 백미터 달리는가 봅니다. 6월호 마감이 벌서 지났을 줄 아옵니다만, 억지 써서 이번에 넣어 주시기 바랍니다. 우리 《문장》에서는 한번 대담하니 뒹굴을 생각으로 잔득 팔을 걷어올리고 있습니다.

이 넓은 벌판에 와서 시 한 백 편 얻어가지고 가면 가서 《문장》을 뵈올

낯도 있지 않겠습니까. 부지런히 마음을 가다듬고 있습니다. 이 선수에게 형兄은 아무것이나 명命하시기 바랍니다.

　오형吳兄의 「연연기戀戀記」는 형을 생각하며 다금다금 읽었습니다. 꼭 형을 대하는 듯이 읽었다면 형은 욕하시렵니까.

　오늘은 이만하옵고 아형雅兄의 문업 더욱 건왕健旺하시기 심원하옵니다. 상허선생尙虛先生께도 전안傳安 앙망仰望이옵니다.

5월 8일
백석白石 제弟

　우스꽝스런 농담으로 시작한 편지는 시 창작에 대한 의욕이 넘치고 있다는 것을 거침없이 보여준다. 스스로를 '문장의 선수' 혹은 '정예'로 표현하면서 《문장》지를 위해 얼마든지 글을 쓸 수 있으니 언제든지 청탁을 해달라고 부탁한다. 하루나 이틀만 더 기다려주면 회심의 시 한 편을 보내겠다는 것인데, 「북방에서」가 단단히 벼르고 쓴 시라는 걸 암시해주는 대목이다. "이 넓은 벌판에 와서 시 한 백편 얻어가지고" 돌아가겠다며 자신감 있게 공언하고 있는 걸 보면 만주로의 이주가 단순히 방랑벽의 작동이 아니라는 점을 시사해준다. 만주라는 공간이 자신의 창작을 위해 스스로 선택한 곳이라는 인상을 주는 것이다. 그동안 백석이 만주로 떠나기 전에 정현웅에게 이 말을 남겼다고 전해졌으나 그것은 착오이므로 수정되어야 한다. 만주로 떠난 뒤에 정현웅이 아니고 정인택에게 편지로 전한 말이다. 원고가 늦었지만 《문장》 6월호에 억지로라도 넣어달라는 부탁은 이뤄지지 못했다.

권태와 환멸

경성의 박문서관에서 박팔양의 시집 『여수시초麗水詩抄』가 발간되었다. '여수'는 박팔양의 호였다. 신징의 문인과 기자들은 5월 27일 출판기념회를 열었고, 신기석 · 이태우 · 김영팔 · 신영철 · 이갑기 · 손길상과 함께 백석도 발기인에 이름을 올렸다. 이에 앞서 백석은 〈만선일보〉 5월 9일자와 10일자에 걸쳐 시집 서평을 실었다. 「여수 박팔양 씨 시초 독후감」이라는 제목의 이 글은 선배 박팔양의 시를 애정 어린 시각으로 분석했다. 〈만선일보〉는 "필자 백석 군은 전 〈조선일보〉 기자로서 조선시단의 최첨단에 서 있는 시인. 현재는 신경에 거주하야 경제부에 근무 중."이라고 백석을 소개했다.

놉은 시름이 잇고 놉흔 슬픔이 있는 혼은 복된 것이 아니겟습니까. 진실로 인생을 사랑하고 생명을 아끼는 마음이라면 어떠케 슬프고 시름차지 아니하겟습니까? 시인은 슬픈 사람입니다. 세상의 온갓 슬프지 안흔 것에 슬퍼할 줄 아는 혼입니다. '외로운 것을 즐기는' 마음도, 세상 더러운 속중俗衆을 보고 '친구여!' 하고 불으는 것도, '태양을 등진 거리를 다 떨어진 병정 구두를 끌고 휘파람을 불며 지나가는' 마음도 다 슬픈 정신입니다. 이러케 진실로 슬픈 정신에게야 속된 세상에 그득찬 근심과 수고가 그 무엇이겠습니까? 시인은 진실로 슬프고 근심스럽고 괴로운 탓에 이 가운데서 즐거움이 그 마음을 왕래하는 것입니다.

시인은 슬픔을 운명처럼 타고난 사람이라는 백석의 비관적인 세계인식의 일단이 엿보이는 대목이다. 여기서도 여전히 그는 세상을 '속된 세상'으로 파악하고 있다. 또한 백석은 "더럽고 낫고 거줏되고 겸손할 줄 모르는 우리 주위에서 시인 여수와 시집 『여수시초』에는 존경을 들일 것박게 업습니다."라며 선배의 시집 출간에 대한 예를 표시했다.

얼마 후 역시 〈만선일보〉에 발표한 「조선인과 요설饒舌」은 만주라는 현실을 몇 달 동안 체험한 백석이 '속된 세상'을 향해 던지는 직격탄이었다. '서칠마로 단상의 하나'라는 부제가 붙은 이 산문은 〈만선일보〉 5월 25일자와 26일자 양일간에 걸쳐 실렸다. 서칠마로西七馬路는 대동광장과 신징역 사이에 가로로 놓인 길의 하나다. 이곳은 말깨나 하고 돈깨나 만지는 여유 있는 조선인들이 밀집해 살던 곳이었다.

그 무슨 요설饒舌인고, 허튼 수작인고, 실업는 우슴인고. 그것은 코춤이요 구역이다. 나는 눈을 가리우고 귀를 막는다. 그리하지 안흘 수 업는 것이다.
나는 조선인의 이 말 만흔 것을 미워한다. 말은 정열이 아닐 것인가. 예지가 ○○의 이른바 경제가 아닐 것인가. 생산이 아닐 것인가. 말은 그러해야 올을 것이다. 진실로 갑잇게 다변한 개인이나 민족은 다 이런 연원이 잇는 것이다. 이 연원이 넘치고 흘러서 다변하지 안흘 수 업는 것이다. 계몽이 이곳에 잇고 총명이 이곳에 잇고 비판이 예서 생기는 것이다. 생각하면 우리는 요설의 문명 속에도 잇는 것이다.

그러나 다만 우연히 이런 문명 속에 잇게 된 것으로 해서 말의 진실한 연원이 업시 잇는 줄도 모르고 요설일 수도 잇는 것이다. 가막까치처럼 짓걸이고 출새새끼가티 조잘대일 수 잇는 것이다.

태평양 회의의 모인 대표들도 요설일 수도 잇고 경상도의 무학한 녀편네도 요설일 수 잇는 것이다.

조선인의 무엇으로 말이 만흘 것인가. 무엇을 그럿케 요설하지 안을 수 업는 것인가. 무엇이 그럿케 차고 넘치는 것이 잇는가. 무엇이 그럿케 글허울흐는 것이 잇는가. 조선인은 그 무거운 자성과 회오와 속죄의 염으로 해서라도 오늘 누구를 계몽한다 할 것인가. 무엇을 천명하고 어떠케 비판한다 할 것인가. 조선인에게 진실로 침통한 모색이 잇다면 이 요설이 헛된 수작과 실업은 우슴이 어떠케 잇슬 것인가. 더욱히 조선인이 진실로 광명의 대도를 바라본다면 이 큰 감격과 희열로 해서라도 어떠케 참으로 이러케 요설일 수 잇슬 것인가.

조선인의 요설을 나는 안다. 그것은 고요히 생각할 줄을 모르는 것이다. 생각하기 실허하는 것이다. 가슴에 무거운 긴장이나 흥분이 업는 것이다. 또 무엇인가 분노할 줄 모르는 것이다. 또 무엇인가 적막을 느끼지 못하는 것이다. 또 무엇인가 비애를 가슴에 지닐 줄 모르는 것이다. 조선인에게는 이러케 비애와 적막이 업슬 것인가. 분노가 없을 것인가. 조선인은 이러케 긴장과 흥분을 모르는 것인가. 그리고 생각하는 것까지도 일허버린 것인가. 멸망의 구극을 생각하면 그것은 무감한 데 잇슬 것이다. 그것은 무감하야 나날이 짓거리고 밤낫으로 시시덕걸이고 언제나 어데서나 실업슨 우슴을 웃고 떠드는 데가 잇을 것이다.

진지한 연원이 업는 말이란 사술詐術이다. 허튼 수작이란 더욱 사술이다. 조선인이 허튼 수작을 즐기는 것을 생각하고 한편 남이 조선인을 가르처 사ㅇ적이라 한 것을 생각하자. 이 남의 말을 글타고만 할 수 잇슬 것인가. 요설이란 언제나 실천궁행實踐躬行이 아니다. 이것과는 멀리 떠러져 도는 것이다. 게으른 놈의 실행 대신의 호도糊塗다. 조선인이 요설인 것을 생각하고 남이 조선인을 말하야 게으르고 꾀피고 무실행하다는 것을 생각하자. 이 남의 말을 탓할 수 잇슬 것인가. 허튼 웃음이란 아첨阿諂의 쟁기다. 그 중에도 가장 비굴한 방편이다. 조선인이 실업슨 우슴을 웃기를 ㅇㅇㅇㅇㅇ 하는 것을 생각하고 한편 남이 조선인을 욕하야 비굴하야 아첨에 능하다고 한 ㅇ견을 생각할 때 누가 감히 정색할 것인가. 정색할 수 잇슬 것인가.

그들이 만일 가경家卿에 잇다면 이 허튼 수작이나 실업슨 웃음이 가애可愛로울 것이요, 그들이 만일 난의포식煖衣飽食한다면 이것이 한없이 명랑할 것이다. 허나 굶주린 야견野犬이 잇서서 실업시 꼬리를 저어 보는 사람마다 조타 하고 헛되이 작고 입을 벌여 뜻 업시 즛는다면 이것은 가애롭고 명랑할 것인가. 불쾌하여 증오하지 안을 것인가. 참으로 그러케 안을 것인가.

민족의 경중輕重을 무엇으로 달을 것인가 그 혼의 심천深淺을 나아가서 존멸存滅의 운명까지도 무엇으로 재이고 점칠 것인가. 생각이 이곳에 밋칠 때 우리는 놀라 두렵지 안을수 잇슬가. 우리는 동양과 서양을 가려본다. 그리고 서양보다도 동양이 그 혼이 무겁고 깁픈 것을 예찬하고 이것에 심취한다. 동양은 무엇을 가젓는가. 동양에 무엇이 잇서서 그러하는가. 조선은 동양의 하나는 무엇을 일어벌엿다. 일어서는 아니 될 것을 일코도 통탄할 줄 몰라한다. 무엇인가 묵하는 정신을 일흔 것이다. 일코도

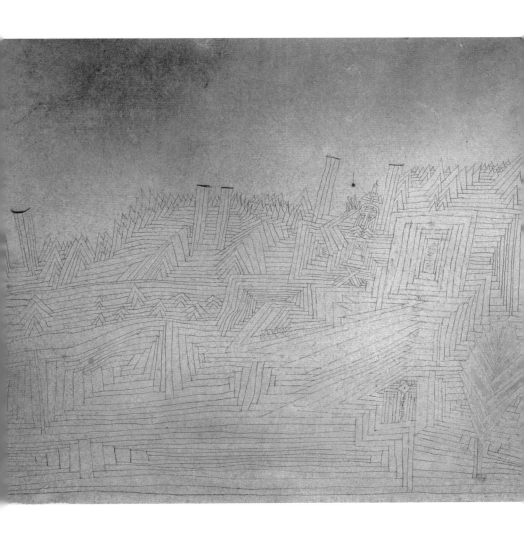

진실로 인생을 사랑하고 생명을 아끼는 마음이라면
어떠케 슬프고 시름차지 아니하겠습니까?
시인은 슬픈 사람입니다.
세상의 온갖 슬프지 안흔 것에 슬퍼할 줄 아는 혼입니다.

모르는 것이다.

인도의 푸른빗을 바라보며 나는 이것이 무엇이고 어데서 오는가를 본다. 인도의 푸른빗은 항하만년恒河萬年의 흐름에 젓는 생명의 발광이다. 이 생명의 절멸에 가까운 숭엄한 침묵이다. 나는 몽고의 무게가 무엇인가를 안다. 일망무제의 몽고 초원이다. 몽고인의 심중에 노인 일망무제의 초원이다. 잇다금 꿩이 울어 깨어지는 그 초원의 적막이다. 이것이 몽고의 무게다. 조선인은 인도의 빗도 몽고의 무게도 다 일허벌엿다. 본래부터 업섯는지도 모른다. 슬픈 일이다.

조선인이 스스로 말하야 천만가지 자랑이 잇다 한들 헛된 말이다. 몬저 잇슬 것은 자랑과 희망이 아니다. 무엇인가. 근신과 분노와 비애다. 심각한 고통이다. 이것들이 조선의 혼을 꽉 붓잡는 것이다. 조선인이 고난 속에 잇다는 것은 거짓말이다. 그들이 요설인 동안 이것은 거짓말이다. 조선인에게는 광명이 조요照耀하는 것이다. 허나 이것에 감격하고 감사할 줄 모르는 것인지도 모른다. 그들이 요설인 동안 누가 이것을 거짓말이라 할 것인가.

비록 몸에 남루를 걸치고 굶주려 안색이 창백한 듯한 사람과 한민족에 오히려 천근의 무게가 업슬 것인가. 입을 담으는 데 있다. 입을 담을고 생각하고 노하고 슬퍼하라. 진지한 모색이 잇서 더욱 그리할 것이요, 감격할 광명을 바라보아 더욱 그러할 것이다.

만주에는 각양각색의 조선인들이 진을 치고 있었다. 땅 투기꾼·밀정·친일관료·시인·기생·돈 떼먹고 피신 온 사기꾼·도박꾼·가족 없는 홀아비·고리대금업자·노무자·독립군 연락책·소설가·기자·공산주의자·야반도주한 연인들·청소원·교사·상인·밀수꾼·식당 종업원·

매음녀·의사…… 이런 군상들이 뒤섞여 이른바 '선계鮮系'를 이루고 있었다. 백석이 신징의 조선인 사회에 대해 크게 실망한 것은 반성과 속죄의 심정도 없이 나날의 생활을 영위해가는 조선인들 때문이었다. 이들은 조용히 사유할 줄 모르고 말만 앞세우며 실천할 줄 모르는 이들이었다. 백석은 이런 조선인들에게 근신할 것을 촉구했는데, 이 산문이 나간 뒤에 조선인 사회는 내부 비판적인 성격의 이 글로 인해 부글부글 끓어올랐을 것으로 짐작이 된다.

8월, 〈조선일보〉와 〈동아일보〉가 조선총독부에 의해 강제폐간되었다는 소식이 신징의 백석에게도 전해졌다. 〈조선일보〉는 '폐간사'에서 중일전쟁 발발 이후 "동아 신질서 건설의 위업을 성취하는 데 만의 일이라도 협력하고자" 노력했다고 시인하면서 "신문 통제의 국책과 총독부 당국의 통제방침에 순응하여" 폐간한다고 밝혔다. 그것은 〈조선일보〉가 내세우던 민족지로서의 역할을 아예 포기하겠다는 선언이었다.

한편 그해 2월부터 창씨개명령이 시행되었음에도 조선인들의 참여가 미약하자, 일제는 6월부터 행정과 경찰력을 총동원해 성씨를 일본식으로 바꿀 것을 종용했다. 창씨개명을 하지 않은 조선인들을 '비국민'으로 부르며 '불령선인不逞鮮人'으로 분류해 각종 불이익을 준다는 것이었다. 만주국협화회 소속으로 만주국 경제부에서 일하던 백석에게도 창씨개명의 요구가 잇달았다. 만주국협화회는 "만주국의 배후 실권자인 관동군의 지도와 구상에 의해서 탄생한 국가적 기구로서의 단체"였다.(임종국, 『실록 친일파』, 돌베개, 1991) 즉 정부기구에 준하는 행정 집행기관이었다. 백석도 만주국의 공무원에 준하는 신분이었으므로 창씨개명에 대한 압박이 강도를 더해갔다.

〈만선일보〉 9월 7일자 '문단뒤골목'란에는 이례적으로 박팔양이 미즈하라 카즈오水原一夫로 창씨개명을 했다는 기사가 실렸다. 안수길의 증언에 따르면 〈만선일보〉에 새로 부임한 일본인 편집국장은 학예면에 실리는 시를 비롯한 문학작품을 반드시 일본어로 번역해 보고하라는 지시를 내렸다고 한다.

9월부터 백석의 신징 생활에 파열음이 생기기 시작했다. 그동안 만주에서 일본어로 된 작품을 한 편도 발표하지 않았으며 창씨개명에도 응하지 않은 백석이 택할 수 있는 것은 경제부를 그만두는 것이었다. 백석은 스스로를 유폐시키고 고립시키는 것으로 시인으로서의 정체성을 유지해보고자 하였다. 숭고한 이상주의자로서 만주의 시적 가능성을 탐색해보려던 그는 1940년 가을부터 만주에서 권태와 환멸을 동시에 맛보게 된다.

9월 30일, 백석은 토마스 하디의 장편소설『테스』를 번역해 조광사에서 출간했다. 신징에서 줄곧 번역작업에 매달린 결과였다. 12월 초에 나온《삼천리》의 '예술가 동정'란에는 "백석씨(시인), 신경에 계신 씨는 지난 10월 상순에 씨의 번역인 장편소설『테쓰』가 조광사에서 출판되므로 교정보기 위해 경성에 다녀가다"라는 짤막한 소개가 실렸다. 출간 직전에 마지막 교정을 보기 위해 경성을 다녀간 것이었다. 방민호는 백석의 『테스』 번역에 담긴 의미를 검토하는 글에서 "『테스』 번역은 우리 번역문학의 장에서 매우 중요한 사건"으로 규정하면서 "조금 더 쉽고 대중적인 책으로 번역하기 위해 고려한 흔적이 여기저기에 나타나" 있다고 분석했다. 이와 함께 주인공인 테스의 비극적인 운명과 백석의 시가 보여주는 운명의식이 서로 통하고 있음을 지적하기도 했다.(방민호·최유찬·최동호 편,『테스』, 서정시학, 2013)

이때를 전후해 백석이 일본 아오야마학원을 방문했다는 이현원의 증

백석 평전

언이 있다. 그는 1939년 영생고보를 25회로 졸업한 백석의 제자였다. 1940년 어느 날 백석이 아오야마 학원에 다니고 있던 이현원을 찾아 불쑥 강의실로 왔다는 것이었다. 백석은 아동문학가 마해송馬海松을 만나러 도쿄에 왔다고 했다. 마해송은 발행부수 10만 부가 넘는 유명잡지 《모던니혼》의 사장으로 일하고 있었다. 그가 백석에게 같이 일을 해보자고 제안해서 상담 차 일본을 간 것이었다.(송준, 『시인 백석』) 마해송은 《모던니혼》 조선판 1939년 11월호에 백석의 시 「모닥불」을 일어로 실은 적이 있었다. 「분화焚火」라고 제목을 바꾼 이 시의 번역자는 도쿄에서 활동하던 시인 김종한金鍾漢이었다.

백석이 만주에 머물 때 〈만선일보〉에 '한얼생'이라는 이름으로 작품을 발표했다는 주장이 있다. 백석의 시를 한 편이라도 더 발굴하려는 조급성이 오류를 확대재생산하고 있어 심히 우려되는 대목이다.

문제의 발단은 백석 관련 자료수집가 송준이 1995년에 펴낸 『백석시전집』(학영사)이다. 편자는 〈만선일보〉에 실린 '한얼생'의 시 「고독孤獨」 (1940년 7월 14일자), 「설의雪衣」(1940년 7월 24일자), 「고려묘자高麗墓子」 (1940년 8월 7일자)를 백석이 필명으로 발표했고 주장했다. 이 주장을 받아들인 다른 연구자들이 이 3편의 시를 자신의 논문에 인용하는가 하면 오양호는 2008년 출간한 평전 『백석』(한길사)에서 아예 백석의 이름을 시종일관 '한얼생'으로 규정하고 서술을 전개한다.

송준은 2012년에 펴낸 3권짜리 평전 『시인 백석』에서도 이 근거가 희박한 주장을 거둬들이지 않고 있다. '백석 탄생 100주년 기념판'이라는 부제가 붙은 이 책에서도 몇 가지 오류가 눈에 띈다. 시집 『사슴』에 시 33편을 수록한 것이 조선 독립의 염원에서 나왔다는 주장은 동의하기 어려운 억측일 뿐이다. 그리고 신석정의 시 「작은 짐승」이 백석의 「통영」에 화답하는 시라는 의견은 터무니없다. 두 편 모두 '란'이라는 인물이 시에 등장하는 건 사실이다. 하지만 백석의 '란'은 통영 출신 박경련이지만 신석정의 '란'은 시인의 딸을 가리키기 때문이다. 또한 한때 연인이었던 자야 여사의 증언을 지나치게 폄하하고 있으며, 이동순·김재용 등 연구자들의 선행연구 성과에 의도적으로 고개를 돌리고 있는 점도 잘 이해가 되지 않는다. 또한 백석과 관련한 자료수집에 심취한 나머지 선택과 집중 없이 자료를 나열하는 선에서 백석에 대한 평가를 마무리하고 있는 점도 아쉽다.

송준은 백석의 작품에 매료되어 시인의 생애와 발자취를 연구하기 위해 여러 차례 일본과 중국을 방문했다. 그 결과 백석의 아오야마 유학 시절의 자료를 국내에 소개했고, 중국에서 입수한 백석의 말년 가족사진과 가족의 편지를 〈동아일보〉에 소개하는 성과를 거두었다. 하지만 맹목적인 사랑은 과유불급인 법이다. 백석에 대한 흠모가 과욕으로 번지면서 문학사를 기술하는 데 혼란을 보탠 점은 매우 안타깝다. 아무리 백석이 뛰어난 시인이라고 하더라도 "한국이 낳은 세계 최고의 시인이자 수필가요 소설가이며 번역가인 천재작가 백석"이라는 미사여구로 과찬하는 일은 조심스러워야 했다.

이에 대해서는 이동순이 「백석 시 연구에서의 왜곡 사실 바로잡기」(『잃어버린 문학사의 복원과 현장』, 소명출판, 2005)라는 글에서 소상하게 과오를 지적하고 개인적인 존경심과 학문적 객관적 평가는 엄정하게 구분해야 함을 강조하면서 조목조목 비판적으로 분석한 바 있다.

측량도 문서도
싫증이 나고

1940년 8월 10일, 총독부에 의해 경성의 〈조선일보〉가 폐간됨에 따라 조광사에도 인사이동이 있었다. 《삼천리》 10월호에는 '문사 제씨와 여성 제씨의 근황'이 짧게 소개되었다.

《조광》을 편집하던 함대훈, 김래성 양씨와 《여성》과 《소년》을 편집하던 이헌구, 계용묵 양씨와 단행본 출판을 맡아보던 노자영 씨와 화가 최근배 등 제씨가 모두 퇴사하고, 화가 정현웅 씨 한 분만 남아 있게 되었으며, 조선일보 조사부장으로 있던 이갑섭씨가 조광사 주임으로 취임하고, 동사 학예부에 있던 김기림(시인) 씨가 《조광》을, 김규택(화가) 씨가 《여성》을, 동사 사회부에 있던 김영수(소설가) 씨가 《소년》을 맡아보게 되었다.

백석하고 특별하게 지냈던 친구 정현웅은 조광사에 그대로 남게 되었다. 1936년부터 1940년까지 정현웅이 조선의 대표적인 삽화가로 자리를 굳히고 있는 동안에도 허준은 뚜렷한 활동을 펼치지 않았다. 1936년 입사한 〈조선일보〉 교정부에서도 두각을 나타내며 일한 흔적이 보이지 않는다. 퇴사 날짜도 불투명하다. 이 시기 허준은 조선의 문단에 겨우 단편 두어 편을 내놓았을 뿐이다. 짐작건대 허준도 중일전쟁 이후 지식인과 문인 사회가 일제히 일제에 동조하는 정국을 지켜보며 참담한 시간을 통과하고 있었던 것으로 보인다. 백석은 만주라는 피신처에서 고군분투하고 있었고, 허준은 내선일체를 강요하는 경성에서 침묵과 특유의 게으름으로 현실에 대응하고 있었다.

하지만 10월 들어 조선총독부의 내선일체 정책은 더욱 조직적으로 전개되었다. 국민정신총동원조선연맹을 국민총력조선연맹으로 확대하여 개편하고 학교에서는 황도정신을 앙양하는 교육을 강화했고, 마을에서는 반상회 등을 만들어 조선을 일본화하는 운동을 벌였다. 조선 사람의 의식주를 비롯한 문화생활을 아예 일본과 일치시키려는 정책에 언론인과 문인들이 대거 동참했다. 조선일보 사장인 방응모는 국민총력조선연맹의 참사로, 동아일보 사장 김성수는 이사로 선출되었다. 문인 김동환과 백철 등도 국민총력조선연맹 간부를 맡으며 친일에 앞장섰다.

1940년 늦가을, 허준은 백석을 만나러 신징으로 갔다. 마음이 맞는 친구를 보고 싶기도 했을 것이며, 만주 쪽에서 일자리를 구해보고 싶은 생각도 있었을 것이다. 백석은 이때 몸이 아파 앓아누워 있었다. 백석이 《문장》 11월호에 발표한 시 「허준許俊」은 사랑하는 친구에게 바치는 눈물겨운 헌사다.

그 맑고 거룩한 눈물의 나라에서 온 사람이여
그 따사하고 살틀한 볕살의 나라에서 온 사람이여

눈물의 또 볕살의 나라에서 당신은

이 세상에 나들이를 온 것이다
쓸쓸한 나들이를 단기려 온 것이다

눈물의 또 볕살의 나라 사람이여
당신이 그 긴 허리를 굽히고 뒤짐을 지고 지치운 다리로
싸움과 흥정으로 왁자지껄하는 거리를 지날 때든가
추운 겨울밤 병들어 누운 가난한 동무의 머리맡에 앉어
말없이 무릎 우 어린 고양이의 등만 쓰다듬는 때든가
당신의 그 고요한 가슴 안에 온순한 눈가에
당신네 나라의 맑은 한울이 떠오를 것이고
당신의 그 푸른 이마에 삐여진 어깻죽지에
당신에 나라의 따사한 바람결이 스치고 갈 것이다

높은 산도 높은 꼭다기에 있는 듯한
아니면 깊은 물도 깊은 밑바닥에 있는 듯한 당신네 나라의
하늘은 얼마나 맑고 높을 것인가
바람은 얼마나 따사하고 향기로울 것인가
그리고 이 하늘 아래 바람결 속에 퍼진
그 풍속은 인정은 그리고 그 말은 얼마나 좋고 아름다울 것인가

다만 한 사람 목이 긴 시인詩人은 안다
'도스토이엡흐스키'며 '죠이쓰'며 누구보다도 잘 알고 일등가는 소설
도 쓰지만
　아모것도 모르는 듯이 어드근한 방안에 굴어 게으르는 것을 좋아하는

그 풍속을

　사랑하는 어린것에게 엿 한 가락을 아끼고 위하는 안해에겐 해진 옷
을 입히면서도

　마음이 가난한 낯설은 사람에게 수백냥 돈을 거저 주는 그 인정을 그
리고 또 그 말을

　사람은 모든 것을 다 잃어버리고 넋 하나를 얻는다는 크나큰 그 말을

　그 멀은 눈물의 또 볕살의 나라에서

　이 세상에 나들이를 온 사람이여

　이 목이 긴 시인詩人이 또 게사니처럼 떠곤다고

　당신은 쓸쓸히 웃으며 바독판을 당기는구려

　허준을 오랜만에 만난 백석은 친구의 볼을 부비며 울고 싶었다. 그 반
가워하는 심정은 1, 2행에서 호격조사를 반복해서 사용하는 것에서부터
잘 드러난다. 자아의 감정을 호소하듯 내뱉는 데 주로 쓰이는 호격조사
를 이렇게 구사한 것은 백석의 시에서 매우 이례적인 일이다. 이 시를 보
면 백석은 '눈물의 또 볕살의 나라' 조선을 무척이나 그리워하고 있으며
친구 허준에게서 조선의 하늘과 바람과 풍속과 인정과 말을 발견한 것처
럼 설렌다. 그러나 친구는 만주라는 먼 땅으로 쓸쓸한 나들이를 온 사람
이다. 그것도 허리를 굽히고 뒷짐을 지고 지친 다리로 말이다. 이것은 당
시 백석 자신이 만주에서 좌절과 절망에 빠져 있는 것처럼 허준의 신변
에도 구체적으로 나타나 있지는 않지만 어떤 풍파가 지나가고 있음을 뜻
한다. 격한 감흥을 특별한 비유도 없이 현상 그대로 표현하는 걸 보면 매
우 즉흥적으로 쓴 시가 아닌가 여겨지기도 한다. 하지만 독자가 알아들

기 수월한 시어를 사용해 자연스러운 분위기를 만들어내고 있는 이 시의 흡입력은 보통이 아니다. 독자를 슬그머니 끌어당겨 그가 노래하는 대상에 쓸쓸한 연민을 갖게 하는 창작방법은 백석만이 구사할 수 있는 것이었다.

〈만선일보〉가 만주국의 기관지 노릇을 하고 있다는 것을 잘 아는 백석은 이 신문에 시를 단 한 편도 발표하지 않았다. 다만 12월 말에서부터 다음 해 1월 초까지 몇 차례 「헛새벽」을 비롯한 번역원고를 발표한 것은 어쩔 수 없는 호구지책이었던 것으로 보인다. 이때 백석의 친필원고 일부를 〈만선일보〉 학예부 기자였던 고재기가 보관해오고 있다가 1998년에 공개한 적도 있었다.

1941년 2월, 함흥 영생고보에서 시를 가르쳤던 제자 강소천이 동시집 『호박꽃 초롱』을 경성 박문서관에서 발간했다. 박문서관은 개화계몽시대와 식민지시대에 국내 최대 규모의 출판사였다. 상근직원이 많을 때는 150명을 넘기도 했다. 박문서관에서 출간하는 책 중에는 수만 부씩 팔리는 베스트셀러도 많았다. 당시에는 서점 유통보다는 우편 통신 판매를 통해 70퍼센트의 수입을 올렸다고 한다. 강소천의 동시집 장정은 백석의 친구인 당대 최고의 장정가 정현웅이 맡았다. 백석이 중간에서 정현웅의 솜씨를 강소천 동시집에 입혀주는 역할을 했을 공산이 크다. 백석은 이 동시집에 「'호박꽃 초롱' 서시」라는 제목으로 시 형식의 서문을 써주었다.

한울은
울파주 가에 우는 병아리를 사랑한다.
우물돌 아래 우는 돌우래를 사랑한다.

그리고 또
버드나무 밑 당나귀 소리를 임내내는 시인詩人을 사랑한다.

한울은
풀 그늘 밑에 삿갓 쓰고 사는 버슷을 사랑한다.
모래 속에 문 잠그고 사는 조개를 사랑한다.
그리고 또
두툼한 초가지붕 밑에 호박꽃 초롱 혀고 사는 시인詩人을 사랑한다.

한울은
공중에 떠도는 흰 구름을 사랑한다.
골짜구니로 숨어 흐르는 개울물을 사랑한다.
그리고 또
아늑하고 고요한 시골거리에서 쟁글쟁글 햇볕만 바래는 시인詩人을
사랑한다.

한울은
이러한 시인詩人이 우리들 속에 있는 것을 더욱 사랑하는데
이러한 시인詩人이 누구인 것을 세상은 몰라도 좋으나
그러나
그 이름이 강소천姜小泉인 것을 송아지와 꿀벌은 알 것이다.

백석의 시에서 마침표가 찍혀야 할 곳에 정확하게 찍혀 있는 것은 이
시가 유일하다. 이것이 백석의 의도인지 편집자가 교열과정에서 필자와

상의하지 않고 붙인 것인지 확인할 길은 없다. 그동안 백석은 시에 마침표를 거의 쓰지 않았다. 문장의 끝마다 방점을 찍는 것은 시의 자연스러운 흐름에 도움을 주지 못한다는 판단을 강하게 하고 있었던 것 같다. 그 당시 시인들은 마침표나 쉼표와 같은 문장부호에 대한 인식이 그리 철저하지 않았다. 백석이 의도적으로 마침표를 찍었다면 이 서시는 시의 형식을 빌렸을 뿐이지 백석 스스로는 시라고 생각하지 않았을지도 모른다.

백구둔白拘屯의 눈 녹이는 밭 가운데 땅 풀리는 밭 가운데
촌부자 노왕老王하고 같이 서서
밭최뚝에 즘부러진 땅버들의 버들개지 피여나는 데서
볕은 장글장글 따사롭고 바람은 솔솔 보드라운데
나는 땅님자 노왕老王한테 석상디기 밭을 얻는다

노왕老王은 집에 말과 나귀며 오리에 닭도 우울거리고
고방엔 그득히 감자에 콩곡석도 들여 쌓이고
노왕老王은 채매도 힘이 들고 하루종일 백령조百鈴鳥 소리나 들으려고
밭을 오늘 나한테 주는 것이고
나는 이젠 귀치않은 측량測量도 문서文書도 싫증이 나고
낮에는 마음 놓고 낮잠도 한잠 자고 싶어서
아전 노릇을 그만두고 밭을 노왕老王한테 얻는 것이다

날은 챙챙 좋기도 좋은데
눈도 녹으며 술렁거리고 버들도 잎 트며 수선거리고
저 한쪽 마을에는 마돝에 닭, 개, 즘생도 들떠들고

또 아이 어른 행길에 뜨락에 사람도 웅성웅성 흥성거려

나는 가슴이 이 무슨 흥에 벅차오며

이 봄에는 이 밭에 감자 강냉이 수박에 오이며 당콩에 마눌과 파도 심

그리라 생각한다

수박이 열면 수박을 먹으며 팔며

감자가 앉으면 감자를 먹으며 팔며

까막까치나 두더지 돝벌기가 와서 먹으면 먹는 대로 두어두고

도적이 조금 걷어가도 걷어가는 대로 두어두고

아, 노왕老王, 나는 이렇게 생각하노라

나는 노왕老王을 보고 웃어 말한다

이리하여 노왕老王은 밭을 주어 마음이 한가하고

나는 밭을 얻어 마음이 편안하고

디퍽디퍽 눈을 밟으며 터벅터벅 흙도 덮으며

사물사물 햇볕은 목덜미에 간지로워서

노왕老王은 팔짱을 끼고 이랑을 걸어

나는 뒤짐을 지고 고랑을 걸어

밭을 나와 밭뚝을 돌아 도랑을 건너 행길을 돌아

지붕에 바람벽에 울바주에 볏살 쇠리쇠리한 마을을 가르치며

노왕老王은 나귀를 타고 앞에 가고

나는 노새를 타고 뒤에 따르고

마을끝 충왕묘蟲王廟에 충왕蟲王을 찾어뵈려 가는 길이다

토신묘土神廟에 토신土神도 찾어뵈려 가는 길이다

1941년 《조광》 4월호에 발표한 「귀농歸農」이다. 백석은 국무원 경제부를 그만두고 농사를 지으며 어려운 시절을 견뎌볼 참이었다. 신징 시내에서 10여 킬로미터 떨어진 농촌마을 백구둔으로 가서 땅을 빌리는 모습을 이 시는 소상하게 그리고 있다. 이 마을을 가려면 러시아인들이 모여 사는 관청즈를 지나야 한다. 왕얀리의 논문에 따르면 중국정부가 지명조사를 하고 나서 '하얀 개'라는 이름이 속되다는 이유로 정식 명칭을 '신월둔新月屯'으로 바꿨으나 주민들은 여전히 지금도 여전히 '백구둔'으로 쓴다고 한다. 백석이 농사를 지으려고 땅을 얻으러 간 시간은 눈이 녹고 땅이 풀리고 버들가지에 움이 트는 3월 중하순쯤이었다. 백구둔에 다녀오자마자 이 시를 썼고, 퇴고하자마자 경성으로 보냈기 때문에 4월호 잡지에 겨우 실릴 수가 있었다.

이 시에서는 만주국에 드리운 어두운 먹구름의 흔적을 발견할 수가 없다. 어조는 활기를 띠고 반복과 대구에 의해 흥겨운 리듬이 형성되어 봄날의 훈풍 속으로 독자를 데리고 간다. 특히 '장글장글' '솔솔' '쳉쳉' '디퍽디퍽' '터벅터벅' '사물사물'과 같은 부사어들이 살아서 시의 행간을 누비는 통에 봄날 농촌의 정취와 농사를 지으려는 초보 농사꾼의 설렘이 한층 배가되고 있다.

이렇게 땅까지 얻어놓고 농사를 지으며 살겠다는 백석의 원대한 구상은 실현되지 못했다. 만약에 경제부를 나와서 1941년 한 해라도 백구둔에서 농사를 지었다면 백석은 그 경험을 시로 형상화했을 것이다. 난생 처음 자신의 손으로 씨앗을 뿌려 거둔 소출이 있었다면 그것이야말로 훌륭한 시의 소재가 아니겠는가. 새로운 지명이나 낯선 고유명사만 만나도 시를 건져내던 그였다. 낯선 생활에는 잘 적응하지 못해도 낯선 시적 소재를 만나면 금세 거기에 반응해 창작의 불을 지피는 사람이 백석이다. 따라서 백석이 백구둔에 땅을 얻었지만 거기에서 직접 농사를 짓지 않았다는 것은 확실해 보인다.

흰 바람벽이 있어

1941년 4월호를 마지막으로 《문장》과 《인문평론》은 더 이상 나오지 않게 되었다. 일제 당국에 의해 강제폐간 조치가 내려진 것이다. 그리하여 국내에 종합문예지는 한 권도 남지 않게 되었다. 이것은 시인과 소설가들이 조선어로 작품 활동을 하는 것이 원천봉쇄되었다는 뜻이다. 그 대신 이 두 잡지를 통합한다는 명목으로 《국민문학》이라는 친일 문예지가 11월에 출현했다. 이 잡지는 초기에는 조선어판과 일어판을 번갈아가며 내려고 했으나 결국 나중에는 일어판으로 전환하게 된다.

백석은 《문장》 폐간호에 「국수」 「흰 바람벽이 있어」 「촌에서 온 아이」를, 『인문평론』 폐간호에는 「조당澡塘에서」와 「두보杜甫나 이백李白같이」를 나누어 발표했다.

> 오늘 저녁 이 좁다란 방의 흰 바람벽에
> 어쩐지 쓸쓸한 것만이 오고 간다
> 이 흰 바람벽에
> 희미한 십오촉十伍燭 전등이 지치운 불빛을 내어던지고

때글은 낡은 무명샤쯔가 어두운 그림자를 쉬이고

그리고 또 달디단 따끈한 감주나 한잔 먹고 싶다고 생각하는 내 가지 가지 외로운 생각이 헤매인다

그런데 이것은 또 어인 일인가

이 흰 바람벽에

내 가난한 늙은 어머니가 있다

내 가난한 늙은 어머니가

이렇게 시퍼러둥둥하니 추운 날인데 차디찬 물에 손을 담그고 무이며 배추를 씻고 있다

또 내 사랑하는 사람이 있다

내 사랑하는 어여쁜 사람이

어늬 먼 앞대 조용한 개포가의 나즈막한 집에서

그의 지아비와 마조 앉어 대구국을 끓여놓고 저녁을 먹는다

벌써 어린것도 생겨서 옆에 끼고 저녁을 먹는다

그런데 또 이즈막하야 어늬 사이엔가

이 흰 바람벽엔

내 쓸쓸한 얼골을 쳐다보며

이러한 글자들이 지나간다

—나는 이 세상에서 가난하고 외롭고 높고 쓸쓸하니 살어가도록 태어 났다

그리고 이 세상을 살어가는데

내 가슴은 너무도 많이 뜨거운 것으로 호젓한 것으로 사랑으로 슬 픔으로 가득찬다

그리고 이번에는 나를 위로하는 듯이 나를 울력하는 듯이

눈질을 하며 주먹질을 하며 이런 글자들이 지나간다

— 하눌이 이 세상을 내일 적에 그가 가장 귀해하고 사랑하는 것들은
    모두 가난하고 외롭고 높고 쓸쓸하니 그리고 언제나 넘치는 사랑과
    슬픔 속에 살도록 만드신 것이다
    초생달과 바구지꽃과 짝새와 당나귀가 그러하듯이
    그리고 또 '프랑시쓰 쨈'과 '도연명陶淵明'과 '라이넬 마리아 릴케'가
    그러하듯이

여러 연구자들과 비평가들이 여러 차례 언급한 것처럼 「흰 바람벽이
있어」는 백석의 절창 중 한 편이다. 우리는 이 시를 통해 1941년 초반
을 통과하고 있던 백석의 두뇌 속에 어떤 갈등과 고뇌와 현실인식이 들
어 있었는지를 선명하게 알 수 있다. 마치 백석의 자서전을 읽는 듯 착각
이 들 정도다. 그래서 시인이 세상에 보내는 연민의 시선에 독자는 무장
해제 당하듯이 동참하게 되고, 나아가 독자는 한 가난하고 외롭고 높고
쓸쓸한 시인에게 연민을 보내는 자신을 발견하고 소스라치게 놀라게 된
다. 이렇게 시인과 독자 사이에 희한한 페이소스가 형성되는 작품이 우
리 시에 그리 많지 않다는 것만으로도 이 시는 빼어난 명작이라 할 수
있다.

나는 이 세상에서 가난하고 외롭고 높고 쓸쓸하니 살어가도록 태어났
다

여기에서 '높고'라는 형용사를 빼고 시를 읽으면 이 문장은 아무것도
남지 않는 처참하고 저급한 벌거숭이가 된다. '외롭고'와 '쓸쓸하니'라는

백석 평전

상투적인 시어 사이에 '높고'를 끼워넣음으로써 시는 갑자기 쓸쓸함과 슬픔으로 가득 차 있는 시인의 위치를 드높은 정신의 차원으로 고양시킨다.

「흰 바람벽이 있어」는 시를 구성하는 방식에 있어서도 백석의 선구적인 기획이 돋보이는 작품이다. 유종호가 정확하게 지적했듯이 "흰 바람벽이 화자의 의식의 스크린 구실을 하고 있는데 예사로워 보이지만 절묘한 착상이요 전개"라고 하지 않을 수 없다. "자기 속내를 직접 토로하지 않고 지나가는 글자들로 말하게 한 데서 박력과 호소력이 생긴다. 그 점 발명에 가까운 창의적 수법이다."(『다시 읽는 한국 시인』, 문학동네, 2002)

백석은 그가 좋아하던 통영의 박경련을 신현중이 가로채 간 사건을 오래오래 잊지 못했다. 예상치 못한 갑작스런 상실로 인해 생긴 충격을 그는 만주 생활 내내 씻어내지 못했다. 그는 삶을 전진시켜야 할 사랑을 배신에 의해 잃어버린 사람이었다. 그의 마음의 스크린에 지아비와 마주 앉아서 대구국을 끓여놓고 저녁을 먹는 여인이 떠오른다. 백석은 그 여인에게 어린 것이 생겼을 거라고 상상한다. 사실은 박경련은 신현중과 결혼한 뒤에 아이를 가지지 못했다. 그것은 2014년 봄에 통영에서 만난 제옥례諸玉禮 할머니가 확인해주었다.

"박경련은 어려서부터 자신의 아버지와 같은 폐결핵을 앓아서 몸이 약했어요. 통영초등학교 때부터 친구였던 김천금하고 김윤연은 경성여고보에 합격했는데, 박경련은 떨어진 뒤에 이화여고보를 다녔지요. 신현중하고 결혼한 뒤에 아이가 생기지 않자 양자를 하나 데려다 키웠어요. 1960년대 말 월남전(베트남전쟁)이 한창일 때였는데, 병원 신생아실에서 갓난아이를 데려와 친자식처럼 키웠죠. 이름은 신경덕이고요. 나중에 신현중 교장과 박경련 씨가 돌아가셨을 때 그 아들이 효자 노릇을 톡톡히 하던 기억이 나네요."

1915년생인 제옥례는 박경련의 사촌올케였다. 경성사범을 졸업하고 수녀가 되어 황해도에서 교사생활을 하다가 건강이 나빠져 귀향한 제옥례는 통영에서 '박부잣집'으로 부르는 '하동집' 주인 박희영과 결혼했다. 천주교에서도 그녀가 8남매의 새어머니로 결혼하는 것을 허락했다. '하동집'은 당대 최고 문화예술인들의 사랑방이었다. 유치환·전혁림·윤이상·김춘수 등이 이 집을 자주 들락거렸다. 박경리의 소설에 나오는 하동집이 바로 이 집이다.

1941년 12월 8일, 일본은 미국의 태평양 함대와 공군 병력이 주둔하고 있던 진주만을 기습적으로 공격했다. 선전포고도 없었다. 같은 날 일본 육군은 말레이반도 코타발루에 상륙해 영국군과 교전을 시작했고 태국으로도 쳐들어갔다. 전쟁 물자와 자원 부족으로 허덕이던 일본이 질질 끌던 중일전쟁을 태평양전쟁으로 확대시키는 순간이었다.

이 무렵 백석은 태평양 일대가 불바다가 되는 것을 바라보면서 신징을 떠나 압록강이 가까운 안둥으로 거처를 옮겼다. 안둥세관에 일자리를 얻은 것이었다. 안둥에는 2년 전 〈만선일보〉 편집국장을 사임한 소설가 염상섭이 안둥의 대동항건설주식회사 홍보담당 촉탁으로 미리 와 있었다.

만주에서 방황하던 백석이 잠시나마 생활의 안정을 취하게 되는 것은 1941년 평양에서 문경옥文鏡玉과 결혼을 하면서부터였다. 이 결혼식에 허준이 고향인 평북 용천에 머무르다가 참석했을 거라고 조심스럽게 추정해볼 수 있다. 1940년에서 1942년 사이 허준은 서울과 고향 용천, 그리고 만주의 신징을 다녀간 흔적들이 발견되기 때문이다.(서재길 엮음,

『허준 전집』, 현대문학, 2009) 문경옥과의 결혼은 백석이 북한에서 결혼해서 살았던 마지막 부인 리윤희의 편지가 공개되면서 세간에 알려지게 되었다. 백석과 문경옥의 결혼 생활은 1년 남짓이었던 것으로 보인다.

"남편은 전처가 있었는데, 이름은 문경옥이고 그 때의 직업은 피아노를 배워주는 선생이었는데, 아이를 하나 임신했다가 몇 달 만에 유산시킨 것으로 하여 나의 남편 어머니와 사이가 틀어져 이혼을 하고 3년 후에 나를 만나 결혼을 하게 되었소."

백석이 문경옥과 결혼했다는 것을 밝혀주는 또 하나의 자료는 극작가 김자림金玆林이 펴낸 『부르지 못한 이름 당신에게』(학원사, 1986)라는 에세이다. 김자림은 평양 서문고녀(평양여고보) 시절 문경옥의 동생 문경랑과 제일 친했던 친구로서 나중에 가곡 「명태」의 작사자인 시인 양명문과 결혼했다.

시인은 안개나 먹고 사는 배고픈 존재라는 점도 없진 않았으나, 그보다도 시인 족속에 대해 나쁜 인상을 갖고 있었기 때문이다. 여학교 친구인 문경랑文鏡娘의 형부는 꽤 이름난 시인 백석白石씨였다. 어쩌다 그 친구네 집엘 가면 형부가 지금 건넌방에 주무시니 웃음소리도 크게 내서는 안 된다며 쉬쉬했다.

"말 마, 얼마나 신경질인데. 가랑잎에 불이야. 시인은 다 그렇대나. 우리 언니가 가엾어. 저런 병적인 남자하고 어떻게 사누, 나 같으면 하루도 못 살아. 빽빽 파랗게 소리만 지르구. 에그 에그……."

그러더니만 얼마 후 그 언니는 이혼을 했다면서 경랑이는 시인에게 심한 욕을 퍼부었다. 그 후부터는 '시인=병적인 신경질'로 단정해 버렸다.

백석이 아내로 맞은 문경옥은 평양의 부유한 변호사 문봉의文鳳儀의 딸이었다. 『정주군지』는 문봉의가 정주평야에 18만평의 땅을 가진 대지주였고, 소작인들에게 덕망이 높았다고 기록하고 있다.

　　호는 우초雨蕉. 평양에 살았는데, 천성이 헌활軒豁하고 도량이 넓었다. 아이포면阿耳浦面 내에 문흥文興의 내외 두 제방을 축조하여 새로 60여 정보의 답전을 일으키니 거민居民이 그 혜택을 입었다.

　　문경옥은 백석과 이혼한 이후에 북한에서 뛰어난 작곡가이자 피아니스트로 김일성의 총애를 받으며 성장하게 된다. 백석과 문경옥이 부부의 인연을 맺게 된 것은 전적으로 문경옥의 오빠인 뛰어난 화가 문학수文學洙가 있었기 때문이다. 본명이 문경덕文慶德인 문학수는 1916년 평양에서 출생했고, 이중섭과 함께 오산고보를 다니면서 그림공부를 하다가 1931년 3학년 때 동맹휴학사건을 주동해 퇴학 처분을 받았다. 그 후 도쿄의 분카학원文化學院에 입학해 이중섭, 김병기와 절친한 친구로 유학생활을 함께 했다. 이때부터 문학수는 자유미술가협회 활동을 하면서 기량을 과시하기 시작했다. 졸업 후에 1939년 징용을 피하기 위해 귀국해서 1943년 말에는 평양 체신회관에서 문학수·이중섭·김병기·윤중식·이호궁·황염수와 '6인전'을 개최했다. 그의 초기 그림은 백석의 시처럼 이야기를 담고 있는 작품이 많았으며 토속적이며 서정적인 작품들로 주목을 끌었다. 이중섭이 소를 많이 그린 반면에 문학수는 말을 즐겨 그렸다. 일본에서 자유미술가협회전에 출품했을 때부터 〈말이 보이는 풍경〉〈말의 머리〉〈말과 여자들〉 등 말에 관심이 많았다. 그의 아버지는 아들이 좋아하는 말을 가까이서 그릴 수 있도록 말 한 필을 사서 마당에 매어두기도 했다고 한다.

　문학수는 평양으로 돌아와 김병기 등과 문학동인지《단층》을 만드는 일에 참여하는가 하면 평양 시내에 있는 '세르팡'이라는 다방에서 문화예술인들과 다양하게 교류했다고 김병기는 증언하고 있다. 이때 다방에서 모임을 가질 때 유심히 지켜보던 한 젊은이가 있었는데 그가 윤동주였다는 것이다. 김병기는 문학수와 동갑으로 일본 유학을 같이 했고, 1947년에 월남해서 지금은 미국에 거주하고 있는 화가이다. 김병기는 문학수가 백석과 어울려 절친하게 지내는 것을 못마땅해 했다고 한다. 왠지 백석과는 뜻이 잘 맞지 않고 거부감이 들었다는 것이다. 김병기의 증언에 의하면 백석은 그 당시 한복 두루마기를 즐겨 입었는데 민족주의자인 것처럼 행세하지만 여자들의 호감을 사기 위한 바람둥이로 여겨졌다. 백석의 타고난 결벽증이 김병기에게 거리감을 주었을 것으로 보인다. 1944년에서 1945년 사이 문학수와 김병기는 만주와 러시아로 여행을 다녀왔다고 한다. 함경도를 거쳐 하얼빈까지 다녀오는 이 여정은 징용을 피하기 위한 여행이었다.(안혜정, 「문학수의 생애와 회화 연구」, 전남대학교 대학원 석사논문, 2006)

　문학수는 해방 후에 평양미술전문학교 교원, 평양미술대학 회화학부 강좌장(1951), 유화학부 강좌장(1964)을 맡으면서 사회주의 리얼리즘 계열의 작품을 창작하게 된다. 그러다가 1972년 북한에 주체미술이 성립하면서 조선미술가동맹 서양화 분과위원장 직에서 밀려나 신의주로 추방되었다. '민족적 전통과 양식'을 강조하는 주체예술이 서양미술에 치중하던 미술가동맹에는 치명적이었던 것이다.

　처가에서는 손윗사람이었지만 백석보다 나이가 네 살 적은 문학수를 백석은 친구처럼 대했다. 백석이 〈매신사진순보〉 1942년 2월 1일자에 발표한 글 「사생첩寫生帖의 삽화挿話」에는 문학수로 확실시되는 '평양 사는 한 젊은 화가' 친구에 대한 이야기가 나온다. 백석은 문경옥과 안둥에서 신혼살림을 차렸고, 처가가 있는 평양을 드나들면서 처남인 문학수와 어울리면서 예술적인 교감을 나눴다. 「사생첩의 삽화」는 '단편소설'로 발표되었으나 이 글을 자세히 읽어보면 길이가 다소 긴 수필에 가깝다. 소설적인 구성을 취하고 있기보다는 백석이 그의 체험과 특이한 에피소드 위주로 구성한 수필이라고 보는 게 타당할 것이다.

> 내 친구로 평양 사는 한 젊은 화가가 있는데 내가 지나간 일은 봄 그의 집으로 그를 차저보려 갓슬 때 이 소가치 부즈런하고 순하고 그러면서도 속에 무서운 정열을 간직하고 잇는 그는 그 동안의 그의 그림공부에 대한 소감이며 그가 자로 다니면서 정신만은 언제나 그곳 공기속에 살고 잇는 동경화단의 새로운 동향이며를 그의 늘 하는 본대로 열심으로 이야기하고 나서 그는 나한테 조선 참지 종이로 맨 사생첩 하나를 뵈여주엇다.
>
> 그는 그 아버지의 덕으로 평양서 한 삼 리 되는 황해바다가 그리 멀지 안흔 곳에 큰 농장을 차지하고 잇는 절믄 지주인데 해마다 마가을이 되면 추수를 하려 이 농장으로 가서는 추수가 끝날 째까지 한겨울 내 바닷바람이 올려치는가 하면 산바람이 날려몰리고 하는 산 가까웁고 바다 가까운 마을에서 지나고 오는 터이라 지난해 겨울도 그는 역시 이농장이 잇는 마을에서 한겨울을 지나며 나제는 추수를 감독하는 짬짬이 화상이 밈도는 때마다 화필을 들고 밤이면 등잔불 미테서 그가 조아하는 『드라크로어』를 읽다는 소작인들의 들고오는 닭과 술의 대접을 밧도 한 것이다.

백석이 찾아간 이 큰 농장이 바로 정주군 아이포면阿耳浦面에 있는 문

학수의 집이다. '아이포'는 작은 개울(아기 개울)을 뜻하는 말로서 일리
一里, 대산리大山里, 증봉리甑峯里, 신창리新倉里 등 4개의 리를 관할하였
다. 1939년 행정개편 때 정주군 덕언면으로 바뀌면서 이 지명은 폐지되
었다. 이곳 농장에서 문학수는 겨울 한철 그림을 그렸고, 해방 직전에는
김병기와 징병을 피하기 위해 숨어 있기도 했다.

　　그가 나한테 내여 노흔 사생첩은 이 지나간 겨울 한철 동안 그 농장이
잇는 마을에서 어든 것인데 추수하는 마당귀에서나 눈날린 논드렁길에
서나 또는 드뜻한 작인네 집 방안에서나 때업시 그 눈에 띄이고 그 마음
에 들어온 소박하고 순수하고 뜨사하고 우숩고 그러면서 영원한 아름다
움과 한업시 높고 귀한 것을 가진 세계를 그의 뜨거운 사랑으로 그린 것
인 줄을 나는 그의 설명에 앞서 짐작하엿든 것이다.
　　사생첩을 두 손으로 드는 나는 참지종이의 부드러운 감촉과 함께 이
상한 흥분과 감격도 찍하야 깨달으면서 우선 수십 장 부피의 책을 미테
서부터 쭈루룩 홀 듯이 넘겨보니 사생화는 모두 수묵이나 수채로 되엿는
데 척 보매는 어된 듯 어리고 못된 듯 하면서도 화폭에 기운이 살어 움직
이는 남화류의 이화가의 그림이어서 나는 일헛든 내 정서의 세계나 차즌
것처럼 기쁜 생각으로 이 사생첩의 첫 장을 열은 것이다.
　　첫 장을 들친 나는 갑자기 소스라치며 무슨 예리한 것에 찔리 울번 한
거나 잔인한 것을 보거나 할 때처럼 내 온신경이 모도 일어서며 날이 섯
다. 나는 껌언 금과 빨간 물감으로 된 한 폭의 수채화를 대한 것인데 그것
은 그 무슨 큼직하고 하이얀 새에게서 방금 내 아페 새빨간 피가 풍풍 쏘
다지는 것처럼 너무도 진실에 방불한 피가 흘러 나리는 그림이엇다. 하이
야코 푹신한 털과 지테 싸여서 푹 고개를 첫들이고 부름발을 쭉 들이우

고 앞가슴과 배바닥에 새빨간 피를 흘리며 숭엄하고 위대한 왕생을 하는 이 크다란 가금家禽을 바라보며 내 마음의 호흡이 격화하여 오는 것을 알은 젊은 화가는 내에게 이런 이야기를 하는 것이엇다.

그가 지난겨울 농은으로 가서 두어달쯤 지난 섣달 보름께 일이엇다. 자구눈이 조곰 더피고 달이 환하니 밝은 어느 날 밤 그가 늘 숙식하고 잇는 소작인네 집에 제사가 잇섯다. 매연 지난 먼 조상의 제사인지 제관들도 별로 모이지 안코 조용하니 제사를 지내고 나서 그 집 사람들과 일가 문중 사람 몟과 근처 집 늙은이들과 손님인 나까지 모두들 안방 큰 간에 모여서 젯상 아래서 제사밥들을 먹고 난 때는 첫닭이 울을녁이엇다. 무이 징게국에 복군잔듸에 제삿밥들을 맛잇게 먹고 난 사람들이 곳 돌아가지들 안코 퍽삭하니들 그 자리에 안저서 이야기를 하는 때인데 갑자기 뜰악에서 무슨 꺽하는 외마디 소리와 짓틀 치는 듯한 화드득 하는 소리가 들린 것이다.

방안에서는 깜작들 놀라서 말을 끈치고 귀를 기울이자 갑자기 게우들이 놀란 듯이 죽는 소리를 질으며 아우성을 하는 것을 듯고는 방안에서나 부억에서나 모두 문을 열어 제치고 토방으로들 날여섯다. 새파란이 얼은 달이 낫가치 밝은 뜰악에는 아모 것도 업고 허텅간 집북데기에서 게우들이 목이 찌저저라 하고 소리를 치고 그 엽 닭이 홰안에서 닭들도 나즌 소리로 꾸둑꾸둑 수선거리고 부억 모통이 제궁이에서 뜻밖게 밤물을 어더먹는 큰수캐도 그때는 고개를 들고 으르렁 으르렁하고 목만 굴르는 것이엇다. 무슨 산짐승이 온 모양이나 아모 것도 뵈이지 안코 게우들이 몬저 떠들고 야단을 하는 것을 보아 게우에게 무슨 일이 잇서도 잇슬 터인데 이 몸집이 크고 맘보가 우둔하고 힘이 세찬 짐승을 좀 크지 안흔 산짐승은 감히 건들이지 못 햇슬 것이라고 하야 모도들 수상하니들 생각하며 안뜰악에서 밧마당으로 나갈 때 벌써 어느새에 갓는지 밧마당 아래 텃바틀 지나 밧최ㅅ둑을 나려서면서 이집 젊은 맛아들이 몽둥이를 들고 무엇을 다쪼차가며 "살기, 살기-"하고 숨찬 소리를 질럿다. 그제야 모도들 와-하고 우루루 밧둑 아래로 나려 달렷스나 그때는 밧둑아래 행길 건너 논배미 여페 잇는 도랑까지 쪼차간 이집 맛아들이 짐승을 노처버린 때엿다. 도랑가며 밧둑을 뒤타 짐승을 차젓스나 업는 것으로 보아 그 놈이 멀리로 간 것이라고 생각하고 모도들 텃밧우로 올라오는 때인데 밧머드리에 무슨 커다란 하이얀 덩어리 가튼 것이 뇌여 잇섯다. 가까이 가서 본즉 그것은 게우엿다. 집에서도 제일 크고 세찬 숫게우였다. 게우는 목에 압가슴에 배바닥에 샛빨간 피를 흘리며 넘어저 섯다. 사람이 가서 처들랴고 한즉 그것은 갑자기 다리를 뻐치며 목을 들먹이며 일어나랴고 애를 스나 그것은 점점 더 누은 자리에 길을 펴는 것이 되엇다. 몸둥이에서는 선지피가 흘으고 털 미트로는 아직 따스한 살기운이 있는 게우를 처들고 사람들은 집으로 들어오면서 눈 우에 군대군대 크라란 발자취와 게우 발자국과 또 무엇인지 줄줄 끌려간 자최와 이 자최들 우에 샛빨간 피방울이 떠러저 있는 것을 보앗다. 여기서 이날 밤일은 다 알 수 잇섯다. 어느 늙은 살기가 게우들이 자는 허텅간으로 와서 살근히 동정을 살피는 것을 이 숫게우가 몬저 알어 채리고 대담하니 선소리를 꺽하고 질르자 살기는 단대바람에 달려들어 그 목을 물은 것인데 게우는 목을 물려 소리는 못 지르고 짓만 화드득 화드득 친 것이다. 살기는 게우를 물고 밧마당으로 텃밧흐로 오기는 햇스나 아무리 늙은 살기를 맛낫다 해도 개만한 크다란이 숫게우가 만만히 물려가지는 안흔 모양으로 물려가면서도 게우는 발버둥이를 치고 몸부림을 하야 반항을 하엿슬 터인데 그때마다 살기도 죽을 애블 써가며 이 크고 무서운 미끼를 간신히 추술으로 간 모양이엇다. 그러다가 이 집 맛아들한테 쫏겨서 그만 물엇든 게우를 노코 달어나 버리든가 숨어버린 것인데 이것을 짐작한 이집 맛아들은 입에 들어갓든 미끼를 중도에서 그만 노코온 늙은 살기의 울분과 탐욕에 찻슬 마음을 생각하야 이 산짐승이 미구에 으레히 게우를 노코간 곳으로 오리라고 미덧다. 그래 다른 사람들을 멀리 떠러저 잇게 하고 자기는 단단한 참나무 몽둥이를 하나 들고 도랑숲에 뵈이지 안케 업드려 잇섯다. 아니나다를까 물엇든 미끼를 노코간 짐승은 담배 한 대 태울 때가 지나자 어데서 오는지 도랑 저편 논드렁을 끼고 미끼 노앗든데서 가장 가까운 도랑쪽으로 와서 도랑을 넘는 것을 대가리에 한 대를 안기고 연거푸 허도리에 또 한 대를 안기어서 따려 잡은 것이다.

그것은 늙은 살기인데 기리가 거이 어른 한빨은 되는 큰 것이엇다. 샛파란 달빗이 얼어부튼 하이얀 털에 샛안 피가 뭇은 게우 함께 죽어서도 눈알이 샛팔하니 빗나는 길다란 새깜안 살기가 나가 넘어저서 제사 뒤의 이날 밤은 어쩐지 침통한 슬픔과 불안스러운 울회가 저저마다의 가슴에 사뭇첫다. 그는 이날 밤 이상한 흥분에 싸여서 이 게우의 죽엄을 바라보며 가슴속 기피 이 한 즘생의 죽엄을 아름답고 숭엄한 것으로 생각한 것이엇다. 이 하이얀 털과 샛빨간 피를 바라볼 때 그는 색채의 단순한 기피라는 것에 큰 미혹을 느낀 것도 사실인데 그리하야 이날 밤 그는 이 죽은 가금을 빌리라고 하야 자기 방으로 가지고 들어가 람프불 아래 걸고 떨리는 가슴과 손으로 사생을 한 것이다.

내 친구 화가가 대강 이러한 이야기를 다 한 다음에도 나는 한동안 이 죽은 가금家禽의 그림에서 눈을 떼지 못하다가 겨우 이 장을 넘긴 것이다.

둘재장은 수묵화엿다. 당나귀 한 마리가 웃고 섯는 압헤 오리와 붕어가 늣고 안고 한 것이다. 나는 압 그림의 비통한 세계에서 갑자기 경모한 우슴의 세계로 락관의 세계로 얼른 올마 오고 말엇다. 당나귀는 취한 관상이엇다. 흐리멍덩하니 풀어진 눈, 맥업시 비꼬인 다리, 한쪽은 날어트리고 한쪽은 처들은 귀. 가부를 틀고 안즌 오리의 설화가 들릴 듯한 주둥이와 눈알, 비슷이 나가 누운 잣붕어의 선기잇는 풍모. 나는 이 암시의 기픈 곳에 림하야 차츰 아득하고 당황해올 때 친구는 나늘 어느 지극히 단순한 사실로 인도할 생각이 들엇든 것이다. 그는 나더라 그림을 그만 보고 그의 우슴고도 슬픈 이야기를 들으라고 하며 이런 이야기를 한 것이다.

그의 농장이 있는 이 적은 마을에 주막이 한 집 잇섯다. 상냥하고 약하고 정직하고 민감하고 겸손하고 착하고 락천적이고 그리고 가난하고 고생하도록 태여난 이 주막의 주인을 마을에서는 당나귀라고 별명을 지어 불럿다. 그는 몸매로 보거나 성품으로 보거나 당나귀를 련상케 하는 사람이엇다. 사람이 다 각각 짐승의 혼령을 하나씩 깃드리고 잇다면 이 사람에게는 분명히 당나귀의 혼령이 깃들여 잇섯슬 것이었다. 주막주인은 이 농장마을의 술을 조와하는 사람들은 물론이요 압 개포에 생선을 바드러 가는 생선 장사들이며 또 예서 그리 멀지 안흔 섬들에 드나는 뭇사람들에게 술을 팔어서 생계를 꾀하는 박게 그는 조그마한 논을 하나 어더 부치는 것도 잇섯으나 이것보다도 이 주막주인이 조아하고 익숙한 생업으로는 녀름 한철 고기를 낙는 것과 가을 봄 오리를 잡는 것이엇다. 금붕어를 한 다랭이 잡어메고 돌아오든가 오리치를 노흐려 벌로 나가든가 하는 그의 노랑수염 난 웃는 낫을 마을의 신령은 사랑하엿슬 것이다. 이 주막에는 늘 붕어곰과 오리장조림이 잇서서 술상에 맛나느 안주를 떨으지 안는 일도 마을의 신령은 사랑하엿슬 것이다. 이 화가도 가을이 되어 농장으로 가면 남의 대접을 바더서나 또는 파적거리로나 이 주막에 자로 발을 들여노케 되는데 그럴 때마다 이 당나귀 가튼 주인은 그를 반가워하면서 술상을 가티 하고 안는 것이엇다. 혹 추수나 업고 한 날 주막주인이 오리를 잡으려 나가는 때는 그도 가치 딸어가서 닭이짓테 첫밀질을 한 숙마를 달어 올코를 매즌 오리치를 가지고 벌논으로 날여가거나 동비탈에 안저서 오리가 날여멕이기를 한 종일 기달이는 일도 잇엇다. 그런 때는 그들 둘은 서로 세상물정이며 인간사정이며 또 모든 자연의 대상 가튼데 대해서도 소박한대로 이야기를 하는데 주막주인은 언제나 세상사보다도 금수초목이며 춘하추동이며 비바람 눈서리 가튼 자연계의 이야기를 하기 조와해서 이것이 더욱 내 친구의 마음에 들은 것이엇다.

어떤 때는 내 친구가 삼각대와 '캔버스'를 가지고 가서 유화油畵를 글이면서 주막주인은 그 엽헤서 한가로히 유심스러히 그림이 되여 가는 것을 들여다보며 혼자 빙긋이 웃기도 하고 순수한 자연관찰자의 한 사람으로써 그림에 대한 소박한 원시적인 의견도 말하는 적도 잇섯다.

이러케 두 사람은 그들 인간의 맨밋다닥에서 서로 조화하게 되여서 화가는 주막주인에게 입호로 농터도 줄 수 잇스니 좀 더 뿌리 깁흔 생활을 하도록 하라고 권고도 하고 주막주인은 화가더러 거리에 살지 말구 이 마을에 와서 낚시질이나, 오리잽이나 하면서 지나는 것이 어떠냐고 의견도 내여 보고 그리고 한번 가티 '피양' 구경을 갓스면 조켓다는 말도 하엿다. 그러든 주막주인에게 지난겨울도 거이 다가서 친구 화가가 농장을 떠나오려고 할 림시에 큰일이 생긴 것이다. 하로는 그 주막에 그 건너 숙섬이라는데서 뱃사공 노릇 하는 사람 거간 하는 사람 주막영업 하는 사람 하야 이 주막 주인의 날 친구 세 사람이 와서 모도 반갑고 조은 김에

술 먹기 내기를 한 것이다. 낮배부터 시작한 술판이 저녁때쯤 갓슬 때는 이마을 주막 주인은 술을 얼마나 먹엇는지 모르나 코로 피를 뿜고 쓸어 젓는데 그 뒤로 다시 그는 일어나지 못하고 말은 것이다. '당나귀'가 술 먹다 죽엇다는 소문이 그 날로 농장마을에 퍼젓슬 때 가장 놀라고 애석히 녁인 사람은 친구 화가이엇다. 온 마을에 그리고 마을을 지나가는 사람들에게 따스한 애정과 죄업는 우슴을 주는 주막주인이 없서진 것이 그에게는 슬픈 일이엇다. 그것은 아마 한울에 지나가는 날즘승이며 땅에 기는 길즘승들에게도 이 주막주인은 사랑할만한 이웃사람이엇슬는지 모른다. 화가는 이 업어진 주막주인과 진실된 마음으로 서로 이야기하고 웃고 가티 걸어단이고 한 일들이 모도 생각나서 그는 뜨겁게 그의 손이라도 부르쥐고 십흔 생각에서 그를 생각하는 그림을 그리 엇스나 이러두룩새 그의 마음은 더욱 슬픈 것을 어찌할 수 업섯다. 그는 이 주인이 생전에 그러케 표일飄逸하든 그대로 죽을 적에도 조와하는 술 실컷 먹으며 웃고 떠들다 표일飄逸하니 죽은 그 쇄탈酒脫한 기개가 어덴지 높흔 선승 가튼 데가 잇서서 그는 더욱히 이 생전에는 못 볼 친구가 조와지고 보고 십퍼젓다. 그래 그를 추도하는 그림에도 그처럼 그가 조와할 대로 가장 쇄탈하고 표일한 서정을 한 것으로 해서 그 마음이 얼마큼이라도 위로되엇다.

  이러케 나는 내 친구 화가의 사생첩에 들어잇는 소박하고 순수하고 따사하고 우습고 그러면서 영원히 아름답고 한업시 놉고 귀한 것을 간직한 이야기의 넷챗 번 것을 우리 압헤는 향기 놉흔 술에 기름진 안주를 가추어 주안상이 들어와서 사생첩은 잠시 엽흐로 밀려노치 안흘 수 업섯다.

문학수가 보여준 사생첩을 펼쳐보면서 백석은 잃어버린 자신의 정서의 세계를 찾은 것처럼 기뻤다고 고백한다. 만주를 떠돌면서 잊어버렸던 친근하고 따뜻하고 소박한 고향의 정서가 그 속에 그대로 담겨 있었던 것이다. 마치 자신의 분신을 대하는 것 같았다. 백석이 초기 시에서 즐겨 썼던 '무이징게국' '볶은 잔디' '붕어곰'과 같은 음식 이름, '닭의 짓' '벌논' '오리치' '당나귀'와 같은 시어들을 이 글에 다시 꺼내 사용함으로써 지금은 그가 지향하고 꿈꾸던 세계와 멀리 떨어져 전혀 다른 처지로 살고 있다는 것을 반어적으로 보여준다.

압록강이 가까운
안둥 세관에서

백석의 영생고보 제자 김희모는 1942년 어느 날 안둥에서 백석을 만났다고 회고한 적이 있다. 그는 그때 하얼빈의학전문학교에 다니고 있었는데 방학을 맞아 고향 함흥으로 가는 중이었다. 영생고보 동창생한테 백석이 안둥의 세관에서 근무한다는 소식을 들은 적이 있었다. 김희모는 안둥을 그냥 지나칠 수 없었다. 안둥역에 내린 그는 곧바로 세관을 찾았다. 세관은 바로 역사와 붙어 있어서 쉽게 찾을 수 있었다.

백석은 4년 만에 제자가 찾아왔는데도 그리 반갑게 맞이하지 않았다. 의외였다. 김희모는 혼자 생각했다.

'만주에서 선생님이 왜놈들한테 호되게 당하며 사셨구나.'

백석은 김희모를 세관 옆에 딸린 관사로 데리고 갔다. 점심때여서 같이 밥을 먹자는 것이었다. 세관 직원용 관사는 똑같은 크기와 모양으로 오밀조밀하게 지어진 건물이었다. 어두컴컴한 관사 안은 작은 방 하나와 부엌, 그리고 그 사이에 놓인 좁다란 마루가 전부였다.

"영생고보 있을 때 가르친 제자야."

백석은 키가 작고 얼굴이 하얀 여성에게 김희모를 소개했다. 그런데 그 여성이 누구라고는 소개하지 않았다.

'선생님이 결혼을 하셨구나.'

몸이 말라 병약해 보이는 그 여성이 문경옥이었다. 김희모는 "사모님이세요?" 하고 묻고 싶었지만 입을 다물었다. 백석과 '사모님' 사이에 알지 못할 냉랭한 바람이 불고 있었기 때문이다. 백석은 밥상을 차리는 부인에게 말을 한 마디도 건네지 않았다. 방 안에는 번듯한 가구가 하나도 없었다. 한쪽 벽에 꽃무늬 수를 놓은 커다란 횃대보가 걸려 있었다. 벽에 옷을 걸고 그걸 가리기 위해 둘러쳐 놓은 그것은 혼수의 하나로 부인이 친정에서 가져온 것이었다. 부인은 조촐한 점심상을 차려 방으로 가져왔고, 백석과 김희모만 마주앉아 밥을 먹었다. 김희모의 앞에 앉아 있는 사람은 영생고보 시절 우렁우렁한 목소리로 영어수업을 하고 축구부를 지도하던 백석이 아니었다. 불빛이 번쩍거리던 강렬한 눈빛은 수더분해져 있었고, 가끔 주고받는 대화도 인사치레에 불과했다.

백석은 부인 문경옥과의 불화에다 조선어를 쓰지 못하게 하는 일제 정책의 압박으로 매우 의기소침해 있었다. 1942년 5월에 일제는 1944년부터 징병제를 실시한다고 발표했다. 조선의 청년들을 본격적으로 전쟁의 총알받이로 동원하겠다는 것이었다. 그뿐만이 아니었다. 전쟁을 원활하게 수행하려면 조선 청년들이 일본어를 완벽하게 해독하는 게 급선무였기 때문에 전 국민을 대상으로 이른바 '국어전해운동國語全解運動'을 펼쳤다. 여기서 '국어'란 일본어를 뜻하는 것이었다. 5월 5일 발표한 '국어보급운동요강'에 따라 모든 초등학교는 물론 마을 단위에서도 국어강습회를 조직했다. 국어를 잘하는 집을 '국어상용의 집'으로 뽑아 표창하고, 국어 능력이 뛰어난 사람에게는 '국어전해' 마크를 달아줬으며, 그리고 공공기관의 벽에는 어디든지 '국어상용'이라는 표어가 붙어 있었다.

　　　　　　　　　　　　　　　　　　　　　　　백석 평전

모든 것을 다 가엽시 녁이며
모든 것을 다 밧어들이며 모든 것을
다 허믈하거나 탓하지 안흐며
다만 홀로 넓다란 비인 벌판에 잇듯시 쓸쓸하나

유일한 문학잡지인 《국민문학》이 조선어와 일본어로 번갈아 내겠다는 약속을 깨고 전격적으로 일본어 일색의 잡지로 바뀐 것도 이때였다. 이것은 조선의 작가들에게 일본어로 창작한 작품이 아니면 아예 글을 쓰지 말라는 경고였다.

김응교가 공개한 '문인창씨록文人創氏錄'에는 백석이 '시라무라 기코白村夔行'로 창씨개명을 했다는 기록이 나온다.(『이찬과 한국근대문학』, 소명출판, 2007) 1943년경에 작성된 것으로 보이는 이 문건대로라면 백석은 안둥세관에 창씨개명을 하는 조건으로 들어갔거나, 그 후에 어쩔 수 없이 현실과 타협을 한 것으로 볼 수 있다. 이 명단에는 친구 허준도 '기노시타 슌木下俊'으로 성씨를 바꾼 것으로 되어 있다. 자의에 의한 것이든 외부의 강압에 의한 것이든 백석이 창씨개명에 참여한 사실은 분명하다. 여기서 짚고 넘어가야 할 것은 백석이 이렇게 바꾼 일본식 이름으로 작품을 발표하거나 공식적인 자리에 나선 일이 전혀 없다는 점이다. 백석은 백석이고자 했다.

조선총독부는 지식인들이 보는 잡지는 거의 모두 일본어로 바꾸라는 지시를 내렸다. 하지만 일어 해독을 할 수 없는 일반인이나 농민들이 읽는 신문과 잡지는 조선어로 발행되는 것을 일부 용인하고 있었다. 일제 정책의 대중적인 파급력을 고려한 조치였다. 조선총독부의 기관지 〈매일신보〉와 〈매신사진순보〉는 조선어로 발행하고 있었다. 비록 궁여지책이었지만 여기에 몇 편의 글을 싣는 것은 백석이 시인으로서 자존을 지키면서 최소한의 활동의 장을 확보하는 일이 될 수 있었다.

날은 밝고 바람은 따사한 어느 아츰날 마을에는 집집이 개들 짓고 행길에는 한물컨이 아이들이 달리고 이리하야 조용하든 마을은 갑자기 홍성결이었다.

이 아츰 마을 어구의 다 낡은 대장간에 그 마당귀 까치 짓는 마른 들매나무 아래 어떤 길손이 하나 잇섯다. 길손은 긴 귀와 껌언 눈과 짤분 네 다리를 하고 잇서서 조릅하니 신을 신기우고 잇섯다.

조용하니 그 발에 모양이 자못 손바닥과갓흔 검푸른 쇠자박을 대의고 잇섯다.

그는 어늬 고장으로부터 오는 마음이 하도 조용한 손이든가. 싸리단을 나려노코 갈기에 즉넙새를 날리는 그는 어늬 산골로부터 오는 손이든가. 그는 어늬 먼 산골 가난하나 평안한 집 훤하니 먼동이 터오는 으스스하니 추운 외양간에서 조집페 푸른콩을 삶어먹고 오는 길이든가. 그는 안개 어린 멀고 가까운 산과 내에 동네방네 뻑국이소리 닭의소리를 느껴웁게 들으며 오는 길이든가.

마른나무에 사지를 동여매이고 그 발바닥에 아픈 못을 들여 백끼우면서도 천연하야 움지기지 안코 아이들이 돌을 던지고 어른들이 비웃음과 욕사설을 퍼부어도 점잔하야 어지러히 하지 안코 모든 것을 다 가엽시 넉이며 모든 것을 다 밧어들이며 모든 것을 다 허믈하거나 탓하지 안흐며 다만 홀로 넓다란 비인 벌판에 잇듯시 쓸쓸하나 그러나 그 마음이 무엇에 넉넉하니 차잇는 이 손은 이 아츰 싸리단을 팔어 량식을 사려고 먼 장으로 가는 것이엇다.

날은 맑고 바람은 따사한 이 아츰날 길손은 또 새로히 욕된 신을 신고 다시 싸리단을 질머 지고 예대로 조용히 마을을 나서서 다리를 건너서 벌에서는 종달새도 일쿠고 늪에서는 오리떼도 날리며 홀로 제 꿈과 팔자를 즐기는 듯이 또 설어하는 듯이 그는 타박타박 아즈랑이 긴 먼 행길에 작어저갓다.

8월 11일자 〈매신사진순보〉에 발표한 짧은 수필 「당나귀」다. 수필이지만 마치 한 편의 시를 대하는 듯하다. 대상에 대한 간결하면서도 치밀한 묘사, 순우리말의 적절한 구사, 짜임새 있는 탄탄한 구성, 당나귀를 어느 먼 곳에서 온 길손으로 의인화하고 있는 것, 당나귀를 통해서 자아의 현재를 반추하고 있는 것, 반복되는 구문을 사용함으로써 운율감이 생기도록 한 것 등은 시로 본다고 해도 부족함이 없다. 당나귀는 시집『사슴』에서부터 백석이 즐겨 소재로 삼아온 동물이다. 당나귀는 말보다 작지만 체격에 비해 힘이 세고 체질이 강하다. 건조하고 추운 지역에서도 잘 견딘다. 암말과 당나귀 수컷 사이에 태어나는 2세가 노새다. 노새는 당나귀보다도 체구가 작다. 백석의 시에 등장하는 당나귀나 노새는 연약한 것들에 대한 시인의 관심을 보여주며 여유와 낭만을 환기하는 동물이었다. 그런데 이 수필에서의 당나귀는 현실의 노역과 놀림을 묵묵히 받아들이며 모든 것을 남의 탓을 하지 않고 "홀로 넓다란 비인 벌판에 잇듯시 쓸쓸하나 그러나 그 마음이 무엇에 넉넉하니 차잇는" 당나귀다. 여기서 우리는 하찮은 당나귀 한 마리와 만주 벌판의 자신을 동일시하는 백석을 만날 수 있다. 그도 삶의 원대한 희망이 좌절을 겪는 동안 그것을 운명으로 받아들이며 세상에서 점점 작아져가야 한다는 것을 미리 예감하고 있었던 것일까?

1941년《문장》과《인문평론》4월호에 시 5편을 발표한 이후 백석의 이름으로 된 시는 한동안 눈에 띄지 않았다. 그러다가 시 「머리카락」이 뒤늦게 백석 연구자들의 눈에 포획되었다. 이 시는 백석이 1942년 11월 이전에 쓴 작품이다.

1943년 7월 20일 김종한이 엮은 일어 번역시집 『설백집雪白集』(박문

서관)에 실린 백석의 시 「머리카락」(「髮の毛」)을 발견한 사람은 박태일이었다. 이 번역시집은 당대 조선 시단의 대표적인 시인들의 시를 일본어로 번역해 수록한 것이었다. 백석을 비롯해 홍사용·정지용·김동환·주요한·김상용·유치환·김종한이 그들이었다. 백석의 시는 「머리카락」「탕약」「모닥불」「두보나 이백같이」「조당에서」「수박씨, 호박씨」「안동」등 모두 7편이 일본어로 번역되어 실렸다. 그런데 「머리카락」은 지금껏 알려지지 않은 작품이었다. 박태일은 2004년 출간한 『한국근대문학의 실증과 방법』(소명출판)에 이를 실어 학계에 알렸다. 그리고 '머리오리'라는 제목을 달고 시를 재번역까지 해서 실었다.

이 작품의 원문을 찾아내 소개한 사람은 김재용이었다. 김재용은 〈매일신보〉 1942년 11월 15일자에 실린 김종한의 글 「조선 시단의 진로」에 이 시의 원문이 인용되어 있는 것을 찾아내 2009년에 《시인》지에 소개했다. 그렇게 해서 백석 시의 텍스트 하나가 추가되었고, 세상에도 알려지게 되었다. 하지만 아직까지 이 작품을 최초로 실은 지면이 어디인지는 밝혀내지 못하고 있다.

    큰마니야 네 머리카락 엄매야 네 머리카락 삼춘엄매야 네 머리카락

    머리 빗고 빗덥에서 꽁지는 머리카락

    큰마니야 엄매야 삼춘엄매야

    머리카락을 텅납새에 끼우는 것은

    큰마니 머리카락은 아릇간 텅납새에 엄매 머리카락은 웃칸 텅납새에

    삼춘엄매 머리카락도 웃칸 텅납새에 텅납새에 끼우는 것은

    큰마니야 엄매야 삼춘엄매야

    일은 봄철 산 넘어 먼 데 해변에서 가무래기 오면

흰가무래기 검가무래기 가무래기 사서 하리불에 구어 먹잔 말이로구나
큰마니야 엄매야 삼춘엄매야
머리카락을 텅납새에 끼우는 것은 또
구시월 황하두서 황하당세 오면
막대침에 가는 세침 바늘이며 취열옥색 꼭두손이 연분홍 물감도 사잔
말이로구나

김종한은 「조선시단의 진로」에서 "미스터 백석 씨의 풍속에 대한 애
정은 특히 대단하여 반추해 볼 유산일 것이다. 백석 씨의 예술은 그것이
너무나 향토적이기 때문에 그 무슨 민족적인 것과 혼동하기 쉬우나 사
실은 결코 그렇지 않을 것이다."라며 '민족적인 것'과 '향토적인 것'을 구
별해야 함을 강조하고 있다.

과연 그럴까? 김종한은 일본에서 활동하다가 1942년 조선에 돌아와
최재서와 함께 《국민문학》 편집을 주도했고, 〈매일신보〉 기자를 지내기
도 했다. 조선의 청년들이 과거의 협소한 민족주의적 태도에서 벗어날
것을 촉구하며 무엇보다 '국어'(일본어)를 부단히 학습할 것을 강조했다.
이러한 김종한의 생각은 조선의 '국민시'가 지향해야 할 것은 '동양시'
라는 논리로 요약된다. 그는 백석이 만주 시절에 예술의 크기를 획득했
다고 높게 평가하면서 「두보나 이백같이」를 보며 "너무나 스케일이 큰
범동아주의凡東亞主義"를 접했다며 찬사를 이어갔다. 김종한의 응원과
찬사는 백석에게 잠시 위안의 울타리가 되어주었을지 모른다. 하지만
백석에게 창작의 활로를 지속적으로 활짝 열어주지는 못했다. 1942년
중반에서 1947년 말까지 백석의 시는 세상에 단 한 번도 얼굴을 내밀지
않고 어디론가 꽁꽁 숨어버렸다. 어둡고 긴 침묵이었다.

이와는 반대로 짧은 기간이었지만 백석과 처음으로 가정을 꾸렸던 아내 문경옥은 북한에서 예술가로서 격찬을 받으며 성장했다. 2004년 북한의 문학예술출판사에서 펴낸 최영학의 『그의 교항곡』은 문경옥의 일대기를 바탕으로 한 소설이다. 1946년 11월 19일과 20일 이틀 동안 평양시공관에서는 피아니스트 문경옥의 독주회가 열렸다. 이날 문경옥이 작곡한 〈8·15환상곡〉은 1시간 반 동안 성공적으로 연주해 박수갈채를 받았다. 1947년 김일성의 배려로 제2차 유학생에 뽑힌 그녀는 레닌그라드 음악학원으로 유학을 떠났다. 소련에서 작곡을 공부하기 위해서였다. 이어 1953년 귀국해서는 전쟁 중에 월북한 작곡가 리건우와 결혼했다. 문경옥은 1962년부터 1965년까지 평양음악대학 작곡학부 교수를 지냈고, 북한 최초의 여성작곡가로 이름을 날리다가 1979년 3월 59세의 나이로 사망했다.

시의 잠적

1943년 4월 조선문인보국회가 창립되었다. 일제에 협력하기 위해 만들어진 일제강점기 최대의 문인조직이었다. 중일전쟁 이후 전시체제로 돌아선 일제는 명망 있는 문인들을 동원해 청년들에게 지원병에 지원할 것을 독려하라고 촉구했고, 이에 조선의 대표적 문인들이 조직적으로 호응하고 나선 것이었다. 이광수가 회장을 맡았고, 김동환·정인섭·주요한·이기영·박영희·김문집이 간사로 참여했다. 심지어 좌익 문학계의 거두인 임화와 한설야마저 이름을 보탰다.

일제는 태평양전쟁에 병력을 충원하기 위한 수단을 다각도로 강구했다. 앞서 1938년 2월 '육군특별지원병령'이 공포되어 1943년까지 16,000명이 넘는 조선의 청년들이 일본군에 입대했다. 1943년 10월에는 '육군특별지원병 임시채용 규칙'이 공표되었고, 그 후 4,500여 명의 학생들을 전쟁터로 끌고 갔다. 이것은 1944년 4월로 예정되어 있던 징병제의 서곡이었다. 그때 만 20세가 되면 지원하지 않아도 자동적으로 징병되어 전선에 끌려가야 했다. 또 만 20세가 넘는 대학 재학생이거나 졸업생에 대해서도 지원병 제도를 실시한다고 밝혔다. 이렇게 해서 1944년부터 해방이 될 때까지 전쟁터로 내몰린 조선 청년의 숫자는 21만 명이 넘었다. '지원병'은 허울 좋은 명분이었고, 실은 강제 동원이었다. 그런데 지원병에 응모하는 청년들이 예상에 미치지 못하자 조선 총독부는 모든 행정력과 매스컴, 그리고 친일인사를 총동원해 학병으로 나갈 것을 독려했다.

그대는 벌써 지원하였는가
－ 특별지원병을 －
내일 지원하려는가
－ 특별지원병을 －

공부야 언제나 못하리
다른 일이야 이따가도 하지마는
전쟁은 당장이로세
만사는 승리를 얻은 다음 날 일
— 이광수의 시, 「조선의 학도여」 중에서

나라의 부름 받고 가실 때에는
빨간 댕기를 드리겠어요
몸에 지니고 싸우시면
총알이 날아와도 맞지 않지요
— 주요한의 시, 「댕기」 중에서

반도의 아우야, 아들아 나오라!

님께서 부르신다, 동아 백만의 천 배의
용감한 전위의 한 부대로 너를 부르신다,
이마에 별 붙이고, 빛나는 별 붙이고 나가라
— 김기진의 시, 「님의 부르심을 받들고서」 중에서

고운 피 고운 뼈에
한번 새겨진 나라의 언약
아름다운 이김에 빛나리니
적의 숨을 끊을 때까지
사막이나 열대나
솟아솟아 날아가라
— 모윤숙의 시, 「어린 날개」 중에서

남아면 군복에 총을 메고
나라 위해 전장에 나감이 소원이리니
이 영광의 날
나도 사나이였다면 나도 사나이였다면
귀한 부르심 입는 것을 –
— 노천명의 시, 「님의 부르심을 받들고서」 중에서

이 시들의 발표지면은 〈매일신보〉이거나 《국민문학》이 대부분이었
다. 천황제 파시즘이 극에 달했던 이 시기에 백석은 시인으로 사는 게 치
욕스러웠다. 참기 어려운 모욕이 그를 훑고 지나가고 있었다. 그래서 그
는 스스로 붓을 꺾었다. 그게 자그마치 5년이었다.

일본에서 늦깎이로 유학생 생활을 하고 있던 아동문학가 윤석중이 징용장을 받고 도쿄를 탈출해 경성으로 몸을 숨긴 것도 이 무렵이었다. 윤석중은 1911년생으로 백석보다 한 살이 더 많았다. 그는 도쿄를 떠나기 전에 인사차 마해송을 찾았다. 마해송은 윤석중을 반갑게 맞았다.

"전쟁이 걷잡을 수 없이 크게 번지고 있소. 여기 동경도 안심할 수 없소. 미군의 폭격으로 언제 쑥밭이 될지 모르겠소. 윤형, 내 아내와 아이들을 조선으로 좀 데려다 주시오. 부탁이오."

마해송은 윤석중에게 가족들을 피신시켜달라고 부탁했다. 윤석중은 마해송의 부인과 자녀 셋을 데리고 부부로 위장해 관부연락선을 탔다. 그 자녀 중에 마해송의 맏아들이며 나중에 시인이 되는 다섯 살짜리 마종기도 있었다.

1942년부터 1944년까지 세 차례에 걸쳐 '대동아문학자대회'가 열렸다. 조선의 '국민문학'을 다시 일본을 중심으로 하는 '대동아문학'으로 상승시켜야 한다는 취지로 조선·일본·중화민국·만주국·몽골의 문학자들이 국제적 회합을 가진 것이었다. '성전聖戰'으로 미화된 태평양 전쟁의 승리를 앞당기기 위해 일제는 문인들을 십분 활용했다.

이 기간, 즉 해방 직전 3년 동안 백석의 행적을 구체적으로 알려주는 자료는 없다. 이 시기에 그는 친일과 관련한 글을 쓰거나 어떠한 부역 행위를 한 사실도 없다. 조선시단의 중심부에 올라선 백석에게 이런저런 유혹도 있었고 회유도 많았을 것이다. 백석은 그런 것들을 거절하거나 피하는 방법으로 자신을 지키고 싶었을 것이다. 시인도 잠적했고 시도 잠적했다. 징용을 피해 몸을 숨기고 다녔다는 추측은 해볼 수 있다. 지금까지 밝혀진 자료를 검토해보면 화가 문학수의 정주군 농장에서 일정 기간 은거했을 가능성도 있다. 그의 결벽증은 집단적인 질서와 상하 계급관계의 질서를 중시하는 군대문화를 생래적으로 거부하고 있었는지도 모른다. 일왕에 충성하는 병사가 된다는 것을 그는 상상하기도 싫었을 것이다. 일제에 대해 비협조적인 태도로 일관한 그 당시의 백석에게 침묵은 하나의 무기였다.

다만 당시 허준의 행적과 관련해서 추론해볼 만한 것이 있다. 허준은 백석이 시 「허준」을 발표하기 직전인 1940년 늦가을 신징으로 가서 백석을 만났다. 그게 허준의 첫 번째 만주행이었다. 두 번째 만주행은 "만 2년 반 전 이른 봄에 만주(지금은 동북지방) 학교로 직職을 받들어 부임하는 도중 큰 정거장 근처에 사시던 가형家兄에게 전보를 치고 잠깐 역에서 뵈었으면 좋겠다고 한 적이 있었다."고 「민족의 감격」(《민성》, 1946년 8월호)이라는 수필에서 밝힌 바 있다. 허준이 말하는 '2년 반 전 이른 봄'이라면 1944년 이른 봄을 가리킨다. 이 시기는 백석이 공식적인 자리에 일체 나오지 않고 종적을 감춘 때였는데, 이때 허준이 만주에서 백석을 만났을 개연성이 있다. 만주에서 허준의 교직생활은 그리 길지 않았다. 백석의 뒤를 이어 〈조선일보〉에 근무했던 동향 선배 이석훈이 신징의 〈만선일보〉에서 일을 시작한 것도 이 무렵이었다.

그리고 허준이 해방 직전에 만주의 신징에 머물고 있었음을 암시하는 한 편의 시가 있다. 《개벽》 1946년 4월호에 발표한 「장춘대가長春大街」가 그것이다.

> 내 마음을 외 이리 엎누르노 거리의 매음녀賣淫女야
> 웅변가雄辯家야 정치주선가政治周旋家야 '나리아가리'야
> 한 팔에 단장短杖을 끼고 쇠포 없이 나서면
> 장춘대가長春大街의 황혼黃昏이 부르는 줄 모르니

나는 모른다 내겐 아모것도 없다

단장短杖을 보내라 단장短杖을 보내라

미풍에 나붓기는 가로수 상常버드나무와 함께

누각은 부이고 '오피쓰'는 다친다

호동胡同과 호동胡同에 끌고 밀고 곤두막질을 시키든

거래去來와 음모陰謀가가 헐버슨 생활生活의 잔등殘燈이 남는 때면

나는 모른다 내겐 아모것도 없다

단장短杖을 보내라 단장短杖을 보내라

올려다보아야그러치 오월伍月하늘의 성공星空이렸지

회온悔惡들 있겠는가 고통苦痛은 무슨 고통苦痛 선망羨望은 무슨 선망
羨望

마차馬車의 소리가 꿈이란 소린들 나는 모른다

오죽 슬픔! 까닭을 모르는 오즉 이 막연漠然한 슬픔

장춘대가長春大街의 황혼黃昏이 길다는 단單 한 가지 구원救援 속에

눈물로 변할 줄 모르는 오즉 이 종용從容한 슬픔

나는 모른다 단장短杖을 보내라 단장短杖을 보내라

허준은 원고 끝에 '1945. 5. 11 고稿'라고 쓴 날짜를 부기해 놓았다.
이것은 해방 직전 5월에 신징의 중심지인 장춘대가 부근에 머물고 있었
다는 말이다. "까닭을 모르는 오즉 이 막연한 슬픔"이 구체적으로 무엇
을 뜻하는지, 그 슬픔의 근원이 무엇인지 우리는 알 수가 없다. 하지만
화자를 슬프게 하는 대상이 '매음녀' '웅변가' '정치주선가(정치브로커)'

'나리아가리なりあがり(벼락부자가 된 졸부)'임에 비추어 볼 때 현실과 영악하게 타협하지 못하는 자신의 처지에 대해 한탄하고 절망하고 있는 것이다. 화자는 "나는 모른다 내겐 아모것도 없다"는 문장을 여러 차례 반복하면서 현실에 절망한 심정을 직설적으로 내뱉고 있다. 이것은 백석이 신징 생활 초기에 「조선인과 요설」을 쓸 때의 상황과 별반 다를 게 없다. 일찍이 결혼을 해서 해방 전까지 2남 2녀의 자녀를 둔 허준이 이 시기에 만주에서 방랑을 이어갔다는 것은 무엇을 암시할까? 처자식을 고향에 두고 만주로 떠도는 허준의 옆에 알게 모르게 백석이 있었던 것은 아닐까? 시대와 문학을 화두로 붙잡고 그 둘은 울분을 삭이며 남몰래 술잔을 나눴던 게 아닐까?

한편 백석의 연인이었던 자야는 1944년 무렵 조선총독부에서 발행한 관광엽서의 모델로 등장했다. 궁중무용 〈춘앵전春鶯囀〉을 추는 모습이 엽서에 등장한 것이다. 이 그림은 장발張勃 화백이 그렸다. 훗날 대한민국 부통령을 지내는 장면張勉이 그의 형이다.

해방된 평양에서

해방이 되었다.

만주에 머물던 백석은 안둥에서 압록강을 건넜다. 고향 정주로 가려면 신의주에서 경의선 열차를 타야 했다. 신의주역에는 만주에 살던 조선인들이 귀국하기 위해 긴 행렬을 이루고 있었다. 여기에 부랴부랴 짐을 싸서 일본으로 돌아가려는 일본인들까지 더해져서 신의주는 그야말로 북새통을 이루었다. 그때 허준은 만주에서 신의주 쪽으로 가지 않고 두만강 국경 지역인 회령을 통해 귀국한 것으로 보인다. 허준이 1946년에 발표한 소설 「잔등殘燈」에는 해방 직후 만주에서 경성으로 돌아오는 주인공의 여정이 담겨 있다. "장춘(신징)서 회령까지 스무하루를 두고 온 여정이었다."는 첫 문장처럼 허준도 그렇게 힘겹게 조선으로 돌아왔다. 〈만선일보〉에서 일하다가 해방을 맞은 이석훈도 어렵게 귀국했다. 그는 1947년《백민》에 발표한 「고백」이라는 글에서 자신의 친일 행적을 참회하기도 한다.

지금 보면 낯이 화끈화끈해지는 아첨의 글도 더러 쓰기도 했습니다.

아무리 생활을 위해서, 자기기만을 한 것이기로서니, 내 자신 유쾌할 리 없고, 떳떳할 까닭이 없습니다. 나도 남만치 양심도 있고, 결벽도 어느 정도 강합니다. (……) 지난날 내가 절망과, 고뇌의 비애 속에 방황할 때 나를 재생에로 격려해준 여러 선배와 문우들, 혹은 그러한 때에 더 한층 나를 중상하고 훼방하여 내 맘을 무한히 아프게 한 사람들 까지도, 나는 새날 아침에 한번 선의로써 대하고, 8·15 그 전의 나에게 영원의 결별을 지으려 하나이다.

일제 말 '국민문학' 운동에 적극 가담한 적이 있는 이석훈으로서는 이 통렬한 반성이 하나의 통과의례였다. 그는 곧 반공을 국시로 삼는 이승만 정부에 협력하는 반공투사로 변신하게 된다. 그런데 백석과 허준은 이석훈과 전혀 다른 심정으로 해방을 맞이한 것처럼 보인다. 허준의 소설집 『잔등』의 서문을 보면 해방을 맞이할 때의 소감을 짐작하게 해주는 대목이 있다.

너의 문학은 어째 오늘날도 흥분이 없느냐, 왜 그리 희열이 없이 차기만 하냐, 새 시대의 거족적인 열광과 투쟁 속에 자그마한 감격은 있어도 좋은 것 아니냐고들 하는 사람이 있는 데는 나는 반드시 진심으로는 감복하지 아니한다. 민족의 생리를 문학적으로 감득하는 방도에 있어서, 다시 말하면 문학을 두고 지금껏 알아오고 느껴오는 방도에 있어서 반드시 나는 그들과 같은 방향에 서서 같은 조망을 가질 수 없음을 아니 느낄 수 없는 까닭이다.

해방이 되고 1년이 지난 뒤에까지 '자그마한 감격'도 하지 않고 현실을 받아들이는 허준의 태도는 차분하고 담백하다 못해 냉랭하기까지 하다. 해방을 맞이한 백석의 마음도 이와 한 치의 오차도 없이 일치했던 게 아니었을까? 그들은 자신의 공적을 포장해 과장할 생각도 없었고, 땅을 치고 과오를 뉘우칠 일도 없었다. 그들에게는 해방 직전의 반인륜적이고 비문학적인 일제의 폭압을 아슬아슬하게 견디며 시대의 괴로움 속을 통과했다는 것만이 중요했다. 백석이 경성으로 돌아오지 않고 부모가 있는 고향을 찾은 것은 매우 자연스럽고 당연한 일이었다.

8월 15일, 서울에서는 여운형을 위원장으로 하는 조선건국준비위원회가 활동을 시작했다. 고당 조만식은 8월 17일 평양에서 조직된 평안남도건국준비위원회의 위원장으로 추대되었고, 오윤선 장로가 부위원장을 맡았다. 같은 날 좌익 쪽에서는 조선공산당 평남지구위원회가 발족되었다.

문화예술인들도 각각 자신들의 이념과 지향에 따라 조직 구성을 서둘렀다. 8월 16일, 박헌영의 남로당계 지도 아래 임화는 조선문학건설본부를 신속하게 결성했다. 이태준이 중앙위원장, 이원조가 서기장을 맡았다. 이 단체는 며칠 후 다른 장르의 단체들을 규합해 조선문화건설중앙협의회로 발전했고 복잡한 이합집산을 거듭하다가 1946년 2월 조선문학가동맹으로 통합하게 된다. 서울에 남아 있던 정현웅은 8월 18일 결성된 조선미술건설본부의 서기장을 맡았다.

8월 26일, 평양에 소련군이 들어왔다. 조만식은 시민들과 함께 소련군을 환영하는 평양역 광장의 행사장에 나갔다.

"대소련 만세."

"해방의 은인 붉은 군대 만세."

평양 시내 곳곳에 소련군을 환영하는 현수막이 나부꼈다. 그다음 날

소련군 정치위원 레베데프 소장과 로마넨코 소장은 우익 쪽의 평남 건준과 좌익 쪽의 조공을 합쳐 평남인민정치위원회를 구성하도록 했다. 여기에서 조만식이 다시 위원장으로 추대되었다. 조공 쪽에서는 현준혁이, 건준 쪽에서는 오윤선이 부위원장을 맡았다.

8월 25일, 소련군은 남북 간의 철도 운행을 중지시켰다. 경의선과 경원선이 끊기고 남북을 연결하던 통신선도 끊었다. 정세는 급박하게 돌아가고 있었다. 9월 19일, 김일성은 조선인 항일유격대 대원들을 이끌고 원산항을 통해 귀국했다. 소련군 육군 대위의 군복을 입고 김일성이 평양에 도착한 것은 22일이었다. 미국에 있던 이승만과 상해 임시정부의 김구 주석이 10월 16일과 11월 23일에 각각 귀국한 것과 비교해보면 발 빠른 행보였다.

경남 통영에 있던 박경련의 남편 신현중은 해방과 함께 서울로 와 9월 4일 〈조선통신사〉를 설립했다. 미국의 〈UP통신〉과 뉴스 공급 계약을 맺고 해외 뉴스를 받거나 국내 소식을 내보내는 통신사였다. 신현중은 이 일을 오래 하지는 않았다. 좌우익의 대립이 파국으로 치달아가는 상황을 지켜보며 그는 다시 낙향을 선택한다. 그는 진주로 내려가 진주여자중학교 교장을 맡는 것을 시작으로 해서 1960년대 초반까지 경남과 부산의 학교에서 줄곧 교장으로 교직생활을 하게 된다. 통영 지역에서는 지금도 그를 '신 교장'으로 부른다.

10월 14일, 을밀대 아래 평양공설운동장에서는 7만 명의 군중들이 운집한 대규모 집회가 열렸다. 소련 군정에서 마련한 '조선해방축하집회'였다. 소련군 시티코프 사령관, 평남인민정치위원회 위원장 조만식의 소개로 구릿빛 얼굴의 '김일성 장군'이 등장했다. 김일성이 평양 시민들에게 처음으로 얼굴을 알린 날이었다.

"돈 있는 사람은 돈을 내고 힘 있는 사람은 힘을 내고 지식 있는 사람은 지식을 내어 3천만 겨레가 한마음 한뜻으로 굳게 뭉쳐 새로운 조국 건설에 떨쳐나섭시다."

김일성의 연설을 듣던 사람들은 만주에서 무장독립투쟁을 해온 김일성이 예상했던 모습보다 젊어서 놀랐다. 민족주의 우파 계열의 사람들 중에는 저 사람이 진짜 김일성일까 의심을 하는 사람들도 있었다. 김일성은 1912년 생으로 백석과 동갑이었다.

한편 해방 후 정주 고향집에 머물고 있던 백석에게 평양의 고당 조만식으로부터 연락이 왔다.

"평양으로 와서 나를 좀 도와주게."

조만식은 당시 우익과 좌익 가릴 것 없이 전체 민중이 존경하고 지지하던 사람이었다. 백석이 오산고보 시절부터 우러러보던 선생님인 조만식의 청을 거역할 수 없었다. 거의 날마다 소련군을 만나야 하는 조만식은 러시아어를 통역해줄 사람이 필요했고, 백석이 적임자라고 판단했다. 백석은 평양으로 급히 이사를 했다.

이 무렵 백석의 행적을 말해주는 자료는 오영진이 쓴 『소군정하蘇軍政下의 북한-하나의 증언』이다. 1952년 한국전쟁 중 피난지 부산에서 발간한 이 책의 저자 오영진은 조만식의 최측근 오윤선 장로의 아들로서 해방 직후 조만식의 비서로 일했다. 조만식이 창당한 조선민주당의 중앙상임위원을 맡기도 했다. 이 책에는 백석과 김일성이 만나는 장면이 나온다. 조선해방축하집회가 열리고 나서 며칠 후, 평남인민정치위원회 주최로 열린 김일성 장군 환영회가 일본요정 '가선歌扇'에서 열렸다. 이 자리에 김일성은 칠십 전후로 보이는 할머니를 모시고 참석하였다. 소련군사령부의 정치부원 페트로프 중좌, 법조계, 종교계, 교육계 등

백석은 12월 29일 평양에서 리윤희와 결혼식을 올렸
다. 백석은 서른네 살이었고, 신부 리윤희는 스무 살
이었다. 그들은 대동강이 내려다보이는 부벽루 근처
돌담집에 신혼살림을 차렸다.

각계각층 대표들을 비롯해 70~80명의 사람들이 한 자리에 모였다. 일식집의 넓은 다다미방이 참석자들로 빼곡하게 들어찼다. 문단 대표로는 소설가 최명익과 시인 백석이, 영화계의 대표로는 오영진이 소개되었다.

소개가 끝나자 박현숙 여사의 사회로 축사와 환영사가 시작되었다. 모두가 판에 박은 듯한 천편일률한 형식과 내용의 테이블 스피치이다. 예술계의 대표인 우리 3인은 지루하고 재미없는 축사에 권태를 느끼고 따로 소집단을 형성하고 열렬히 술만 먹기로 했다. 소련식으로 술잔을 들 적마다 축배의 대상을 이것저것 연구해냈다. 대상이 진盡하여 가므로 마지막에는 무의미한 축사를 위하여 축배를 들고, 뚱뚱한 소련장교의 몸집을 위하여, 발쭉 웃으며 귀엽게 양 볼에 패이는 김일성 장군의 보조개와 덧니重齒를 위하여, 심지어는 공짜로 마음 놓고 먹을 술을 얻어 만난 우리들 예술인 자신을 위하여 축배를 들었다. (······) 문학계의 대표 최명익은 드디어 견디다 못해 한 마디 축사를 제공하려고 말석에서 일어났다. 그의 뒤를 이어 백석도 그리고 나 자신도····· 최명익은 "김일성 장군은 제발 1당 1파에 사로잡히지 말고 이조시대의 혁명아 홍경래처럼 전 민족의 각층 인민을 위하여 투쟁하라"는 의미의 강렬한 테이블 스피치를 하고, 시인 백석은 '장군 돌아오시다'라는 즉흥시를 낭송하고, 나는 '비적 김일성을 잡으러 갔던 조선인 출신 일본인 군인의 추억'이라는 약간 까다로운 제목의 즉흥콩트를 거침없이 읽어냈다. 물론 원고는 없이. (······) 우리들의 스피치는 침체하였던 연석宴席에서 뜻하지 않은 갈채를 받았다. 실내는 겨우 활기를 띠어간다. 내가 제자리로 돌아오자 김일성의 비서 문일文一은 일부러 우리를 찾아와 상석에서 말석으로 와서 나에게 술잔을 권했다. 김일성 장군은 자기의 힘으로 미국유학까지 보냈다는 굉고지신肱股之

혀인 문일을 특파하여 우리들에게 특별한 관심을 보인 것이다.

오영진은 이후에도 소련종군기자단을 환영하는 연회에 백석과 같이 참석하였다. 종군기자로 온 소련인 4명을 주빈으로 하고 백석과 소설가 최명익, 화가 김병기 등이 이 자리에 참석했다고 기록하고 있다. 최명익은 평양에서 유리공장을 경영하며 소설을 쓰고 있었고, 김병기는 이중섭, 문학수와 절친한 친구였다. 이날 통역은 백석이 맡았다.

나는 루닌 부처夫妻와 뿌르소프 소좌에게 두 서적을 떠맡기고는 얌전히 한 구석에 앉아 있는 차닌 소좌 옆으로 자리를 옮겼다. 그가 제일 쓸쓸하리만치 조용히 앉아 있을 뿐 아니라 나는 파적破寂과 동시에 그를 통하여 생신生新한 소련문단 소식을 알고 싶었다. 차닌 소좌는 이리흐와 유명한 극작가 A·톨스토이의 죽음을 알려준다. 이야기는 차츰 신이 나기 시작했다. 십수 차의 축배로 약간 흩어지는 연석 한 모퉁이에서 나는 백석의 통역을 독점하다시피 하고 차닌과의 대담이다. (……) 나의 말이 끝나자, 차닌 소좌는 백석에게 "이 사람은 코뮤니스트(공산주의자)인가." 하고 묻는다. 나는 통역을 기다릴 것 없이 간단한 질문 내용을 이해할 수 있었으므로 맞받아 "아니올시다. 나는 자유주의자입니다." 하고 대답했다. (……) 화제는 바뀌었다. 차닌 소좌는 "소련의 영화를 보셨습니까?" 하고 묻는다. "최근에 미하엘 로옴의 '1918년의 레닌'을 보았지만 좀 지루하더군요." 백석이 통역하기 전에 차닌은 "그 영화는 퍽 좋은 작품입니다." 한다. 백석은 "저 사람들이 퍽 좋다구 하니 '지루하다'는 말은 뺍시다." 한다. 약간 기가 풀리기 시작한 나는 "좋을대루……" 하고 말했다.

이 환영모임 이후에도 종군기자들에게 조선의 가정집을 보여주고 싶어 이들을 오영진의 집으로 초청한 적이 있었다. 이날도 백석이 통역을 맡았다. 백석은 루닌 대위가 소련군 기관지 〈조선신문〉에 발표한 함흥에 대한 기사를 번역해서 읽으려고 했다. 그때 루닌 대위가 얼굴을 붉히며 소개할 만한 가치가 없는 기사라며 손을 저었다. 또 오영진은 1945년 11월 3일 조만식의 조선민주당이 발족한 직후 소련군이 조선신문사 2층으로 평양의 문화예술인들을 초청했고 이 자리에 백석과 함께 나갔다고 증언했다.

오영진은 1946년 1월 조만식의 연금 이후 신변의 위험을 느끼던 중 1947년에 월남했다. 한국전쟁 때는 비상국민선전대에 참여했고, 반공을 국가시책으로 내걸기 시작한 정부를 위해 반공활동을 하면서 희곡과 시나리오를 꾸준히 발표했다.

38선 이북은 좌익 쪽이 내세운 김일성의 수중으로 착착 들어가고 있었다. 소련군은 김일성의 든든한 후원자였다. 이에 갈등하던 고당 조만식은 11월 3일 평양에서 조선민주당을 창당했다. 고당은 측근들과 서울로 피신하는 문제를 상의했으나 오로지 이북의 민중들을 지켜야 한다는 생각으로 평양에 머물렀다. 12월 17일, 김일성은 북조선공산당 책임비서로 취임했다. 형식적으로는 서울의 박헌영이 지도하는 조선공산당의 지역조직이었지만 박헌영은 남쪽에서 미군정의 탄압과 제약으로 지하활동을 하고 있을 뿐이었다.

1945년 12월 16일에서 25일까지 소련의 모스크바에서는 미국·영국·소련의 3개국 외무장관이 제2차 세계대전의 전후 문제를 처리하기 위해 회의를 열었다. 여기에서 조선에 임시 민주정부를 수립하고 이 정부를 돕기 위해 미·영·중·소 4개국이 신탁통치를 한다는 안이 결정되었다. 며칠 후에 이 사실이 국내에 알려지자 나라 전체가 발칵 뒤집혔다. 김구를 비롯한 임시정부 세력과 이승만 등의 우익세력은 이에 반대하는 반탁운동을 시작했다. 그러나 박헌영의 조선공산당, 여운형의 조선인민 당, 그리고 이북의 김일성은 신탁통치를 찬성하는 입장을 취했다. 이때 부터 첨예한 좌우익의 대립이 격렬하게 전개되었고 나라는 찬탁과 반탁 의 소용돌이 속으로 빠져 들어갔다.

한편 12월 27일 허준은 홍명희·임화·박태원·김기림 등과 경성 조 소문화협회 창립 발기인으로 참여했다. 이 단체는 "소련 문화의 과학적 섭취로 조선민족문화를 건설하는 동시에 국제적 수준으로 향상시킨다." 는 목표를 내세웠다.

백석은 12월 29일 평양에서 리윤희와 결혼식을 올렸다. 백석은 서른 네 살이었고, 신부 리윤희는 스무 살이었다. 그들은 대동강이 내려다보 이는 부벽루 근처 돌담집에 신혼살림을 차렸다.

38선을 넘지 않은 이유

　평양의 조만식은 공산주의자들과 사사건건 부딪쳤다. 소작료를 3:7 제로 하자는 좌익계의 운동에 대해서도 조만식은 선뜻 호응하지 않았다. 그런 조건이 지주들에게 지나치게 가혹하다는 생각을 하고 있었던 것이다. 1946년 1월 5일, 조만식은 소련군을 등에 업은 김일성과 신탁통치 문제로 갈등을 빚어오다 결국 고려호텔에 연금되었다. 이렇게 한 시대의 걸출한 거물은 이데올로기의 각축장에서 밀려나고 말았다. 얼마 후 조만식의 측근인 우익 측의 이윤영·한근조·김병연·오영진 등은 38선을 넘어 서울로 들어갔다.

　민중들의 추앙을 받던 조만식의 손발을 꽁꽁 묶은 김일성은 2월 8일 북조선임시인민위원회 위원장으로 선출되었다. 이때 한설야는 함흥에서 활동하고 있다가 북조선임시인민위원회 함경도 대표로 뽑혀 평양으로 갔다. 스스로를 '북방인'으로 부르던 강직한 재야 소설가 한설야가 정치인으로서 화려한 서막을 올린 것이다. 그는 이때부터 정치의 일선으로 뛰어들어 김일성의 중요한 측근으로 정치계와 문학계에 영향력을 행사하기 시작했다.

한설야가 평양에 등장한 것이 백석에게는 적지 않은 위안이 되었다. 함흥 영생고보 교사시절부터 두 사람은 마음을 터놓고 대화를 하는 관계를 구축해 놓고 있었다. 김일성의 권한이 점점 강화되는 시기에 백석이 조만식의 통역비서로 일했다는 경력은 어디 내놓을 수가 없었다. '조만식'이라는 이름은 평양에서 몰래 눈을 껌벅거려야 하는 금기어로 자리를 잡아가고 있을 때였기 때문이다.

"불안해하지 말고 기회가 올 때까지 잠시 기다려봅시다."

평양에서 한설야는 백석을 만나 등을 두드렸다.

2월 8일부터 9일까지 이틀간 서울 종로 기독청년회관에서 '전국문학자대회'가 개최되었다. 좌익계뿐만 아니라 중도를 표방하던 문인들도 대거 참석해 조선문학가동맹을 출범시켰다. 홍명희가 중앙집행부 위원장에 선출되었고, 부위원장으로 이기영, 한설야, 이태준, 서기장에는 권환이 뽑혔다. 허준도 이 대회에 참가했다. 허준은 4월에 조선문학가동맹의 회원 자격으로 초원다방에서 열린 '해방 후의 조선문학 – 제1회 소설가 간담회'에 참석했고, 곧 서울여자사범대학 교수로 임용이 되었다. 8월에는 조선문학가동맹 서울시지부 부위원장을 맡았다.

5월에 미군정청 외무처에서는 38선 이북에 여행을 금지한다고 발표하였다. 경의선을 이용하는 승객은 5월 10일부터 문산까지만 갈 수 있게 되었다. 38선을 사이에 놓고 비교적 자유롭게 남과 북을 드나드는 일이 이때부터 난관에 봉착하기 시작했다. 남쪽에서는 미군이 우익 정권을 세우는 일에, 북쪽에서는 소련군이 김일성을 중심으로 하는 좌익 정권을 세우는 일에 골몰하고 있었다.

분단은 38도선에만 있는 게 아니었다. 문인들도 좌와 우로 재편되었다. 조선문학가동맹에 참여했던 작가들은 1946년에서 1947년 사이에 대거 월북했다. 이렇게 월북한 작가들과 함께 1946년 10월에 북조선예술총연맹이 결성되었다. 위원장은 한설야, 부위원장은 월북한 이태준이 맡았고, 그 산하에 장르별 연맹을 두었다. 남과 북에서 문화예술인 조직이 정치적 의도에 따라 속속 결성되고 있었음에도 여기에 백석의 이름은 어디에도 나타나지 않는다. 서울의 허준이 좌익 계열 단체에서 활동을 하고, 정현웅이 11월에 조선미술동맹의 회원이 되는데도 백석은 보이지 않는다. 이것은 백석이 외부활동을 일절 중단하고 일정 기간 동안 평양에서 근신하고 있었다는 뜻이다. 여기에는 북쪽의 문화예술계를 장악하기 시작한 한설야의 조언과 배려가 작용했을 것이다. 백석의 러시아어 실력이 출중하다는 것을 잘 아는 한설야가 백석에게 조용히 근신하는 동안 번역작업을 권했을 수도 있다. 소련의 문학작품을 소개하는 일은 공산주의적 국가 건설을 준비하는 소련군정의 정책에도 부합하는 일이었다.

백석이 왜 38선 이남으로 월남하지 않았는지를 따지는 일은 부질없어 보인다. 백석은 굳이 서울로 갈 이유가 없었다. 그 당시 이북에서 소유하고 있던 재산을 정리해서 월남을 감행하는 사람들은 김일성과 공산주의를 싫어하는 지주나 자본가들, 정치적으로는 민족주의 우익 노선을 견지했던 사람들, 그리고 일제 말에 친일을 한 전력이 있는 사람들이었다. 서울에서는 친일을 용인해준다는 소문이 그들로 하여금 짐을 싸게 만든 요인이 되기도 하였다. 부모와 아내가 있는 평양에서 백석은 위험하게 남행을 감행해야 할 필요가 없었다. 정치적으로 불투명한 시기였기 때문에 서울로 간다고 해도 무슨 뾰족한 대책이 있는 것도 아니었다. 좌든 우든 정치적 노선을 명확하게 선택하지 않았고 특정한 문인단체에 가입하지도 않았던 백석이 확고한 어떤 신념 때문에 북에 남아 있던 것도 아니다. 그에게는 조금 더 관망할 시간이 필요했을 뿐이었다.

다만 해방공간에 서울에 있던 허준과 평양의 백석이 알게 모르게 서로 연락을 취했을 공산은 크다. 철도는 끊겼지만 육상과 해상을 통해 남과 북의 가족과 친지들은 은밀하게 연락을 주고받을 수 있었다. 그리고 1950년 한국전쟁이 일어날 때까지는 부분적으로 우편물 교환도 이루어졌다. 평북 용천이 고향인 허준은 부모를 북쪽에 두고 해방 후 서울에서 조선문학가동맹에 가입하는 등 작가로서 활동을 펼치고 있었다. 허준은 이런 메시지를 평양의 백석에게 전달했을 것이다.

"이쪽 상황을 봐가면서 나도 평양으로 가겠네."

한편 1946년 함경남도 원산의 원산문학동맹에서는 광복기념시집 『응향凝香』을 출간했다. 원산에 있던 화가 이중섭이 장정을 맡았다. 이 시집에는 원산에서 활동하고 있던 강홍운·구상·서창훈·이종민·노양근 등 지역 시인들의 시가 실렸다. 그런데 이 시집에 실려 있는 이들의 시가 부르주아적 잔재가 남아 있다는 비판과 함께 문제가 되었다.

뛰며 닫고 웃고 우는
가엾은 인생들
못가에 개구리도 뛰며 닫고 하거늘
작년에 죽었던 오동나무는
금년에도
새 잎이 되지 않누나
벗이여! 벗이여!
편지에 많이 쓰던 그 친구 어디 갔나 꽃바람 불어오는데
아침엔 죽고 싶고 저녁엔 살고 싶소 하로일도 괴로워

검은 구름이 얇게 흘러가오

진리 진리 찾아도 못 찾는 진리 앞산 넘어가면은

찾어볼 듯 싶은데

— 강홍운, 「파편집 18수」 중에서

멧길 도가에서 화장한 상여의

곡성이 흐르고

아 이 밤의 제곡이 흐르고

묘소를 지키는 망두석의

소래처럼 쓰디쓴

고독이여

서거픈 행복이여

— 구상, 「밤」 중에서

온 길

눈이 덮고

갈 길

눈이 막아

이대로

앉은 채

돌 되고

싶어라

— 박경수, 「눈·3」 중에서

북조선문학예술총동맹 중앙위원회는 이 시들이 현실의 본질로부터 멀리 떨어진 통한, 애상 따위의 표현을 일삼고 있으며 퇴폐적이며 반인민적인 경향으로 흘러버린 반동의 작품이라고 비판했다. 그 후 시집에 대한 판매금지, 검열원 파견, 작가의 사상 검토 등의 후속조치가 잇달았다. 분단 후 북쪽에서 발생한 최초의 필화사건이었다. 이 소식을 접한 남쪽의 김동리는 흥분된 어조로 "인류문화사에 일찍 그 유례가 없는 문학의 탄압이며 폭거"라고 반박하며 문학이 정치를 떠나 순수해야 한다는 논리를 펼쳤다. 이 사건을 계기로 구상은 월남했고, 남쪽에서는 반공주의 문학이 득세를 하기 시작했다. 이에 반해 우익작가들이 내세운 서울의 '순수문학론'이 말만 그럴듯하지 오히려 순수하지 않다고 판단한 허준과 이태준 등은 월북을 하게 된다. 강대국의 이익에 따라 국토가 38선으로 갈라지는 것도 모자라 이후부터 남쪽과 북쪽의 문인들은 서로 반목하게 되었고, 문학의 분단도 점점 굳어지게 되었다.

조선민주주의인민공화국이 수립되기 전, 백석이 해방공간에 제일 처음 공식적으로 이름을 알린 것은 1947년이 되어서였다. 10월에 열린 북조선문학예술총동맹 제4차 중앙위원회에서 백석은 외국문학 분과위원으로 이름을 올렸다. 이렇게 백석이 등장할 수 있었던 것은 북쪽 문단을 주도적으로 이끌고 있던 한설야의 호의가 결정적으로 작용한 것으로 보인다.

"시를 도저히 쓸 수가 없습니다."

한숨을 쉬는 백석을 바라보며 한설야는 그게 무얼 뜻하는 말인지 금방 알았다.

"……그래, 알아요."

"그동안 러시아어 공부 좀 많이 했습니다."

"아, 그렇지요. 번역에 진척이 좀 있었나요?"

백석은 두툼한 번역 원고를 내밀었다.

"그래요! 이거면 됐어요. 문예총에 외국문학 분과를 하나 만들 테니 그 위원으로 이름을 올려놓아요."

"고맙습니다."

"시는 천천히……."

백석의 '서정시'가 통하지 않는 시대라는 것을 한설야는 누구보다 잘 알고 있었다. 백석에게 시 분과 대신에 외국문학 분과를 택하라고 한 것은 상대적으로 이념의 영향력이 적은 번역에 주력하라는 권고였다. 이 무렵에는 이미 김일성을 흠모하고 칭송하는 체제친화형 시들이 발표될 때였다. 한설야는 문단과 언론계를 주도하면서 북조선인민위원회 교육부장까지 맡고 있었다. 백석은《조쏘문화》6집에 알렉산드리아 야코블레프의 단편「자랑」을 번역했고, 8월에 러시아 작가 시모노프의 『낮과 밤』을, 10월에 숄로호프의 『그들은 조국을 위하여 싸웠다』(북조선국립출판사)를 연달아 번역해 출간했다. 그것은 시간과 노력을 필요로 하는 일이었지만 백석에게는 남들이 맛볼 수 없는 즐거움이기도 했다. 그는 이미 해방되기 전에도 1942년《조광》에 러시아계 만주작가 바이코프의 「밀림유정」을 번역해 실은 적이 있었다.

11월이 되자 남쪽에서 체포령이 내려져 몸을 피해 다니던 박헌영을 따라 임화, 김남천, 이원조 등이 월북했다.

남신의주 유동 박시봉방

1947년 말에서 1948년 가을에 걸쳐 서울의 잡지에 백석의 시가 몇 편 발표되었다.《새한민보》11월호에 「산山」이,《신천지》11월·12월 합병호에 실린 「적막강산」이 그것이다. 「적막강산」의 끝에는 허준이 "이 원고는 내가 이전에 가지고 있었던 것이다"라고 부기해 놓았다. 「산山」에는 그렇게 덧붙여 놓은 메모가 없지만 이 작품 역시 허준이 보관하고 있다가 잡지에 기고한 것으로 추측이 된다. 1947년 말에 백석은 평양에 머무르고 있었기 때문에 그가 직접 원고청탁에 응한 것으로는 보이지 않는다.

1948년《신세대》5월호에 실린 「마을은 맨천 구신이 돼서」에도 "이 시는 전쟁 전부터 시인이 하나둘 써놓았던 작품들 중의 하나로 우연히도 내가 보관하여 두었던 것이다"라는 허준의 부기가 있다. 같은 해 10월《문장》속간호에 실린 「7월七月 백중」에도 "이 시는 전쟁 전부터 내가 간직하여 두었던 것을 시인에겐 묻지 않고 감히 발표한다"는 허준의 메모가 붙어 있다.

백석은 1942년경 「머리카락」을 발표한 이후 6년 가까이 서울의 잡지에 단 한 편의 시도 발표하지 않았다. 만주에서의 방황, 갑작스런 해방의 충격과 불안을 그는 안으로 삭이고 있었던 것이다. 그러다가 허준이 지니고 있다가 백석의 허락 없이 발표한 이 시들은 허준이 밝힌 대로 '전쟁 전', 그러니까 해방 이전에 창작된 작품들이다. 1944년 봄, 허준은 교직발령을 받고 만주로 간 적이 있었다. 아직까지 확실한 자료로 밝혀진 게 없지만 이때부터 해방이 될 때까지 백석과 허준은 몇 차례 조우했고 이때 백석에게 원고를 건네받았을 가능성이 가장 크다. 백석은 기약 없이 만주를 떠도는 처지였고, 허준은 가족이 있는 서울로 돌아갈 기회를 찾고 있었다. 백석은 가장 친한 친구 중 한 사람인 허준에게 자신의 원고를 맡겼을 것이다. 백석의 시를 귀하게 여기는 친구 허준에 의해 백석은 북한에 남아 있으면서도 남한의 잡지에 몇 편의 시를 발표할 수 있었다.

"서울로 가게 되면 잡지나 신문을 좀 알아봐주게나."

"암, 그러고 말고."

서울에 있던 허준이 언제 월북했는지 그 시기는 정확하게 알려져 있지 않다. 1944년이나 1945년경에 허준은 백석으로부터 원고를 넘겨받고 몇 년 동안 보관해왔다. 그러다가 1948년 월북하기 직전에 남한의 잡지 몇 군데에 백석의 시를 실어달라고 부탁을 한 뒤 38선을 넘은 것으로 보인다. 허준은 1948년 8월 25일 해주에서 열린 '남조선인민대표자회의'에 대의원으로 참석하게 된다. 이때 문학가동맹의 소설가 이태준, 음악가동맹의 작곡가 김순남도 대의원으로 선출되었다. 여기서 대의원이란 북조선최고인민회의에 참석할 남쪽 대표 360명을 말한다.

백석의 시가 남한의 잡지에 마지막으로 발표된 것은 1948년 10월 《학풍》 창간호의 「남신의주 유동 박시봉방南新義州 柳洞 朴時逢方」이었다. 《학풍》은 을유문화사에서 간행하던 종합교양지였다. 발행인이 윤석중, 편집국장은 조풍연이 맡고 있었다. 윤석중은 〈조선일보〉 기자 시절부터 백석과 친밀한 사이여서 백석이 윤석중의 일본 유학을 방응모에게 부탁하기도 했다. 조풍연은 해방 전에 〈매일신보〉 기자와 《문장》지 편집을 했고, 출판과 언론 쪽에서 일하면서 동화를 썼다. 조풍연은 편집후기에서 신석초와 백석의 해방 후 신작을 얻었다고 분명하게 밝히고 있다. 「남신의주 유동 박시봉방」을 백석이 해방 전에 써서 허준에게 주었다가 발표한 작품의 하나라는 추측이 있으나 이 시에는 허준의 메모가 없다.

어느 사이에 나는 아내도 없고, 또,

아내와 같이 살던 집도 없어지고,

그리고 살뜰한 부모며 동생들과도 멀리 떨어져서,

그 어느 바람 세인 쓸쓸한 거리 끝에 헤매이었다.

바로 날도 저물어서,

바람은 더욱 세게 불고, 추위는 점점 더해오는데,

나는 어느 목수木手네 집 헌 샃을 깐,

한 방에 들어서 쥔을 붙이었다.

이리하여 나는 이 습내 나는 춥고, 누긋한 방에서,

낮이나 밤이나 나는 나 혼자도 너무 많은 것같이 생각하며,

딜옹배기에 북덕불이라도 담겨 오면,

이것을 안고 손을 쬐며 재 우에 뜻없이 글자를 쓰기도 하며,

또 문밖에 나가디두 않구 자리에 누워서,

머리에 손깍지벼개를 하고 굴기도 하면서,

나는 내 슬픔이며 어리석음이며를 소처럼 연하여 쌔김질하는 것이었다.

내 가슴이 꽉 메어 올 적이며,

내 눈에 뜨거운 것이 핑 괴일 적이며,

또 내 스스로 화끈 낯이 붉도록 부끄러울 적이며,

나는 내 슬픔과 어리석음에 눌리어 죽을 수밖에 없는 것을 느끼는 것이었다.

그러나 잠시 뒤에 나는 고개를 들어,

허연 문창을 바라보든가 또 눈을 떠서 높은 턴정을 쳐다보는 것인데,

이때 나는 내 뜻이며 힘으로, 나를 이끌어 가는 것이 힘든 일인 것을 생각하고,

이것들보다 더 크고, 높은 것이 있어서, 나를 마음대로 굴려 가는 것을 생각하는 것인데,

이렇게 하여 여러 날이 지나는 동안에,

내 어지러운 마음에는 슬픔이며, 한탄이며, 가라앉을 것은 차츰 앙금이 되어 가라앉고,

외로운 생각만이 드는 때쯤 해서는,

더러 나줏손에 쌀랑쌀랑 싸락눈이 와서 문창을 치기도 하는 때도 있는데,

나는 이런 저녁에는 화로를 더욱 다가 끼며, 무릎을 꿇어 보며,

어느 먼 산 뒷옆에 바우섶에 따로 외로이 서서,

어두워 오는데 하이야니 눈을 맞을, 그 마른 잎새에는,

쌀랑쌀랑 소리도 나며 눈을 맞을,

그 드물다는 굳고 정한 갈매나무라는 나무를 생각하는 것이었다.

남신의주는 신의주의 남서쪽 지역인 남신의주역 부근을 가리킨다. 남

신의주역은 경의선(지금의 평의선)이 통과하고, 이 역에서 덕현선(남신의주-의주-덕현)과 백마선(남신의주-백마-피현-염주)이 분리된다. 남신의주에 '유동柳洞'이라는 동 단위 행정구역은 없다. 신의주에 버드나무가 많은 곳이라 해서 이름이 붙은 곳은 유상동柳上洞과 유초리柳草里 두 곳이다. 유초리는 압록강 가운데 생긴 모래섬인 유초도·동유초도·북유초도 등 몇 개의 섬으로 이루어져 있다. 백석이 '유동'이라고 「남신의주 유동 박시봉방」에 쓴 지역은 남신의주역 부근의 유상동으로서 1991년 행정구역 개편 때 유상1동과 유상2동으로 분리되어 지금에 이르고 있는 곳을 말한다.

《학풍》 창간호의 출판부 소식란에는 "서정시인 백석의 백석시집이 출간된다. 밤하늘의 별처럼 많은 시인들은 과연 얼마나 이 고고孤高한 시인에 육박할 수 있으며, 또 얼마나 능가할 수 있었더냐. 흥미 있는 일이다."라고 적고 있다. 1948년 말에 백석의 두 번째 시집이 을유문화사에서 출간된다는 예고였다. 이것은 을유문화사에 이미 백석이 정리한 시집 원고가 들어와 있었다는 말로 해석할 수 있다.

그렇다면 평양에 있던 백석의 원고가 어떤 경로로 서울까지 전해지게 된 것일까? 첫 번째는 허준에 의한 것으로 추정해볼 수 있다. 공식적으로 남과 북의 철로를 비롯한 모든 길이 끊겼지만 비밀리에 38선을 넘나드는 사람들이 적지 않았다. 허준의 권유로 백석은 시집 원고를 정리해 서울의 허준에게 보냈고, 출판사를 섭외하는 일도 허준이 맡았을 것이다. 허준은 1946년에 소설집 『잔등』을 을유문화사에서 출간한 적도 있었다. 여기서 한 걸음 더 나아가 상상해보면 「남신의주 유동 박시봉방」이 그 원고에 들어 있던 미발표작 중 한 편일 가능성도 있다.

두 번째로 추측해볼 수 있는 것은 남북우편물 교환 때 우편으로 원고

312   백석 평전

를 주고받았을 가능성이다. 1946년 1월, 미 군정청 제1회의실에서 미·
소공동위원회 예비회담이 열렸다. 미·소공동위원회란 1945년 12월에
개최된 모스크바 3상회의의 결정에 따라 한국에 독립정부를 수립하기
위해 설치한 임시기구였다. 미군과 소련군 대표는 그중에서 우편물 교
환, 전기 공급, 자유로운 왕래 등 5개 항에 대해 원칙적으로 합의했다. 그
러나 쌍방 간에 합의한 5개 사항도 북쪽을 지배하고 있는 소련군사령관
이 거부함에 따라 성사되지 못하고 오직 우편물 교환만이 이루어졌다.
남북 우편물 교환은 1946년 3월 15일 개성역에서 처음 이루어진 것을
시작으로 매주 1회씩, 한국전쟁 직전인 1950년 6월 22일까지 계속되었
다. 165차까지 이어진 이른바 '38우편물'은 북행우편물이 192만여 통,
남행우편물이 96만여 통으로 북행우편물이 두 배나 많았다고 한다. 제
목 「남신의주 유동 박시봉방」이 편지의 겉봉에 쓰는 주소 형식으로 되어
있다는 점, 시의 앞부분이 편지처럼 자신의 근황을 기술하고 있다는 점,
어조가 담담한 고백체의 형식을 띠고 있다는 점 등이 그러한 추측을 뒷
받침해준다.

   그러나 백석의 시집 발간 계획은 1948년 8월 이후 허준이 월북함에
따라 수포로 돌아갔다. 을유문화사의 입장에서는 주인도 중개자도 없는
시집을 댕그라니 출간하는 게 무리라고 판단했던 것이다. 문인들의 월
남과 월북이 교차하고 남과 북에 각각 새로운 정부가 들어서면서 서로
대립의 날을 날카롭게 세우고 있을 때였다. 북한에 거주하는 시인의 시
집을 남한에서 간행했다가는 괜한 오해를 불러올 수도 있었다. 분단은
백석의 두 번째 시집이라는 문학사적인 사건 하나를 빼앗아갔고, 남한
의 독자는 그때부터 백석의 시를 읽는 즐거움을 통째로 잃어버렸다.

   1948년 2월에 김일성은 조선인민군을 창설했고, 국기를 태극기에서

인공기로 바꿨다. 8월 15일 대한민국 정부가 수립된 데 이어 북한에서는 9월 9일 조선민주주의인민공화국이 수립되었고, 김일성은 내각수상에 취임하였다. 한설야는 최고인민회의 대의원에 뽑혀 국회의원에 해당하는 막강한 직위를 갖게 되었다. 한설야는 북한 권력의 중심으로 성큼 발을 들여놓은 것이다.

전쟁과 번역

　백석은 북한에서 시를 발표하지 않는 대신 러시아 문학작품 번역에 몰두했다. 1948년에 파데예프의 장편 『청년근위대』를 번역한 데 이어 1949년 들어 번역에 더욱 박차를 가해 9월 30일 숄로호프의 『고요한 돈』 1권을, 1950년 2월 20일에 2권을 출간하였다. 발행인은 북한 교육성이었다. 1949년 번역 출간된 러시아의 농민시인 미하일 이사코프스키의 『이사코프스키 시초』도 백석의 손에 의해 번역되었다.

　1950년 6월 25일 새벽 4시경, 강대국이 그어놓은 38도선이라는 실밥이 뜯어지는 소리가 났다. 북한 인민군은 소련제 탱크 242대를 앞세우고 기습적으로 남침을 감행했다. 한국전쟁이 발발한 것이다. 인민군은 26일에 의정부까지 내려왔고, 28일에 서울을 점령했다. 이승만 정부는 수도 서울을 포기하고 대전과 대구를 거쳐 부산까지 쫓겨 갔다.

　월북했던 문인들이 인민군을 따라 서울에 들어왔다. 임화·박팔양·김남천·허준 등이 그들이었다. 이때 허준은 백철을 만나 그의 집에 하룻밤 머물면서 평양의 상황을 전했다. 허준은 한숨을 쉬며 평양에서 목적의식적인 문학 활동을 강요하는 흐름에 대해 불만을 내비쳤다.

"하여튼 난장판이에요. 더구나 문학다운 것은 할 생각도 말아야 해요!"

전쟁이 터지자 남한의 문화예술인들은 우왕좌왕했다. 그러다가 전국문화단체총연합회를 급히 결성해 전쟁에 적극 참여하기 시작했다. 구상·박연희·조영암 등은 수원에서 '종군문인'이라는 헝겊으로 만든 완장을 차고 움직였고, 대전에 모인 김광섭·서정주·조지훈·박목월 등은 문총구국대를 조직했다.

반면에 동숭동 서울대 문리대 운동장에서 팔봉 김기진은 인민재판에 회부되어 사형 판결을 받았다. 일제강점기에 카프 활동을 하다가 적극적인 친일에 동참한 변절자라는 게 이유였다. 그는 몽둥이의 집단세례를 받고 쓰러져 72시간 동안 시체처럼 지내다가 겨우 목숨을 건졌다.

7월 1일, 정현웅은 재건 조선미술동맹의 서기장을 맡았다. 그러다가 9월 26일 서울 수복 이틀 전에 퇴각하는 인민군을 따라 월북했다. 미술동맹의 서기장 경력 때문에 화를 입을지 모른다는 두려움이 정현웅을 누르고 있었다.

"나, 북조선에 잠시 다녀오겠다."

이렇게 가족에게 말하면서 황망히 서울을 떠났다. 아내 남궁요안나가 챙겨준 독일제 사진기와 오메가 시계를 다시 놓고 가려고 집에 잠깐 다녀간 것이 서울에서 마지막이었다. 그의 집에는 서른다섯 살의 아내와 열 살 유석, 아홉 살 지석, 여섯 살 이석, 네 살짜리 딸 현애 등 어린 4남매만 남았다.

노천명은 피난을 가지 못하고 서울에 있다가 인민군에게 붙들려 부역을 해야 했다. 그러다가 서울 수복 후에는 인민군에 협조했다는 이유로 체포되어 그녀는 징역 20년형을 선고받았다. 노천명은 이승만 대통령의 비서실장이었던 시인 김광섭의 배려로 1951년 4월 4일 운 좋게 감옥 문을 나올 수 있었다.

전세가 역전되면서 남한의 문인들은 북한 지역으로 국군을 따라 올라갔다. 유치환·오영수 등은 동부전선으로, 조지훈·오영진·최태응 등은 평양 쪽으로 진출했다. 중공군이 압록강을 넘어오면서 문인들은 다시 남쪽으로 후퇴하였다. 마해송·김동리·최정희·박두진·황순원 등은 공군종군문인단을 조직했고, 김기진·구상·정비석·윤석중·양명문 등은 육군종군작가단을 구성했다. 염상섭·이무영·박계주 등은 해군종군작가단을 만들어 활동했다. 이들은 전쟁의 참상을 알리는 종군기와 공산주의에 대한 적개심을 불러일으키기 위한 시를 썼고, 반공강연과 문학의 밤을 개최했다.

평양에 미군과 국군이 진입하는 10월 19일까지 평양 시내에 미군의 대대적인 폭격이 이뤄졌다. B-29 폭격기는 지금의 평양 제1백화점 건물만 남겨두고 평양 시내를 온통 잿더미로 만들었다. 이때 백석은 포화를 피해 다니다가 번역하고 있던 『고요한 돈』 3권의 원고를 잃어버렸다. 한국전쟁 기간 중에도 남과 북에 머물던 많은 시인과 작가들이 월북과 월남의 교차로에서 갈등을 빚고 행동에 옮겼다. 하지만 백석은 북한에서 오로지 번역 작업에 매달렸다. 전쟁이 한반도를 휩쓸고 지나가는 3년 동안 백석은 10권이 넘는 소설과 시집을 번역했다.

국군과 미군은 압록강까지 밀고 올라갔다. 그러나 10월 말 중화인민의용군의 개입으로 전세는 다시 역전되었다. 한겨울 추위가 맹위를 떨치는 1951년 1월 4일, 결국 서울은 중공군과 인민군의 수중에 들어갔다.

백석의 옛 연인 자야는 이 무렵 피난지 부산에서 요정을 차렸다. 이 이야기는 고은의 『1950년대』(향연)에 기록되어 있다. 자야는 이때 '김

"시를 도저히 쓸 수가 없습니다."
한숨을 쉬는 백석을 바라보며 한설야는 그게 무얼 뜻
하는 말인지 금방 알았다.
"……그래, 알아요."

숙'이라는 가명을 쓰고 있었다.

그 당시 요정을 경영하면서 대학 영문과를 나온 미녀 김숙金淑의 요정
은 부산 수도의 거물이 모이는 일급 사교장이었다. 신익희申翼熙, 조병옥
趙炳玉, 신성모 이범석 들도 상주하다시피 하고 그런 주요 정치가의 분위
기에 의존하려는 군소 정객도 그 요정에 데뷔하려고 무척 노력할 정도였
다. 마돈나 김숙의 미인계가 상당한 유인력을 가졌기 때문이다. 정계뿐만
아니라 재계와 사회 각계 명사가 모여들었다.

한잔 마신 미녀 김숙은 거의 그녀의 할아버지 아버지 또래의 거물들을
선사적禪師的인 여걸 자세로 반말이 다반사였다.

"이봐 유석維石! 자네는 사내다운 때도 있지만 나 같은 여장부보다 못
할 때가 있어. 하긴 나폴레옹도 그랬으니까."

이런 말투는 상습이었다. 군소 명사들은 그녀의 치맛바람에 말려서 돈
을 마구 뿌리면서도 이놈 이놈이라는 말을 듣기도 했다. 물론 송지영 들
도 그런 대접에서 예외가 아니었다.

"최 군, 자네는 경제 어쩌고 하면서도 정작 돈은 없으니 천하가 슬프도
다."

"이 방 내가 특별히 송 군 자네에게 주네. 피라미 국회의원 녀석들도
보내고 준 거야. 술 실컷 마시고 곯아 떨어져 봐."

유쾌한 분위기였다. 그들은 철야로 술을 마셨다. 전쟁은 그 전쟁을 맡
은 전체가 전쟁의 분위기만으로 조장될 때마다 이런 호방함도 배정한다.

송지영 최호진 조동필 들의 3과두는 일야 대작, 실컷 마시고 얼마냐
고 물으면 김숙이 와서 "네까짓 것들이 무슨 돈이 있다고 계산서를 가져
오라구 그래. 그만둬. 국회의원 녀석들에게 바가지를 씌울 테니 너희들은

염려 말라구." 하며 돈을 꺼내려는 송지영을 밀어붙인다.

　1950년 평양으로 월북한 정현웅은 1951년 7월 북한의 물질문화유물
보존위원회의 제작부장을 맡았다. 그는 전쟁 중에 고구려고분이 파괴될
지도 모른다는 생각에 더 이상 훼손되기 전에 고분벽화를 모사라도 해
야 한다고 생각했다. 그리하여 1951년 9월부터 황해도 안악군에 있는
고구려 때 고분(안악고분)에 파견되어 고분벽화를 모사하는 작업을 시
작했다. 그는 고분 모사작업을 하면서 전쟁의 참화로부터 비껴서 있을
수 있었다. 백석 역시 전쟁 중인 1953년 1월 9일 파블렌코의 장편소설
『행복』을 번역 출간했다.
　1953년 2월 8일, 조선인민군 창건 5주년에 김일성은 '김일성 장군'에
서 '김일성 원수'로 호칭이 바뀌었다. 7월 27일, 유엔군 사령관과 조선인
민군 사이에 휴전협정이 체결됨으로써 지루하게 공방을 계속하던 한국
전쟁은 한반도를 핏빛으로 물들이고 막을 내렸다. 전쟁이 끝나자 북한
에서는 남로당 계열 인사들에 대한 공격과 비판이 쏟아지기 시작했다.
남로당의 박헌영을 따라 월북한 임화는 첫 번째 공격의 대상이었다. 그
가 전쟁에 혐오감을 갖게 하는 이른바 '염전사상厭戰思想'을 유포하고 인
민들을 모욕하는 시를 썼다는 것이다. 이것은 전쟁 패전의 책임을 남로
당계에 뒤집어씌우려는 의도였다. 이와 함께 미제국주의자들의 고용간
첩 노릇을 했다는 혐의도 추가되었다. 임화는 안경을 깨서 그 조각으로
동맥을 끊어 자살을 하려고 했지만 뜻을 이루지 못했다. 그는 결국 8월
6일 군사재판부에서 사형을 선고받고 총살형을 당했다. 김남천, 설정식,
이원조도 사형을 언도받았으나 이육사의 동생 이원조는 처형되기 전에
병으로 사망했다.

9월에 북한에서는 전국작가예술가대회(제1차 작가대회)가 열렸다. 한설야는 작가들에게 아동문학에 열성을 보일 것을 촉구하며 아동소설을 창작했으며, 박세영은 아동문학 분과 소속으로 《아동문학》 편집위원으로 일하면서 동시를 발표했다.

백석은 제1차 작가대회에도 시인으로서 이름을 드러내지 않았다. 마흔세 살의 백석은 오로지 외국문학 분과 소속으로 번역작업에 집중하면서 사태를 관망하고 있었다. 1954년 들어 백석은 『이사코프스키 시선집』을 번역 출간하는 것을 시작으로 3월 10일 『조선문학』에 고리끼의 「아동문학론 초」를 번역해서 실었고, 7월 25일 출간된 『체호브선집』에는 10여 편의 작품을 공동 번역했다. 6월 15일 허준은 『오체르크 선집 1』에 단편소설 두 편을 번역하는 데 참여했다. 6월 30일 정현웅은 그림이야기책 『콩쥐와 팥쥐』(민주청년사)를 출간했다. 이 무렵 정현웅은 고분벽화 모사작업을 마무리하고 아름다운 여배우 남궁련과 재혼해 평양에서 새로운 가정을 꾸렸다.

그렇다면 백석이 전쟁 이후 왜 번역 쪽으로 문학 활동의 방향을 틀어 여기에 매진했던 것일까? 김재용은 백석이 북한 문학계의 주류적 흐름과 거리를 두면서 번역이라는 우회적인 길을 선택했다고 설명한다.(『백석전집』) 즉 번역은 백석의 전략적 선택이었다는 것이다. 사회주의 종주국인 소련문학의 대표작과 이론들을 소개함으로써 북한이라는 새로운 체제에서 사회주의 문화의 토대를 굳건하게 하고자 하는 목적이 있었을 것이다. 이것은 백석이 해방 전부터 러시아어를 체계적으로 공부하고 러시아 문학작품을 읽고 분석할 줄 아는 능력이 있었기 때문에 가능한 일이기도 했다.

백석이 북한에서 창작을 중단하고 번역에 몰두하는 동안 경남 지역에서 교장으로 근무하던 신현중은 1954년 『두멧집』(백영사)이라는 수필집 한 권을 출간했다. 그리고 1955년에는 이은상의 감수로 『국문판 논어』(청우출판사)를, 1957년에는 『국역 노자』(청우출판사)를 번역해 발간했다. 모두 150쪽 미만의 얇은 책들이었다.

동화시의 발견

    1956년 들어 백석은 1월에 나온 《아동문학》 제1호에 동화시 「까치와 물까치」「지게게네 네 형제」를 발표했다. 이 동화시는 백석이 창작을 다시 시작했음을 알리는 신호탄이었다. 그리고 북한에서 아동문학의 영역으로 관심을 확대했음을 알려주는 작품이다. 1948년 「남신의주 유동 박시봉방」을 남한의 잡지 《학풍》에 실은 후로 무려 8년 만의 일이었다.

    까치는 긴 꼬리 달싹거리며
    깍깍 깍깍깍 하는 말이
    "내 꼬리는 새까만 비단 댕기"

    물까치는 긴 부리 들먹거리며
    삐삐 삐리리 하는 말이
    "내 부리는 붉은 산호 동곳"

    깍깍 깍깍깍 까치 말이

"내 집은 높다란 들메나무
맨맨 꼭대기에 지었단다"

삐삐 삐리리 물까치 말이
"내 집은 바다 우 머나 먼 섬
낭떠러지 끝에 지었단다"

깍깍 깍깍깍 까치 말이
"산에 산에 가지가지
새는 많아도
벌레를 잡는 데는
내가 으뜸"

삐삐 삐리리 물까치 말이
"바다에 가지가지
물새 많아도
물 속 고기 잡는 데는
내가 으뜸"
—「까치와 물까치」중에서

어느 바다'가
물웅덩이에 깊지도 얕지도 않은
물웅덩이에
지게게네 네 형제가

살고 있었네.

막내동생 하나를
내여놓은
지게게네 세 형제는
그 누구나
강달소라,
배꼽조개,
우렁이가
부러웠네
—「지게게네 네 형제」 중에서

동화시라는 갈래는 백석이 고안한, 이전에는 없던 새롭고 실험적인
형식이었다. 동시의 서정성을 흥미로운 이야기의 구조에 담는 방식이었
던 것이다. 여기에 아동들에게 던져주어야 할 교훈적 메시지는 필수적
으로 들어가는 요소였으며, 반복을 통해 리듬감을 충분히 느끼면서 읽
을 수 있도록 구성되었다. 백석은 1955년에 사무엘 마르샤크의 『동화시
집』을 번역해 민주청년사에서 출간한 바 있다. 여기에 실린 11편의 작
품을 번역하면서 동화시라는 영역에 흥미를 느꼈고, 우리나라 아이들의
입말에 맞는 운율을 계발해냈던 것이다. 아동을 대상으로 하는 작품의
경우 노골적인 정치적 어사를 덜 사용할 수 있다는 점도 백석을 아동문
학의 길로 이끈 요인 중의 하나로 보인다.
  백석은 벌써 세 아이의 아버지였다. 맏아들 백화제(1946년 출생), 딸
지제(1951년 출생), 둘째아들 중축(1955년 출생)의 출생과 성장을 지켜

보면서 아이들에게 읽히고 싶은 동화시를 썼던 것인지도 모른다.

"화제야, 이것 좀 읽어보렴."

1956년은 맏아들 화제가 열한 살, 딸 지제가 여섯 살이 되는 해였다. 화제는 소학교에 다니고 있었다. 백석 동화시의 1차 독자인 화제가 아버지의 시를 읽고 어떤 표정을 지었을지 궁금하다.

동화시 「까치와 물까치」는 발표되자마자 주목을 끌었다. 리원우는 자신의 저서 『아동문학 창작의 길』(국립출판사, 1956)에서 이 작품을 이렇게 평가했다.

동화시 「까치와 물까치」에 나오는 두 까치는 서로 자기 개성을 갖고 있다. 서로 구별되는 개성의 표현은 자기를 자랑하는 과정에서 형성되었다. 이 동화시는 아동들에게 애국적 감정을 환기시키는 예술적 형상을 갖고 있는 동시에 새에 대한 관찰력과 조국 각지의 생활을 뵈여 주는 인식적 면에서도 역할을 놀고 있다.

'애국적 감정'이라는 교훈성과 더불어 까치와 물까치의 생태적인 특성을 면밀히 파악해서 아동 독자의 호기심을 유발시키는 일을 소홀히 하지 않은 점을 지적한 것이다. 리원우는 1년 후 백석과 치열한 아동문학 논쟁을 벌이게 되는데 이때까지만 해도 리원우와 백석의 사이에 아무런 갈등이나 의견의 차이가 발견되지는 않는다.

백석이 아동문학에 관심을 보이기 시작한 것은 우연이 아니었다. 리원우가 쓴 「아동들의 교양과 문학」(《조선문학》 1955년 9월호)을 보면 1953년 전쟁 직후 북한 문학계에서는 '아동문학을 일층 강화 발전시키기 위한 관계자 연석회의'를 개최하고 조선작가동맹 타 분과 맹원들의 아동문학에 대한 참여를 촉구한 바 있다. 기왕에 아동문학을 하던 작가들은 물론 시나 소설을 창작하던 작가들도 전후 아동들의 정서를 교양하는 일에 적극적으로 참여하라는 조직적인 주문이 이루어진 것이다. 소설을 쓰던 한설야가 동화를 발표하고 박세영과 송영 등이 동시를 창작하게 되는 것도 이런 분위기와 밀접한 관련이 있었다. 시인과 작가들은 학교 현장으로 나가 어린이들에게 직접 문학 이야기를 하는 사업을 펼치기도 했다.

백석이 《아동문학》 3월호에 발표한 「막씸 고리끼」는 고리끼의 생애와 러시아 혁명기 그의 역할, 그리고 레닌의 지도 아래 '사회주의 레알리즘'이 어떻게 형성되었는지를 소개하는 글이다. 여기에서 백석은 신경향파와 카프문학의 전통을 옹호하며 처음으로 김일성을 거론한다.

새로운 문학의 길을 열어, 쏘베트 문학의 터를 닦아놓은 막씸 고리끼는 자기의 예술과 모든 활동을 로씨야의 혁명과 전 세계 프로레타리아의 해방 운동에 바쳤으며, 로씨야에 혁명이 이루어진 후에는 공산주의 사회를 만들며 새로운 쏘베트 문화를 세우려고 힘을 다하였으며, 나아가서는 세계 평화를 위한 사업에 몸을 바친 위대한 예술가인 동시에 혁명가였으며 또한 투사였습니다. (……)

고리끼는 언제나 예술이 인민을 위하여 있어야만 한다고 주장하였습니다. 모든 작가들은 자기의 예술을 가지고 열성적으로 인민 앞에 일하여야 하며, 그 예술은 그 시대를 앞서나가는 좋은 사상으로 차 있어야 하며, 공산주의 사회를 만들려는 인민의 투쟁과 떨어지지 않아야 한다는 것을 소리 높이 웨쳤습니다. (……)

우리나라에서는 해방 전, 퍽 오래 전에 벌써 우리의 진보적 작가들인 한설야, 리기영 같은 이들이 고리끼의 영향을 많이 받았습니다. 우리나라의 신경향파 문학과 카프문학은 고리끼를 교사로 삼은 우리나라 진보적 작가들의 창조 사업이었습니다. 해방 후 우리나라의 작가들은 조선 로동당과 공화국 정부와 김일성 원수의 령도 밑에, 고리끼가 열어 놓은 새로운 문학 방법에 의하여 우리의 빛나는 현실과 많은 훌륭한 영웅들을 그려내면서 사회주의 사회를 건설하기 위한 투쟁에 열성적으로 참가하고 있는 것입니다.

이런 발언을 두고 자유로운 문학 활동을 제한했던 북한 체제에 대한 무조건적인 찬양이라고 굳이 비하해서 평가할 필요는 없다. 북한의 문학은 당의 지도와 감독 아래 놓인 지 이미 오래 되었다. 1956년은 북한이 '김일성 원수'에서 '김일성 수령'으로 호칭을 변경하고 수령 체제를 강화하기 시작하던 때였다. 날이 갈수록 이론이 경직화되고 창작이 위축되는 상황에서 그것에 정면으로 대항하는 일은 불가능했다. 외국문학 번역과 아동문학 창작은 북한 사회에서 백석이 펜으로 발언할 수 있는 최대한의 복무 행위였다.

동화시를 창작하면서도 번역작업은 지속되었다. 1955년 3월 31일 조쏘출판사에서 펴낸 『뿌슈낀 선집-시편』과 『쏘련시인선집』의 번역에도 일부 참여하였다. 그리고 12월에 발간된 『아동과 문학』(조선작가동맹출판사)에 드미뜨리 나기쉬낀의 「동화론」을 번역했다. 1956년 1월 들어서 세르게이 안토노프의 『참나무골 타령』을 번역해서 출간했고, 터키 시인 『나짐 히크메트 시선집』(국립출판사), 『레르몬또브 시선집』(조쏘출판사)의 번역을 주도했다. 허준도 1월 30일 출간한 『오체르크 전집』의 번역에 부분적으로 참여했다.

공격적인
아동문학 평론

동화시를 발표한 데 이어 백석은 1956년 들어 아동문학 평론에도 본격적으로 손을 대기 시작했다. 백석의 아동문학론은 딱딱한 획일성을 배제하고 자율성을 중시하자는 데 있었다. 해방 전 남쪽에서 작품을 발표할 때도 백석은 자신의 문학이론을 비평의 형식으로 제시한 적이 없었다. 해방 후에 북한에서도 마찬가지였다. 그는 창작자로서의 길만 걸어왔던 것이다. 그런데 북한문학이 점점 교조주의로 흘러가는 것을 지켜보면서 아동문학에 대해서 '발언'함으로써 경도된 흐름을 바로잡아보자는 의도가 있었을 것이다. 백석은 《조선문학》 5월호에 「동화문학의 발전을 위하여」를 발표한 데 이어 같은 지면 9월호에는 「나의 항의, 나의 제의」를 발표했다. 이 글들이 백석으로서는 정당한 주장이었지만 나중에 아동문학 논쟁을 불러오는 걷잡을 수 없는 불씨가 된다.

시정詩情으로 충일되지 못한 동화는 감동을 주지 못하며, 철학의 일반화가 결여된 동화는 심각한 인상을 남기지 못한다. 이러한 동화는 벌써 문학이 아니다. 동화에 있어서 시정이라 함은, 인간과 세계에 대한 감동적 태도이며 철학의 일반화라 함은 곧 심각한 사상의 집약을 말하는 것이다. 동화의 생명과도 같은 시와 철학은 동화의 여러 가지 특질 속에 나타난다. 일상적이며 실재적인 현상들에 비상한 특징들과 자질들을 부여하는 동화의 특질 속에도, 생명 없는 것에 생명을 주입하며, 감동 없는 세계에 감동을 부여하는 동화의 특질 속에도 나타난다. 이런 특질들은 곧 과장과 환상의 두 요소로 요약된다. (······) 동화의 단순성은 가장 큰 시정에서, 철학에서, 가장 큰 기교에서 오는 것임을 자랑하여야 할 것이다.

백석은 「동화문학의 발전을 위하여」에서 동화의 특질을 '과장과 환상'이라는 두 요소로 명쾌하게 제시했다. 이는 창작방법상의 기법을 구체적으로 밝힌 것이다. '아동의 교양'이라는 목적의식적 글쓰기에만 사로잡혀 있던 북한의 아동문학계에 동화 창작의 일반론을 제시한 것임에도 이 주장은 그 후 엄청난 파장을 불러왔다. 이 점을 백석도 조심스럽게 의식하고 있었던 것으로 보인다. 이어지는 글에서 그는 새로운 동화가 개척해야 할 소재로 "8·15해방, 산업의 복구와 건설, 토지 개혁, 관개 공사, 황무지 개간, 새로운 경작 방법, 조국 해방 전쟁, 농촌의 협동화, 령도자의 형상 등"을 들었다. 그러면서도 "새로운 동화는 그 내용이 흥미 있는 데만 그치는 무사상적인 것이 아니라, 풍부한 내용을 가지고 예술적으로 일반화된 것이여야 한다."는 주장을 펼쳤다. 결국 백석의 아동문학론은 '창작적 독자성'과 '시적 감흥에 찬 언어'를 바탕으로 하는 것이었다.

북한에서 백석은 스스로를 주류로부터 격리하거나 분리함으로써 자신의 존재를 지키려고 했다. 이것이 백석의 세상에 대한 대응방식이었다. 그는 주류에 허리를 굽히는 행위를 스스로 용납하지 못했다. 그것은 진정한 '나'를 찾는 일도 아니었고, 진정한 '시인'의 길도 아니었다. 백석은 정치적인 것과 예술적인 것의 경계에 서 있고자 하였다. 그런 태도가 장차 자신의 운명을 결정하게 된다는 것을 그는 까맣게 모르고 있었다.

백석은 10월의 제2차 조선작가대회를 앞두고 《조선문학》 9월호에 「나의 항의, 나의 제의」를 발표했다. 다분히 공격적인 제목의 이 글에서 백석은 자신과 견해가 다른 일군의 아동문학가들을 격렬하게 비판했다. 1956년 《아동문학》 3월호에 실린 류연옥의 동시 「장미꽃」에 대한 평가 때문이었다.

온실의 화분을
두 손으로 안아 드니
흠뻑 향기롭다
빨간 장미꽃.

눈보라 휘몰이치는
오동지 섣달에도
한난계 자주 살폈다,
우리들 번갈아 바꾸며……

협동마을 새 학교
아담하게 꾸려야지,
3월엔 꽃 필 거야
날마다 세여 보던 꽃망울.

활짝 핀 장미꽃

창가에 놓으니,
봄빛도 반가운 듯
꽃송이를 엿본다.

바깥엔 아직 쌀쌀한 바람
물오른 버들가지 휘여 잡는데,
새 교실 넓은 방 안엔
꽃향기 가득차 온다.

동무들의 얼굴은
꽃빛으로 한결 밝다,
책을 펴는 마음들도
사뭇 즐거워……

한 송이 꽃도
우리 분단의 자랑,
가꾸며 배우는 그 보람
꽃처럼 활짝 펴온다.

작가동맹 아동문학 분과 1·4분기 작품 총화 회의에서는 '벅찬 현실'
이 그려지지 않았다는 이유로 이 작품을 실패작으로 규정했다. 백석은
즉각 반론을 폈다.

우리는 이 '벅찬' 현실을 무엇으로 리해하여야 할 것인가? 이 보고의

작성자인 아동문학 분과위원회와 이 보고를 지지한 사람들은 이 '벅찬' 현실을 기중기와 고층건물과 수로와 공장 굴뚝들로써 상징하려고 하였음이 분명하다.

작품에서 벅차다는 것은 현실의 일정한 면에만 있는 그 어떤 속성이 아니라 생활상의 빠포쓰의 문제이며, 현실 생활을 감수하는 시인의, 즉 개성의 감도의 문제이다. 그러므로 하여 고조된 건설이나 투쟁에도 강렬한 빠포쓰는 있으므로 하여 벅찬 것이며, 평화와 사랑에도 강렬한 빠포쓰는 있으므로 하여 벅찬 것이다. 이렇게 볼 때 그 어떤 현실의 일정한 면만이 벅찬 것이며 이외의 현실면들은 죄다 벅차지 않은 것이라는 견해는 문학 창조에서와 마찬가지로 문학 평가의 길에서 커다란 오류로 될 것임이 틀림없다. (……)

"전형적인 것을 다만 당해 사회적 력량의 본질의 구현이라고만 고찰하는 것은 예술 작품에서 생활의 개별적인 다양성을 상실하고, 예술적 형상이 아니라 도식들을 창조하는 결과를 초래한다."(《꼼무니스트》, 1955년 18호 권두 론문)

백석의 항의는 매우 직설적이면서 거칠게 이루어졌다. "'사회학적 비속주의'가 문학과 정치의 관계를 그릇 이해함으로써 문학을 고갈시키고 있음을 공격하고 나선 것이다."(원종찬, 『북한의 아동문학』, 청동거울, 2012) 백석의 문제제기는 당의 노선과 지도 아래 문학을 귀속시키는 흐름에 일종의 반기를 든 것이었다. 문학이 당대의 사회주의 리얼리즘을 완성하는 데 기여하기 위해서는 정치와 일정한 거리를 두면서 그 독자성을 강화해야 한다는 것이었다. 백석은 "이제 누구나 다 같이 류연옥도 기중기를, 석광희도 기중기를, 리원우도 정서촌도 김순석도 다들 기중기를 한 길로써만 노래한다면 그 결과는 어떻게 될 것인가?"라면서 시적 개성을 무시하는 태도를 강한 어조로 비판했다. 아동문학 분과 1·4분기 총화에서 「장미꽃」을 실패작으로 규정한 반면에 석광희의 동시 「기중기」를 성과작으로 결정한 것에 대하여 백석은 강력하게 '항의'한 것이다. 백석은 「기중기」는 "탄력 있고, 압축되고 긴장되고 그리고 음악적 률동성에 찬 언어를 찾아보기는 힘들다."고 평가했다. 이러한 일관된 공세를 편 다음에 그는 글의 말미에 아동문학의 발전을 위해 몇 가지 제의를 내놓았다. 풍자문학을 개척하자는 것, 향토문학 분야를 개척하자는 것, 보다 낭만적인 분야를 개척하자는 것, 구전문학의 분야를 개척하자는 것, 그리고 아동문학 작가들이 높은 문학정신에 살기를 희망한다는 것이 그것이다.

백석이 공격한 것은 "현실의 벅찬 한 면만을 구호로 외치며 흥분하여 낯을 붉히는 사람들"이었다. 당의 지도 아래 놓인 작가동맹 분과위원회의 조직적 결정을 한 개인이 정면으로 거부한 사건이었다. 이로써 백석은 아동문학 논쟁의 한가운데로 발을 성큼 들여놓게 되었다. 이때 치켜세워진 석광희는 평생 북한 아동문학의 주류로 살아가게 된다. 2001년 3월에는 50여 년 동안 "사상예술성이 높은 작품"을 수없이 많이 창작한 공로로 김정일 국방위원장으로부터 '김일성상'을 받았다.

1956년 10월 14일부터 16일에 걸쳐 열린 제2차 조선작가대회는 도식주의를 비판하면서 북한 문단에 모처럼 활기를 불어넣었다. 그동안의 창작의 방향이 공허한 외침이었다는 반성과 함께 경직되고 도식화되었다는 비판이 제기된 것이다. 그리하여 어느 정도 문학의 자율성을 보장하면서 사회주의 리얼리즘을 완성해야 한다는 논리가 힘을 얻었다. 이러한 결정은 1954년 12월에 열린 제2차 소비에트 연방 작가대회와 맥을 같이하는 것이었다.

　제2차 조선작가대회를 주도한 사람은 조선작가동맹 중앙위원회 위원장 한설야였다. 한설야는 8월에 이른바 '반종파 투쟁'의 일환으로 남로당 계열과 소련계, 연안파를 숙청할 때 이태준을 향해서 매서운 비판의 칼을 들이댄 적 있었다. 한설야는 이태준이 이상·김기림·조벽암·박태원 등과 함께 했던 '구인회' 활동을 문제 삼았다. '구인회'를 카프에 맞서서 반소·반공산주의를 획책한 반동 집단으로 몰아붙인 것이다. 결국 이태준은 노동으로 인간을 개조하라는 처분을 받고 함남 노동신문사 교정원으로 쫓겨났다. 한설야는 제2차 조선작가대회에서 「전후 조선문학의 현 상태와 전망」이라는 보고를 통해 북한 문학계에 만연한 도식주의를 비판하면서 조선작가동맹의 최대주주로서의 자리를 지켰다.

　백석이 북한에서 가장 자유로운 창작활동을 하게 되는 시기가 바로 이때였다. 제2차 조선작가대회에서 백석은 조선작가동맹 아동문학 분과위원회 위원으로 이름을 올렸고, 기관지《아동문학》을 편집하는 일까지 맡았다. 또한 외국문학 분과위원회 위원을 겸하면서 역시 그 기관지인 《조쏘문화》의 편집까지 도맡았다. 그리고 조선작가동맹 출판사에서 간행하는〈문학신문〉의 편집위원으로도 위촉되었다. 이를 계기로 백석은〈문학신문〉을 중심으로 활발한 문학활동을 펼칠 수 있게 되었다. 북한문학의 집행부로 전격 발탁되어 안정적인 창작활동을 할 수 있는 기틀이 마련된 것이다. 그동안 꾸준히 펼쳐왔던 번역작업과 새로운 형식의 동화시 창작이 둘 다 인정을 받은 결과였다. 게다가 각 분과위원회에서 발간하는 잡지와 신문을 편집하는 일까지 맡게 되었다. 여기에는 한설야가 조선작가동맹의 넓은 인맥을 활용해 막후에서 결정적인 역할을 했을 것으로 보인다. 한설야는《조선문학》2월호에 「계급적 교양과 사회주의 레

알리즘의 제 문제」라는 글에서 시문학의 번역 영역에서도 현저한 성과를 달성했다고 평가하면서 백석 등의 번역가들이 우수한 번역시를 창조하는 데 성공했다고 평가한 적이 있었다. 작가동맹이 조직 안에 외국문학 분과위원회를 설치한 것은 1947년 북조선문학예술총동맹 중앙위원회의 결정 이후 10년 만에 처음이었다. 외국문학 번역자들을 포함시켜 작가동맹의 외연을 넓히려는 게 겉으로 드러난 의도라면 속으로는 백석이라는 출중한 시인에 대한 배려도 적지 않게 작용했을 것으로 추정된다.

이런 우호적인 환경에서 동화적인 요소가 깃든 동시 「우레기」와 「굴」을 《아동문학》 12월호에 발표했고, 12월 30일에는 조선작가동맹출판사에서 발행한 아동시집 『꽃초롱』에 동화시 「까치와 물까치」가 실렸다. 확실히 제2차 작가대회 이후 아동문학 분과위원으로 선임되는 등 백석의 위상이 북한 문단에서 그만큼 높아졌다.

생활에서 유리된 시, 심지어는 자기 자신의 감정에서까지도 유리된 시들이 어떻게 남을 감동시키며, 어떻게 인간의 생활에 기쁨을 줄 수 있겠습니까? (……) 참으로 문학이란 사람들로 하여금 이 우주 자연과 인간 사회의 모든 아름답고 깊고 먼 것들을 두고 감동 속에서 사색하게 하는 것입니다. (……) 시에 있어서는 언제 어디서나 논의되고 검토되고 비평되여야 할 것은 언어입니다. 이것은 작품형상의 첫 길이며, 작품정신의 안목입니다. 우리 독자들의 시 작품들에서는 개념적인 언어가 많이 쓰여지고 있는 것이 결함입니다. 더욱이 남의 말을 자기의 말로 여기는 것은 긍지를 가진 문학학도가 할 일이 아닙니다. 시에서 자기의 세계를 찾을 때, 말도 또한 제 것이 생겨나는 것인가 합니다. 시에서 특히 어린이들의 세계와 관계되는 시에서는 그 말이 단순하여야 하며, 소박해야 하며, 순진해야 하며, 맑아서 밑이 훤히 꿰뚫려 보이고, 다치면 쨍 소리가 나는 그런 말이여야 할 것입니다. (……) 많은 시들이 멀리 있지 않고 가까이 있다는 것을 알아야 할 것입니다.

백석은 「1956년도 《아동문학》에 발표된 신인 및 써클 작품들에 대하여」라는 총평 형식의 글에서 시와 동시에 대한 자신의 견해를 매우 자신감 넘치는 어조로 피력했다. 시의 요건은 생활에서 우러난 감정, 사색의 중요성, 언어를 부리는 법이라고 명쾌하게 정리했다. 하지만 이 자신감은 오래 지속되지 못했다. 북한문학의 주류가 항일혁명문학에 이은 김일성 유일사상을 바탕으로 한 주체문학으로 변화하면서 북한문학에서 자율성이 설 자리는 점점 좁아지게 되었다.

학령 전 아동문학 논쟁에
휘말리다

"천리마를 탄 기세로 달리자."

김일성은 1956년 12월 노동당 중앙위원회 전원회의에서 '사회주의 건설에서 혁명적 대고조를 일으키기 위하여'라는 제목의 연설을 통해 천리마운동을 제기했다. 전 국가적으로 전쟁 복구 사업에 노동력을 총동원함으로써 비약적인 증산을 이루어 완전한 사회주의를 건설하자는 취지였다. 이와 함께 전 인민을 공산주의적 인간으로 개조하는 일도 병행되었다. 이것은 스탈린주의가 김일성 유일체제로 전환되는 시점, 즉 '주체의 확립' 시기와 맞물려 진행되었다. 천리마운동 이후 경제적으로는 비약적인 성장을 도모하는 한편 개인숭배를 강화해 김일성 체제의 안정을 꾀하는 일이 북한에서는 시급했던 것이다. "하나는 전체를 위하여, 전체는 하나를 위하여"라는 구호가 등장한 것도 '천리마 대고조기' 때였다.

천리마운동의 집단적인 운동은 당장 문학예술에 대한 당의 지배와 지도력 강화로 나타났다. 불과 몇 개월 전 제2차 조선작가대회 이후 문학의 자율성과 미학주의를 강조하면서 형성된 상당히 자유로운 분위기는 역전되기 시작했다. 2차 작가대회에서 높은 평가를 받았던 작품들에 대한 재평가가 이뤄졌고, 이에 따라 작가들의 창작활동도 위축되었다. 마흔여섯 살의 백석에게도 시련이 닥쳐오고 있었다.

한편 백석의 친구 정현웅은 1956년에 『조선민족해방투쟁사』와 『리순신』의 삽화로 '조선인민군 창건 5주년 기념 문학예술상' 제4회 그래픽 부문 1등상을 수상했다. 이때 시 부문 1등상에는 이용악의 「평남관개시초」, 아동문학 부문 1등은 동시 「버들 노래」, 「떠도는 귀속 노래」와 동화시 「뛰여난 흙소」, 동요 「강강수월래」를 쓴 리원우가 차지했다. 백석은 동시 「우레기」 「굴」, 동화시 「집게네 네 형제」, 평론 「동화문학의 발전을 위하여」로 리진화의 소년소설 「새들이 버들골에 깃들다」와 함께 아동문학 부문 공동 3등을 수상했다. 평론 부문 1등은 한효, 2등은 윤세평, 3등은 엄호석이었다.

정현웅은 조선미술가동맹 출판화분과 위원장으로 1957년에 창간된 《조선미술》의 편집위원으로 참여하면서 북한 미술계의 중심으로 떠올랐다. 그는 1966년까지 조선미술가동맹 출판화분과 위원장을 맡았다. 출판화분과는 각종 서적의 장정을 비롯해 표지화와 본문 삽화, 판화, 포스터를 담당하는 부서였다. 출판화는 북한에서 하나의 미술 장르로 정착되어 지금까지 그 명맥이 이어져 내려오고 있다.

1957년 2월 20일 작가동맹 아동문학분과에서는 '당과 국가 정책을 작품에 어떻게 반영시킬 것인가?'를 주제로 토론회가 열렸다. 아동문학분과 위원장인 리원우는 아동문학의 방향이 잘못 흘러가고 있음을 지적하고 작가들에게 경고성 발언을 했다.

"제2차 작가대회에서 도식주의를 퇴치하는 문제가 중요하게 거론된 것은 어디까지나 우리 문학의 당성을 고수하며 사회주의 사실주의의 기치를 더욱 높이기 위해서였소. 그런데 일부 아동문학 작가들 중에는 도식주의를 극복하는 일이 마치 주제 선택 여하에 달려 있는 듯이 곡해하고 시대정신을 망각하는 경향이 나타나고 있단 말이오. 우리 문학은 혁명의 문학이며 특히 조국통일 위업에 복무하는 문학임을 한시도 잊어서는 안 될 것이오."

리원우는 1914년 평북 의주에서 출생해 보통학교를 졸업하고 신의주제지공장에서 노동을 하면서 1930년대부터 《별나라》와 《신소년》에 작품을 발표하면서 활동을 시작한 사람이었다. 1934년 카프사건으로 투옥된 경험이 있는 그는 전쟁을 전후해 동시와 동화를 본격적으로 발표하면서 주목을 받기 시작했다. 1953년 제1차 조선작가동맹 회의에서 리원우는 아동문학분과 위원이면서 중앙위원회 위원으로 처음 등장했다. 북한 문학계 내부에서 그의 시대가 막을 올린 것이다.

리원우에 이어 백석의 「아동시에서의 몇 가지 문제」라는 보충보고가 이어졌다. 백석은 아동문학에서의 도식주의의 원인을 분석한 다음, 학령전 아동을 위한 동시를 창작할 것을 제안했다. 이어 리순영이 백석의 의견에 동조하면서 토론에 나섰다.

"유년층 아동들에게 사회사상을 강요할 수 없으며 오직 그가 살아가는 주위 환경의 모든 사물에 대하여 서정적으로 노래함으로써 유년들에게 그에 대한 인식적 교양을 줄 수 있습니다. 그런데 만일 이런 견해가 거부된다면 우리의 아동문학은 구호의 제창이나 '만세식' 작품들로 되돌아갈 것입니다."

이 말을 듣고 있던 리원우의 얼굴이 일그러졌다. 그는 불쾌한 기색을 숨기려고 얼굴을 숙였다. 이날까지도 백석은 앞으로 거대한 파도처럼 덮쳐올 리원우의 맹공을 예상하지 못하고 있었다.

그 전초전은 4월 20일과 21일에 걸쳐 진행된 아동문학분과 토론회였다. 이 자리에는 박세영·리원우·김순석·윤복진·백석 등이 참석해 학령 전 유년층 아동들을 위한 동시와 동요 창작의 제반 문제를 거론하였다. 이 토론회의 발제자들은 백석과 리순영을 비판하는 보고문을 연이어 내놓았다. 주류 측은 유년층 문학에서도 계급의식을 강조해야 한다며 백석과 리순영에게 맹공을 퍼부었다. 이 토론회의 내용이 〈문학신문〉 5월 2일자에 「주제를 확대하자」는 기사로 실림으로써 아동문학 분과에서 촉발된 논쟁은 북한 문단 전체로 알려지게 되었다.

4월에 백석은 동화시집 『집게네 네 형제』를 출간했다. 백석의 이름으로 출간된 개인 단행본 창작물로는 1936년 나온 시집 『사슴』 이후 두 번째였다. 일제강점기 말에는 만주로 이주하면서 유랑의 길 위에 있었고, 해방과 분단 이후 북한에 머물면서 그 체제에 적응하기 위해 애쓰는 동안 그는 시인으로서 당연히 누려야 할 창작의 기쁨을 맛보지 못했다. 창작의 성과물을 책으로 펴낼 기회도 없었다. 21년 만에 단행본을 발간할 때, 다행히 그의 곁에는 정현웅이 있었다.

"표지화와 삽화를 자네가 그려준다면 영광이겠네."

"그걸 말이라고 하는가. 당연히 내가 해야지."

정현웅은 『집게네 네 형제』의 속표지에 백석의 초상화를 그려 넣었다. 조선일보사에 같이 근무할 당시 1939년 《문장》지에 젊은 백석의 프로필을 그린 이후 18년 만이었다. 정현웅이 펜으로 그린 사십대 중반의 백석은 머리를 뒤로 빗어 넘기고 있고, 눈가에 자글자글 주름이 잡혀 있었다.

『집게네 네 형제』에는 「집게네 네 형제」 「쫓기 달래」 「오징어와 검복」 「개구리네 한솥밥」 「귀머구리 너구리」 「산골총각」 「어리석은 메기」 「가재미와 넙치」 「나무동무 일곱동무」 「말똥굴이」 「뱃군과 새 세 마리」 「준치가시」 등 동화시 12편이 실렸다. 원래 「지게게네 네 형제」로 발표했던 작품의 제목을 「집게네 네 형제」로 바꾸고 내용을 일부 수정했다.

　그리고 백석은 《아동문학》 4월호에 동시 「메'돼지」「강가루」「기린」
「산양」을 발표했다. 모두 동물을 소재로 한 작품이었다. 백석은 동화시
의 영역을 뛰어넘어 학령 전 아동, 즉 유년기의 아동을 대상으로 하는 동
시 창작을 시도했다.

　'유아들이 읽을 동시이므로 길이가 짧아야 하고, 지나치게 사상성이나
계급의식을 겉으로 드러내지 않아야 한다. 그리고 어린아이들일수록 동
물에 관심이 많으므로 동물의 생태에 특히 유의해서 쓰자.'

　백석은 이런 마음으로 이 동시들을 쓰고 발표했다.

　　곤히 잠든 나를

　　깨우지 말라.

　　하루 온 종일

　　산'비탈 감자밭을

　　다 쑤셔 놓았다.

　　소 없는 어느 집에서

　　보습 없는 어느 집에서

　　나를 데려다가

　　밭을 갈지나 않나!

　　—「메'돼지」 전문

　　새끼 강가루는

　　업어 줘도 싫단다.

새끼 강가루는
안아 줘도 싫단다.

새끼 강가루는
엄마 배에 달린
자루 속에만
들어가 있잖다!
　　―「강가루」 전문

기린아,
아프리카의 기린아,
너는 키가 크기도 크구나
높다란 다락 같구나,
너는 목이 길기도 길구나
굵다란 장'대 같구나.

네 목에 기'발을 달아 보자
붉은 기'발을 달아 보자,
하늘 공중 부는 바람에
기'발이 펄럭이라고,
백 리 밖 먼 데서도
기'발이 보이라고.
　　―「기린」 전문

누구나
싸울 테면 싸워보자
벼랑으로만 오너라.

벼랑으로 오면
받아넘길 테니,
까마득한 벼랑 밑으로
차 굴릴 테니.

싸울 테면 오너라
범이라도 곰이라도
다 오너라,
아슬아슬한 벼랑'가에
언제나 내가 오똑 서 있을 테니.
　　　　　　　—「산양」 전문

백석의 예상은 빗나가고 말았다. 이 작품들이 발표되자마자 격렬한
토론과 비판이 이어졌다. 반종파투쟁을 옹호하던 교조적인 강경파 그룹
이 백석을 공격하기 시작한 것이었다. 아동문학에 대한 토론을 활성화
하고 동시의 다양한 표현기법을 선보이려던 백석의 의도는 작가동맹 주
류의 거센 저항을 받았다. 백석이 그들에게 결정적인 공격의 빌미를 제
공한 셈이었다. 이로써 이른바 아동문학 논쟁에 불이 붙기 시작했다.
　제일 먼저 백석의 동시에 대해 본격적으로 문제를 제기한 사람은 리

정현웅은 『집게네 네 형제』의 속표지에 백석의 초상
화를 그려 넣었다. 조선일보사에 같이 근무할 당시
1939년 《문장》지에 젊은 백석의 프로필을 그린 이후
18년 만이었다. 정현웅이 펜으로 그린 사십대 중반
의 백석은 머리를 뒤로 빗어 넘기고 있고, 눈가에 자
글자글 주름이 잡혀 있었다.

원우였다. 리원우는 〈문학신문〉 5월 23일자에 「유년층 아동들을 위한 시문학에서의 빠포쓰 문제와 기타 문제」라는 글을 통해 백석의 「메'돼지」「신양」「기린」을 공격했다. '빠포쓰'는 영어로는 페이소스, 즉 열정이나 연민의 감정을 뜻하는 말이다. 리원우는 백석의 「메'돼지」가 "남의 감자밭을 쑤셔놓고도 그것을 장한 일이나 한 줄 생각하여 이러쿵저러쿵하는 자를 조소하는 자를 강하게 역점을 찍어주지 못한 데 그 결함"이 있다고 질타했다. 그리고 「산양」은 "우리 시대의 어떤 생활의 진실을 반영하는 측면에서 결함을 갖고 있다"고 하면서 "자기 노력으로 사는 평화적 산양, 그러나 약탈자들인 범과 곰이 쳐오면 벼랑으로 차 굴리겠다는 정신으로 아동들을 교양하기 위해서는 '오똑 서 있을 테니'는 부족하다"고 지적했다. 또한 「기린」은 인공적이며 작위적이며 생활 감정에 의거하지 않은 작품이라고 비판했다.

이에 백석은 6월 《조선문학》 제118호에 발표한 「큰 문제, 작은 고찰」이라는 글과 〈문학신문〉 6월 20일자에 쓴 「아동문학의 협소화를 반대하는 위치에서」라는 글을 통해 즉각 반론을 제기했다.

우리는 우선 아동들로 하여금 로동 계급의 혁명적 에네르기야의 산물인 새로운 사회에 주의를 돌리게 하는 그런 현실면을 그려야 할 것이다. 선명하고 비상한 것이야말로 아동들의 취미와 지향에 맞는 것이다. (……) 우리나라의 아동들을 위한 문학은 아직 큰 발전을 보여주지 못하고 있다. 문학 내용에 있어서 새롭지 못하며 넓지 못하며 또 높지 못한 것을 감출 수는 없으며 문학 형식에 있어서 새롭지 못하며 다양하지 못하며 정교롭지 못한 것을 부정할 수는 없다. 이것을 한 말로 표현하면 내용과 형식에 있어서 적극성이 결여되었다고 할 것이다. 이것은 곧 디테일과 모찌브들의 특이한 성격, 시 정신과 고조된 감격, 벅찬 힘과 기발한 사고, 압축된 형식과 함축 있고 여운 있는 언어들의 결여를 말하는 것이다. (……) 오늘 우리 문장들에 신문의 잡보란이나 금방 뛰여 나온 듯한 언어들을 보게 됨은 우리 문학의 품위를 위해서 질색할 일이다. 순수성은 언어의 생명이다. (……) 우리는 철없는 장난꾸러기들에게 지나치게 도덕 륜리를 말할 수도 없으며, 사상을 선전할 수도 없으며, 미츄린 학설을 인식시킬 수도 없다. 그러나 우리는 이 층에 속하는 아동들을 역시 계몽하여야 하며 교양하여야 한다. 이 간단한 듯 복잡한 역할을 문학은 맡아 나서야 한다. (……) 유년층 아동들은 메마르고 굳고 딱딱하고 엄격한 것을 싫어한다. 이러한 것들은 그들의 성정과 상용되지 아니한다. 이러한 면을 무시한 조건 우에서 작품이 이루어질 때 여기에는 반드시 실패가 따르며 효과를 보지 못한다.

　　—「큰 문제, 작은 고찰」 중에서

이 글은 아동문학의 원론적인 문제들을 검토하는 내용으로 비교적 온건한 어조를 유지하고 있다. 제2차 작가대회 이후 아동문학에서 반성해야 할 "무갈등론, 리상적 주인공론, 도식화, 개념화, 독단과 교조주의"가 여전히 잔존하고 있음을 지적하고, 아동문학이 높은 예술성을 유지하려면 언어의 선택을 중시해야 하며 "한낱 구호에 떨어지게 하는 작품 창작의 태도는 실로 배격하여야만 한다."는 주장을 펼친다. 이것은 2차 작가대회의 결정에 대한 반대 기류가 북한 문학계에 널리 퍼지고 있다는 것을 백석이 전혀 모르고 있었다는 뜻이다. 6월까지도 백석은 예술성을 강조하는 일이 정치성에 위배된다는 것을 파악하지 못하고 있었다. 8월에 김일성의 정책에 대항하는 옌안파 최창익, 박창옥 등을 숙청하는 이른바 종파사건이 일어날 줄을 그는 예상하지 못하고 있었다.

오늘 우리 작가들 가운데는 마치도 유년층 문학에서 사상성과 교양성을 무시하는 경향이 있는 듯이 말하며 우려하는 사람이 있다. 리원우가 바로 그러하다. (……) 주위 사물들과 현상들에 대한 정치적 해석과 사회의의적 해설로써만 아니라 그것들의 생성 발전의 참된 면모를 정확히 과학적으로 인식시킴으로써 그들의 세계관 형성을 돕는 것을 목적으로 하여야 할 것이며, 하나에서 열까지 도덕 교훈만을 위주할 것이 아니라 유년들의 건강한 심미감과 취미를 배양하며, 성정의 도야를 꾀함으로써 그들의 생활에서 진실하고 아름답게 되는 것을 목적하여야 할 것이다. (……) 우리 아동문학의 목적이 응당 완전 무결한 공산주의자적 인격의 형성을 위한 교양에 있어야 할 때 우리가 고려하지 않아서는 안 될 것은 이 교양의 과정이 퍽도 장구하고 복잡한 과정이 아닐 수 없다는 것이다. 따라서 한 형식의 문학 또는 몇몇 형식의 문학만으로써는 도저히 이 과업의 완수를 기할 수 없는 것이 사실이다. 그 어느 형식의 문학이나 그것이 완전히 공산주의적 인격 형성을 그 자체의 목적으로 할 때 그리고 이 목적을 지향하여 매진할 때 이것은 우리에게 유익하며 필요한 것으로 된다. (……) 아동의 성격의 힘 즉 그의 완강성과 집단성을 들어 말할 수 있는 아동의 성격적 특징을 조장시키기 위하여 우리 아동문학은 명랑하고 락천적인 자기의 한 분신을 잊어서는 안 된다. 이러한 문학을 규정하는 것이 웃음이며, 장난이며, 에네르기인 것도 잊어서는 안 된다.

백석은 「아동문학의 협소화를 반대하는 위치에서」라는 글에서 자신의 동시를 비판한 리원우를 향해 직격탄을 날렸다. 그것은 정치성과 교양성을 강조하는 강경파에 대한 항거였다.

    졸작 「산양」에서 리원우는 "언제나 내가 오뚝 서 있을 테니"라고 한 것이 평화의 세계를 지켜 선 산양에게 어울리지 않는다고 하였다. 그리고 이 약하고 어울리지 않는 것으로써 이 작품은 실패하였다고 하였다. 우리는 이런 의미에서도 인식의 차이에서 오는 홍미의 차이를 말할 수 있다. 천야만야한 벼랑 가에 "오뚝 서 있는" 것은 제 진지를 지켜, 제 세계를 수호하여, 긍지와 력량을 시위하며 서 있는 올연한 모습을 그리는 데 실패하였는가? 작자로서는 수긍되지 않으며, 작자로서는 평자의 인식과 홍미가 작자의 그것들에서 거리가 먼 것을 느낄 뿐이다. (……)

    리원우의 '사상성'은 주체성을 의미하기도 한다. 주체성을 리원우는 '우리의 감정'(리원우)으로 표현한다. 필자의 작품인 「기린」에서 리원우는 기린의 기다란 목에 붉은 기'발을 달자고 한 것이 '웬일인지 인공적이며'(리원우) '우리의 감정에 맞지 않'는다고 하였다. '또 우리나라 아동들의 실제적 생활 감정에 뿌리박지 못했다'(리원우)고 한다. 기린은 외국산 동물이다. 그럼 기린이 외국산 동물이라고 해서 그러한가? 기린의 목이 긴 것은 사실인즉 그 긴 목에 기'발을 단다는 것으로 해서 그러한가? 기린은 비록 아프리카의 동물이나 우리나라 아이들에게는 그림으로 이야기로 이미 친숙하다. 범이나 곰은 우리나라에서 사는 동물이다. 그러나 우리나라 아이로서 범과 곰이 산에 다니는 것을 보고 자라나는 아이가 몇이나 되는 것인가? 범도 곰도 심지어는 승냥이까지도 다 그림으로 이야기로 알 뿐이다.

    다음으로 기다란 장'대에 깃발을 다는 것은 순수한 조선적인 면모이다. 서해 바다'가에 가면 만선되어 돌아오는 배 돛대에도 기'발을 달고 사공에 집 뜨락 장'대에도 기'발을 단다. 기린의 목이 장대같이 길다는 형상을 허용할진대 이것에 기'발을 다는 것이 어찌 우리 감정에 맞지 않으며 우리나라 아이들의 생활 감정에 뿌리박지 못하였단 말인가? 작자로서는 리해하기 힘들다. 대체 작품 평가라는 것은 평자의 정신이 원작의 정신을 릉가할 때 가능하다. 이것은 리상이다. 그러나 원작에 대하여 자기의 비평 수준을 비치어 볼 아량은 필요할 것이다. 기'발은 유년들의 세계에서는 한 생활사의 랑만이다. 나는 대여섯 살 적에 어느 해변'가에서 본 그 붉은 기'발이 아직도 뇌리에서 사라지지 않는다.

백석과 아동문학 논쟁의 대척점에 서 있던 리원우는 작가동맹 아동문학분과 위원장이었다. 리원우는 자신의 주장을 관철시키기 위해 주변의 아동문학 분과위원들을 대거 동원해 백석을 공격했다. 이들은 리원우처럼 백석의 동시가 정치적 사상성과 교양성이 없다는 신랄한 비판을 5월부터 8월까지 매달 지속적으로 이어갔다. 백석이라는 문학적 이상주의자에 대한 융단폭격이었다. 〈문학신문〉 6월 27일자 리진화의 「아동문학의 진정한 옹호를 위하여」, 7월 18일자 김명수의 「아동문학에 있어서의 인식적인 것과 교양적인 것」, 8월 22일자 리효운의 「최근 아동문학에 관한 논쟁에 대하여」가 그것이다. 박세영도 「학령 전 아동문학에 대하여」(《조선문학》 1957년 9월호)라는 글에서 백석의 동시 「메'돼지」와 「강가루」를 공격하는 데 가세했다. 다만 박세영은 동화시집 『집게네 네 형제』의 작품들에 대해서는 "동물들을 도해해서 본 것이 아니라 높은 예술적 형상을 가함에 노력한 작품"이라며 후한 점수를 주었다.

1957년의 이른바 '학령 전 아동문학 논쟁'은 '한 사람의 백석'과 '여러 사람의 리원우'가 벌인 유례없는 싸움이었다. 백석은 시종일관 혼자서 논쟁을 이끌어갔고, 백석을 비판하는 사람들은 리원우를 필두로 하는 아동문학계의 주류 그룹이었다. 처음부터 공정한 게임이 아니었다.

급기야 백석은 9월 27일부터 28일에 걸쳐 진행된 《아동문학》 확대편집위원회의 토론회 자리로 불려나갔다. 이 자리에는 아동문학 분과위원회 위원장 리원우, 부위원장 박팔양·윤두헌·서만일, 《아동문학》 주필 정서촌을 비롯해 여러 아동문학 작가들과 〈문학신문〉 기자 등 다수가 참석했다. 윤복진은 운문 부문 보고를 하며 백석을 다시 공박했고, 강효순도 토론회 자리에서 백석의 일부 동시를 강하게 비판했다. 강효순은 교사 출신으로 작가동맹을 담당하는 노동당 지도원이었다. 백석은 그가 비판하던 도식주의자들에 의해 다시 비판당하는 처지가 되었던 것이다.

수세에 몰린 백석은 "아동문학에서는 무엇보다도 아동 생활과의 결부, 그리고 이해가 고려되어야 한다."고 전제하면서 "인식적인 것이라고 해서 교양성이 없다고 말할 수는 없다."고 주장하였다. 그러면서도 결국 백석은 한 발짝 물러서지 않을 수 없었다.

"의도와는 달리 아이들의 이해력에 맞지 않았으며 독자에게 혼동을 주게 한 데 대하여 깊이 반성합니다."

이러한 자아비판은 당의 지도와 통제 아래 문학을 두고자 하는 주류 세력에게 백석이 굴복했다는 것을 뜻했다. 백석으로서는 매우 굴욕적인 자리였다. 백석을 궁지에 몰았던 리원우는 어떤 작품을 썼는지 잠깐 살펴볼 필요가 있다. 다음은 리원우의 동화시 「열'쇠 서방과 자물'쇠 서방」의 일부이다.

남조선 그 어딘지
두 사람이 살았다네

한 사람은 키다리
한 사람은 수염쟁이

다리 다리 키다리
키 큰 키다리
그 사람은 돈돈
돈밖에 몰라서
돈돈하면서
량심을 뚝 떼 팔고

수염 수염 너풀수염
바람에 너풀 수염쟁이
그 사람도 돈돈
돈밖에 몰라서
돈돈하면서
량심을 뚝 떼 팔고

리원우의 이 동화시는 열쇠서방과 자물쇠서방이 인민을 위하여 합심할 것을 결의하고 힘을 합쳐 감옥에 갇힌 죄 없는 사람을 구해준 뒤, 무쇠덩이인 이 서방들이 사람으로 변해 인민들 속으로 들어간다는 내용이다. 이것을 백석의 동화시와 비교해보자. 리원우의 작품은 사상성과 계급성을 잘 구현하면서 적개심을 고취시키는 데 성공했을지는 모른다. 그러나 직설적이고 도식적인 상상력으로 인해 어린이들에게 이 세상을 이분법적으로 나누어 판단하게 할 위험성이 내재해 있는 것이다.

살아남기 위하여

아동문학 논쟁을 하면서 강경파 주류 그룹의 공격을 받는 와중에 백석은 〈평양신문〉 7월 19일자에 동시 「감자」를 발표했다. 아주 짧은 시였다.

흰 감자는 내 것이고
자짓빛 감자는 네 것이니
흰 감자는 내가 먹고
자짓빛 감자는 네가 먹으라

이 동시는 충북 충주 출신의 동시인 권태응의 대표작 「감자꽃」을 떠올리게 한다. 권태응은 전쟁 전 1948년 동시집 『감자꽃』(글벗집)을 출간하고 1951년 폐병을 앓다가 서른네 살의 나이로 요절한 시인이었다. 1948년은 백석이 북한에 머물고 있을 때였으므로 그가 권태응의 동시집을 접했는지는 더 이상 확인할 길이 없다.

자주 꽃 핀 건 자주 감자,

파 보나 마나 자주 감자.

하얀 꽃 핀 건 하얀 감자,
파 보나 마나 하얀 감자.

조선작가동맹 위원장 한설야와 부위원장 서만일은 1956년 12월 6일 아침 국제열차로 평양역을 출발했다. 12월 23일부터 28일까지 인도의 수도 뉴델리에서 열리는 아시아작가대회에 북한 대표단으로 참석하기 위해서였다. 백석은 〈문학신문〉 1957년 1월 10일자에 「부흥하는 아세 아 정신 속에서」라는 글을 발표했다. 이 대회의 성과를 평가하고 식민주 의와 투쟁하는 아시아 작가들의 교류를 증진시키기 위해 번역에 매진해 야 한다는 내용이었다.

아동문학 분과위원으로 논쟁의 한가운데 서 있었으면서도 백석은 외 국문학 분과위원으로서의 역할도 충실하게 수행했다. 1957년 10월에 『굴리아 시집』을 번역해 조소출판사에서 출간했고, 《아동문학》 11월호 에 소련의 뛰어난 아동문학가를 소개하는 「마르샤크의 생애와 문학」을 발표한 데 이어 〈문학신문〉 11월 21일자에는 마르샤크의 작품 「손자와 의 이야기」를 번역해 실었다. 이 밖에도 〈문학신문〉 편집위원으로서 이 지면에 외국작가들의 수많은 작품을 번역해 발표했다. 그가 편집에 관 여하고 있던 〈조소문화〉에도 백석은 번역을 통한 외국문학 소개를 1958 년 말까지 꾸준히 계속하였다. 백석이 북한에서 마지막으로 내놓은 번 역 작업은 12월 15일 출간된 『희랍신화집』(국립문학예술출판사)과 12월 20일 공동으로 번역 출간한 『올라지미르 루곱스꼬이 시선집』이었다.

〈문학신문〉 1957년 1월 24일자에 백석의 이름으로 쓴 8행의 짧은 글

「계월향 사당」이 있다. 조선시대 때 평양 기생 계월향桂月香의 충절을 기리기 위한 사당의 그림 밑에 백석이 그 그림에 대한 설명을 몇 줄 덧붙인 것이다. 시인으로서 시를 발표한 게 아니라 〈문학신문〉의 편집위원으로서 지면의 균형을 고려해 쓴 글이므로 이를 백석의 시로 간주하는 것은 잘못된 판단이다.

그리고 〈문학신문〉 3월 21일자부터 백석은 편집위원 명단에서 이름이 사라진다. 원래 주필에 윤세평, 편집위원으로 리호남·박석정·박영근·박태민(부주필)·박팔양·백석·서만일·신동철·윤두헌·정준기·추민·탁진 등이 이름을 올리고 있었다. 그런데 이때부터 주필에 윤세평, 편집위원으로 김명수·리갑기·리맥·리호남·박영근·박태민(부주필)으로 편집진용이 바뀌는 것이다. 그러다가 4월 4일자부터는 아예 실명을 빼고 '편집위원회'라는 명칭만 실리게 된다. 3월을 전후해서 북한 문단에서 백석의 위상에 심각하고 큰 변화가 왔다는 것을 암시하는 대목이다. 이 시기는 백석이 거의 혼자의 힘으로 작가동맹 주류 측과 아동문학논쟁을 벌이기 시작할 때였다. 이 과정에서 〈문학신문〉 편집위원이라는 막강한 무기를 내려놓고 싸움에 임해야 했다. 그러니 그 결과는 백석에게 불리하게 돌아갈 수밖에 없었다. 게다가 1956년 12월 말 인도의 아시아작가대회에 참석했던 한설야가 돌아오는 길에 한 달 넘게 중국에 체류한 일이 있었다. 한설야는 2월 26일에야 평양으로 돌아왔다. 그러니까 그가 자리를 비운 사이 작가동맹을 이끄는 지휘부에 균열이 생긴 것으로 추측이 된다. 한설야가 국외에 있는 동안 백석은 그의 보호를 받지 못하고 밀려나고 있었던 것이다.

북한의 사회주의 체제 하에서 발표한 동시가 사상성과 정치성이 부족한 작품이라고 집중적으로 비판의 도마 위에 오른 것을 의식해서였을까? 백석은 1957년과 1958년 〈문학신문〉에 두 편의 시를 발표했다.

이 길 외진 개포에서
나는 늙은 사공 하나를 만났다.
이제는 지나간 세월

앞바다에 기여든 원쑤를 치러
어든 밤 거친 바다로
배를 저어 갔다는 늙은 전사를!
—「등고지」 중에서

나는 공산주의의 자랑이며 시위
공산주의의 힘의, 지혜의
공산주의의 용기의, 의지의

모든 착하고 참된 정신들에는
한없이 미쁜 의지, 힘찬 고무로
모든 사납고 거만한 정신들에게는
위 없이 무서운 타격, 준엄한 경고로
내 우주를 나르는 뜻은
여기 큰 평화의 성좌 만들고저!
—「제3인공위성」 중에서

〈문학신문〉 1957년 9월 19일자와 1958년 5월 22일자에 각각 발표한 이 시들은 백석의 의도와 달리 생경한 구호와 일방적인 찬사를 반복적으로 나열할 뿐, 그 어떤 시적 감흥도 자아내지 못하고 있다. 그가 비판해 마지않았던 도식주의를 그대로 답습하고 있을 뿐이다. 이것은 백석의 문학적인 신념이 바뀐 게 아니라 문학을 하면서 사회주의 체제에서 살아남기 위한 안간힘으로 이해해야 할 것이다. 1957년 3월 7일자 〈문학신문〉에 발표한 「침략자는 인류의 원쑤이다」, 같은 해 12월 5일자에 발표한 「아세아와 아프리카는 하나이다」, 1958년 4월 3일자 「이제 또 다시 무엇을 말하랴」, 《조선문학》 1958년 8월호에 실린 「사회주의적 도덕에 대한 단상」과 같은 정론도 사회주의 혁명의 당위성을 강조하고 설명하는 데 그치고 있다.

1958년 6월 김일성은 제1차 5개년 경제계획을 발표했다. 여기에는 해방 후 토지개혁에 의해 농민들에게 분배된 토지를 협동적 소유 형태로 바꿈으로써 완전히 계획적인 농업으로 발전시킨다는 방안도 포함되어 있었다. 사회주의 개혁을 위해 당의 사상통제가 강화되었고, 문학 분야는 당의 문예정책 관철이라는 이름하에 조선작가동맹 소속 작가들을 생산현장에 파견하는 사업에 박차를 가했다. 현지의 공장과 기업, 농어촌 등에 작가들을 보내 현지 근로자들 속에서 '문학 지도 사업'을 펼치는 것이었다. 이 사업은 장·단기적으로 기획되었고, 조선작가동맹에서는 지금도 이 현지파견 사업을 시행하고 있다.

그런데 이 무렵 김일성의 정책에 반기를 들고 도전한 그룹들이 나타났다. 최창익, 윤공흠, 김을규 등의 연안파와 박창옥 등의 소련파들은 중공업 중심의 경제정책을 바꿀 것을 요구하며 집단 지도체제를 실시하자고 주장했다. 김일성은 이를 받아들이지 않았다. 그리하여 김일성 개인숭배를 비판하는 이들을 모조리 숙청하는 사건이 일어났는데, 이것이 이른바 '8월 종파사건'이다. 김일성은 '반혁명분자'와의 투쟁을 선언하고 사회 전 영역에 걸쳐 숙청을 단행했다. 이 피바람은 사회주의 혁명에 소극적이며 보수적 성향을 띤 지식인 계층에게도 불어닥쳤다.

"보수주의와 소극성을 분쇄하고 모두 다 천리마를 타고 과감히 진군하자!"

9월에 채택된 '조선노동당 중앙위원회 편지'(붉은 편지)는 사회주의 건설의 속도를 증가하기 위한다는 명분으로 전체 당원에게 사상 개조운동을 하달한 것이었다. 붉은 편지는 북한 문학계를 강타했다. 창작의 자유를 동경하거나 조금이라도 부르주아적 편향을 보이는 수정주의자들은 곧바로 비판의 대상이 되었다.

1958년 10월경부터 평양에서 백석의 문학적인 활동은 대부분 중단되었다. '붉은 편지 사건' 이후 백석은 창작활동을 극도로 자제하지 않으면 안 되었다.

다만 한 가지 다행스러운 것은 1958년 조선작가동맹출판사에서 펴낸 『해방 후 우리 문학』에 백석의 동화시집 『네 발 가진 멧짐승들』이 출간되었다는 소식이 실려 있다는 것이다. 장형준이 쓴 「해방 후 아동문학의 찬연한 발전 노정」이 그것이다. 1958년 6월 5일자 〈문학신문〉에도 백석의 학령 전 아동을 위한 그림책 『네 발 가진 멧짐승들』과 『물고기네 나라』가 소개되어 있으나, 아직까지 이 작품들이 국내에 알려진 바가 없다는 게 안타깝다. 그리고 1962년 2월 27일자 〈문학신문〉에 아동문학가 리맥은 「아동들의 길동무가 될 동시집」이라는 글에서 백석의 동시집으로 『우리 목장』을 소개하고 있다. 이 작품집들이 발굴이 되어야만 북한에서 백석의 아동문학 창작 활동의 전모가 밝혀질 것이다.

붉은 편지를 받들고
관평의 양을 키우다

1959년 1월 초, 마흔여덟 살의 백석은 현지파견의 임무를 부여받았다. 생산현장으로 내려가 노동자들과 같이 일하고 호흡하면서 새로운 사람으로 거듭나라는 당의 지시가 조선작가동맹을 통해 전달된 것이다. '붉은 편지 사건'의 영향이었다. 도식주의에 대해 비판한 작가들은 거의 다 현지파견이라는 이름으로 전국 각처로 뿔뿔이 흩어져야 했다. 이것은 말이 파견이지 수도 평양에서 일시적으로, 혹은 영원히 추방되는 것을 의미했다. 1957년부터 중국에서 화이트칼라 지식인들과 상급 간부들이 관료화되는 것을 방지하고 자아개조를 위해 실시한 하방下放 운동과 궤를 같이하는 것이었다. 이 무렵 뛰어난 월북 작곡가 김순남도 신포의 한 공장으로 추방되어 주물공장에서 송진을 달이는 노동을 하게 된다.

원수와 더불어 싸워서 죽은
우리의 죽음을 슬퍼 말아라
깃발을 덮어다오 붉은 깃발을
그 밑에 전사를 맹세한 깃발

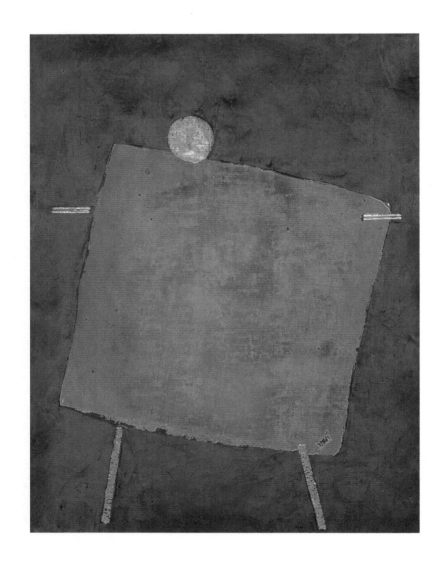

"원래 남편은 글밖에 모르는 사람이었지요. 삼수군
으로 내려와 농장원으로 일했지만 농사일을 제대로
하지 못해 마을 사람들의 웃음거리가 되기도 했어요.
남편은 도리깨질을 못해서 처녀애들에게 배웠을 정
도였으며, 너무 창피해서 달밤에 혼자 김매기를 연습
하기도 했지요."

더운 피 흘리며 말하던 동무
쟁쟁히 가슴 속 울려온다
동무야 잘 가거라 원한의 길을
복수의 끓는 피 용솟음친다

백색 테러에 쓰러진 동무
원수를 찾아서 떨리는 총칼
조국의 자유를 달라는 원수
무찔러 나가자 인민유격대

한국전쟁 때 빨치산들의 애창곡이었다는 「인민항쟁가」의 작사자 임
화도 전쟁 직후 숙청이 되고, 작곡자 김순남도 몰락의 길을 걷게 된 것이
다. 이 노래는 북한이 내세우는 '혁명가'의 목록에서도 지금은 사라졌다.

백석이 파견된 곳은 북한에서도 최고의 오지로 손꼽는 삼수군이었다.
1959년 새해가 시작되자마자 백석은 양강도 삼수군 관평리에 있는 관
평협동조합으로 가야 했다. '삼수갑산을 가더라도'는 '그 어떤 고난이나
최악의 상황이 오더라도'라는 뜻의 관습적인 표현인데, 흔히 삼수갑산이
라고 말하는 바로 그곳이었다. 평양 도심부의 동쪽에 있는 동대원구역
에 살던 백석은 가족들에게 이 사실을 알렸다.

아내 리윤희가 한숨을 토해내며 눈물을 글썽였다.

"붉은 편지가 우리를 결국 쫓아내는군요."

백석은 아내의 입을 손으로 막았다. 그러고는 가만히 껴안으며 등을
쓰다듬었다.

"속히 짐을 싸고, 아이들에게는 아무 일 없는 것처럼 대하시오."

"평생 글만 쓰던 당신이 협동농장에서 어찌 노동을 한단 말인가요. 호미 자루 한 번 잡아보지 않은 당신이……."

"거기도 다 사람 사는 곳이오."

곧 이사를 가야 한다는 말을 들은 아이들이 백석에게 물었다.

"우리 가족이 왜 그곳으로 가야 한다는 거죠?"

"평양으로는 언제 돌아오는 거야요?"

백석은 아이들을 둘러보며 천천히 말했다.

"우리는 거기 가서 양을 키울 거야. 양 한 마리가 새끼를 낳으면 세 마리, 네 마리가 되고, 또 그 양들이 새끼를 낳으면, 여덟 마리, 아홉 마리가 되고, 또 그 양들이 새끼를 낳으면…… 머지않아 우리 목장은 양들로 뒤덮여서 여름에도 마치 하얗게 눈이 내린 것처럼 보일 거야. 어때? 대단하겠지?"

아이들은 초롱초롱한 눈망울로 백석을 바라보았다. 백석의 머리 위에도 어느새 희끗희끗 눈이 내리고 있었다.

삼수갑산三水甲山 내 왜 왔노 삼수갑산이 어디뇨
오고나니 기험崎險타 아하 물도 많고 산 첩첩이라 아하하

내 고향을 도로 가자 내 고향을 내 못가네
삼수갑산 멀더라 아하 촉도지난蜀道之難이 예로구나 아하하

삼수갑산이 어디뇨 내가 오고 내 못가네
불귀不歸로다 내 고향 아하 새가 되면 떠가리라 아하하

님 계신 곳 내 고향을 내 못가네 내 못가네
오다가다 야속타 아하 삼수갑산이 날 가두었네 아하하

내 고향을 가고지고 오호 삼수갑산 날 가두었네
불귀不歸로다 내 몸이야 아하 삼수갑산 못 벗어난다 아하하
— 김소월의 「삼수갑산三水甲山」 전문

백석은 삼수군으로 내려가면서 선배시인 김소월의 「삼수갑산」을 머리에 떠올렸을 것이다. 그는 삼수갑산에서 영원히 돌아오지 못하는 몸이 될 수도 있었다. 삼수군은 양강도 중부에 압록강을 끼고 있는 곳으로서 북한 지역에서 제일 추운 곳 중 하나다. 연평균기온 2.1℃, 1월 평균기온 영하 18.5℃, 7월 평균기온 19.4℃이며, 해발 2천 미터 안팎의 높은 산들이 많다.

　　산골로 가는 것은 세상한테 지는 것이 아니다
　　세상 같은 건 더러워 버리는 것이다

오래 전에 「나와 나타샤와 흰 당나귀」에서 이미 노래했던 것처럼 세상 같은 건 더러워 버리는 심정으로 삼수로 갔을 수도 있다. 북한에서 김일성주의가 강화되고 주체문학이 당을 업고 주류로 자리 잡기 시작하면서 백석이 선택할 수 있는 것은 아무것도 없었다. 그는 스스로 삶의 주인이 되는 주체로 살 수 없게 된 현실이 억울했지만, 그에게 다가온 현실을 탓하지 않았다. 우선 평양의 틀에 짜인 현실로부터 벗어나는 일이 시급

했다.

백석은 삼수군 관평리 관평협동조합의 축산반에 배치되었다. 개마고원 지대의 하나인 관평리舘坪里는 삼수읍에서 동남쪽으로 4킬로미터 떨어진 해발 900미터의 고원지대였다. 평퍼짐한 골짜기와 산으로 둘러싸인 이곳은 허천강의 지류인 관평천이 관평리의 중심을 관통해 흐르고 있었다. 관평리의 75퍼센트는 산지였고, 농경지는 22퍼센트 정도가 되었다. 그 중에 밭이 70퍼센트를 넘어 그 밭에는 고랭지 작물인 옥수수·감자·호프·채소·마·약초 등을 재배하거나 꿀벌을 쳤다. 관평리는 양잠과 축산업도 발달한 곳이었다.

백석이 일하게 된 국영 축산장은 평양의 중앙농업위원회가 직접 관리하는 목장으로 주로 종축의 유지와 생산을 담당했다. 공동축산이란 각 협동농장의 축산작업반과 그 산하에 축종별 축산분조를 가리키는, 국가의 관리 하에 있는 사육체계였다.

1월 10일, 백석은 조선작가동맹에서 발행하는 〈문학신문〉에 편지를 보냈다. 이 글은 「문학신문 편집국 앞」이라는 제목으로 〈문학신문〉 1월 18일자에 실렸다. '현지에서 온 작가들의 편지'라는 부제가 붙었는데 조선작가동맹에 보내는 편지 형식의 보고문이었다.

당의 따뜻한 배려에 의하여 이곳 삼수로 와서 한 주일이 되면서도 진작 인사를 드리지 못하였습니다. 저는 떠날 때 여러 동지들이 주신 따사로운 가지가지 말씀들과 격려를 마음에 새기여 늘 큰 힘을 얻으면서 새로운 일터에서 정진하고 있습니다.

이곳은 혜산시 90리, 삼수읍에서 10리나 되는 심심 산협이며 곧 화력 발전으로 전기가 들어오나 아직은 밤에 등화를 켜고 있습니다.

이 조합은 양 많고 소 많고 아마와 호뿌를 많이 심어 도내에서 유명하며 앞날이 크게 내다보입니다. 여기서 저는 양치는 일을 하게 되었습니다. 양들에게 먹이도 주고 새끼도 받고 또 양떼를 몰고 높은 산상의 방목지로 오르는 일이 다 제가 하는 일입니다. 이런 일을 성실히 하여 나가는 가운데서 제가 기필코 당과 수령이 요구하는 로동 계급 사상으로 개조되여야 할 것을 마음 다지고 있습니다.

이곳에서 처음으로 〈문학신문〉 첫 호를 보았습니다. 여러 편집 동지들을 같이한 듯 실로 반가웠습니다. 저는 먼 개마고원의 한 산협에서 이렇듯 여러 동지들의 귀한 로력의 자취를 반가와하며 축하합니다. 평균 30도를 더 내리는 이 심심 산촌에서도 전국 농업협동조합 대회에서 하신 수상 동지의 말씀을 받들고 인민경제계획 수행의 위대한 과업 속에 지금 부글부글 들끓고 있습니다. 이 속에서 어찌 제가 당이 기대하는 붉은 작가로 단련되지 않겠습니까. 맡겨진 일에 힘과 마음 다하여 훌륭한 조합원이 되여 앞으로 좋은 글을 쓸 것을 다시 한 번 맹세합니다.

1월 10일 삼수 관평에서

여기서 말하는 인민경제계획이란 1957년부터 1960년까지 시행된 북한의 제1차 5개년 경제계획을 말한다. 북한은 1958년까지 모든 생산 수단을 국유화하거나 협동조합 소유로 바꾸고 사회주의적 경제개혁의 기틀을 마련했다. 천리마운동 시기의 이 정책은 중공업을 위주로 하는 공업정책을 근간으로 농촌에서는 협동조합화를 위해 전 인민을 총동원하는 경제계획이었다.

〈문학신문〉 편집국에 보낸 편지는 매우 건조한 문체로 백석 자신의 다짐만 도드라져 있을 뿐이었다. 마지못해 과제물을 의무적으로 제출한

듯한 인상이 짙게 풍기는 것이다. 엄동설한의 삼수 관평에서 양을 치는
일을 맡았음을 보고하는 백석이 낯선 환경에 완전하게 적응하지 못한
때였기 때문에 그럴 수도 있다.

그러다가 봄이 되어 백석은 또 하나의 보고문을 〈문학신문〉에 기고
했다. 5월 14일자 〈문학신문〉의 '현지 수첩'란에 실린 「관평의 양」이 그
것이다.

양들이 방목지를 향하여 눈부신 아침 해'살을 담뿍 받고 관리위원회
앞을 지날 즈음이면 벌써 관리위원회 앞길에 리 당위원장과 관리위원장
이 나와 서 있는 때가 많다. 이들은 이 400마리 가까운 양들이 띠엄띠엄
다 지나도록 만족한 듯 긴장된 표정으로써 그것을 하나하나 조심스럽게
바라본다. 참으로 조합에서 양의 사양 관리에 돌리는 관심과 정력이란 눈
물겨웁다.

현재 있는 양과 올해 생산될 새끼 양을 넣으면 610마리의 방대한 수효
의 양을 조합은 금년 내로 소유하게 될 것이다. 그리고 양에서 얻는 양모
는 올해에 884키로를 예상하는데 조합은 이 양으로 하여서만도 풍족한
살림을 이루게 된다.

양은 이렇듯 이 조합의 부를 창조하는 것이요, 국가의 부를, 사회주의
의 부를 창조하는 것이다.

6년 전인 1954년에 관평리에는 처음으로 농업협동조합이 이루어졌다.

그 이듬해인 1955년에 조합에서는 당의 방침에 따라 축산업에 조합
운영의 중심을 두기로 대방을 세웠다. 이리하여 국가로부터 분양 받은 몽
고종 양 28마리와 아울러 과거 개인 경영으로 사양하던 사람이 조합으로
가지고 들어온 14마리 세모의 양이 오늘 400마리 가까운 양의 원천으로

되였다.

그러나 관평의 오늘은 쉽게 이루어 진 것은 아니다.

많은 양을 사는 데는 무엇보다도 우선 풍부한 사료의 확보가 필요하다는 것을 다시 깨닫고 이 확보에 전 력량을 기울이는 한편 양의 품종 개량 면에서도 강력한 투쟁이 전개되었다. 순몽고종을 기간으로 하여 코르테 종, 메리노종 등과의 교잡종을 냄으로써 우리나라 북방 고원의 기후 풍토에 적합한 종류를 얻기에 이르렀다.

관평의 산협도 독골 안에 자리잡은 근감하게 큰 두 채의 양사, 언제 보나 정갈한 널다란 마당, 산 같은 건초'더미, 정연한 목책, 류산동의 푸른 빛 도는 욕각장(양들이 양사를 들고 날 때 발을 씻게 하는 조그만 못), 양사의 한 끝에 달린 깨끗한 축산반 사무실, 그리고 이 사무실에 정비된 많은 약품들은 조합 축산 사업이 방대한 규모로 빈틈없이 운영된다는 사실을 말하는 것이다.

4~5월에 가서야 첫 새끼양의 매애애 소리를 듣던 사양공들은 올해에는 정월 초열흘이 넘기 바쁘게 새끼양을 받기에 분주하였다. 코르테종 암양이 올해 생산에서 첫꼭지를 떼였다. 그 뒤로 련이어 거의 날마다 새끼양이 분만되었다.

갖은 종류의 새끼양들이 분만실에서 자랑스럽게 매애애 소리를 친다. 하루에 두 마리, 세 마리 새끼양들이 분만되기도 한다. 그 가운데 끼여 염소들도 지지 않노라는 듯 새끼를 분만한다. 쌍둥이를 낳는 염소도 있어서 사양공들을 웃기기도 하였다.

양은 대체로 밤이 깊어서 새끼를 낳는 경우가 많다. 오랜 경험으로 사양공들은 그날 밤'중으로 새끼를 낳을 종빈양을 알아보고는 이런 양들은 낮에 방목지로 내몰지 않고 양사에 두고 알곡과 다즙 사료로 충분히 먹이를 준다. 아니나다를가 그런 양은 밤이나 새벽녘에 의례히 분만을 한다. 경비 서는 사양공들이 새끼를 받으며 흥분을 못 이긴다. 새끼의 태'줄을 끊자 그것을 갓난아이 안듯이 하고 분만실치고도 가장 더운 아궁목 가까이로 온다. 엄지가 새끼의 몸에 묻은 구정물을 핥아 몸을 말려 놓기를 기다려 사양공들은 새끼를 안아 엄지의 젖에 가져다대인다. 새끼가 젖을 빠는 것을 보고서야 사양공들은 안도의 한숨을 내쉰다.

사양공들에게 가장 기쁜 일은 제 손으로 새끼를 받아 그 새끼에게 첫 젖을 빨리여 그것이 미당'귀에서 오독독 오독독 뜀질을 하고 개닥질을 하는 것을 보는 것이다.

지난 2월 어느날 저녁의 일이었다.

조합 관리위원회 사무실에서는 관리위원장을 위시하여 조합간부들이 모여 농산반 벌밭 나누기와 로력 할당에 관하여 토의를 하고 있었다. 바로 그 자리에 산넘어 방목지에서 풀을 뜯던 종빈양 두 마리가 금시로 거품을 물고 죽었다는 소식이 들어왔다. 그러자 소식을 전하는 사람의 말이 입에서 떨어지기가 바쁘게 관리위원장이 창황하여 자리를 차듯이 하고 일어 서 뛰여 나가고 생산 부위원장이 뒤따라 달려 나가고 축산반장이 어쩔 줄을 모르며 그 뒤를 따르고…… 이렇게 하여 모였던 사람들이 모두 그 현장으로 달려 나갔다.

자리를 차듯이 하고 뛰여 나가는 관리위원장의 놀란 얼굴도 안 잊혀지거니와 "……양 한 마리가 아니라 양 두 마리요." 하던 그 말이 도저히 안 잊혀진다. 양은 독초의 움을 쑤셔 먹은 탓에 죽은 것으로 판명되었거니와 사람들의 통탄은 그렇다고 하여 삭아지지 아니하였다.

이들에게는 양 한 마리가 참으로 양 두 마리요, 백 마리의 양이 될 수도 있는 것이다. 또한 이런 일도 있었다. 지난해 여름, 비가 억수로 퍼붓는 어느날 방목지로 나갔던 양 한 마리가 잃어졌다.

이날 남녀 로소 조합원 80여 명은 된비를 맞아 가며 밤새껏 양 한 마리를 찾아 산과 골안을 뒤졌다. 새벽녘에 가서야 길을 잃고 헤매는 양을 깊은 골안에서 찾은 조합원들은 추위도 지치움도 다 잊고 참으로 기뻐들 하였다.

2년 3생의 새로운 생산 체계에 의하여 조합에는 벌써 70여 마리의 새끼 양들이 양사의 안팎에서 오굴씨굴한다. 가지가지 빛갈, 가지가지 모양의 새끼양들이 번영의 봄을 즐겁고 또 즐거워 못 견디겠다는 듯이 그 깡충한 다리로 뛰었다 내리고, 그 가느다란 목을 빼여 목청껏 소리 지른다.

여름 지나고 가을 지나는 때에는 200마리를 넘는 어린 양들이 또 이 산협을 뒤덮을 것이다.

해발 900의 고원 산협의 방목지로 오르내리는 구름떼 같은 큰 양, 작은 양의 등털에도 봄'볕은 따사롭다. 관평 독골 골안에는 오늘도 새로 분만되는 새끼양들의 매애애 소리가 사회주의 로력의 축복을 받는 듯 드높다. 이 따사로운 볕 속에, 이 자지러지는 소리 속에 번영하는 관평은 거름 내기에, 밭갈이에, 나무 심기에 숨 돌릴 겨를이 없이 바쁘다.

삼수 갑산 멀고 가까운 산들에 눈이 자로 쌓인 엄동의 어느 날, 나는 관평의 양들과 첫교섭을 가지게 되었다.

나는 넓은 양사 뜨락에 쌓인 눈을 쓸고 양사 내외의 양분을 치는 일을 시작하였다. 나는 양들을 위해 청춘의 정열을 있는 대로 쏟아 놓는 젊은 축산반 동무들과 낯을 익히는 동시에 이 조합의 어엿한 주인인 양들과도 낯을 익히는 일로부터 출발하였다. 내게는 이 양들이 지극히 존귀한 존재들이었다. 양이 내 앞으로 오면 나는 양 앞에 길을 내주고, 양이 내 곁을 지날 때면 그 깊은 털에 손을 얹어 보지 않을 수 없는 심정으로 되였다. 강낭'짚 더미에서 양들이 먹을 강낭'짚을 등에 져 나를 때에도, 먼 밭머리 씰로쓰굴에서 씰로쓰를 캐여 싣고 올 때에도 나는 양들이 살찌기를 진실로 간절히 바라는 것이었다. 분만실에 불을 달구기 위하여 장작을 패고, 새끼 가진 양들에게 줄 강냉이와 보리 같은 알곡을 추수할 때에도 나는 양들이 순산하기와 분만되는 새끼양들이 건강하기를 진실로 간절히 비는 것이었다.

내가 좀 더 거센 로동 속으로 들어가고 싶은 뜻을 조합 지도부에 말하여 내가 축산반을 떠나 농산반으로 옮겨온 뒤였다. 어느 해'별 따사로운 이른 봄 산 밑 감자밭에 두엄을 내노라고 소발구를 몰고 가던 나는 엄지들을 따라 방목지로 나온 수많은 새끼양들이 즐겁고 발랄하게 뜀질을 하고, 개닥질을 하고, 또 엄지들의 흉내를 내여 마른 풀'잎사귀를 뜯고, 풀뿌리를 들추고 하는 것이 눈에 띄였다. 나는 이 때 나도 모르게 소를 내버리고 방목지로 달려 갔다. 그러자 매애애 소리치며 놀라 달아나는 새끼양들을 붙들어 안아 보고, 그 볼에 내 볼을 가져다 비비고, 등을 쓰다듬고…… 이렇듯 감격에 잠겼던 것이다. 그것들은 바로 내가 태'줄을 끊은 것들이며, 그것들은 바로 내가 구정물이 채 마르지도 않은 것을 안고 따스한 난로'가를 찾아 갔던 것들이다. 나는 이 새끼양들이 어서 무럭무럭 자라기만 간절히 넘원하며, 그것들의 자지러진 울음 소리에 온 조합의 산과 골짝과 쵀'둑과 밭들이 한결 더 밝아 오는 것을 깨닫는 것이였다.

당의 붉은 편지를 받들어 로동 속으로 들어 온 내가 이러한 관평의 양들과 관련을 가진 것은 나의 분외의 행복이 아닐 수 없다. 이러한 양들 속에서 나의 로동은 시작되었다. 이러한 생활 속에서 나는 기쁜 노래부르며 달려가고 있다. 이러한 생활 속에서 나는 밤이고 낮이고 당 앞에 무한한 감사를 드리고 있다.

붉은 편지를 받들겠다는 각오를 일부 표현하고 있지만 생생한 생활의 묘사는 가히 압권이다. 양을 치고 새끼 양을 받는 모습은 마치 부모가 어린 자식을 대하는 듯 자애롭고 평화롭기 그지없다. 관평에서의 생활을 통해 새로운 자기 성찰을 이끌어내고 있는 점도 눈여겨볼 대목이다. 이렇게 구체적인 생활이 살아 있는 글에서는 러시아의 문학이론을 끌어들여와 평양에서 아동문학 논쟁을 벌이던 백석의 모습은 찾아볼 수 없다. 땀 흘리며 노동하는 자연인으로서 행복과 충만감이 글을 감싸고 있다. 해방 전 만주 신징에서 노왕의 밭을 얻어 농사를 지어보려던 백석의 꿈이 관평에서 실현되었다고 봐도 좋을 것이다. 이 무렵 백석이 농촌의 현실에 적응하기 위해서 얼마나 마음을 다잡았는지는 나중에 부인 리윤희를 통해 남쪽에 그 일화가 전해지게 되었다.

"원래 남편은 글밖에 모르는 사람이었지요. 삼수군으로 내려와 농장원으로 일했지만 농사일을 제대로 하지 못해 마을 사람들의 웃음거리가 되기도 했어요. 남편은 도리깨질을 못해서 처녀애들에게 배웠을 정도였으며, 너무 창피해서 달밤에 혼자 김매기를 연습하기도 했지요."

리윤희의 증언은 이어졌다.

"남편은 하루에 한 사람을 열 번 만나도 매번 가슴에 손을 얹고 다정하게 인사를 나누고 지나가곤 했어요."

일본 유학 후 조선일보사에 근무할 무렵의 백석은 "완두빛 '더블부레스트'를 젖히고 한대寒帶의 바다의 물결을 연상시키는 검은 머리의 '웨이브'를 휘날리면서 광화문통 네거리를 건너가는 한 청년"이었다. 그는 남들이 자주 잡는 문의 손잡이를 잡지 않던, 결벽증이 심한 모던보이였다. 그런 백석이 삼수군 관평에서는 누구보다 인사성이 밝고 겸손했으니 삼수군 사람들 중에는 백석을 모르는 사람이 없었다고 한다. 백석은 삼수군 문화회관에서 가끔 청소년들에게 문학 창작 지도를 했으며, 그에게 배운 학생들 중에는 평양의 중앙무대에서 상을 받거나 우수한 평가를 받은 청년들도 있었다.

평양은 하나도
변하지 않았다

삼수군으로 이주한 후에 백석이 처음 시를 발표한 것은《조선문학》
지면이었다. 6월호에 「이른 봄」「공무려인숙」「갓나물」「공동식당」「축
복」등 모두 5편의 시를 조선작가동맹 기관지《조선문학》에 내놓았다.

골안에 이른 봄을 알린다 하지 말라
푸른 하늘에 비낀 실구름이여,
눈 녹이는 큰길'가 버들강아지여,
돌배나무 가지에 자지러진 양진이 소리여.

골안엔 이미 이른 봄이 들었더라
산'기슭 부식토 끄는 곡괭이 날에,
개울섶 참버들 찌는 낫자루에,
양지쪽 밭에서 첫 운전 하는 뜨락또르 소리에.
—「이른 봄」중에서

삼수 삼십 리, 혜산 칠십 리
신파 후창이 삼백열 리,
북두가 산머리에 내려앉는 곳
여기 행길'가에 나앉은 공무려인숙.

오고가던 길'손들 날이 저물면
찾아들어 하룻밤을 묵어가누나 –
면양 칠백 마리 큰 계획 안고
군당을 찾아갔던 어느 협동조합 당위원장,
근로자 학교의 조직과 지도를 맡아
평양 대학에서 온다는 한 대학생,
마을 마을의 수력 발전, 화력 발전
발전 시설을 조사하는 군 인민위원회 일'군
붉은 편지 받들고 로동 속으로 들어가려
신파 땅 먼 림산 사업소로 가는 작가…
—「공무려인숙」 중에서

삼수갑산 높은 산을 내려
홍원 전진 동해 바다에
명태를 푸러 갔다 온 처녀,
한 달 열흘 일을 잘해
민청상을 받고 온 처녀,
삼수갑산에 돌아와 하는 말이 –

"삼수갑산 내 고향 같은 곳

어디를 가나 다시 없습데.

홍원 전진 동태 생선 좋기는 해도

삼수갑산 갓나물만 난 못합데."

그런데 이 처녀 아나 모르나,

한 달 열흘 고향을 난 동안에

조합에선 세 톤짜리 화물 자동차도 받아

래일모레 쌀과 생선 실러 가는 줄.

래일모레 이 고장 갓나물 실어 보내는 줄.

—「갓나물」중에서

왕가마들에 밥은 잦고 국은 끓어

하루 일 끝난 사람들을 기다리는데

그 냄새 참으로 구수하고 은근하고 한없이 깊구나

성실한 근로의 자랑 속에…

밭 갈던 아바이, 감자 심던 어머이

최뚝에 송아지와 놀던 어린것들,

그리고 탁아소에서 돌아온 갓난것들도

둘레둘레 둘려 놓은 공동 식탁 우에,

한없이 아름다운 공산주의의 노을이 비긴다.

—「공동식당」중에서

이깔나무 대들보 굵기도 한 집엔
정주에, 큰방에, 아이 어른-이웃들이 그득히들 모였는데,
주인은 감자국수 눌러, 토장국에 말고
콩나물 갓김치를 얹어 대접을 한다.

내 들으니 이 집 주인은 고아로 자라난 사람,
이 집 안주인 또한 고아로 자라난 사람,
오직 당과 조국의 품 안에서
당과 조국을 어버이로 하고 자라난 사람들,
그들의 목숨도 사랑도 그리고 생활도
당과 조국에서 받은 것이어라.

그리고 그들의 귀한 한 점 혈육도
당과 조국에서 받은 것이어라.
―「축복」 중에서

　　이 시들은 삼수군 관평리 협동농장에서의 체험을 바탕으로 당과 조
국에 대한 감사와 충성을 강조하는 표현을 노골적으로 하고 있다. 「이른
봄」「공무려인숙」「갓나물」에서 인용한 부분은 시의 앞부분, 「공동식당」
은 마지막 부분, 「축복」은 중간 부분에 해당한다. 이 시편들에서 공통적
으로 발견되는 것은 실제 현장에서 일어나는 이웃들의 소박한 삶에 대
한 배려와 자상한 태도로 시를 출발시켰다가 중반 이후로 넘어가면서
"증산의 결의" "사회주의 건설의 길" "아름다운 공산주의의 노을" "당과
조국의 은혜"와 같은 생경한 구호가 어김없이 등장한 뒤에 시가 마무리

된다는 것이다. 이러한 과도한 목적의식의 노출은 "햇빛은 빛이 없는 듯 오히려 더 강한 빛을 지닌 것이며 땅은 소리가 없는 듯 오히려 더 높은 소리를 지닌 것임을 보며 들을 줄 알아야 한다."(「나의 항의, 나의 제의」)는 백석 자신의 시론에도 정면으로 위배되는 것이다. 그는 일찍이 "시는 무난하고 평탄하고 애매하고 무기력한 것을 참지 못한다. 시는 긴장되여야 하며 박력에 차야 하며 굴곡이 있어야 하며 억양이 드러나야 한다. 시의 내면이 이러하여야 하며 시의 표현이 또한 이러해야 한다. 이러기 위하여서는 형식의 미가 필요하며 제약이 필요하다."고 주장하지 않았던가.

　"초기 시편이나 북방 시편의 독자성이나 깊은 슬픔의 정취는 간 곳 없고 행방이 사뭇 묘연하다. 인민성과 당성의 고려 그리고 노출된 의도가 너무나 명백히 드러난 자기 검열의 소산이요 수줍음을 모르는 체제 충성가이다."(『다시 읽는 한국 시인』)는 유종호의 지적은 그래서 타당하다. 백석은 협동농장에서 양을 치면서 "당과 수령이 요구하는 로동 계급 사상으로 개조"되고 있음을 평양에 적극적으로 알리기 위해 이러한 시편들을 제출한 것으로 보인다. 《조선문학》 9월호에 발표된 「하늘 아래 첫 종축기지에서」와 「돈사의 불」도 틀에 짜인 이념을 도식적으로 반복하는 시들인데, 여기서는 생활의 실감이 훨씬 구체화되어 나타나고 있다.

어미돼지들의 큰 구유들에
벼 겨, 그리고 감자 막걸리,
새끼 돼지들의 구유에
만문한 삼배 절음에, 껍질 벗긴 삶은 감자,
그리고 보리 길금에 삭인 감자 감주.

이 나라 돼지들, 겨웁도록 복되구나
이 좋은 먹이들 구유에 가득히들 받아.
하늘 아래 첫 종축 기지로 오니
내 마음 참으로 흐뭇도 하구나.

눈길이 모자라는, 아득히 넓은 사료전에
맥류며, 씰로스용 옥수수,
드높은 사료 창고엔 룡마루를 치밀며
싸리'잎, 봇나무'잎, 찔꽹이'잎, 가둑나무'잎……
ー「하늘 아래 첫 종축 기지에서」 중에서

밀기울 누룩의 감자술 만들어 사료에 섞기도 하였다.
류화철 용액으로, 더운물로 몸뚱이를 씻어도 주었다.
그러나 한 번식돈 관리공의 성실한 마음 이것으로 다 못해
이제 이 깊은 밤으로 순산을 기다려 가슴 조이며
분만 앞둔 돼지의 그 높고 잦은 숨'소리에 귀 기울여 서누나.

밤이 더 깊어 가면 골안에 안개는 돌아
돈사 네모등의 가스 불'빛도 희미해진다.
그러나 돈사에는 이 불 아닌 또 하나 불이 있어
언제나 꺼질 줄도, 희미해질 줄도 없이 밝은 불.

이 불 ー 한 해에 천 마리 돼지를 한 손으로 받아

사랑하는 나라에 바치려, 사랑하는 땅의 바라심을 이루우려

온 마음 기울여 일하는 한 젊은 관리공의

당 앞에 드리는 맹세로 켜진, 그 붉은, 충실한 마음의 불.

　　　　　　　　　　　　　　　　　　—「돈사의 불」 중에서

젊은 '번식돈 관리공'이 돼지를 키울 때 쓰는 사료들, 깊은 밤에 새끼 돼지를 받을 때의 집중과 성실함을 매우 사실적인 방식으로 표현하고 있다. 백석 자신이 직접 참여한 노동은 아니지만 협동농장에서 일하는 농민들의 일상을 포착해 시로 형상화함으로써 백석은 '현지 파견 작가'로서의 임무를 다하려고 했다.

　삼수군으로의 파견을 묵묵히 감수하고 현지에서 열성적으로 노동에 참여한 점, 그리고 그것을 시와 산문으로 표현하는 일에 게을리 하지 않았던 백석에게 당에서는 비교적 높은 점수를 주었다. 마침내 1960년 1월 초에 평양의 〈문학신문〉에서 편지가 왔다.

　"1월 16일 〈문학신문〉 편집국으로 와주십시오. '현지 파견 작가 좌담회'를 개최할까 합니다."

　삼수군 관평리로 떠난 지 정확하게 1년 만에 백석은 평양을 방문할 기회를 얻었다. 예상했던 것보다 빠른 호출이었다. 〈문학신문〉 사무실은 평양시 중구역 경상동에 있었다. 좌담회에는 조선작가동맹 부위원장 박팔양을 비롯해 현지에 파견되었던 작가들 20여 명이 대거 참석했다. 시인 함영기와 김광섭, 극작가 박혁은 탄광의 광부로 일하다가 왔고, 시인 박근은 어부로 일하고 있었고, 소설가 리춘진은 타이어공장에서, 평론가 박종식은 제강소에서 노동을 하다가 참석했다. 시인 상민은 백석처럼 농업협동조합에 파견되었다가 평양으로 왔다. 카프 출신으로 만주의

〈만선일보〉에서 백석과 같이 일하던 이갑기도 현지에서 참석했다.

사회자는 〈문학신문〉 부주필인 시인 리맥이었다. 리맥이 먼저 말을 꺼냈다.

"제일 먼 곳에서 오신 손님을 귀중하게 맞이해야 할 것 같은데 백석 선생이 먼저 서두를 떼 주시지요. 방금 작년 이맘때의 양강도의 추위는 무던히 혹심했다는 말을 하시던데 한 해를 회고해서 첫 포부부터 시작하는 것이 어떻겠습니까?"

리맥은 첫 발언자로 백석을 지목했다. 앞머리를 뒤로 빗어넘긴 백석이 잠시 생각에 잠겼다. 그의 머릿속으로 개마고원지대의 거센 눈보라가 한차례 지나가고 있었다. 백석이 천천히 말문을 열었다.

"추위의 시련보다 마음의 시련이 더 컸다고 하겠지요. 혁명적인 현실 속에서 벅찬 흥분을 느끼는 것이 뭣보다 중요합니다. 나의 경우는 더욱 그렇습니다. 인민 속에서 자기 위치를 찾는 것, 이것이 나의 과업이었습니다. 정신생활을 위주로 하는 작가가 노동 체험을 통해 그것을 체득한다는 것이 얼마나 어려운 일인가는 말하지 않아도 다들 알고 있는 일이라고 생각합니다."

백석은 자신에게 시선이 집중되어 있는 참석자들을 둘러보았다. 그의 입에서 무슨 이야기가 나올지 다들 궁금해 하는 눈빛이었다.

"1년을 회고해볼 때 첫 포부를 달성했다고는 감히 말할 수는 없으나 아무튼 지난 1년이 무척 귀중한 한 해였다는 것만은 절실히 느끼고 있습니다."

이어서 작가들은 현지에서 노동 속으로 뛰어들 때의 심정을 밝히기도 하고, 노동을 해보니까 소재가 훨씬 풍부해지더라는 체험담을 서로 나누었다. 가끔 웃음이 터지기도 했다.

"장기전의 전사의 태도가 창작하며 노동하는 작가에겐 절실히 필요한 것으로 느껴집니다. 이 장기전의 과정에서 창작 상 제기되는 문제와 제기되어야 할 문제가 있다면 뭐가 있을까요?"

리맥은 현지 파견 작가들을 '장기전의 전사'로 일컬었다. 이것은 현지 파견이 단기간에 끝나는 게 아님을 암시하는 것이다. 조선작가동맹에서는 작가들을 2~3개월씩 현장에 내려보내는 단기 작가 파견 사업도 진행하고 있었다. 그날, 백석을 비롯한 참석자들이 '장기전의 전사'라는 말을 어떻게 이해했을까? 아예 평양으로 돌아올 생각을 하지 말라는 뜻으로 알고 더 절망했던 것은 아니었는지 모르겠다.

"오래간만에 한자리에 모여 앉은 기회에 현지 작가들의 작품에 대한 견해를 말씀해주실 수 없겠는지요?"

사회자 리맥의 입에서 '작품'이라는 말이 흘러나오자 백석은 바짝 긴장했다. 삼수군에 내려가서 몇 편의 작품을 발표했지만 그 작품들에 대한 평가를 받아본 적이 없었기 때문이다. 장내가 술렁였다. 역시 다른 작가들도 그동안 쓴 작품들이 어떤 평가를 받을지 궁금했던 것이다. 참석자들은 일제히 평론가 박종식을 바라보았다.

"나는 시에 대해 관심이 많기에 시에 대해서만 말씀드리겠습니다. 나는 현지에 있기 때문에 더욱 느끼는 것인데 대체로 봐서 현지에 뛰어든 초기의 시보다 최근에 나온 시들이 덜 공감을 줍니다."

백석은 가슴이 뜨끔 내려앉았다. 그는 의자를 끌고 앞으로 바짝 다가앉으며 박종식에게 물었다.

"구체적으로 작품을 들고 얘기해줬으면 합니다만……."

"김철 동무의 경우를 두고 봐도 시 「첫 상봉」을 읽었을 때 됐다, 하고 느꼈는데 그 후 일련의 시들, 즉 노동자들의 생활과 내면세계를 노래한 시들에서는 처음 받은 그런 강한 충격과 공감을 덜 받았지요."

박종식의 말을 들은 참석자들의 표정이 갑자기 어두워졌다. 언제 자신에게도 비판의 불똥이 떨어질지 모르는 일이었다.

이어서 작가들이 쓴 시가 작가 자신뿐만 아니라 노동자들에게 공감을 불러일으켰는지에 대한 토론이 계속되었다. 토론이 약간 감정적인 논쟁으로 기울기 시작하자, 김일성종합대학에서 창작 강의를 하다가 현지에 나가 있던 젊은 시인 전동우가 나섰다. 그는 백석보다 열아홉 살이나 연하였다.

"시인들은 처음에 자기의 흥분, 기쁨을 노래했는데 이것은 시인들의 체험 세계에서 한 걸음 더 나가지 못한 데서 온 편향이라고 생각합니다."

그 지적은 백석을 향한 것이었다. 백석은 곧바로 자신의 의견을 주저 없이 말했다.

"나는 전동우 동무의 말에 부언하겠습니다. 시인 개체의 체험만을 노래했다고 지금에 와서도 탓할 필요는 없다고 봅니다. 왜 그때의 시들이 독자들에게 공감을 줄 수 없었겠는가? 아니라고 생각합니다. 젊은 독자들에게 노동에 대한 공산주의적 태도, 노동의 영예, 노동의 신성감으로 교양했다고 봐지는데요. 때문에 지나치게 반성할 필요는 없다고 봅니다. 문제는 시인의 개체 체험이 전형적이라면 그 개체 체험을 탓할 필요가 없지 않습니까."

백석이 정색을 하고 말하자 전동우는 머쓱한 웃음을 띠며 머리를 긁었다.

"반성이라기보다…… 제 말은 시인인 '나의 노래'를 더 전형화하자는 것입니다."

평양에 와서도 백석은 궁지에 몰리고 있었다. 체험을 더 전형화하자는 게 도대체 무슨 말인지 갈피를 잡을 수가 없었다. 평양은 변한 게 없었다. 그렇다고 해서 아동문학논쟁을 벌일 때처럼 주류로 자리를 잡아가는 이들을 공격할 수도 없었다.

'침착해야 해!'

백석은 스스로에게 주의를 주었다.

"나는 백인준 동무와 전동우 동무가 말한 것처럼 인간들의 내면세계에의 침투와 그의 개방을 주장하는 것을 동의하면서 시의 다양성을 위해 눈부시게 발전 변모하는 우리 현실을 서술적 형식으로 묘사하는 것도 좋다고 생각합니다. 그렇다고 그것이 기록주의에 떨어져서는 안 될 것입니다."

이렇게 슬그머니 백석은 물러섰다.

그래도 토론은 점점 열기를 띠기 시작했다. 작가가 인간의 내면세계에 어떻게 침투하여 공산주의의 전형을 창조할 것인가의 문제로 확대되자 박팔양이 이 문제는 다음에 토론을 하자면서 진화에 나섰다. 그리하여 좌담회는 마무리되었다. 백석으로서는 평양의 냉랭한 기운만 확인했을 뿐 별로 소득이 없는 자리였다.

평양에 머무는 사이 작가동맹에서 또 하나의 지시가 내려왔다.

"백석 동무, 백두산의 삼지연 스키장을 갔다 와서 취재기를 〈문학신문〉으로 보내주시오. 괜찮겠소?"

"아, 물론 가야지요."

취재를 갈지, 가지 않을 것인지를 백석이 선택할 문제는 아니었다. 백석은 평양에 잠시 머무르다가 2월 초 양강도 삼지연군으로 떠났다. 그 이후 백석이 평양에 다시 와서 누구를 만났다거나 하는 기록은 지금까지 남아 있는 게 하나도 없다.

삼지연 스키장 취재기

　백두산으로 가는 길목인 삼지연읍은 해발 1,380미터에 위치한 백두고원지대다. 이곳은 여름에는 서늘하고 겨울에는 눈이 엄청나게 많이 내리는데, 연평균 기온은 0.6도이며, 1월 평균기온은 영하 19.8도다. 김일성은 1958년 5월 12일 삼지연을 현지시찰할 때 대학생들과 청소년들을 위한 스키장과 스케이트장을 건설하라는 지시를 내렸다. 이곳에 건설된 스키장을 찾아가 완공될 때까지의 과정과 어떻게 운영하고 있는지를 취재하는 게 백석이 맡은 일이었다.

　삼지연읍에서 북쪽을 바라보면 병풍처럼 백두산 봉우리들이 둘러싸고 있다. 그 중에 비교적 경사가 완만한 곳에 1,402미터 높이의 허항령虛項嶺 고개가 있다. 허항령이라는 이름은 조선시대 때 북방경비를 허술하게 하여 외부로부터 침입을 미리 막지 못하는 텅 빈 고개라고 해서 붙은 이름이었다. 이곳은 이깔나무, 가문비나무, 자작나무 등이 원시림을 형성하고 있었다.

　백석은 새로 닦은 널따란 길을 따라 허항령을 올랐다. 이른 새벽 해가 뜨기 전이었다. 제일 먼저 스키장을 오르는 젊은이들을 취재하기 위해서였다. 다행히 눈은 내리지 않았고, 은빛 설원 위에 펼쳐진 웅장한 스키장이 백석을 맞이했다. 이날 백석이 보고 듣고 느낀 취재기는 〈문학신문〉 1960년 2월 19일자에 실렸다. 「눈 깊은 혁명의 요람에서」라는 제목에 '삼지연 스키장을 찾아'라는 부제가 붙어 있는 글이다. 이 글은 해방 전 서울에서 한창 기자생활을 할 때의 백석을 만나는 느낌을 준다. 매우 간결한 단문으로 진술과 묘사를 적절히 배합한 문장이 일품이다.

나는 지금 구름이 걷히기를 기다리고 서 있다. 기다려 서 있는지 이미 오래다. 이때까지 구름 속에 들었던 소백(산)이 구름 속에서 나온다. 나오는가 하면 또 구름 속으로 들어간다. 또 나온다. 몸을 돌이킨다. 덜미를 짚을 듯 다가선 남포태(산)가 구름 속에서 나온다. 또 몸을 돌이킨다. 베개봉에도 구름이 걷힌다. 그 누운 듯한 모습이 언제나와 같이 자애의 정에 차서 눈앞에 나타난다.

구름이 걷히기를 기다려 서 있는 동안 얼마나 되는지 나는 모른다. 문득 소백 뒤로 짙은 구름이 슬슬 물러난다. 몽롱하고 혼돈한 천계가 한 반쯤 열린다. 그러자 백은'빛 눈부신 룡선의 한 부분이 드러난다. 거룩하신 백두의 체용이 조금 드러난 것이다. 그러나 그 아래'도리를 잠간 드러냈을 뿐, 백두는 다시 구름을 불러 그 몸'집을 가리운다. 높으시매 이렇듯 우러르기 어려운 것인가. 거룩하시매 이렇듯 절 드리기 수월치 않은 것인가.

나는 지금 허항령 마루에 서 있다. 동북쪽으로 잠간만 밀림을 헤치고 가면 무산 7백 리 백주 행군의 이름 높은 항일 빨찌산의 전적지가 놓였다. 나는 이 마루 우에 구름에 잠긴 백두를 우러러 서 있다. 백두의 천리에 닿을 산'줄기가 그 누구의 붓으로도 뽑을 수 없을 정교한 선을 늘여 안계 밖으로 사라진다.

해가 뜬다. 남포태의 허연 산정에 붉게 물이 든다. 산마루 아래서 류랑한 나팔 소리가 울려온다.

삼지연 림산 마을을 나서면 흰 이깔나무 기둥에 붉은 기'발 두 폭이 겨울 바람에 휘날린다. 이 기'발 아래를 지나면 새로 닦은 널따란 길이 산으로 오른다. 허항령 마루를 향하여 오르는 것이다. 이 길로 지금 까만 스키복들에 스키들을 멘 청년 남녀가 장사의 렬을 지어 올라온다.

그들의 얼굴은 행복으로 빛난다. 그들의 사지가 건강과 청춘으로 넘논다. 언제 이렇듯 행복한 청춘 남녀가 이 나라에 살게 되었던가. 그들의 웃음소리, 말소리는 어찌도 그리 맑으며, 그들의 발'걸음은 어찌도 그리 힘찬 것인가. 실로 당당하구나. 실로 미쁘구나.

지난 해 8월 김일성 원수께서는 체육 지도 일'군들을 부르시였다. 이때 원수께서는 우리나라의 체육과 스포츠를 한층 더 발전시킬 데 대하여 간곡한 말씀을 하시면서 앞으로 여름에는 수영을, 겨울에는 스키를 장려하라 하시고, 특히 스키에 대해서는 이것이 지난날 항일 빨찌산들의 혁명과업 수행에서 적지 않게 중요한 역할을 논 사실을 의의 깊이 말씀하시였던 것이다. 그러자 9월부터 이 허항령 비탈에 길이 닦여지기 시작하였다. 수령의 말씀에 언제나 충실한 사람들의 하는 일은 밤낮이 없었다. 삼지연 림산사업소 젊은 일'군들이 하늘을 찔러 솟은 밀림을 베여넘기고 뜨락또르로 와이야로 아름드리 나무 그루터기를 뿌리채 뽑는가 하면 도내 민청원들은 바위를 부시며 구멍을 메우며 그 우로 넓으나 넓은 길을 닦아갔다. 백두 고원의 9~10월은 평지의 첫 경우 맞잡이라 바람은 맵고 눈은 날리였다. 낮에도 손이 시리였거니와 밤은 더하였다. 그들은 군데군데 우등'불을 지펴놓고 몸을 녹여가며 밤을 새워 일하였다. 이리하여 12월부터는 조국의 거리거리들로부터 마을마을들로부터 모여온 수많은 청춘 남녀가 저처럼 건강과 청춘과 행복을 자랑하며 시위하며 감사해하며 스키를 메고 이 길로 오르게 되었다. 이렇게 하여 수령의 따사롭고 원대한 뜻 하나가 또 실현된 것이다.

해는 남포태 마루를 떠났다. 길 우에, 나무 우에, 일백 가지 보석을 뿌린 듯, 눈이 눈부시게 반짝거린다. 그것도 한때 수림의 바다를 건너 바람이 건너온다. 아슬하게 높은 나무'가지 우에서 눈이 모태로 떨어진다. 운연이 자욱해진다. 해'볕도 빛을 잃는다. 이때 허항령 마루 우에서는 용진가 소리가 뒤'이어 적기가 소리가 터져나온다. 우렁차다. 끓는다. 끓어넘친다.

지척에 고요히 베개봉의 숙영지가 누웠다. 이 마루를 뛰여내리면 단숨에 가 닿을 곳에, 무산 행군의 발'자국도 력연한 허항령의 후미진 길이 숨쉰다. 삼십리 히에 청봉의 호장한 력사가 귀를 기울이고 있고 저 바루 날새가 깃을 거두어 쉬임이 없이 날아 닿을 듯한 곳에 구름을 둘러 백두성봉이 진좌하지 아니하였는가. 조국의 새 세대들인 당과 혁명의 아들딸들이 부르는 노래소리가 울려 퍼진다. 높고 낮은 저 구름 속에, 멀고 가까운 저 밀림 속에 노래소리가 울려 퍼진다.

지난날 오직 하나 조국을 위해 싸우고 싸우다가 기갈에 넘어지고 적탄에 쓰러진 투사들의 그 심장과 피를 물려받았다는 듯 그들의 구천에 사무친 한을 풀었다는 듯 그들의 천지와 더불어 큰 그 뜻을 이었다는 듯 노래소리가 울려 퍼진다.

노래소리가 잦는다. 이제는 허항령 비탈에 약동하는 청춘의 도폭이 버러진다. 활주로 우에 투지가 튄다. 기술이 빛난다. 2백여 명 청춘 남녀의 아름답고 슬기로운 약동 속에 조국의 리상과 희망과 그리고 번영의 상징이 깃들었다.

제강소의 젊은 압연공, 탄광의 젊은 광부, 젊은 학교 교원, 행정기관의 젊은 사무원, 대학 학생… 조국의 륭성 발전과 같이 성장하는 사람들이다. 오직 조국의 운명과 더불어서만 그 운명을 말할 수 있는 사람들이다. 이들이 쏜살같이 눈을 미끄러져 내린다. 눈보라가 인다. 눈 우에 쓰러진다. 눈 속에 묻힌다. 긴장과 웃음이 교체된다. 투지와 용기가 꿈틀거린다. 그러는 가운데 그들의 마음, 마음속에 혁명의 전통이, 혁명의 의지가 물'결친다.

×   ×

이 아침 이 허항령에서는 활주로에서의 련습을 떠나 50명 한 패가 베개봉 전적지로, 또 50명 한 패는 삼지연 전적지로 스키 보행을 떠났다. 그리고 어제 새벽에는 2백여 명 전체 성원이 청봉 전적지로 스키 행군을 하고 돌아왔다. 아직 익숙하지 못한 기술로나마 그들은 밀림을 헤치고 전적지로 달린다. 행군에 오른 그들의 가슴 가슴에는 간고하였던 혁명의 력사가 되살아 오를 것이다. 선렬들의 혁명의 의지로 그들의 의지를 시험하고 검열해 볼 것이다. 그들은 오늘의 자기들을 지난 날의 그 고난에 찼던 혁명 투쟁 속에 두어보리라.

참으로 행복한 젊은이들이다. 자기들의 경애하는 수령이 오랜 세월을 두고 전개하여 온 그 간고에 간고를 다한 투쟁의 자국 바로 그 영광스러운 전적지들로 둘러싸인 곳에 스키의 기본 활주로를 가졌고, 이 기본 활주로에서 벗어나면 그 영광에 찬 허다한 전적지들을 순회 활주하게 되는 그런 젊은 사람들이 또 어디 있을 것인가.

허항령에서 삼지연으로, 베개봉으로, 청봉으로 돌게 되는 지금의 주로는 허항령 – 삼지연의 구간을 제하고는 소 발구'길 같은 소로에 불과하다.

송아지들은 캄캄한 밤 깊은 산 속도 무섭지 않습니다.
승냥이가 와도 범이 와도 아무 일 없습니다.
송아지들은 모두 한데 모여서 한마음으로 자니까요.

그러나 한두 해 안에 이 전적지 순회주로는 본격적인 넓은 주로로 될 것이 예정되어 있다. 뿐만 아니라 이 지점들 외에 포태, 보서, 보천 등지를 련결하는 큰 주로도 예상되고 있고, 또 무두봉과 의하리에도 스키장을 건설할 것이 론의되고 있다. 앞으로 백두 고원 일대가 웅대한 스키장으로 될 것이다.

이 아침 나와 같이 솟아오르는 아침해를 맞으며 혁명의 노래를 높이 부르는 2백여 명의 청춘 남녀는 내각 체육지도위원회 소속 삼지연 스키 강습소 제3기 강습생 일동이다. 지난해 12월에 개강을 본 이 강습소에서는 1기에 2백 명씩 받아들여 20일 동안 강습을 받게 하고 내보낸다. 이렇게 하여 스키에 대한 초보적인 실기와 리론을 수득케 하고 내보낸 강습생이 벌써 4백여 명으로, 지난 2월 초에는 지금의 이 3기생 2백 명을 또 받아들인 것이다.

그들은 이미 지난 1월 28일부터 1월 31일에 걸쳐 백두산 스키 원정을 하였었다. 별반 특별한 장비도 없이 령하 50도를 오르내리는 혹한지대로, 그것도 이 산의 특수한 기상 조건에 대한 예비적 지식도 없이 뒤'산이나 앞산으로 오르는 사람들의 차비 그대로 떠난 여덟 사람 일행의 스키대를 두고 생각할 때 이것은 과학적 상식으로서는 해결할 수 없는 일이 아닐 수 없다.

이 사람들의 스키 기술 년한이란 것도 또 놀랄 일로, 그 중 몇 사람은 겨우 20여 일 혹은 40여 일의 훈련을 받은 데 불과한 사람들이다.

그들의 말에 의하면 신무성에서 무두봉으로 가는 도중에 해는 지고 무두봉에 있다는 휴식소는 나타나지 않아 추위가 살을 에이는 어두운 밤'중 눈보라 휘몰아치는 눈벌판에서 듣기만 하여도 아슬아슬한 방황을 계속하기도 하였던 것이다. 또 다음날 백두산 정상에 올랐을 때에는 천지에서 올려치는 무서운 부석 모래 바람에 십여 메터씩 공중으로 날리며 눈 우에서 몸을 일으키지 못하고 포복하여 바람을 피하기도 하였다.

나는 이들과 만나 이야기하여 보았다.

이들은 말하기를 "사상 하나만 가지고 떠났습니다"라고 하는 것이다. 사실 이들에겐 그 어떤 다른 준비는 없었던 것이다. "항일 빨찌산들은 십여 년씩 백두산 눈 속에서 자고 일고 하였는데 한 사나흘 눈에 묻히기로 어떠랴 하고 떠났습니다."

그렇다. 혁명적 의지의 단련에 대한 갈망이 그들을 령하 50여 도의 혹한에 백두로 오르게 한 것이다.

이렇게 이루어진 백두산 스키 원정은 우리나라 스포츠 력사에서 한 새로운 기원을 열어놓았다. 앞으로는 겨울마다 백두산 스키 원정이 스키'군들의 한 행사로 될 것이며 혁명의 아들딸들이 혁명의 고향을 찾는 성스러운 일로 될 것이다.

참말, 오는 3월 초순에는 이 거룩한 전적 지대에서 전국스키대회가 열리리라 한다. 지난날 항일 빨찌산에 나섰던 조국의 참된 아들딸들이 동상된 발을 끄을며 원쑤 격멸로 나아간 그 눈 깊은 경로를 따라 오늘 이 나라의 새 아들들은 스키 우에 가볍게 몸을 싣고 새로운 리상을 향하여 나아가는 건설의 전사들다웁게 질주할 것이다.

백두, 소백, 남포태, 베개봉…… 조국의 이 거룩한 산들은 때로는 어버이의 위엄을 띠고 때로는 그 너그러운 자애를 머금어 허항령 마루에서 청춘의 약동으로 즐거운 조국의 젊은 아들딸들을 굽어본다. 산들은 이들에게 무엇을 일러 주기도 하고, 이들에게 무엇인가 암시하기도 한다. 산들은 지난날 이 눈 속에 잠자고, 이 눈을 움켜 목을 축인 빨찌산에게도 무엇을 일러주고, 무엇을 암시하였던 것이다. 혁명을 지켜 조국의 운명을 기억하고 있는 이 조국의 거룩한 산들을 우러르며 청춘의 모든 것을 오로지 당과 조국을 위해 바치려고 맹세하는 참되고 슬기로운 사람들의 정열로 하여 이 삼지연 스키장의 찬 눈은 오히려 차지 않다.

백석은 삼수군으로 돌아가 다시 노동현장에서 일을 하면서 《조선문학》 3월호에 시 「눈」과 「전별」을 발표했다. 1월의 평양 좌담회에서 "시의 다양성을 위해 눈부시게 발전 변모하는 우리 현실을 서술적 형식으로 묘사"하고자 했던 백석의 창작의도가 잘 드러난 작품들이었다. 이 두 편은 등장인물을 각각 내세워 그들이 고된 노동 속에서도 당의 은총을 받아 꿋꿋이 살아간다는 '이야기 시'의 형태를 띠고 있다. 「눈」은 남편 없이 여덟 명의 자식을 키워내고 늙은 시부모를 봉양하는 박순옥이라는 여인이 눈 내리는 밤에 야간작업에 나가는 모습을, 「전별」은 마을의 처녀가 시집가는 것을 지켜보며 "전우의 앞날이 빛나기를" 축복하는 내용을 담고 있다.

연이어 백석은 《아동문학》 5월호에 동시 「오리들이 운다」「송아지들은 이렇게 잡니다」「앞산 꿩, 뒤'산 꿩」을 발표했다.

한종일 개울'가에
엄지오리들이 빡빡
새끼오리들이 빡빡.

오늘도 동무들이 많이 왔다고 빡빡
동무들이 모두 낯이 설다고 빡빡.

오늘은 조합목장에 먼 곳에서
크고 작은 낯선 오리 많이들 왔다.
온몸이 하이얀 북경종 오리도
머리가 새파란 청둥오리도.

개울'가에 빡빡 오리들이 운다.
새 조합원 많이 와서 좋다고 운다.
—「오리들이 운다」 전문

송아지들은 송아지들끼리 잠을 잡니다.
좋은 송아지들은 엄마 곁에서는 아니 잡니다.

송아지들은 모두 엉덩이들을 맞대고 잡니다.
머리들은 저마끔 딴 데로 돌리고 잡니다.
승냥이가 오면, 범이 오면 뿔로 받으려구요.
뿔이 안 났어도 이마빼기로라도 받으려구요.

송아지들은 캄캄한 밤 깊은 산 속도 무섭지 않습니다.
승냥이가 와도 범이 와도 아무 일 없습니다.
송아지들은 모두 한데 모여서 한마음으로 자니까요.
송아지들은 어려서부터도 원쑤에게 마음을 놓지 않으니까요.
—「송아지들은 이렇게 잡니다」 전문

아침에는 앞산 꿩이

목장에 와서 껙껙,
저녁에는 뒤'산 꿩이
목장에 와서 껙껙

아침저녁 꿩들이 왜 우나?
목장에 내려와서 왜 우나?

꿩들도 목장에서 살고 싶어 울지
꿩들도 조합 꿩이 되고 싶어 울지.
―「앞산꿩, 뒤'산꿩」 전문

　낯선 오리들이 개울가에 많이 와 와글대는 것을 보고 오리들이 "새 조합원 많이 와서 좋다고 운다."고 하거나, 한데 모여 자는 송아지들이 어려서부터 원수에게 마음을 놓지 않는다고 표현한 것, 그리고 숲에서 목장으로 내려와 우는 꿩들이 "조합 꿩이 되고 싶어 운다"는 표현은 의도의 지나친 노출임에 분명하다. 그러나 이 동시들에서 백석이 자신의 체험에 바탕을 둔 언어를 충분히 활용하고 있는 점 또한 간과해서는 안 될 것이다. 오리들이 '빡빡' 운다거나 꿩들이 '껙껙' 운다고 의성어를 쓰고 있는 것도 사소하지만 새로운 발견에 속한다. 1957년 아동문학 논쟁을 불러일으켰던 「메'돼지」 「강가루」 「기린」 「산양」과 같은 유아용 동물시의 연장선에서 백석은 동물의 생태와 아동에 대한 교양을 결합시킨 이 동시들을 발표했다. 이러한 백석의 노력에도 불구하고 이 동시들은 북한에서 크게 환영받지 못한 것으로 짐작된다. 지금까지 알려진 것으로는 이 작품들이 백석이 북한에서 발표한 마지막 동시였다.

10월 1일, 조선노동당 창건 15주년 기념 시집 『당이 부르는 길로』가 출간되었다. 여기에는 박세영의 「당신은 공산주의에로의 인도자」, 리맥의 「당에 대한 생각」, 리용악의 「기'발은 하나」, 전동우의 「수령의 전사들」, 김철의 「붉은 당증」, 박팔양의 「조국 통일」 등 조선작가동맹 시 분과 소속 대부분 시인들의 시가 수록되었다.

> "우리들 그이의 뜻 가는 데 있었노라
> 우리들 그이의 마음속에서만 살았노라.
> 그이는 우리들의 자유였더라, 행복이었더라
> 그이는 우리들의 청춘, 우리들의 사랑,
> 우리들의 목숨, 우리들의 력사였더라,
> 그이는 우리들의 모든 것의 모든 것이었더라!"
> —「천년이고 만년이고…」 마지막 연

백석도 64행의 장시 「천년이고 만년이고…」를 이 시집에 발표했다. 이 시에 '김일성'이라는 단어는 등장하지 않지만 김일성의 업적을 화려한 수사로 치장한 찬양시였다. 백석이 동원한 말들은 '한 영웅' '하늘에서 내려온 사람' '햇님이 낳은 아들' '거룩한 인민의 수령' '위대한 장군' 등이었다.

남으로 보내는 편지

    평양에서 밀려나 현지 파견을 간 작가들은 대부분 평양으로 다시 돌아오지 못했다. 그런데 소설가 박태원의 경우는 달랐다. 1930년대에 이태준·김기림·이효석·이상 등과 '9인회' 활동을 한 전력을 비판받으며 1956년 평안남도 강서지방 협동농장으로 추방되어 갔다가 1961년에 평양으로 복귀한 경우도 있었다. 박태원은 〈문학신문〉 1961년 5월 1일자에 「로동당 시대의 작가로서」라는 글을 통해 대하소설 『갑오농민전쟁』을 구상해 집필하겠다는 의지를 밝힘으로써 그의 복권을 세상에 알렸다. 1984년에 완성된 『갑오농민전쟁』은 지금까지도 '공화국 최고의 력사소설'로 평가받고 있으며, 박태원은 1986년 숨을 거둘 때까지 창작을 계속했다.

    1961년, 오십 살 된 백석에게는 그러한 기회가 돌아오지 않았다. 백석에게는 문학외적인 임무가 부여되었다. 〈문학신문〉 5월 21일자에 발표한 「가츠리섬을 그리워하실 형에게」라는 편지 형식의 이 글은 자의에 의해 쓴 글이 아니었다. 이 당시 북한은 모든 매체를 동원해 남한에 연고가 있는 작가들을 대상으로 대대적인 대남공작에 나서고 있었다. 백석에게도 북한 체제의 우월성을 강조하는 편지를 하나 쓰라고 지시를 내린 것이다. 이미 1960년에도 이승만 정권의 부정부패에 항거하는 4·19 혁명이 일어나자 북한은 이를 체제선전의 기회로 삼은 적이 있었다. 매주 화요일과 금요일에 두 차례 발간되는 〈문학신문〉은 4·19를 "남조선 인민들의 영웅적 항쟁"으로 표현하면서 5월 6일자, 5월 10일자, 5월 13일자 사설과 시 등을 통해 잇달아 항쟁에 나설 것을 촉구했다.

　어느 해였는지 이제는 아리송하여 기억이 나지 않습니다만 어쨌든 형도 나도 어느 신문사에 있던 시절입니다. 여름도 다 간 어느 날 도꾜로 가는 석산 형이 서울에 들린 기회에 그와 고향을 같이 하는 몇 몇 친구들이 그를 중심으로 이야기나 하자고 하루'밤 어느 음식점에 모였던 일이 있습니다. 무슨 이야기들을 하였던지 다 잊혀진 일이오나 웬일인지 그때에 형께서 나이 한 오십 바라보는 때에 가서는 멀리 가츠리섬이 바라보이는 고향에서 향토사적인 장편소설을 꼭 쓸 생각이노라고 하던 말만은 아직도 귀에 생생합니다.

　바로 오늘 가츠리섬으로 갔다가 오는 어느 한 작가 동무를 만나 가츠리섬 이야기를 듣고 나니 새삼스럽게 형의 말씀이 생각나고 형이 생각나서 형에 대한 추억을 더듬게 됩니다.

　우리가 마지막으로 서로 헤어진 것이 형이 체부동에 계실 때오니 그때가 이제는 아마도 한 스무 해는 되었는가 봅니다. 그동안 형은 두세 손주 아이들의 할아버지로 되어 형이 향토사적 장편을 시작하시겠다던 오십이 바라보이는 나이도 훨씬 지났을 것입니다. 형도 어느덧 초로의 경에 들었을 것을 생각하면 참으로 다감하여 집니다.

　형의 얼굴이 뇌리에 떠오를 때마다 나는 생각나는 일이 있습니다. 우리가 같이 신문사에 있을 때 한 번은 형이 ○산 어디엔가 있는 조선 사람으로서 일본 군대의 소장인가 ○장인가가 되었던 한자를 왕방하지 않아서는 안 될 일이 있었습니다.

이 자는 바로 그 때 중국의 자유와 독립을 유린하는 중일전쟁에 '출전'하여 수많은 중국 인민을 죽이고 피가 채 마르지도 않은 손을 들고 돌아올 때였습니다.

이 자를 만나서 문답을 하고 그것을 기사로 써야 할 과업이 형 앞에 떨어졌던 것입니다. 순진한 형이 이 과업을 피하지는 못하고 그 야차 같은 자를 만나고 왔습니다. 이때 형이 분개하고 자탄하고 괴로워하던 그 모양이 지금도 눈앞에 선히 떠오릅니다.

형은 조선 사람의 피가 혈관에 찬 놈으로서 어떻게 그렇게 제가 조선 사람이라는 것을 잊어 버릴 수가 있을가 하고 분개하였고 세상에 그렇듯 민족적 량심이라고는 편린도 볼 수 없는 놈에게서 이야기를 들어 그것으로써 신문 장사를 하자고 하니 이런 민족의 장래가 어찌될 것인가 하고 자탄도 하였습니다. 그러다가는 그런 기사를 쓰러 간 나라는 놈이 개만 못한 놈이지 뭐야 하고 마음 괴로워 하였던 것입니다.

형의 이런 량심은 조선말 신문들이 폐간되는 운명에 처하게 되자 신문사에 있던 몇몇 사람들이 일제의 어용지로 팔려가고 '총독부'의 '촉탁'들로 되여가고 일제의 권력의 등에 업혀 '○지'로 돈 모으러 떠나고 하는 판에서 형으로 하여금 북촌의 컴컴한 도세질에 틀어 박히게 하였던 것입니다.

해방이 되었습니다. 나는 반가이 형을 만나려니 하였습니다. 그러나 우리의 원쑤로 하여 남북이 막히게 되니 형을 만나기는커녕 소식조차 알 수 없는 형편에서 그래도 통편으로나마 형께서 어느 월간 잡지의 편집을 하신다는 소문을 들었고 또 단편소설도 간혹 발표하신다는 말만을 들었습니다. 그러면서도 나나 석산 형이나 또 그밖에 형을 잘 알고 형을 아끼는 몇몇 사람들은 형의 이야기를 할 때마다 형이 그 밑에 오래 붙어 있지 못할 것과 형의 작품 활동이 무모하게 왕성하지 않으리라는 것을 생각하였던 것입니다. 형이 지니신 고귀한 민족적 량심과 불의에 대한 불타는 적개심과 추악한 것에 대한 무한한 증오심이 오늘의 그 추잡한 남반부 사회에서 형으로 하여금 입을 다물고 붓을 놓게 할 것이라고 추측을 하였습니다.

물론 형의 형편으로 형을 제약하는 모든 안팎 조건들로 보아 형이 가두로 뛰어 나가 형의 량심으로 하여금 팔을 걷고 소리를 치게 할 수는 없었을 것임을 생각할 때, 형의 침묵도 우리는 귀한 것으로 여겨, 형에 대한 우리들의 신뢰가 헛되지 않아지기를 간절히 바랐던 것입니다.

우리는 그동안 형이 지켜 오시는 이 침묵이 무엇을 의미하는지 잘 알고 있습니다. 이것은 곧 우리가 증오하지 않을 수 없는 것에 대한, 한 증오의 형식이며, 우리가 항거해야 할 것에 대한, 한 항거의 형식이 아니겠습니까. 그러나 오늘은 형께서 조국과 민족의 운명에 대하여 다시 한 번 깊이 생각하여야 할 때라고 생각합니다.

조국은 오늘 모든 민족적 량심을 지닌 사람들, 민족적 긍지를 가진 사람들을 일떠나라고, 일떠나 싸우라고 부르고 있습니다.

리승만도 장면도 다 지나 보시고 미제의 포악을 직접 목격하고 또 그것에 나날이 부닥치시는 형이시니 우리의 원쑤 중의 원쑤가 누구라는 것을 형께서는 잘 아실 것이 아닙니까. 이 원쑤를 향하여 품는 감정은 우리나 형이나 다 한가지일 것입니다. 우리의 증오도, 저주도 하나이고, 우리의 의분도 하나일 것입니다. 우리가 소리치면 형이 대답하시고 형이 손을 들면 우리가 따라 손을 들게 될 것입니다. 형은 곧 우리와 같이 서 계시고 우리와 같이 서서 나아가리라고 생각하고 있습니다.

형, 형의 침묵을 두고 다시 한 번 깊이 생각해 본다고 형께서 저를 나무라지 않으실 것입니다. 형 오늘 이런 국면에 처하여 침묵을 지킨다는 것은 승리를 가까이 앞두고 전진하는 길에서 락후함을 의미하는 것이며 조국의 호소를 받드는 민족적 의무에서 무위를 의미하는 것으로 될 것입니다.

형, 제 동포를 악착 같이 죽이는 원쑤놈들을 볼 때 어떻게 눈에서 쌍심지가 타오르지 않을 것이며 민족 만대의 부를 하루 아침, 하루 저녁에 ○도질 하여 가는 놈들을 볼 때 어떻게 팔다리가 들먹이지 않을 것입니까. 신라 천년의 문명이 까막까치의 둥지터로 되어버릴 때 어떻게 형이 소리 없이 울지 않을 수 있었을 것이며 굶어 죽은 어미에게 매달려 젖 없는 젖을 잡아 물으며 우는 어린 생명을 보고 형이 어찌 주먹으로 땅을 치지 않을 수 있었겠습니까.

형이여, 일어나십시오. 일어 나 놓았던 붓을 다시 잡고 조국이 명하는 말을 적으시고 인류의 량심이 명하는 말을 적으시고 력사의 진리가 명하는 말을 적으십시오. 오늘 입을 다물고 붓을 던진 대로 둔다는 것은 조국과 민족 앞에 죄를 짓는 것이며, 인류의 량심 앞에 죄를 짓는 것입니다.

형, 제가 너무 격하였습니다. 이 격정을 형은 용서하십시오, 하기는 제 격함이 형을 노여웁게 하지 않을 것임을 저는 천만 잘 알고 있습니다. 형께서는 조국이 맞이하고 있는 이 장엄하고도 거룩한 시기에 조국과 민족 앞에 지닌 형의 의무를 잊으시지 않을 것이며 통한히 하시지 않을 것을 믿은 데서 형께 대한 기대를 말씀 드리려는 것입니다.

조국의 ○성과, 민족의 번영이 어디로부터 어떻게 하여 이르를 것인지도 형은 잘 알고 계실 것입니다.

형은 오늘 조국의 남반부에 팽배한 새로운 기운 속에서 주저할 것 없이 침묵을 깨뜨리고 붓을 들고 나서야 할 때라고 다시 한 번 말씀드리고 싶습니다. 남북 통일을 웨치면서 발을 구르며 나아가는 용감한 동포들 속에 형도 들어 계시여야 합니다. 그들과 같이 보무를 맞추고, 그들의 웨침 소리에 형의 웨침도 합쳐져야 할 것입니다. 정의의 승리는 가까왔습니다. 형이 생각하시는 것보다 더 가까왔는지 모릅니다.

형, 오랜만에 만나 한 자리에 앉아보면 얼마나 좋겠습니까. 오래 막혔던 정회도 풀고 옛 친구들의 소식도 피차 나누고 그리고 옷깃 가다듬고 조국의 앞날을 두고 이야기하고 한다면 얼마나 기쁘겠습니까. 이 기쁨을 위하여서도라도 형은 노력하여 주십시오. 조국이 완전 통일을 보기 전에라도 우선 형과 우리가 만나게 된다면 이것은 우리의 거룩한 위업을 한 걸음 더 앞으로 나가게 하는 것으로 될 것입니다. 그렇게 되는 날 형은 형이 잊지 못하실 그 가츠리섬이 바라보이는 곳으로도 가시게 되고 그러면 거기서는 형이 나서 자라신 그 돌담 ○은 옛집도 그 뒤울안 늙은 청배나무도 모두 형을 반겨 할 것이 아닙니까. 그리고 그 고향 땅에서 형은 리당 위원장이 된 오촌 조카도, 천리마 작업반원인 외사촌 누이도 다 만나게 될 것이 아닙니까. 그 때 형은 길도, 집도 다 깨끗하게 되고 사람들은 모두 살림이 넉넉하게 되고 산은 거의 다 미목으로 뒤덮인 이 고향 마을에서 천만 가지 생각으로 하여 잠을 이루지 못할 것입니다.

형, 이런 날이 올해 7월 초닷새날이 될른지, 명년 정월 열흘날이 될른지 나도 형도 다 모를 일이오나, 이런 날이 거져 저절로 어정어정 걸어오지는 않을 것입니다. 이날을 맞기 위해서는 싸워야 할 것입니다. 조국의 통일도, 민족의 단합도, 평화도, 자유도, 행복도, 번영도, ○○도 모두 싸워서 얻어야만 할 것입니다. 입을 열어 싸우고, 붓을 들어 싸우고, 주먹을 들어 싸우고 하여야 할 것입니다.

형이 그리워하실 그 가츠리섬은 멀지 않아 륙지와 련닿게 된답니다. 서해안 일대의 간석지와 ○해를 논으로 만드는 거창한 계획이 지금 실천되여가고 있습니다. 가사포에서 가츠리까지 오십리 물'길을 배 없이 걸어 다니게 된답니다. 여기서는 자연이 이렇게 인간을 위해 개조되여 가고 있습니다. 오로지 인간의 행복을 위해 자연이 있는 것입니다.

얼마나 놀라운 위대한 경륜들이 이곳 조국의 북녘에서는 이루어져 가고 있겠습니까. 형의 뜻 속에 있는 향토사'적 장편에는 새로히 많은 장들이 더 붙어야 될 것입니다.

형께서는 부디 건강하신 몸으로 조국 앞에 공을 세워 주십시오. 조국이 하나로 다시 될 때 형은 떳떳한 조국의 아들로 되여 주십시오.

형의 글과 말씀이 조국의 운명에 대한 깊고 뜨거운 사려를 떠나서는 없을 것임을 나는 믿으면서 형이 그리도 그리워하실, 멀리 가츠리가 바라보이는 그곳도 지금 알곡 100만 톤 증산의 열의로 들끓고 있는 소식 전하여 이만 붓을 놓습니다.

이 글에서 백석이 말하는 '형'은 고향 선배 이석훈이었다. 1908년 정주에서 태어난 이석훈은 백석보다 네 살이 많은 사람이었다. 그는 〈평양방송국〉〈조선일보〉〈만선일보〉 등에서 근무했고, 해방 후 1947년에는 「고백」이라는 수필을 통해 친일을 했던 것을 참회하는 글을 발표한 적이 있었다. 이 시기에 백석이 평양에서 러시아 문학작품을 번역하며 보냈던 것처럼 이석훈도 서울에서 러시아 문학을 번역하는 일에 힘을 쏟았다. 1948년에 대한민국 정부 수립과 함께 해군에 장교로 입대해 해군본부에서 초대 정훈감 서리를 역임하고 1950년에 소령으로 전역했다. 전쟁 중에 인민군에게 체포된 이후로 행적이 전혀 알려지지 않았다.

그런데 백석은 이석훈이 서울에서 1961년까지 창작 활동을 계속하고 있는 것으로 상정하고 편지를 썼다. 그만큼 남과 북 사이에는 단절의 골이 깊었다. 백석은 서울의 문학평론가 유종호가 1961년 9월호 《현대문학》에 「한국의 페시미즘」이라는 글을 통해 「남신의주 유동 박시봉방」을 "이 페시미즘의 절창이 한국 최상의 시"라고 절찬한 것도 까맣게 모르고 있었다.

《조선문학》12월호에 백석은 「탑이 서는 거리」「손'벽을 침은」「돌아온 사람」 등 3편의 시를 발표했다. 이때 발표한 시들 역시 격정에 찬 잦은 영탄과 반복을 많이 사용하고 있으며 당의 방침에 따라 사회주의적인 구호를 시어로 대거 받아들이고 있다. 1962년 3월에 나온 합동시집 『새날의 노래』에 실린 시 「석탄이 하는 말」「강철 장수」「사회주의 바다」 등도 창작품이라기보다는 제작된 작품이라는 인상을 강하게 풍긴다. 이런 시편들에 동원된 계급주의나 사상성과 관련한 시어를 보면 다음과 같다.

혁명, 충성, 영예, 투지, 긍지, 승리, 조국광복, 인민영웅, 력사, 판매원 동무, 차장 동무, 결의, 민족의 피, 조국의 품, 행복, 겨레, 공산주의 승리, 안식, 당의 뜻, 강한 나라, 부자 나라, 어머니 당, 붉은 심장, 강철 장수, 공산주의 해, 천리마의 기세, 문화 주택, 노동의 기쁨, 원쑤, 사회주의 바다

백석은 1962년 3월 23일자 〈문학신문〉에 「붓을 총창으로!」라는 글을 또 발표했다. 이석훈에게 편지 형식의 글을 보냈던 것처럼 이번에도 비슷한 형식, 비슷한 내용의 격문 같은 글이었다. 이 글에서 백석이 '벗'으

로 지칭하는 인물은 신현중이었다. 백석은 신현중에게 남조선의 현실에
침묵하지 말고 일어서라고, 붓을 총검으로 삼으라고 요구했다.

남해 기슭에 자리 잡은 그 조그만 도시는 지금 봄볕이 한창 따사로울
것이다. 조개껍질들이 널린 모래강변에선 잔잔한 실물결이 밀려들고 밀
려 날 것이고 물새들은 오늘도 이 도시의 거리 우를 낮추 날아 일 것이다.
나는 이 부산 가까운 남해의 한 조그만 도시를 잊을 수 없다. 그 맑은
하늘, 초록빛 바다의 선연한 아름다움도 그 한 가지 모국어이면서도 반쯤
밖에 알아들을 수 없는 사투리도 그리고 옛 왜적과의 싸움터였다는 뒷산
에 올라 바라보던 쟁반 같은 대보름달도… 그런 가운데서도 나는 이 바
닷가에 소도시를 고향으로 가진 한 친근한 벗을 잊지 못한다.
그의 말도, 행동도, 이름도 잊지 못하려니와 더욱이 그의 신념과 지향
을 잊지 못한다. 그는 수수하고, 은근하고, 소탈하고 활달한 사람이었다.
그에게는 무엇보다 정열이 있었다. 조국과 제 겨레에 대한 사랑이 강했
다. 내가 그 사람을 존경하고 사랑하게 된 것은 그와 내가 한 직장에 다니
였던 때문에만도 아니다.
그의 집도, 내 집도 북악산 가까이에 있었다. 밤이면 서로 오고 가며
방바닥에 배를 깔고 엎드려 밤이 깊도록 많은 말을 주고 받았다. 고난과
고민에 대하여, 기쁨과 슬픔에 대하여, 희망과 이상에 대하여, 진리의 운
명에 대하여… 오랜 세월이 흘렀으되 그가 한때 자못 흥분한 속에 자기
의 온 정신의 기저에 놓인 오직 한 가지 진리를 받들고 살아가리라고 하
던 말이 생각난다.
진리를 위해 살겠다고 일백번 맹세하던 그의 어떤 한 친구가 진리의
진로에서 눌러서 거짓 속에서 허덕이게 되자 극도로 분개하여 펄펄 날뛰

　　　　　　　　　　　　　　　　　　　　　　　백석 평전

던 그의 얼굴빛은 오늘도 내 뇌리에 사라질 줄 모른다. 그는 실로 깊은 사색으로 하여 사람들을 놀라게 하였으며 문장이 심이 창발하였으되 난발하지 아니 하였다.

작품으로 이름할 문장은 희소하였으나 주옥으로 비길 만하였고 많이는 기사류를 썼는데 이런 것들은 실로 경종의 역을 놓았다. 이것을 칭양할 때면 겸손한 그는 이것을 달가이 받지 아니 하였다. 그는 스스로 마음속에 무엇을 믿고 기약하는 사람으로서 살아 나가는 사람이었으며 가슴속 깊이 높고 큰 것을 길러가는 사람으로서 살아가는 사람이었다.

해방 전 그와 내가 서울에 살 때의 일이다. 어느 때인가 우리는 함께 부산에서 소증기선을 타고 하룻밤이 걸려 이 조그만 바닷가의 도시로 간일이 있었다. 사천인가 진주로 가던 도중이었는데 그는 나를 이끌어 이 도시의 교외에 있는 한 옛 장군을 모신 사당으로 갔다. 그는 여기서 한동안 이 옛 애국자를 추모하고 나서 사당 밖으로 나오며 흥분된 율조로 '한산섬 달 밝은 밤에……'의 시조를 외우는 것이었다. 그러고는 먼 바다의 수평선을 바라보며 걸음을 뗄 뿐 아무 말이 없었다.

그 후 서로 헤어진 후로는 나는 그의 글도 읽지 못하였고 그의 불같은 목소리도 들을 수 없었다.

그러던 가운데 어느 때 나는 남조선 어느 한 출판물에서 뜻밖에도 그의 이름을 보게 되었다. 무척 반가웠다. 출판물에서 나는 그가 고향에서 그리 멀지 않은 곳의 소도시에서 학교 교장의 직함을 가지고 있다는 것을 알았다.

나는 그가 자기의 신념을 실천에 옮기는 일을 하고 있으리라 생각하고 있다. 나는 그가 미제 침략자들에게 아부하는 군사 깡패들의 썩고 썩은 교육정책을 그대로 받들어 나아갈 사람이 아님을 알고 있다. 그는 이것을 지극히 증오하고 저주하고 드디어는 반항할 사람임을 알고 있다.

민족의 장래를 걸머지고 나아갈 청소년들을 미제의 더러운 손길에, 더러운 정신에 그냥 내맡길 수 없어 그가 학교에 나선 줄 안다. 그는 그 위치에서 우리 민족의 찬란한 문화와 슬기로운 민족의 기개에 대하여 가르칠 것이다. 향토에 잠긴 옛 애국자들의 역사의 한 토막, 그 애국자가 원쑤에 대하여 퍼부은 증오의 노래 한 줄거리라도 수집하며 외우라고 가르칠 것이다. 그리고 그는 우리 소년들에게 우리 인민의 철천의 원쑤가 누구인가를, 우리 겨레를 치고 죽이고 하는 미제의 만행에 격분을 느끼게 할 것이며 드디어는 주먹에 불을 쥐게 할 것이다. 그렇게 믿는다, 확신한다, 그러기를 원한다.

지난 4·19의 의로운 거사가 있었을 때 벗의 힘과 지혜는 조국의 운명 앞에 응분의 의무를 다 하였을 줄로 나는 생각하고 싶다. 벗의 정열로써는 봉기한 군중 대열의 진두에 서서 깃발을 휘둘렀을 수도 있었을 것이고 벗의 지모로써는 이 의거의 한 운전 간을 잡을 수도 있었을 것이다.

벗의 굳센 정의감과 뜨거운 민족의 피와 맑은 인간으로서의 양심과 진리에 대한 신념은 이와 달리는 행동할 수는 없었을 것이다. 그렇게 행동했을 벗을 눈앞에 그려보니 참으로 기쁨을 금할 수 없다. 벗은 오늘 우리 조국의 놓인 정세를, 북반부의 웅장한 모습도, 미제의 발굽에서 신음하는 남쪽 땅의 사정도 다 잘 알 것이다. 남반부 인민들 앞에 놓인 운명을 잘 알 사람이다.

그는 우리 민족이 이에서 더는 미제 침략자와 군사 깡패들의 행패를 방임할 수 없다는 것과, 그 만행을 묵인할 수 없다는 것과, 그 죄악을 용서할 수 없다는 것을 알고 있을 것이다. 부산과 목포로, 군산과 인천으로 미제 침략자들의 배뿐만 아니라 강도 왜놈들의 배들도 들어오리라. 그의 고향 소도시로도 원쑤들은 기어들리라. 내 벗의 눈은 크게 부릅떠질 것이고 그 큰 주먹은 굳게 쥐어질 것이다. 그는 부산으로 목포로 달려갈지도 모른다. 오래 동안 멈춰졌던 제 갈 길에 그는 결연히 뛰여 오른지 이미 오랜인지 모른다. 벗은 그 어느 암굴에서 살인 백정 박정희 도당을 쓸어눕히라는 삐라를 찍고 있을지도, 불타는 글을 쓰고 있을지도, 그 어느 마을에서 거리에서 인민들과 함께 불구대천의 원쑤 미국놈들에게 한 모금의 물도 주지 말라고 웨칠지도 모른다. 그 어느 정거장 거리에서, 그 어느 항구에서 기어드는 왜놈들 앞에 우리 민족의 백대지 원쑤 왜놈들이 우리의 거룩한 국토를 또다시 더럽히게 하지 말라는 프랑카드를 깃발같이 들지도 모른다.

내가 사랑하는 벗은 그 어느 곳에서나 민족 천추의 원한을 대변하며 민족 만년의 운명을 개척하는 고난의 길에 서서 나아갈 것이다. 벗은 투철하고 건장한 필력이 있으면서도 그 붓을 놓은 지 그 몇몇 해… 나는 벗의 붓의 광채를 보지 못하고 있다.

더욱 높이 또 멀리 날기 위해 날지 않을 수도 있을 것이다. 나는 벗의 침묵을 지켜보고 있다. 그 침묵이 크게, 장하게, 그리고 눈부시게 폭발하기를 간절히 대망한다. 물론 침묵은 항거의 한 징표일 수도 있다. 나의 벗의 침묵이 이런 침묵일 것임을 나는 알고 있다.

그러나 인제는 침묵이 폭발되여야 할 때가 이르렀다. 때가 되어서는 오히려 깨쳐날 줄 모르는 침묵을 우리는 경멸하고 무시한다. 벼린 칼도 쓰지 않으면 녹이 쓰는 법이다. 벗의 침묵이 이렇게 되지 않기를 나는 바란다.

벗! 나는 벗이 쓴 글도 기억하고 있으며 기사체의 글도 기억하고 있다. 그때 벗은 글에서 움직이는 인간을, 용감한 인간을, 투쟁하는 인간을 얼마나 그리기 좋아했던가! 그 어느 때인가 퍽이나 길게 쓴 기사를 나에게 읽어 주지 않았던가! 벗은 그런 기사가 발표된 후 비겁한 주위 사람들에게서 비난을 받은 적도 있다는 것도 기억하고 있으리라. 그러면서도 벗은 거기에는 하나도 겁나하지 않았고 자기의 글에 자기의 신념과 사상을 밝히곤 하지 않았던가!

벗! 침묵을 깨치라. 눈부신 광채를 뿌릴 벗의 붓이 미제와 군사 깡패들에게 내리치는 수백, 수천의 비수의 선봉이기를 나는 바란다. 조국은 이것을 바라고 또 명한다. 조국이 명하는 길에서 충실한 사람인 나의 벗이 그 붓으로 인민들로 하여금 이들을 쓸어버리게 하는 데 도움을 줄 글을 써야 한다.

남녘땅에서 모든 붓들이 창검의 숲이 되어 미제와 박정희 군사 깡패를 몰아내고 쓸어 눕히기 위해 일떠 설 때는 왔다. 그 창검의 숲속에 남해의 나의 벗의 예리한 창검도, 눈부시게 빛날 것을 나는 믿고 바란다.

조선작가동맹의 기관지 〈문학신문〉에 실린 이 글을 신현중이 봤을 리는 없다. 그렇지만 신현중은 이에 응답이라도 하듯 〈조선일보〉 1963년 4월 23일자 '초야유성草野有聲'이라는 코너에 「어떤 인물이 대통령에 뽑혀야 할까」라는 기고문을 실었다. 이 글에서 신현중은 "두멧골짜기의 순박한 바람소리에서 갓 벤 나무등치의 내음에서 듣고 느낀 바를 몇 줄 글로" 적는다고 겸손하게 밝혔지만 이 겸손은 그가 대단히 정치적인 인물이라는 것을 감추기 위한 수사로 봐야 한다.

신현중은 대통령이 될 자격이 있는 사람으로 몇 개의 기준을 제시했다. 첫째, 민족적 인물이어야 할 것, 둘째, 일제 36년 동안 조국광복을 위해 투쟁한 경력이 있고 해방 후에도 대한민국을 위해 적색 좌익분자들과 이론과 실천으로 싸운 경력이 있어야 할 것, 셋째, 정치이론 수준이 높아야 하고, 희생과 봉사정신이 강해야 하며, 복지조국을 재건할 수 있어야 할 것, 넷째, 자유민주주의를 신봉해야 하고, 다섯째, 남녀관계가 깨끗해야 하며 이혼 경력이 없어야 할 것, 여섯째, 건강하고 언변이 뛰어나야 할 것, 일곱째, 미국을 비롯한 자유우방과 유대를 강화할 수 있어야 할 것, 여덟째, 일본과 호혜선린의 원만한 외교자세를 유지할 수 있어야 할 것, 아홉째, 자유경제체제를 유지할 수 있어야 할 것, 그리고 종파와 지방색을 배격할 것, 자유반공통일을 이룰 수 있을 것, 역사적으로 민족의 정통성을 잘 지켜낼 수 있을 것 등을 제시했다. 4·19와 5·16의 정신을 잘 살릴 수 있는 사람이 대통령이 되어야 한다는 주장을 끝으로 글은 마무리된다.

1961년 5·16군사쿠데타를 일으킨 박정희는 국가재건최고회의 의장을 맡고 있다가 1963년 8월에 군복을 벗고 민주공화당 총재 겸 대선 후보로 추대되었다. 박정희는 10월 15일에 실시된 제5대 대통령 선거에서 윤보선을 간신히 누르고 대통령에 당선되었다. 그러니까 신현중의 글은 제5대 대통령 선거를 앞두고 박정희에 대한 지지를 우회적으로 밝힌 글로 봐야 한다. 신현중은 백석의 뜻과는 전혀 다른 행보를 하고 있었던 것이다.

신현중과 자신의 딸을 약혼시켰던 김준연은 해방 후 한국민주당을 창당하고 반탁운동에 열성을 보였다. 1948년에는 고향인 전남 영암에서 초대 국회의원에 당선되었고, 1950년 한국전쟁 중에는 법무부장관을 지냈다. 이승만을 적극적으로 지지하던 그는 5·16쿠데타 이후 고령임에도 불구하고 박정희가 한때 공산주의자였다는 사실을 폭로했다. 제5대 대통령 선거 기간 중에도 김준연은 박정희의 남로당 활동과 건전하지 못한 과거 전력을 문제 삼아 공격에 앞장섰다.

그리하여 사라진 이름

1962년은 북한에서 시인으로서 백석의 역할이 끝나는 해였다.

삼수군 협동농장에 내려가 있으면서도 백석은 상반기까지 꾸준히 시와 산문을 발표했다. 4월 10일자 〈문학신문〉에 발표한 시 「조국의 바다여」와 《아동문학》 5월호에 발표한 동시 「나루터」에서 "서로 껴안으라, 우리 그렇게 껴안으리라"고 다짐했음에도, "아버지 원수님의/ 그 어린 시절에 영광"을 돌린다고 찬양했음에도 북한에서 더 이상 시를 발표할 수 없는 시인이 되었다.

물'결이 온다
흥분해 떠는 흰 물'결이
기슭에 찰석궁 물을 던진다

울릉도 먼 섬에서 오누란다
섬에선 사람들 굶어 죽는단다
섬에는 배도 다 깨어졌단다.

물'결이 온다
격분으로 숨 가쁜 푸른 물'결이
기슭을 와락 그러안는다

인천, 군산 항구에서 오누란다
항구를 끊임없이 원쑤들이 들어온단다
항구에선 겨레들이 팔려 간단다.

밤이고 낮이고 물'결이 온다,
조국의 남녘 바다 원한에 찬 물'결이
그리워 그리운 북으로 온다.

밤이고 낮이고 물'결이 간다
조국의 북녘 바다 거센 물'결이
그리워 그리운 남으로 간다,
울릉도로도 간다, 인천으로도 간다.

주리고 떠는 겨레들에겐
일어나라고, 싸우라고
고무와 격려로 소리치며,

뼈대의 피맺힌 원쑤들에겐
몰아낸다고, 삼켜 버린다고

증오와 저주로 번쩍이며,

해가 떠서도, 해가 져서도
남쪽 북쪽 조국의 하늘을
가고 오고, 오고 가는 심정들같이
남쪽 북쪽 조국의 바다를
오고 가고, 가고 오는 물'결들,

이 나라 그 어느 물'굽이에서도
또 그 어느 기슭에서도
쏴 – 오누라고 치는 소리 속에
쏴 – 가누라고 치는 소리 속에
물'결들아,
서로 껴안으라, 우리 그렇게 껴안으리라
서로 볼을 비비라, 우리 그렇게 볼을 비비리라
서로 굳게 손을 쥐라, 우리 그렇게 손을 쥐리라
서로 어깨 곁으라, 우리 그렇게 곁으리라

이 나라 남쪽 북쪽 한 피 나눈 겨레의
하나로 뭉친 절절한 마음들 물'결 되여 뛰노는
동쪽 바다, 서쪽 바다, 또 남쪽 바다여,
칼로도 총으로도 또 감옥으로도
갈라서 떼여 내진 못할 바다여,
더러운 원쑤들이

오직 하나 구원 없는 회한 속에서

처참한 멸망을 호곡하도록

너희들 노호하라, 온 땅을 뒤덮을 듯,

너희들 높이 솟으라, 하늘을 무너칠 듯

그리하여 그 어느 하루 낮도, 하루 밤도

바다여 잠잠하지 말라, 잠자지 말라

세기의 죄악의 마귀인 미제,

간악과 잔인의 상징인 일제

박정희 군사 파쑈 불한당들을

그 거센 물'결로 천리 밖, 만리 밖에 차던지라.

　「조국의 바다여」는 백석이 북한에서 발표한 마지막 시였다. 아니, 그가 이 지구상에 마지막으로 남겨놓은 시였다. 평양에서 삼수군으로 쫓겨날 즈음 백석에게 시는 생활의 문제가 아니라 생존의 문제였다. 시인으로 살아남느냐 마느냐가 중요한 게 아니었다. 한 인간으로서 목숨을 부지할 수 있느냐 없느냐가 백석에게는 더 시급했다. 해방 이후 백석의 북한에서의 작품 활동을 단순히 예술성을 망각하고 시를 정치도구화한 파렴치한 행위로 몰아붙일 수 없는 이유가 여기에 있다. 우리는 백석이 북한에서 아동문학논쟁을 통해 문학의 자율성과 미학주의를 주장한 마지막 시인 중 한 사람이었다는 점을 간과해서는 안 될 것이다. 당의 지도 아래 놓인 북한의 문학을 조금이라도 더 보편적인 미학의 논리로 되돌려놓겠다는 그의 문학주의는 결국 꺾일 수밖에 없었다.

　〈문학신문〉 5월 11일자에 프로이트의 정신분석학을 "온갖 유해롭고 반동적인 사상 감정의 체계들의 기저"를 이루고 있다고 비판한 「프로이드 주의—쉬파리의 행장」을 쓰고,《아동문학》6월호에 이솝우화를 소개하는 「이소프와 그의 우화」를 발표했지만 이 글들이 백석의 운명을 바꿔놓지 못했다.

1962년 10월 북한의 문화계 전반에 걸쳐 당의 노선과 원칙을 어긴 복고주의에 대한 비판이 거세게 일어났다. 창작의 자유는 더 이상 말도 꺼낼 수 없게 되었고, 당의 문예정책을 왜곡하거나 반대하는 흐름은 부르주아 잔재로 낙인 찍혀 설 곳이 없었다. 백석은 이때부터 일체의 창작 활동을 할 수 없게 되었다.

이 무렵부터 카프 계열의 대표적인 소설가이면서 북한에서 백석의 보이지 않는 후견인 역할을 하던 조선작가동맹 위원장 한설야의 이름도 침몰하기 시작했다. 해방 후부터 김일성의 정치적 동지이기도 했던 한설야에게도 나태한 생활을 하면서 창작 활동을 안이하게 했다는 비판이 빗발쳤다. 한설야가 누구인가? 해방 후 북조선임시인민위원회 함경도 대표, 북조선인민위원회 교육국장, 최고인민회의 대의원을 역임했고, 전쟁 후에는 김일성을 도와 경기중학 동기동창인 박헌영을 제거하는 데 앞장섰고, 임화·이원조·김남천·이태준 등의 숙청을 묵인했고, 최고인민회의 부의장을 지냈고, 북한 정부의 교육문화상을 역임한 사람이 한설야였다. 〈문학신문〉에 한설야가 연재하던 시조가 갑자기 중단되면서 한설야와 가까웠던 서만일·현덕·민병덕 등이 백석과 함께 대거 공식석상에서 사라졌다. 월북했던 만담가 신불출과 배우 문예봉의 남편 임선규도 이때 평양에서 추방되었다. 그 배후에는 조선노동당 선전선동부장과 조국평화통일위원회 상무위원, 내각 부총리를 지낸 김창만이 있었다.

1963년 2월 모든 직위와 재산을 빼앗기고 숙청되어 자강도의 협동농장으로 추방된 한설야에게 김일성이 '송아지 고기'를 보내주었다는 일화가 전해진다. 이를 받은 한설야가 "송아지 고기는 풀내 나서 먹지 않겠다."며 거부한 것으로 알려졌지만 이를 확인할 길은 없다. 한설야는 1976년에 사망했는데, 그 후 1985년경에 복권되어 "조선현대문학을 발전시키는 데서 중요한 역할을 한 작가의 한 사람"으로 평가를 받았다. 지금 평양의 애국열사릉에 그의 무덤이 있다.

북한 문단에서 홀연 사라진 백석을 두고 1963년경에 사망했다는 설이 남한 문단과 일본에 퍼졌다. 해방 전에 백석과 교류를 한 것으로 알려진 일본 시인 노리타케 가즈오則武三雄는 백석의 안부가 궁금해 「파蔥」라는 시를 발표하기도 했다.

1963년 정현웅은 조선화 「누구 키가 더 큰가」로 국가미술전람회 1등상을 수상했다. 백석과 달리 정현웅은 북한 미술계에서 탄탄하게 자리를 잡았다. 평양시 중구역 김일성광장에 세워진 조선미술박물관의 전시실에 정현웅이 모사한 고구려 고분벽화가 걸렸다. 북한에서 그의 높아진 위상을 말해주는 경사로운 사건이었다. 이 밖에도 조선미술박물관이 소장하고 있거나 여기에 전시된 정현웅의 작품은 「1894년 농민군의 고부 해방」(1957년 작), 「청개구리에 대한 이야기」(1959년 작), 「전주성 입성」(1961년 작), 「누구 키가 더 큰가」(1963년 작), 「거란 침략자를 격멸하는 고려군」(1965년 작), 「실뜨기」(1963년 작) 등이 있다. 이 작품들은 모두 국보급으로 평가를 받고 있다. 정현웅은 1967년부터 조선미술가동맹 출판화분과 위원장에서 물러나 평양미술대학에 출강했다. 이때 이 대학에는 문학수가 유화분과 강좌장을 맡고 있었다. 정현웅과 문학수는 둘이 있을 때 자주 백석의 안부를 걱정했다. 하지만 그들의 힘으로 백석을

그는 대답을 하는 대신에 고개를 끄덕였다.
"백석 시인 이야기 좀 해주세요."
"……."
"남쪽에서 요즘 대단한 인기를 끄는 시인이 백석이에요."
오영재는 머리를 뒤로 쓸어 넘겼다. 그의 머리 위로도 세월이 눈발을 뿌리고 있었다.
"백석 시인은 말년에 전원생활을 하다가 돌아가셨습니다."

삼수군 협동농장에서 평양으로 데려올 수는 없었다.

"제발 몸이라도 성해야 할 터인데……."

"생각만 해도 참담해요."

백석과 절친했던 그들은 한숨을 내쉬면서 백석과 보냈던 시간들을 떠올릴 수밖에 없었다. 정현웅도 복고주의에 대한 비판을 받으면서 이미 미술계의 중심에서 밀려난 때였기 때문이다. 정현웅은 1976년 7월 30일 평양에서 폐암으로 세상을 떠날 때까지 만수대창작사 조선화창작단 소속 현역 화가로 일했다. 예순일곱의 나이로 그가 죽고 난 뒤, 1990년 4월 미국에 있던 부인 남궁요안나는 아들 정유석과 함께 미국 시민권자의 자격으로 평양으로 가서 북한에서 결혼한 둘째부인 남궁련을 만났다.

조선작가동맹 부위원장 박팔양은 일제 때 일본 천황을 만난 사실이 1966년에 발각되어 종파분자로 몰려 협동농장으로 쫓겨났고 모든 작품이 북한 문학사에서 삭제되었다. 그러다가 한국전쟁 때 정치공작대로 남한에 파견되었던 아들 박문재가 비전향장기수로 남아 있다는 것이 확인되면서 1993년 복권되었다. 박문재는 2000년 9월 북한으로 돌아갔다.

백석으로부터 박경련을 가로채 갔던 신현중이 1980년 10월 사망했다. 통영의 미륵산 아래 묻혔던 그는 1990년 대한민국건국훈장 애족장을 받았다. 그의 묘는 1993년 국립대전현충원 애국지사 제2묘역으로 이장되었다. 이때 박경련은 남편을 그리는 시 한 편을 썼다면서 사촌 시누이 제옥례에게 보여주었다. 「애국지사 합동안장식」이라는 제목의 시였다. 제옥례는 자신이 활동하고 있던 통영의 문학동인지 《늘빛문학》 3집 (1994년 발간)에 이 시를 실어주었다. 박경련은 2006년에 사망했고, 4월 20일 남편 신현중의 묘소에 합장됐다.

가을 하늘이여

나를 듯이 높푸른데

장병에 안기어 입장하는 넋, 넋, 넋

비 오듯 쏟아지는 눈물은

어쩌지 못할 회한悔恨의 아픔인가.

추모追慕는 끝이 없는데

그 달래임 같은

주악奏樂소리 목탁소리

한 알의 밀알 땅속의 흙이 되어

세월은 가고 가고 그 이름 영원하리

　　1987년 이동순이 엮은 『백석시전집』(창작과비평사)이 발간되었다. 정부에서 납북·월북·재북 시인들에 대한 해금 조치를 내리기 1년 전에 나온 시전집은 독자들의 폭발적인 반응을 불러일으켰다. 이 무렵부터 백석을 비롯해 전쟁과 분단으로 잊고 있었던 시인들의 이름이 우리 문학사 속으로 하나씩 복원되기 시작했다. 1997년 김재용에 의해 초판이 출간된 『백석전집』(실천문학사)은 분단 이후 북한에서 백석이 발표한 시와 산문 등을 대거 발굴해 수록함으로써 백석 시연구의 지평을 확대시키는 역할을 하였다. 수많은 출판사에서 수많은 편자들에 의해 백석의 시와 산문이 세상에 나왔고, 다양한 관점에서 연구가 진행되었다. 2007년에 고형진에 의해 나온 『정본 백석 시집』(문학동네)은 "백석 시의 원본에서 방언과 고어는 살리고 맞춤법 규정에 위배된 표기와 오·탈자를 바로잡은 정본"으로 일반 독자들과 전문연구자들이 인정하고 있는 책이다.

시인의 죽음

1996년 1월, 백석은 여든다섯 살로 세상을 마감했다. 유족으로는 부인 리윤희(71세)와 첫째아들 화제(51세), 맏딸 지제(46세), 둘째아들 중축(42세), 막내딸 가제(40세), 막내아들 구(38세)가 남았다. 막내아들은 북한에서 운전수로 일하는 것으로 알려졌다.

이 사실은 삼수군 관평리에 살고 있던 백석의 유족들이 중국 옌벤의 조선족 지인들을 통해 국내에 알려왔기 때문에 확인이 된 것이다. 부인 리윤희의 편지와 가족사진, 인민증에 붙어 있던 백석의 말년 사진도 송준에 의해 2001년에 공개되었다.

해방 전 남한에서 그는 가장 주목받던 시인의 한 사람이었지만 해방 후 북한에서 시인으로서의 말년은 행복하지 못했다. 그러나 한 사람의 자연인으로 생을 마친 백석에 대해 우리는 그가 살아온 삶을 단정적으로 말하지 못한다. 삶은 평가하는 것이 아니라 살아내는 것이기 때문이다. 우리들의 삶은 정치나 역사에 의해 굴절되기도 하고 부유하기도 한다. 하지만 개개인이 겪는 특수한 순간들이 모여 삶의 전체를 구성하는 법이다. 시인으로서 백석은 방황과 절망의 쓴맛을 보았지만 한 사람의 인간으로 이승에서 보낸 시간을 결코 부정적으로 바라볼 필요는 없다. 시를 쓰는 자유를 내려놓음으로써 백석은 오히려 더 많은 자유를 누렸던 것은 아닐까?

1995년 북한의 국문학자 류만은 『조선문학사』에서 백석의 초기 시에 대해 다뤘다. 전에 없던 일이었다. "백석은 세태 풍속을 기본으로 노래하면서 민족적 정서를 진하게 체현하고 독특한 시풍을 보여준 시인"이라며 "시인은 자기의 시들을 통하여 일제의 탄압으로 하여 비록 모든 것이 짓밟히는 처지에서도 생활의 구석구석에 조선적인 것, 민족적인 것은 살아 숨쉬고 있으며 거기에 사람들의 삶이 얽혀 있다는 것을 보여주었다."고 평가했다.

백석의 연인이었던 자야 김영한은 서울 성북동에 '대원각'이라는 큰 요정을 경영했다. 1970년대 후반까지 거물 정치인과 기업인들이 이 요정을 드나들었다. 1996년 대원각이 들어선 7,000여 평의 땅을 법정 스님에게 시주했고, 1년 뒤에 사찰 길상사가 완공되었다. 1997년 김영한은 백석 연구자 이동순의 주선으로 창작과비평사에서 백석문학상을 제정하기도 했다. 1999년 자야 여사는 여든세 살로 세상을 떠났다. 그녀는 백석의 연인답게 이런 유언을 남겼다.

"한겨울 눈이 제일 많이 내린 날 내 뼛가루를 길상사 마당에 뿌려 달라."

김영한은 정식으로 결혼하지 않았지만 아들 하나와 딸 하나를 남겼다. 자야는 숨을 거둘 때까지 이 자식들의 아버지가 누구인지 밝히지 않았다. 아버지가 각각 다르다는 것만 전해질 뿐이다.

2005년 7월 20일, 남쪽의 작가들 100여 명은 인천공항에서 북한의 고려항공에 몸을 실었다. 25일까지 평양에서 열리는 민족작가대회에 참석하기 위해서였다. 북한의 조선작가동맹 소속 작가들은 홍명희의 손자인 소설가 홍석중, 경북 안동 출신의 소설가 남대현, 그리고 시인 오영재·박세옥·리호근·장혜명 등이 북쪽 대표로 참석했다. 오영재는 1935년 전남 강진 출생으로 한국전쟁 때 의용군에 입대하면서 월북해 시인으로 활동을 하고 있었다. 그는 북한에서 '김일성상'을 받은 계관시인으로 '노력영웅' 칭호를 받은 적도 있었다. 2000년 8월 15일에는 북측 이산가족 방문단의 일원으로 서울을 방문해 "늙지 마시라. 더 늙지 마시라. 어머니여."라는 내용의 시를 낭송해 이산가족들의 마음을 울리기도 했다.

남북작가대회 내내 남쪽 작가들과 동행했던 오영재 시인은 이마에 서너 줄 굵은 주름이 패여 있었고, 그 얼굴은 시골에서 농사를 짓는 농민처럼 구릿빛으로 그을려 있었다. 한 해 전에 평양에서 처음 만났을 때와 많이 달라 보였다.

"양강도 삼수군에 현지지도를 다녀왔어요."

"아, 삼수군…… 옛날에 백석 시인도 삼수갑산으로 현지 파견을 나갔었지요?"

그는 대답을 하는 대신에 고개를 끄덕였다.

"백석 시인 이야기 좀 해주세요."

"……"

"남쪽에서 요즘 대단한 인기를 끄는 시인이 백석이에요."

오영재는 머리를 뒤로 쓸어 넘겼다. 그의 머리 위로도 세월이 눈발을 뿌리고 있었다.

"백석 시인은 말년에 전원생활을 하다가 돌아가셨습니다."

역시 똑같은 대답이었다. 북한에서 활동하는 시인이나 작가 그 누구를 붙들고 물어봐도 이와 같은 대답이 돌아왔다. 평안북도 정주군에서 태어났고 해방 후 생을 마감할 때까지 북한에서 살았던 백석은 북한에서 아직까지 완전한 복권이 이뤄지지 않은 것이다. 오영재 시인은 2011년 10월 23일 일흔다섯 살을 일기로 세상을 떴다.

2009년 개정 교과서에 따라 개발된 중·고등학교 국어 관련 교과서에 백석은 김수영과 함께 가장 많은 시가 수록되어 있다. 백석의 시를 수록하고 있는 교과서를 보면 「고향」이 세 군데로 가장 많고, 「남신의주 유동 박시봉방」과 「여우난골족」 「수라」가 두 군데, 「국수」 「나와 나타샤와 흰 당나귀」 「모닥불」 「박각시 오는 저녁」 「통영─남행시초」 「흰 바람벽이 있어」 「멧새소리」 「백화」 「팔원」이 각각 한 군데에 실려 있다. 동화시 「준치 가시」도 한 군데 교과서에 수록되어 있다.

고형진의 『백석 시를 읽는다는 것』(문학동네, 2013)에 따르면 백석과 관련한 단행본, 학위논문, 평론, 에세이 등의 연구물이 800개가 넘는다고 한다.

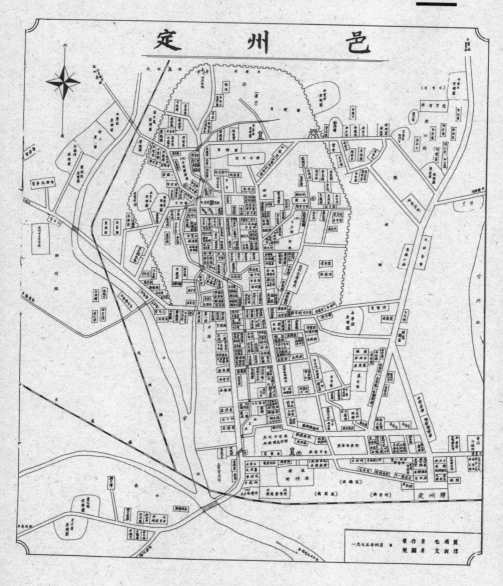

실향민들의 기억을 바탕으로 제작한 해방 전 평안북도 정주읍 지도.
(1975년 제작, 『정주군지』 수록)

화재로 불타기 전의 오산학교 전경.

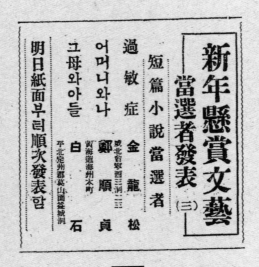

新年懸賞文藝
當選者發表 (三)

短篇 小說 當選者

過敏症　金　龍　松
咸北會寧西三洞二三

어머니와나　鄭　順　貞
黃海道海州水町

그母와아들　白　　石
平北定州郡葛山面益城洞

明日紙面부터順次發表함

1930년 〈조선일보〉 신년현상문예 당선작 발표.

자료 사진

일본 아오야마학원 유학 시절의 백석.

일본 유학에서 돌아와 〈조선일보〉에 근무할
때 방응모가 '이심회' 회원들을 집으로 초대했
다. 가운데 손녀를 안고 앉은 이가 방응모. 왼
쪽부터 노보회, 방재윤, 방종현, 노의근, 백석,
김승범, 정근양, 이갑섭.

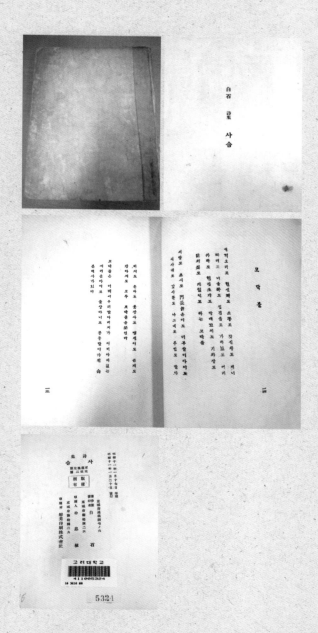

고려대학교 중앙도서관 소장본 『사슴』.

白石詩集『사슴』
出版記念

白石氏의 詩集『사슴』의 出版
記念會를 左記와 如히 開催하기
로 되엇다는데 만히 參會하기를바
란다한다.
一, 二十九日午後五時半　太西舘
　에서
一, 會費 一圓 (當日持參)
一, 發起人 安碩柱, 咸大勳, 洪
起文, 辛圭燮, 李源朝, 李甲燮
文東彬, 金海均, 愼弦重, 許俊
金起林等諸氏

시집『사슴』의 출판기념회를 알리는 신문 기사.

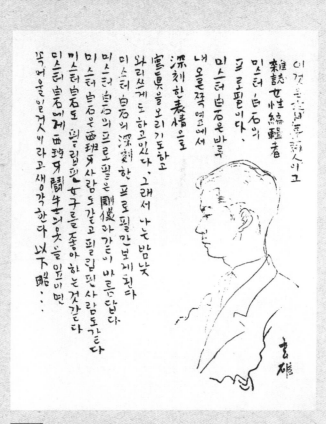

정현웅이《문장》지에 그린 백석의 프로필.

　　　　　　　　　　　　　　　　　　자료 사진

이화여고보 재학 시절 18세의 박경련(뒤편 오른쪽). 그 옆은 사촌언니 박효, 앞줄 왼쪽부터 박필순(9세), 박정순(7세, 김춘수의 동생 김규수의 처), 박남순(5세), 모두 통영의 '하동집' 자제들이다.

왼쪽) 결혼 직후 통영의 박경련.
가운데) 신현중과 박경련의 결혼 직후.
오른쪽) 대전 국립현충원에 합장한 신현중과 박경련의 묘소.

함흥의 영생고보에서 영어수업을 하고 있는 백석.

자료 사진

위) 조선총독부에서 발행한 관광엽서의
모델로 등장한 자야. 궁중무를 추는 모습
을 장발 화백이 그렸다.
아래) 백석과 자야가 잠시 동거하던 서울
청진동 집. 지금은 없어졌다.

《모던니혼》의 조선판에 실린
〈조선일보〉의 광고.

《모던니혼》의 조선판에 실린
조선총독부 철도국의 광고.

자료 사진

월북 전 정현웅의 가족사진.

위 왼쪽) 북한의 조선미술박물관에 소장하
고 있는 정현웅의 조선화 〈누구 키가 더 큰
가〉(1963년 작).
위 오른쪽) 정현웅이 장정한 『조선창극사』
표지.
아래) 정현웅이 백석과 함께 뚝섬에 살 때
그 부근을 스케치·한 그림.

왼쪽) 문학수의 자화상.
오른쪽) 백석이 「사생첩의 삽화」에서 묘사한 문학수의 그림 〈죽은 새〉.

1945년 해방 직후의 고당 조만식.

자료 사진

정현웅이 그려 『짐게네 네 형제』에 실린 46세의 백석.

동화시집

집게네 네형제

백 석

조선작가동맹출판사
1957

집게네 네 형제

저 자   백   석
발행인   박
발행소   조선 작가 동맹 출판사
인쇄소   문화 선전 출판 인쇄소
1957년 4월 30일   10,000부 발행

값 8원

집게네 네 형제

어느 바다'가
물을 덤이에
걸어도 살어도 잖은
물'가 덤이에
집게 네 형제가
살고 있었네.

바'내풀에 뛰나온
내어 놓은
집게네 네 형제
그 누구나
집게로 태어난 죄
부끄러웠네.

4

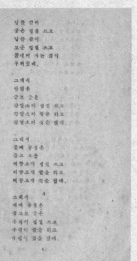

낮쭝 깘이
굳은 딱질 쓰고
남을 깘이
고운 딱질 쓰고
물'대에 사는 것이
부끄럽네.

그래서
맏형은
굴로 구은
강딱소라 딱질 쓰고
깅딱소라 흉을 하고
강딱소라 짓을 했네.

그래서
둘째 움질은
굴로 고운
배꽁조개 딱질 쓰고
배꽁조개 흉을 하고
배꽁조개 짓을 했네.

그래서   4
새째 웃질은
굴로 구은
우렁이 딱질 쓰고
우렁이 흉을 하고
우렁이 짓을 했네.

5

백석이 1959년부터 1996년 생을 마감할 때까지 살았던
양강도 삼수군 지도.

1980년대 중반 삼수군에서 촬영한 것으로 추정되는 가족사진.
백석의 옆이 부인 리윤희, 뒤에는 둘째아들 중축과 딸 지제.

북한의 인민증에 붙어 있던 말년의 백석.

자료 사진

위) 『내 사랑 백석』을 출간할 당시
자야 여사가 이동순에게 보낸 편지.
아래) 백석의 영생고보 제자 김희모
의 회고담 원고.

박경련의 사촌올케인 통영 '하동집'의
제옥례 할머니(99세, 2014년).

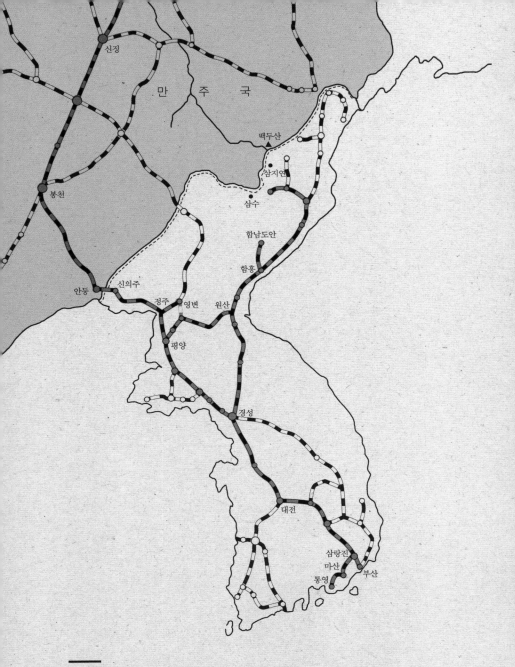

신징

만 주 국

봉천

백두산 ▲

삼지연

삼수

함남도안

함흥

안동 신의주

정주 영변 원산

평양

경성

대전

삼랑진

마산

통영 부산

백석이 일생 동안·기차를 이용해 다녔던 길들.

백석 연보

1912년(1세) 7월 1일 평안북도 정주군 갈산면 익성동 1013번지에서 아버지 백시박과 어머니 이봉우의 3남 1녀 중 장남으로 태어났다. 어릴 때 이름은 백기행白 夔行이었다. 백석의 부모는 오산학교 앞에서 하숙을 치며 생계를 꾸려갔다.

1918년(7세) 오산소학교에 입학했다.

1924년(13세) 오산소학교를 졸업하고 남강 이승훈이 설립한 오산학교에 입학했다. 이때 까지만 해도 오산학교는 4년제였다가 1926년 학제 개편으로 5년제로 바 뀌어 오산고등보통학교가 되었다. 백석이 2학년 때 고당 조만식이 교장으 로 부임했다. 소설가 벽초 홍명희도 백석이 재학 중일 때 교장으로 잠깐 부 임했다. 백석은 6년 선배(12회) 김소월을 동경하면서 시인의 꿈을 키우기 시작했다.

1929년(18세) 3월 5일 오산고보를 졸업했다. 이 해에 나중에 화가로 이름을 날리는 이중 섭과 문학수, 소설가가 되는 황순원이 오산고보에 입학했다.

1930년(19세) 학교를 졸업하고 1년 동안 집에서 쉬는 사이, 단편소설「그 모와 아들」을 써서 〈조선일보〉 신년현상문예에 당선되었다. 정주 출신 '금광왕' 방응모 가 설립한 춘해장학회의 장학생으로 뽑혀 일본 도쿄의 아오야마학원青山 學院 영어사범과에 입학했다. 유학 중 일본의 시인 이시카와 다쿠보쿠石川 啄木의 시를 즐겨 읽었으며, 당시 일본 현대시에 일대 변혁을 가져온 모더 니즘 운동에 깊은 관심을 가지고 사숙하였다. 졸업을 할 무렵 도쿄 남서쪽 바닷가 가키사키柿崎로 여행을 다녀왔다.

1934년(23세) 졸업 후 귀국해서 4월에 〈조선일보〉 교정부에 입사했다. 경복궁 서쪽 통의 동에 하숙을 정해 태평로 1가에 있는 신문사로 출근했다. 이때부터 신현중, 허준과 자주 어울렸다.

1935년(24세) 7월에 조선일보 출판부로 발령이 나서 같은 계열《조광》창간에 참여했다. 8월 30일 〈조선일보〉에 시「정주성」을 발표하면서 시인으로 데뷔하였다. 앞서 7월에 허준의 결혼 축하 모임에서 이화여고보를 다니던 박경련을 만 난 이후, 경남 통영을 방문한다.「주막」「여우난골족」등의 시를 발표했다.

1936년(25세) 1월 20일 선광인쇄주식회사에서 첫 시집『사슴』을 100부 한정판으로 출간했다. 여기에는 모두 33편의 시가 실렸다. 이 시집에 대해 김기림과 박용철은 격찬을 했고, 반대로 임화와 오장환은 비판적인 평가를 내렸다. 2월에 신현중과 일주일 동안 다시 통영 일대를 방문했다. 4월 초에 《여성》 창간 준비를 마치고 조선일보사에 사표를 냈다. 함흥의 영생고보 영어교사로 부임했다. 함흥에서 소설가 한설야, 시인 김동명 등을 만났다. 늦가을에 기생 김진향을 만나 사랑에 빠졌고, '자야'라는 이름을 지어주었다. 연말에 허준과 통영으로 가 박경련의 집에 청혼을 했으나 성사되지 못했다. 12월에 화가 정현웅이 절친한 친구가 되었다. 「고야」 「통영」 「남행시초(연작)」 등을 발표했다.

1937년(26세) 4월에 친구 신현중과 백석이 흠모하던 박경련이 결혼식을 올렸다. 백석은 이 무렵 소설가 최정희, 시인 노천명, 모윤숙 등과 자주 어울렸다. 12월에 부모의 강요로 결혼을 했으나 곧바로 함흥으로 돌아왔다. 「함주시초(연작)」 「바다」 등을 발표했다.

1938년(27세) 2월에 함경도 성천강 상류 산간지역을 여행했다. 함흥에서 교사생활을 접고 경성으로 왔다. 「산중음(연작)」 「석양」 「고향」 「절망」 「나와 나타샤와 흰 당나귀」 「물닭의 소리(연작)」 등의 시를 22편이나 발표했다.

1939년(28세) 청진동에서 자야와 동거하면서 1월 26일부터 다시 《여성》지 편집주임으로 일했다. 부모의 성화로 2월에 충북 진천에서 두 번째 결혼을 하지만 다시 자야에게로 돌아왔다. 9월에 일자리를 알아보려고 중국 안동安東을 다녀왔다. 10월 21일에 조선일보사를 사직하고 고향인 평안북도 지역을 여행했다. 12월에 자야에게 만주로 가자고 제안하지만 거절당했다. 「넘언집 범 같은 노큰마니」 「서행시초(연작)」 등을 발표했다.

1940년(29세) 2월 초에 만주의 신징新京으로 갔다. 3월부터 만주국 국무원 경제부의 말단직원으로 근무하다가 창씨개명의 압박이 계속되자 6개월 만에 그만두었다. 5월에 《문장》 편집자 정인택에게 "이 넓은 벌판에 와서 시 한 백편 얻어 가지고" 가겠다는 편지를 썼다. 6월부터 만주 체험이 담긴 시들을 발표하기 시작했다. 10월 중순 『테스』 번역 출간을 위해 경성을 다녀갔다. 「목구」 「수박씨, 호박씨」 「북방에서」 「허준」 등의 시를 발표했다.

1941년(30세) 봄에 농사를 지어볼 생각으로 신징 부근 백구둔 마을에 땅을 빌렸으나 그 뜻을 이루지 못했다. 「귀농」 「국수」 「흰 바람벽이 있어」 등을 발표했다.

1942년(31세) 만주의 안동세관에서 잠시 근무했다. 이 무렵 화가 문학수의 동생 문경옥과 결혼해 1년 남짓 신혼살림을 차렸으나 곧 이혼했다. 문경옥은 그 후 북한에서 김일성의 배려로 최고의 여성 작곡가로 성장했다.

1943년(32세) 국내의 문인들이 노골적으로 친일작품을 발표했지만 백석은 해방이 될 때까지 붓을 꺾고 만주 일대에 은거하며 침묵했다.

1945년(34세) 해방이 되자 신의주를 거쳐 고향인 평안북도 정주로 돌아왔다. 조만식의 통역비서로 일하기 위해 평양으로 갔다. 10월에 조만식을 따라 소설가 최명익, 극작가 오영진 등과 '김일성 장군 환영회'에 참석해 러시아어 통역을 맡았다. 12월 29일 열네 살 아래 신부 리윤희와 평양에서 결혼식을 올리고 대동강이 내려다보이는 부벽루 근처에 신혼집을 마련했다.

1946년(35세) 1월 5일 조만식이 고려호텔에 연금되었다. 2월 8일 소설가 한설야가 북조선임시인민위원회 함경도 대표로 평양에 가 백석을 만났다. 10월에 북조선예술총연맹이 결성되었으나 처음에는 참여하지 않았다. 장남 화제가 태어났다.

1947년(36세) 10월에 문학예술총동맹 외국문학 분과위원이 되었다. 이때부터 러시아 문학작품 등을 번역하는 일에 매진했다. 허준은 백석이 해방 전에 쓴 시 「적막강산」 「마을은 맨천 구신이 돼서」 등을 보관하고 있다가 1947년 말부터 1948년 가을에 걸쳐 서울의 잡지에 실었다.

1948년(37세) 10월에 《학풍》 창간호에 「남신의주 유동 박시봉방」을 발표했다. 남쪽의 잡지에 마지막으로 발표한 시였다. 연말에 을유문화사에서 백석 시집이 간행된다는 예고가 있었지만 취소되었다. 허준이 월북했다.

1949년(38세) 숄로호프의 『고요한 돈』 1권, 러시아의 농민시인 미하일 이사콥스키의 『이사콥스키 시초』 등 북한에서 번역 작업에 몰두했다.

1950년(39세) 6월 25일 한국전쟁이 발발했고, 9월에 정현웅이 월북했다.

1951년(40세) 연인이었던 자야는 피난지 부산에서 각계 거물들이 드나드는 요정을 경영했다. 7월부터 정현웅은 황해도에서 고구려 고분벽화를 모사하기 시작했다. 딸 지제가 태어났다.

1953년(42세) 전쟁이 끝났으나 시는 여전히 쓰지 않았고, 9월 전국작가예술가대회(1차 작가대회) 이후 외국문학 분과원으로 이름을 올리고 번역에 집중했다.

1955년(44세) 차남 중축이 태어났다.

1956년(45세) 1월에 동화시 「까치와 물까치」 「지게게네 네 형제」를 발표했다. 8년 만에 발표한 시였다. 5월에 「동화문학의 발전을 위하여」를, 9월에 「나의 항의,

나의 제의」를 발표하면서 아동문학평론에 관심을 갖기 시작했다. 이 글들은 아동문학 논쟁의 불씨가 되었다. 10월에 열린 제2차 조선작가대회 이후 조선작가동맹 기관지 〈문학신문〉의 편집위원으로 위촉되었다. 여기에다 아동문학 분과위원회 위원과 《아동문학》 편집위원, 외국문학 분과위원회 위원과 《조쏘문화》 편집위원까지 맡음으로써 안정적인 창작활동의 기틀을 마련했다.

1957년(46세)   4월에 동화시집 『집게네 네 형제』를 정현웅의 삽화를 넣어 출간했다. 《아동문학》 4월호에 유년층 아동을 대상으로 하는 동시 「멧돼지」「강가루」「기린」「산양」을 발표한 뒤 격렬한 비판을 받았다. 6월에 「큰 문제, 작은 고찰」과 「아동문학의 협소화를 반대하는 위치에서」를 발표하면서 아동문학 논쟁이 본격화되었고, 9월에 열린 아동문학 토론회에 불려나가 자아비판을 하였다. 막내딸 가제가 태어났다.

1958년(47세)   시 「제3 인공위성」을 발표했다. 9월의 '붉은 편지 사건' 이후 창작과 번역 등 문학적인 활동이 대부분 중단되었다.

1959년(48세)   1월 초 양강도 삼수군 관평리로 내려가라는 현지 지도 명령이 하달되었다. 관평리 농업협동조합의 축산반에 배치되어 양을 치는 일을 맡았다. 삼수군 문화회관에서 청소년들에게 시 창작을 지도하면서 현지의 농촌 체험을 담은 시 「이른 봄」「공무여인숙」 등을 꾸준히 발표했다. 막내아들 구가 태어났다.

1960년(49세)   1월에 평양의 〈문학신문〉 주최 '현지 파견 작가 좌담회'에 참석했다. 2월 초에 백두산 아래 삼지연에 있는 삼지연스키장을 취재하고 글을 발표했다. 시 「눈」「전별」 등과 동시 「오리들이 운다」「앞산 꿩, 뒷산 꿩」 등을 발표했다.

1961년(50세)   남한의 선배 소설가 이석훈에게 보내는 선동적인 편지를 〈문학신문〉에 실었다. 「탑이 서는 거리」「손뼉을 침은」 등의 시를 발표했다.

1962년(51세)   〈문학신문〉에 통영의 신현중에게 보내는 편지를 실었다. 4월에 시 「조국의 바다여」를, 5월에 동시 「나루터」를 마지막으로 발표했다. 10월에 북한 문화계에 복고주의에 대한 비판이 거세게 일어나면서 일절 창작활동을 하지 못하게 되었다.

1996년(85세)   삼수군 관평리에서 눈을 감았다.

평전評傳 양식으로 복원된 백석白石의 생애와 문학

_ 이동순 [1]

시인 안도현安度眩(1961~)을 생각하면 기억의 영상에서 내내 떠오르는 아련한 실루엣이 하나 있다.

지금으로부터 어언 몇 년 전이던가? 도현이 고등학교 재학생 소년으로 까까머리를 하고 경주의 신라문화제 백일장에 참가했던 그날 모습이다. 나 또한 20대 후반 청춘의 나이로 대학선생이 되어서 경북 안동의 한 간호대학에 교수로 부임해 있던 시절이다.

1978년, 혹은 1979년으로 짐작이 되는데 그해 가을 경주 신라문화제에서 백일장 심사요청이 왔고 나는 기쁜 마음으로 가서 심사에 임하며 온종일 서라벌 고도의 만추晚秋 정취에 흠뻑 젖었었다. 그날 백일장의 발제는 박목월朴木月(1916~1978) 선생이 직접 오셔서 내었다. '청노루' 같은 시인의 모습을 보려고 참석자들은 발뒤꿈치를 들고 고개를 길게

---

1) 시인. 문학평론가. 〈동아일보〉 신춘문예 시 당선(1973), 〈동아일보〉 신춘문예 문학평론 당선(1989). 시집 『개밥풀』 『물의 노래』 『아름다운 순간』 『발견의 기쁨』 등 14권 발간. 문학평론집 『잃어버린 문학사의 복원과 현장』 등 각종 저서 50여 권 발간. 분단 이후 최초로 매몰시인 백석 시인의 작품을 수집 정리하여 『백석시전집』(창작과비평사, 1989)을 발간하고 백석연구의 첫 물꼬를 틔움. 이후 민족문학사에서 백석 시인을 제자리에 복원시킴.

빼었다. 하루 해가 저물어가던 석양 무렵, 백일장 심사결과가 발표된 다음 모두들 뿔뿔이 흩어지는데 얼굴이 유난히 뽀얗고 눈빛이 초롱초롱한 소년이 나를 찾아왔다. 소년은 그날 백일장에서 차상으로 입선을 했고, 또 내가 그 무렵 여러 잡지들에 발표했던 시작품들에 대해 환히 알고 있었다. 소년의 이름은 안도현, 대구 대건고등학교 재학생으로 자신을 소개했다.

놀라움을 느끼며 자리에 선 채로 나는 소년과 몇 마디 대화를 나누었다. 소년은 자신의 습작품을 몇 편 보낼 테니 평가를 부탁드린다는 얘기를 했고, 나는 흔쾌히 이를 수락하였다. 그렇게 소년과 헤어지고 나는 안동으로 돌아왔다. 그로부터 한 주일 뒤 두툼한 봉투 하나가 우편으로 배달되어 왔는데 보니 도현이 보낸 원고봉투였다. 누런 갱지에 만년필로 쓴 십여 편의 시작품이 들어 있었다. (그 원고를 이날까지 보관하지 못한 것이 참으로 후회스럽다.) 궁금한 마음에 바로 일독一讀을 하였는데 다소 실망스런 느낌이 들었다. 왜냐하면 당시의 어떤 시류, 즉 김준태·문병란·양성우 등 현실주의 유파들의 다소 격정적 표현과 어투가 빈번하게 보였기 때문이다. 그래서 나는 뜸들이지 않고 바로 답신을 썼다. 시 창작의 방법에는 너무도 다양한 가치관과 표현방법이 많이 있으므로 결코 조바심을 내지 말고 세상에 존재하는 온갖 특성들을 두루 경험한 뒤에 그 중 자신의 취향에 맞는 어느 하나를 선택해서 열심히 파고 들어가는 것이 좋지 않겠냐는 내용이었다. 그 이후 나는 도현에 대한 기억을 까맣게 잊고 살았다.

그때로부터 몇 해가 지났을까. 1984년 〈동아일보〉 신춘문예 지면에서 나는 안도현의 당선작 「서울로 가는 전봉준」과 대면하며 남다른 가슴의 감격을 느끼었다. 나 또한 1973년 〈동아일보〉 신춘문예 출신으로서

묘한 동문의식마저 느끼면서 도현에 대한 남다른 애착과 연민의 정이 느껴졌다. 경주에서 만났던 눈빛이 총명한 고교생 안도현은 역시 '될성부른 나무'였구나. 그 글재주 뛰어난 나무의 떡잎과 진작 대면할 수 있었던 아름다운 추억을 가슴 한켠에 호젓이 간직하며 살았다.

도현은 경북 예천 땅에서 태어나 대구에서 고등학교까지 마치고 대학은 호남의 원광대학으로 진학하였다. 그러곤 시인이 된 후 호남 출신의 아내를 얻어서 이날까지 호남벌에서 살고 있다. 지난 1980년대 그 격동의 시절, 민족문학작가회의 주최로 열렸던 여러 문단행사에 이따금 참석하노라면 어엿한 청년시인으로 성장한 도현의 모습을 지켜보며 내 가슴속에서 흐뭇한 감회를 되새긴 적이 한두 번이 아니다. 도현은 자신의 문학적 도정을 단지 한 곳에만 고정시키지 아니하고, 끊임없이 성찰하며 새로운 영역을 개척하는 성실한 모습을 유지해왔다. 장안의 지가紙價를 올리게 했던 어른을 위한 동화 『연어』를 위시하여 도현이 발표하는 여러 시집들에 대한 독자들의 반응은 가히 폭발적이었다. 조용한 때에 도현의 시집을 펼쳐보노라면 아주 하찮은 사물들, 세상의 중심에서 소외된 존재들의 표상이 어찌 그리도 슬프고 처연하고 눈물겹게 그려져 있는지 같은 시인으로서 감탄한 적이 한두 번이 아니다. 대자연을 시적 소재로 다룬 작품들도 그것이 지닌 내밀한 의미와 주변 사물들과의 인과관계를 시인적 직관과 상상력으로 재구성해내는데 그 비범한 솜씨는 과연 우뚝하였다.

그러한 도현의 작품이 지닌 특징을 지켜보다가 나는 어느 날 놀라운 사실을 발견하였다. 그것은 도현의 문학세계가 백석白石(1912~1996) 시인의 작품세계가 지니는 특성과 너무도 흡사하다는 점이었다. 백석 시인은 우리의 분단문학사가 잃어버린 아까운 시인 중의 하나였다. 1987

년 늦가을, 나는 분단 이후 최초로 백석의 시작품을 수집 정리하여 『백석시전집』(창작과비평사) 초판을 발간하였다. 이 책에 대한 세상의 반응은 뜨겁고 놀라웠다. 학계, 비평계, 언론계에서의 찬사가 봇물처럼 쏟아졌다. 특히 1930년대의 모더니스트였던 문단의 원로 김광균金光均(1914~1993) 시인의 친필편지와 백석 시인의 연인이었던 김자야金子夜 여사와의 전화 및 만남은 사뭇 내 가슴을 격동 고무케 하였다. 또한 당시 중앙일보 기자였던 기형도奇亨度(1960~1989) 시인과 취재차 여러 차례 통화를 나누었던 기억도 가슴을 아리게 한다. 지금 이분들은 모두 세상을 떠나고 없다.

그로부터 분단의 격동에 매몰된 시인의 자료를 다시 발굴하여 흙먼지를 털고 그것을 문학사의 본래 자리에 복원하는 일! 이것은 국문학자로서의 내 평생지표가 되었다. 권환權煥(1903~1954), 조명암趙鳴岩(1913~1993), 이찬李燦(1910~1974), 조벽암趙碧岩(1908~1985), 박세영朴世永(1907~1989) 등 분단시대 여러 매몰시인의 전집들을 엮어서 속속 발간하게 된 것은 모두 백석의 전집 출간에서 얻은 성과와 저력이 바탕이 되었다.

내 사랑하는 후배시인 안도현의 시인적 기질과 본성 자체가 백석 시인의 그것과 너무도 닮아 있다는 것에 특별히 주목하게 된 것은 바로 그의 시집 때문이다. 도현은 시집을 발간하면서도 '외롭고 높고 쓸쓸한'이란 표제를 쓰고 있는데 이는 백석의 시작품 「흰 바람벽이 있어」의 한 구절에서 옮겨온 것이다. 이는 그만큼 안도현이 창작에 임하면서 백석의 시정신에 깊이 심취해 있으며 흠모의 정이 특별하다는 사실을 말해준다. 이 시집뿐만 아니라 도현의 여러 시집들이 보여주는 시창작의 기법과 표현양식, 포즈, 스타일 등에서는 백석의 호흡과 보폭을 느끼게 하는

추천의 글

것들이 풍부하다. 그렇게 안도현은 백석의 시세계, 시정신, 시인적 도정途程을 배우고 닮아가려는 지향으로 살아온 것이다.

도현의 여러 대표작이 많지만 그 가운데서 '연탄'과 관련한 시편들의 표현정서는 백석 시 「모닥불」을 테마로 쓴 시작품과 참으로 많이 닮아 있어서 안도현은 백석 시정신의 진정한 계승자 같은 느낌이 든다. 세상의 중심에서 소외된 가련한 존재에 대한 연민과 사랑, 따뜻하게 껴안는 시인의 모습은 가히 시인의 전형적 표상이라 아니할 수 없다. 차디찬 북녘 땅에서 홀로 고결한 민족언어로 북방정서를 담아내는 일에 골몰하다가 기어이 더욱 고립된 산골로 쫓겨가서 노후를 쓸쓸한 양치기로 살다 세상을 떠난 백석 시인에 대한 슬픔과 애착을 안도현은 내내 마음속에 품고 살아왔다. 그의 시에는 도처에서 백석의 실루엣을 따라잡으려고 애를 쓰거나, 시인에 대한 사랑과 흠모를 듬뿍 느끼게 한다. 백석이 다녔던 평생의 발자취를 뒤좇으며 그 시인적 정취를 더듬는 안도현의 모습을 보면서 그의 의지와 집념에 감탄을 느낀 적이 한두 번이 아니다. 나 또한 일찍이 백석 문학에 심취하여 백석 시정신의 계승자로 자처하며 살아온 지 여러 해이나 안도현의 다양한 실험과 변용, 그리고 끈질긴 열정에는 가히 족탈불급足脫不及이라 아니할 수 없다.

1987년, 나의 『백석시전집』 발간 이후 봇물이 터진 백석 문학 연구에 대한 활황은 상상을 초월할 지경이다. 각종 연구논문과 비평작품만 하더라도 거의 1천여 편을 상회한다. 뿐만 아니라 백석의 고결한 문학정신에 대한 범문단적汎文壇的 관심과 사랑은 또 어떠한가? 여러 시인들이 자신의 시적 상상력의 수련과정에서 백석 문학의 영향을 받았다는 고백을 하고 있다. 독자들 또한 백석에 대한 뜨거운 관심과 애정이 특별하여 백석 시인의 생애와 시작품에 대한 조명을 다룬 원고를 출판사에서 단

449

행본으로 발간하면 어김없이 공전의 히트를 하는 기이한 현상까지 펼쳐졌다. 필자가 발간한 전집 이후로 여러 종류의 백석전집류가 속속 발간되었다. 나는 그것을 흐뭇하게 지켜본다. 무릇 시전집이란 후속연구자들에 의해서 줄곧 모자란 부분이 보충 수정되고 진화해가는 것이 당연한 과정이자 귀결이기 때문이다. 그리하여 백석 문학 연구사의 첫 물꼬를 튼 성과를 나는 국문학자로서 가장 커다란 자부심으로 삼고 있다.

하지만 몹시 걱정스럽고 염려되는 부분도 없지 않으니 백석 문학에 정도 이상으로 심취한 일부 광팬들에 의해 자행되는 연구풍토의 교란이다. 비평적 안목과 수준이 전혀 갖추어지지 아니한 그들은 백석의 시작품에 대한 애착을 과도한 세속적 욕망과 연결시켜 백석 시가 아닌 것까지도 백석의 시작품이라 뻔뻔스레 우기며 버젓이 전집 속에 끼워넣는 파괴적이고 몰지각한 행위를 자행하고 있는 것이다. 이러한 행태는 일부 지각 없는 몽매한 후속연구자들에 의해 또다시 '분석'과 '평가'라는 명분을 앞세우고 어이없는 악순환으로 이어지고 있다. 백석 시인에 대한 흠모의 마음은 충분히 이해하는 터이나 이런 그릇된 과오로 말미암아 백석 문학의 본체성本體性까지 현저히 손상시키고 혼란과 무질서를 조장시키는 작태를 지켜보며 우리는 심히 우려를 금치 못하였다.

그런데 안도현 시인이 이번에 열정적으로 원고를 마무리해서 발간하려는 『백석 평전』은 이러한 모든 교란과 무질서를 말끔히 정돈시키고 있다. 역시 안도현 시인의 백석 사랑은 일부 광팬의 맹목적 백석 도취와 단연코 구별되는 품격을 지니고 있는 것이다. 나는 이 사실이 가장 미덥고 든든하다. 백석 문학의 현재성에 상처를 주려는 그 어떤 시도도 안도현은 용납하지 않고 있음을 확인하며 우리의 마음은 자못 든든하다.

2014년 봄, 경북 경산의 영남대학교 캠퍼스에 벚꽃이 만발한 어느

추천의 글

날, 안도현이 두툼한 원고뭉치를 안고 나를 찾아왔다. 호남 땅에서 불원천리 그 먼 길을 직접 자동차를 운전해서 달려온 것이다. 나는 30여 년 전 경주 서라벌 땅에서 까까머리 고등학생 모습으로 처음 만났던 당시 도현의 모습을 떠올리며 반갑게 그의 손을 잡고 다정한 마음이 끓어올라 가슴으로 시인을 다정하게 포옹하였다. 경산의 반곡지盤谷池 부근 식당에서 늦은 점심을 나누고 나의 고죽리孤竹里 처소로 가서 잠시 담소하다가 마침내 압량벌 영남대학의 내 연구실로 돌아와 『백석 평전』 원고를 함께 읽어가기 시작했다. 도현이 쓴 원고를 필자와 내가 함께 읽어가며 점검하고 토론하는 뜻 깊은 시간이었다. 전자메일로 진작 보내온 원고를 내가 이미 통독한 바 있지만 그날 도현과 함께 읽어가는 원고와 대목대목 이어지는 시인의 보충설명은 내 가슴을 촉촉한 감동으로 적시었다. 백석 시인에 대한 사무치는 애정과 흠모의 마음이 고스란히 행간에 배어났기 때문이다.

도현은 고죽리를 다녀간 뒤 더욱 탈고에 골몰하고 박차를 가하여 『백석 평전』 원고 후반부의 미완성 부분을 깔끔하게 완성하고 마무리 단계에 이르렀다. 그리고 그 완성본을 전자메일로 보내오니 이 얼마나 흐뭇하고 기쁜 즐거움인가? 바쁜 일상에 시달리던 어느 날, 나는 문득 새벽에 잠이 깨어 그 호젓한 시간에 평전 원고를 통독할 수 있었다. 그 시간의 가슴 떨리는 감격과 흥분을 어디에 비견하리오. 특히 북한시절 백석 시인의 생애와 삶의 내밀한 고뇌를 헤아려서 재현한 필치와 전개는 감동적이었다. 실증적 자료도 거의 없고 증언해줄 사람도 모두 세상을 떠난 적막한 환경 속에서 안도현 시인은 완전히 백석의 생애를 마치 신들린 듯 놀라운 시인적 직관과 통찰력으로 완벽히 재구성하는 일에 드디어 성공한 것이다. 나는 그 사실이 마치 나의 일인 듯 기쁨과 감격에 젖어 있다. 그리하여 나는 사랑하는 후배 도현에게 진심으로 축하의 뜻을 전하고 감사와 경의의 꽃다발을 보내는 바이다. 『백석 평전』 원고를 통독한 그 시간에 곧바로 도현에게 답신을 보내었다.

새벽 세시에 일어나
그대의 원고를 단숨에 읽었네.

마치 백석 시인의 삶을 직접 눈앞에서 보는 듯
그 다정한 실루엣들이 눈앞을 하염없이 스쳐 지나갔다네.

백석 시인을 너무나 사랑하고 흠모하는
후배 시인 안도현의 손을 통해서 시인의 전체 생애가
모조리 정리되고 한 편의 대하드라마처럼 장엄하게 펼쳐지게 되니
이 감격을 진심으로 축복해 마지않네.

후반부의 글들은 참으로 가슴 떨리는 경험을 하게 해주었네.
안도현 특유의 시인적 직관과 통찰, 품격 높은 상상력이 고스란히 살아나는
유일무이한 명편 『백석 평전』으로 자리하게 되리라 확신하네.

일단 숨을 고르고 차분히 다시 한 번 읽어볼 생각을 하네.
그간 노고 많으셨네.

사실 백석의 생애와 문학세계에 대한 부분적 연구와 조명은 다수의

연구자에 의해 시도된 바가 있었지만 전체적 통찰은 거의 전무하였다. 그런데 이 방대한 서사적 구조의 체계를 일일이 확인하고 재현해내는 전체적 통찰을 안도현이 해낸 것이다. 이 평전은 마치 소설을 읽듯, 전기를 읽듯, 혹은 작품세계에 대한 분석적 연구를 읽듯 여러 방법과 스타일의 혼합적 기법으로 흥미진진하게 펼쳐지고 있다. 그러한 다양성이 백석의 생애와 작품세계를 명쾌히 규명하고 정리하는 작업에 빛나는 성과로 작용한다. 이 책이 그야말로 우리 문학사에서 전무후무한, 유일무이한 『백석 평전』이 되리라 확신하는 바이다.

나 또한 한때 백석 평전 집필의욕을 가진 바 있지만 식민지시대와 일본유학, 만주표랑과 분단 이후 북한문단에서의 생활 등 한국현대사의 가장 치열했던 격동의 세월을 살았던 백석의 생애를 통찰하는 일은 결코 쉬운 일이 아니다. 한국현대정치사, 경제사, 식민지생활사, 분단사, 방언학, 향토음식, 아동유희, 무속, 민간의약 등 참으로 다양한 분야에 대한 심도 있는 조사연구가 필요한 이 활동에 대하여 우리는 '백석학白石學'이란 이름을 붙이고 싶다. 거의 30년 가까운 세월 동안 축적된 백석시 연구사에 이제는 이런 이름을 붙여도 될 것이라는 상상을 해볼 때 안도현 시인이 이번에 펴내는 『백석 평전』이야말로 '백석학' 연구의 빛나는 결정판이 아닐까 한다. 조각조각 단편적으로만 흩어져 있던 백석 시인의 생애를 완전히 하나의 끈으로 꿰어서 보석처럼 아름다운 작품으로 완성한 안도현의 의지와 집념에 탄복하며 경의를 표하는 바이다. 과연 그 누가 이런 일을 감당할 수 있으리. 백석 문학에 대한 특별한 안목과 사랑으로 오랜 시간을 살아온 안도현만이 과연 해낼 수 있었던 것이다.

이번 평전의 발간을 위해 안도현은 참으로 많은 자료를 찾아서 읽고 또 당시의 구체적 사실을 생생하게 증언해줄 수 있는 많은 사람을 만난 듯하다. 그 가운데서 백석이 한때 연정을 품었던 통영의 박경련의 사촌 올케인 백수白壽의 할머니 제옥례諸玉禮 여사를 직접 찾아가 대담을 나누는 모습은 실로 장엄하기까지 하다. 할머니가 그토록 장수하신 것은 안도현 시인과의 면담을 기다리느라 그리된 것이라는 상상까지 들었다.

이 책을 통하여 앞으로 백석 연구는 더욱 눈부신 진전을 이룩할 것이다. 다수의 학자, 시인, 비평가, 독자들이 이 『백석 평전』을 통하여 많은 도움과 영적靈的인 감흥을 얻게 될 것으로 보인다. 나도 백석 시인이 왈칵 그리워질 때 안도현이 쓴 이 책을 꺼내어 읽고 사무치는 그리움을 달래고자 한다. 백석 시인에 대한 안도현 시인의 사랑과 열정은 이후 어떤 모습으로 펼쳐질 것인가? 벌써부터 궁금해지고 그 새로운 성과가 기다려진다.

도현이여! 우리가 경산 압량벌에서 담소를 나누었던 백석 관련 모임의 발족과 독자들과의 연결성을 발전시키는 그 기대되는 활동을 꼭 추진해 나가도록 하세. 백석 시인의 시정신은 우리가 알고 있는 이상으로 전체 한국인들의 삶과 영혼 속에 깊이 뿌리박혀 있다네. 우리가 만났을 때 돋아난 이 봄의 연둣빛 어린 싹들이 어느 틈에 숲을 무성한 초록으로 바꾸고 있네그려.

추천의 글

그림 목록

PAUL KLEE

백석 평전

초판 1쇄 발행 2014년 6월 9일
초판 22쇄 발행 2023년 12월 28일

지은이 안도현
펴낸이 김선식

부사장 김은영
콘텐츠사업2본부장 박현미
콘텐츠사업6팀장 임경섭 **콘텐츠사업6팀** 한나래, 임고운, 정명희
마케팅본부장 권장규 **마케팅1팀** 최혜령, 오서영, 문서희
미디어홍보본부장 정명찬 **브랜드관리팀** 오수미, 김은지, 이소영
뉴미디어팀 김민정, 이지은, 홍수경, 서가을, 문윤정, 이예주
크리에이티브팀 임유나, 박지수, 변승주, 김화정, 장세진, 박장미, 박주현
지식교양팀 이수인, 염아라, 석찬미, 김혜원, 백지은 **브랜드제휴팀** 안지혜
편집관리팀 조세현, 백설희 **저작권팀** 한승빈, 이슬, 윤제희
재무관리팀 하미선, 윤이경, 김재경, 이보람, 임혜정 **인사총무팀** 강미숙, 지석배, 김혜진, 황종원
제작관리팀 이소현, 김소영, 김진경, 최완규, 이지우, 박예찬
물류관리팀 김형기, 김선민, 주정훈, 김선진, 한유현, 전태연, 양문현, 이민운

펴낸곳 다산북스 **출판등록** 2005년 12월 23일 제313-2005-00277호
주소 경기도 파주시 회동길 490
전화 02-702-1724
팩스 02-703-2219 **이메일** dasanbooks@dasanbooks.com
홈페이지 www.dasan.group **블로그** blog.naver.com/dasan_books
종이 IPP **인쇄 및 제본** 상지사 **코팅 및 후가공** 평창피앤지

ISBN 979-11-306-0276-9 (03810)